Stefanie Friedl
Luchstränen

Für manche mag es komisch klingen,
einem Pferd seinen Roman zu widmen,
und doch tue ich es,
denn wir haben viel miteinander erlebt
und hätten einander fast verloren.
Mercedes, ich freue mich auf viele gemeinsame Jahre.

Stefanie Friedl

Luchstränen

Fantasy

© 2018 Stefanie Friedl
Zweite, überarbeitete Auflage
Coverdesign: © Sabine Kosmin, www.sabine-kosmin.de
Bildmaterial: © kyslynskyy - Fotolia.com, © coloroftime - istockphoto
Weitere Mitwirkende: Hannes Friedl

Verlag Taschenbuch: bod
ISBN Taschenbuch: 978-3-7460-2504-9
ISBN ebook: 978-3-7427-5234-5 (neobooks)

Kapitel 1

Schmerzen, unendliche Schmerzen. Ihr Körper fühlte sich an, als ob ein Feuer darin wüten würde. Und sie war so wahnsinnig erschöpft und müde, als wäre sie einen Marathon gelaufen. Warum nur? Miranda versuchte, sich zu erinnern. Das Dröhnen und Hämmern in ihrem Kopf war dabei nicht gerade hilfreich. Ihre Arme waren derart schwer, als hätte sie zuhause alle Fenster geputzt, und das waren einige. Ihre Mutter liebte helle, lichtdurchflutete Räume.

Schwerfällig hob sie den Kopf und richtete den Blick auf ihre Arme. Nur langsam registrierte Miranda, was sie da sah. Ihre Gedanken setzten für einen Moment aus. Dann brachen die Gefühle über sie herein. Panik erfüllte sie und ließ ihr Herz wild rasen. Es drohte, ihr aus der Brust zu springen. Ihr war heiß und kalt zugleich. Ihr Atem ging stoßweise. Die Angst kroch in alle Ritzen ihres Verstandes und blockierte ihr Denken.

Völlig kopflos rüttelte sie an den Fesseln, zerrte daran, doch sie wollten sich nicht lösen und schnitten tief in ihre Haut. Immer stärker riss sie an den Fesseln, aber sie konnte sich nicht befreien.

Ein plötzlicher, brennender Schmerz an ihrem Rücken ließ sie zusammenfahren. Sie keuchte. Tränen standen in ihren Augen. Schweiß bedeckte ihren Körper. Noch immer spürte sie ihr Herz kräftig in ihrer Brust hämmern. Die Schnitte an ihren Handgelenken brannten wie glühende Kohlen. Ihr Rücken fühlte sich an, als wäre er wund gescheuert. Miranda bemühte sich, tief durchzuatmen und sich zu beruhigen, richtig funktionieren wollte es aber nicht. Die Angst, die in ihr wütete, ließ keinen klaren Gedanken zu.

Intuitiv versuchte sie, sich zu verwandeln. In ihrer Luchsform war sie um einiges wendiger und viel stärker. Doch es gelang ihr nicht. Sie konnte ihre Luchsin nicht einmal spüren, geschweige denn, sich verwandeln. *Was haben die mit mir gemacht? Wo ist meine Luchsin?* Hoffnungslosigkeit schnürte ihre Kehle zu. Miranda schnappte nach Luft, doch sie schien ihre Lungen nicht zu erreichen. Ein unsichtbarer Gürtel legte sich um ihre Brust und schnürte sie zu. Voller Verzweiflung rüttelte Miranda an den Fesseln. Die Schnitte an ihren Handgelenken wurden tiefer und ließen die Knochen hervorblitzen. Das Blut lief ihr an den Armen hinab. In ihrem Kopf fing es an, sich zu drehen. Ihr war schwindelig und übel. Miranda spürte, wie die Dunkelheit nach ihrem Geist griff. Sie wehrte sich nicht dagegen, denn sie wollte abtauchen in der Finsternis, die Erlösung von ihrem Leid versprach.

In diesem Moment tauchte das Gesicht ihrer Mutter Pamela vor ihrem inneren Auge auf. Ihre Mutter war eine wundervolle, warmherzige Frau, die ihre dunkelroten Haare und die leuchtend blauen Augen an ihre älteste Tochter vererbt hatte. Nur die karamellfarbene Haut hatte Miranda von ihrem Vater.

Als sie damals als Siebenjährige beinahe jede Nacht schreiend aus diesen fürchterlichen Albträumen aufgewacht war, war ihre Mutter immer zu ihr ins Bett gekrochen, hatte sie fest in ihren Armen gehalten und ihr Lieblingslied für sie gesungen. Nach wenigen Minuten hatte Miranda sich beruhigt und war dann friedlich und ruhig eingeschlafen.

Miranda schloss ihre Augen und stellte sich ihre Mutter vor, wie sie sie fest im Arm hielt und für sie sang. *When you wish upon a star, makes no difference who you are.* Fast war es, als könnte sie die glockenhelle Stimme ihrer Mutter tatsächlich hören. Eine tiefe Traurigkeit, deren Ursprung Miranda nicht kannte, erfasste ihr

Herz. Stumme Tränen, die sich nicht zurückhalten ließen, liefen in Strömen ihre Wangen hinab. Schon seit Jahren hatte Miranda nicht mehr geweint. Sie hatte früh gelernt, ihrer Bestimmung als künftiges Alphatier zu entsprechen und die Starke zu sein. Doch fühlte sie sich nun ruhiger. Die Anspannung fiel von ihr ab. Die Panik, die ihre Brust fest umklammert hatte, lockerte ihren Griff und ließ sie wieder atmen.

Doch spürte sie nun die klirrende Kälte, die tief in ihr Inneres drang und ihre Muskeln zittern ließ. Dieser Winter würde als einer der kältesten in die Geschichte eingehen. Zwar hielt sie als Gestaltwandlerin tiefe Temperaturen ganz gut aus, aber diese Situation hatte ihr bereits so viel abverlangt, dass sie ihre Kräfte schon schwinden spürte und ihre Lider zufielen.

Aber diesmal wehrte sie sich dagegen. Sie durfte nicht einschlafen. Was, wenn ihre Feinde zurückkehrten und sie noch wehrloser war? Sie kämpfte gegen die Müdigkeit an und versuchte, sie zurückzudrängen. Aber sie war zu stark für Miranda. Völlig erschöpft gab sie dem Drängen der Dunkelheit nach.

Als sie die Augen öffnete, sah sie sich neben ihrem Vater stehen. Aber das musste ein Traum sein. Sie sah sich als Außenstehende, beobachtete eine Szene, die sich vor Jahren abgespielt hatte. Im Traum war sie noch ein Kind, vielleicht zehn Jahre alt, mit nur schulterlangen, ziemlich ausgefransten Haaren. Ihr Vater hatte sie ihr nur Stunden zuvor in einem Anflug von Wut abgeschnitten. Sie hatte so schöne Haare gehabt, die ihr fast bis zum Po gereicht hatten, liebevoll von ihrer Mutter zu einem langen Zopf geflochten. Aber für ihren Vater waren sie zu lang gewesen. Sie könne damit nicht trainieren, hatte er gesagt.

Eine einzige Träne hatte sich ihren Weg über Mirandas Gesicht gebahnt. Miranda hatte sie fortgewischt, bevor ihr Vater sie hatte sehen können. Denn Tränen waren ein Zeichen für Schwäche.

Er trat hinter ihr Traum-Ich. „Miranda, ich nehme dir gleich die Augenbinde ab. Du hast dreißig Sekunden Zeit, dir die Umgebung einzuprägen. Bist du bereit?" Das Mädchen nickte. Er nahm die Augenbinde ab und ließ Miranda genau dreißig Sekunden Zeit, sich umzusehen, bevor er ihr wieder die Sicht nahm. „Woran kannst du dich erinnern?"

„Da war ein Baum und -"

„Welcher Baum?"

„Ich glaube, es war eine Eiche."

„Miranda!" Lange und gedehnt sprach er ihren Namen aus. Seine Stimme war tiefer und rauer geworden. Seine Augen änderten sich und verloren alles Menschliche. Ihre Farbe wurde von mintgrün zu gefährlichem Gelb. Das Mädchen konnte die Veränderungen nicht sehen, aber es wusste auch so, dass sein Vater verschwunden und an seine Stelle das Alphatier getreten war. „Konzentriere dich!", fauchte es.

Ein paar Sekunden sagte das Mädchen nichts. Miranda sah, wie sehr sich ihr Traum-Ich anstrengte, sich das Gesehene in Erinnerung zu rufen. „Ja, es war eine Eiche. Sie war sehr groß, ich schätze zehn Meter."

„Was hast du noch gesehen? Ist dir etwas aufgefallen?" Die Stimme ihres Vaters war wieder normal. Er war zurückgekehrt, aber das Alphatier würde wiederkommen, wenn sie etwas falsch machte. So war es immer.

„Ja, ganz oben, auf der linken Seite, hast du ein Fähnchen versteckt. Es ist weiß."

„Sonst noch etwas?"

„Nein." Miranda nahm sich die Augenbinde ab. Erwartungsvoll sah sie ihren Vater an, der sich aber abwandte und ging. Sie schwor sich, härter zu trainieren, um es das nächste Mal besser zu machen. Er sollte stolz auf sie sein.

Die Szene verschwamm vor ihren Augen. Dann tauchten Bilder in ihrem Kopf auf, schreckliche Bilder von Blut und Tod. Und Schreie. Markerschütternde Schreie hallten in ihren Gedanken wider. Entsetzt riss sie die Augen auf und blickte sich mit panisch rasendem Herz um.

Doch niemand war hier. Erleichtert atmete sie aus. Sie hatte alles nur geträumt. Aber war es wirklich ein Traum gewesen oder handelte es sich um die Realität? Erlebnisse, an die sie sich nicht mehr erinnern konnte oder wollte? Es hatte sich so echt angefühlt, als wären es ihre eigenen Erinnerungen.

Miranda zermarterte sich den Kopf und versuchte die Bildfetzen einzuordnen, aber es ergab alles keinen Sinn. Sie konnte sich an nichts davon erinnern. Dabei fiel ihr auf, dass sie nicht wusste, wie sie an diesen Ort gelangt war. Diese Bilder – hatten sie mit ihrer Gefangenschaft zu tun? Was war geschehen? Wo war nur ihre Familie? War auch sie verschleppt worden? Oder war sie – nein, sie erlaubte sich diesen Gedanken nicht.

Miranda versuchte, sich zu erinnern, aber je stärker sie es versuchte, desto weniger wollte ihr etwas einfallen. Nebel hing über ihren Gedanken, so dicht, dass sie nicht hindurchsehen konnte und mit jedem Versuch wurde er undurchdringlicher. Ihr Kopf schmerzte. *Denk an etwas anderes*, mahnte sie sich. *Hör auf, nach etwas zu suchen, das nicht da ist.*

Sie dachte an den Traum von Christopher, ihrem Vater. Träume hatten immer eine Bedeutung, egal, wie unsinnig sie erschienen. Es war die Methode des Unterbewusstseins, etwas mitzuteilen.

Als Alphatier verlangte ihr Vater keinen blinden Gehorsam von seinem Rudel. Vielmehr legte er Wert darauf, dass jeder seine eigene Meinung hatte und diese auch vertrat, solange die Interessen des Rudels gewahrt blieben. Dennoch holten sich alle seinen Rat und seine Einschätzung zu schwierigen Situationen. Sie waren ihm treu ergeben. Er war eben der Stratege im Rudel.

Auf seine Leute wirkte ihr Vater immer kühl und distanziert. Ganz anders war er bei seiner Familie. Ein Kuss seiner Gefährtin brachte den winzigen, warmen Kern in seinem Inneren zum Vorschein. Nur in Pamelas Nähe konnte Mirandas Vater er selbst sein und das Alphatier, zu dem er erzogen worden war, ablegen. Ein Anführer durfte keine Gefühle zeigen, denn sie bedeuteten Schwäche.

Das hatte er auch versucht, Miranda zu lehren. Sie war die Erstgeborene und als solche bestimmt, ein Alphatier zu werden, wie auch alle anderen erstgeborenen Gestaltwandler ihr Schicksal teilten. Allerdings hatte Christopher nur geschafft, dass Miranda ihre Tränen nicht mehr zeigte. Das Feuer in ihrem Herzen hatte er nicht löschen können. Ihre Leidenschaft, ihr ungestümes, impulsives Wesen gehörten zu ihr wie die Sonne zum Tag oder der Mond zur Nacht. Ihre Gefühle machten sie stark.

Das stundenlange Training mit ihrem Vater war, trotz ihrer, selbst für Alphatiere unglaublichen Stärke und Schnelligkeit in Luchsgestalt, anstrengend und sehr hart gewesen, vor allem seelisch. Christopher hatte ihr mehr abverlangt, als Miranda geglaubt hatte, leisten zu können. Sie war über ihre Grenzen gegangen, nur um ihm ein stolzes Lächeln zu entlocken. Oft genug hatte sie sich danach gesehnt, fortzulaufen und nie zurückzukehren. Doch sie war geblieben und hatte härter trainiert als je zuvor. Wenn sie ehrlich zu sich war, hätte sie nie geschafft, ihrer Familie den Rücken zuzukehren, egal, wie groß die Wut auf ihren Vater gewesen war.

Eine der wichtigsten Lektionen ihres Vaters war nämlich, sich die unmittelbare Umgebung ganz genau einzuprägen und dieses Wissen zum eigenen Vorteil zu nutzen.

Die Gedanken bei ihrem Vater sah sich Miranda aufmerksam um. Sie befand sich in einem kleinen, kahlen Raum, von dessen Wänden schmutzige Farbe und Putz bröckelten. An manchen Stellen blitzten zerfallene Ziegel dahinter hervor. Von ihrer Position bis zur gegenüberliegenden Wand lagen zwei, maximal drei Meter.

Der Boden war aus wild zusammengewürfelten Steinen gemacht worden, die alle nicht so recht zusammenpassten. Die Fugen dazwischen waren ungleich breit und großteils mit einer dünnen Schicht Moos bewachsen.

Miranda sah drei alte Holzfenster auf der vorderen Seite, die ihre besten Tage schon lange hinter sich hatten. Sie waren mit Holzbrettern zugenagelt worden. Es musste schon spät sein. Kein Licht drang von draußen herein. Über ihrem Kopf hing eine Glühbirne, die in dumpfem Licht leuchtete. Zahlreiche dicke Spinnweben hingen von der Decke. Dieses Gebäude war alt und hatte seine besten Jahre lange hinter sich. Einige Zeit musste es bereits leer stehen. Es gab nur eine Tür, die aber als einziges hier drinnen neu und ziemlich massiv wirkte, und die befand sich genau ihr gegenüber.

Miranda sog die Luft ein. Selbst in ihrer menschlichen Gestalt roch sie beinahe so gut wie ein Tier. Jeder Gestaltwandler verfügte über diese Fähigkeit, bei dem einen mehr, bei dem anderen weniger ausgeprägt, je nachdem, wie hoch der Anteil an Gestaltwandlerblut desjenigen war.

Die Luft war stickig und modrig, trotz der kalten Temperaturen. Das Gebäude musste eine Art Keller sein. Sie konnte einen Hauch von Verwestem wahrnehmen. Ein totes Tier, eine Ratte vielleicht, die im Sommer hier drinnen gestorben war. Der Kadaver war bis zum Anbruch des Winters verwest und hatte allerlei Insekten angelockt. Die Kälte hatte ihr Mahl unbarmherzig beendet und der Geruch war bis auf eine geringe Spur, die sich in den Mauern festgesetzt hatte, verflogen.

Miranda hielt die Luft an, um zu lauschen, doch hören konnte sie nichts, das ihr Aufschluss über ihren Aufenthaltsort geben konnte. Vermutlich befand sich dieser Keller abgelegen, womöglich tief im Herzen eines Waldes, wo niemand ihre Hilferufe würde hören können. Deshalb versuchte Miranda es erst gar nicht. Sie würde ihre Kräfte noch brauchen.

Das Wichtigste war, herauszufinden, woran und wie sie gefesselt war. Mirandas Blick wanderte zu ihren Händen. Dank ihrer, selbst für Gestaltwandler außerordentlichen Selbstheilungskräfte waren die Wunden bereits verheilt. Nur das getrocknete Blut an ihren Handgelenken erinnerten noch daran.

Die Körper von Gestaltwandlern heilten schneller als die der Menschen. Es lag an der Verbindung zu ihren Tieren. Vieles, das für einen Menschen den sicheren Tod bedeutet hätte, war für einen Gestaltwandler bloß ein längerer Aufenthalt im Bett, um sich zu kurieren. Jedoch durfte man die Menschen nicht unterschätzen, die mit ihrer, selbst für Gestaltwandler tödlichen Waffenstärke und ihrem Erfindungsreichtum ihre physischen Defizite wieder wettmachten.

Doch Miranda war selbst für die Gestaltwandler eine Ausnahme. Tiefe Wunden regenerierten sich bei ihr innerhalb von einem, maximal zwei Tagen, während ihre Gefährten mindestens eine Woche damit zu kämpfen hatten und häufig sogar auf die Hilfe eines Schamanen angewiesen waren. Schamanen waren Gestaltwandler, die mit Hilfe ihrer geistigen Kräfte und diversen Kräutern körperliche und seelische Wunden zu heilen vermochten.

Vorsichtig versuchte sie, ihre Hände aus den Drahtfesseln zu lösen. Stechende Schmerzen ließen sie zusammenzucken. Die Schnitte waren wieder aufgerissen. Hellrotes Blut sickerte heraus und bildete Tropfen an ihrem Handgelenk. Miranda schloss ihre Hände zu Fäusten und verteilte mit ihren Fingerspitzen das Blut in ihren Handflächen. Die Muskeln in ihren Unterarmen rebellierten gegen die Bewegung und verkrampften sich, doch sie gab nicht auf, trotz der brennenden Schmerzen in ihren Armen. Nachdem ihre Hände feucht waren, öffnete sie ihre Fäuste und versuchte, sie aus den Drahtschlingen zu ziehen. Der dünne Draht grub sich tiefer in ihre Haut. Tränen verschleierten ihren Blick. Doch Miranda ignorierte den Schmerz und versuchte es weiter. Aber die Fesseln waren viel zu eng.

Sie spürte, wie die Panik erneut mit ihren gierigen Fingern nach ihr griff und ihr die Situation entglitt. *Kämpf dagegen an!* Sie schloss ihre Augen und konzentrierte sich auf ihre Atmung. Ein und aus, ein und aus. Mit jedem Atemzug fühlte sie sich ruhiger. Nach einigen Minuten war sie wieder Herr über ihren Körper.

Miranda versuchte, ihre Beine zu bewegen, doch auch sie waren gefesselt. Sie sah an sich hinab und bemerkte, dass sie nackt war. Kleine Schweißperlen bedeckten ihre Haut. Nacktheit war für sie als Gestaltwandlerin das Natürlichste der Welt, denn ihre Kleidung verwandelte sich nicht mit, wenn sie die Gestalt wechselte. Entweder sie zog sie vorher aus oder die Kleidung zerriss bei der Verwandlung. Als kleines Kind hatte sie es geliebt, wenn ihre Kleidung in Fetzen durch die Luft gewirbelt war, und hatte sich deshalb immer angezogen verwandelt. Bis ihre Mutter es ihr verboten hatte. Beim Gedanken daran musste sie lächeln.

Ihr Blick ging zu ihrer Seite. Mit dem Rücken stand sie an einen massiven Holzbalken gelehnt. Daran waren ihre Knöchel festgebunden worden, mit denselben dünnen Drahtschlingen wie an ihren Handgelenken. Langsam dämmerte Miranda, woran man sie gefesselt hatte. Ein Kreuz. Welch perverses Spiel war das?

Kapitel 2

Stimmen ließen Miranda aufschrecken. Jemand näherte sich dem Gebäude. Sie versuchte zu verstehen, was gesprochen wurde, doch die Worte waren zu undeutlich und zu leise, selbst für ihr gutes Gehör.

Sekunden später betrat ein junger Mann das Zimmer. Dicke Schneeflocken wirbelten herein. Frische, eiskalte Luft kam durch die Tür herein und erfüllte den Raum mit dem wunderbar reinen Duft von Schnee vermischt mit einem Hauch von harzigem Tannenaroma. Miranda schauderte. Hunderte Nadelstiche eisiger Kälte bohrten sich in ihre schweißnasse Haut. Ihr Kopf schmerzte, als ob er gespalten würde. Sie kniff die Augen zu und wartete, bis das Gefühl verging.

Sekunden später fiel die Tür leise ins Schloss und sperrte sie mit dem Typ in diesem verfluchten Raum ein. Noch immer zitterte sie am ganzen Körper. Alle Muskeln waren schmerzhaft verkrampft. Miranda ballte ihre Hände zu Fäusten und öffnete sie wieder, um die Krämpfe in ihren Armen zu lösen. So gut es ging bewegte sie auch ihre Beine. Sie rieb ihre Schenkel aneinander. Die zarte Wärme, die dadurch entstand, lockerte ihre Muskeln ein wenig, doch ein unangenehmes Ziehen blieb zurück.

Der Mann war definitiv ein Gestaltwandler. Sie konnte es riechen. Vermutlich war er eine Raubkatze wie sie. Der geschmeidige, grazile Gang und seine Statur verrieten ihn. Ähnlich wie ihre Tiere, waren Katzenwandler schlank gebaut. Sie waren wendig und elegant in ihren Bewegungen. Dennoch war dieser Wandler durchtrainiert und muskulös, was er offenbar gerne zeigte. Sein enganliegendes schwarzes Shirt unter dem offenen Parka präsentierte ihr seine wohlproportionierten Brustmuskeln.

Tätowierungen bedeckten seine Handrücken. Eine Narbe, wie von Klauen zugefügt, verlief quer über seine linke Wange und zog Mirandas Blick auf sich. Wer ihm die wohl verpasst hatte? Die perfekt gestylten, kurzen, schwarzen Haare, die wegen der tauenden Schneeflocken im dumpfen Licht glitzerten, betonten sein markant geschnittenes Gesicht. Ein Dreitagebart bedeckte sein Kinn und seine Wangen. Wären nicht die eiskalten blauen Augen gewesen, hätte sie ihn sexy gefunden und wäre vielleicht sogar mit ihm ausgegangen. Aber dieser grausame Blick trieb ihr Schauer über den Rücken.

Auch sein Geruch bereitete Miranda Unbehagen. Sie nahm einen herben männlichen Duft wahr, der durchzogen war von etwas, das sie schaudern ließ. Sie konnte es nicht beschreiben, hatte noch nie etwas Derartiges gerochen. Es fühlte sich an wie das reine Böse. Keine Spur von Wärme oder Freundlichkeit, nur eisige Kälte, die durchtränkt war von Dunkelheit.

Das selbstgefällige Grinsen des Wandlers verhieß nichts Gutes. „Na, wen haben wir denn da?", raunte er mit einer Stimme wie warmer Honig, die ganz und gar nicht zu seinem Äußeren passte. „Die hübsche Miranda! Fühlst du dich bei uns auch wohl?" Er trat näher an sie heran, stand nur noch einen halben Meter von ihr entfernt. Gänsehaut überzog ihren Körper, was aber nicht an der Kälte lag. Alles in ihr schrie, sie solle weglaufen. „Vielleicht sollte ich mich erst mal bei dir vorstellen. Ich bin Nathan, Alphatier des Dark Side-Rudels."

Miranda erinnerte sich, den Namen des Rudels schon einmal gehört zu haben. Sie glaubte, dass ihr Vater ihn vor Monaten erwähnt hatte. Nur, was hatte er über das Rudel erzählt? Doch es fiel ihr nicht ein.

„Was hast du nur mit deinen Händen gemacht?", fragte er mit gespielt besorgter Stimme. „Hast du etwa versucht, dich zu befreien? Schätzchen, mir ist noch nie jemand entkommen."

Die Fesseln waren wirklich sehr gut angebracht, allerdings brachte Überheblichkeit auch Fehler. Sie musste sie nur noch finden und beschloss, zu schweigen. Typen, wie dieser Nathan, brauchten Aufmerksamkeit wie die Luft zum Atmen. Sie prahlten mit ihren Erfolgen und gaben dabei meist mehr von ihren Plänen preis, als ihnen lieb war.

Rede nur. Sag mir, was ich wissen muss. Denn ich werde die Erste sein, die dir entkommt und du wirst es bereuen, mich gefangen gehalten zu haben!

„Hast du auch versucht, dich zu verwandeln?" Er wartete gar nicht erst auf eine Antwort, sondern sprach sofort weiter. „Weißt du, da gibt es dieses nette, kleine Implantat, das eine Verwandlung unmöglich macht. Eine wirklich praktische Erfindung."

Verdammter Mistkerl! Miranda kannte diese Implantate. Die Menschen hatten sie erfunden. Sie sonderten einen Wirkstoff ab, der das Tier des Gestaltwandlers in Ketten legte. Dadurch konnte der Wandler es nicht mehr spüren. Erst wenn der Wirkstoff vom Körper ausgeschieden wurde, war eine Verwandlung wieder möglich.

Ein Bekannter ihres Vaters hatte sich wegen des Implantats das Leben genommen. Er hatte es nicht ertragen, von seinem Tier abgeschnitten zu sein. Seine Leiche hatte man unter einer Brücke gefunden. Er war in den Tod gesprungen. Die Erfinder hatten ihn entführt und ihm das Implantat eingepflanzt, weil sie wissen wollten, ob der neue Prototyp funktionierte.

Miranda verstand, wieso es entwickelt worden war. Die Menschen, als schwächere Rasse, standen durch den Einsatz des Implantats auf gleicher Stufe wie die Gestaltwandler. Denn die tierische Kraft war dadurch vorübergehend ausgeschaltet, die Gestaltwandler auf ihre menschliche Seite reduziert. Doch es war die grausamste Art, einen Wandler zu schwächen. Es fühlte sich an, als wäre ein Teil der Seele unwiederbringlich verloren.

Doch das Wissen, dass ihre Luchsin nicht verloren war, beruhigte Miranda. Sie war bloß versteckt und wartete darauf, auszubrechen und diesem Arschloch zu zeigen, dass es sich mit der Falschen angelegt hatte.

Warte nur, bis ich frei bin. Dann probieren wir eines dieser Implantate an dir aus. Ob dir das dann auch so gut gefällt? Ich werde den Anblick jedenfalls genießen.

„Wahrscheinlich fragst du dich, warum wir dich gefangen halten. Ein Freund von mir möchte dich. Er ist ganz verrückt nach dir. Aber davor werde ich noch ein wenig Spaß mit dir haben. Das hat er mir versprochen. Und ich habe einige tolle Sachen mit deinem sexy Körper geplant."

Lüstern sah er an ihrer Figur hinab. Sein Blick blieb an ihren vollen Brüsten und zwischen ihren Beinen hängen. Obwohl sie fast jeder in ihrem Rudel schon ohne Kleidung gesehen hatte, fühlte sich Miranda zum ersten Mal in ihrem Leben tatsächlich nackt, bis auf die Seele entblößt.

Dennoch hielt sie seinem Blick weiterhin stand. Er sollte ihre Angst nicht sehen, die sie, trotz aller mentalen Übungen mit ihrem Vater, verspürte. Sie fürchtete sich nicht vor dem Tod, sondern vor einer Vergewaltigung durch dieses Arschloch, unfähig sich zu wehren, ihrer Würde und ihres Stolzes beraubt.

„Schätzchen, ich habe noch ein ganz besonderes Geschenk für dich. Lucas, bring unseren Ehrengast herein."

Herein kam ein grimmig und etwas dümmlich dreinblickender, massiger, strohblonder Mann, von dem Miranda nie gedacht hätte, dass er eine Raubkatze war, wäre nicht sein Gang genauso anmutig wie Nathans oder ihrer. Toll, eine Raubkatze auf Anabolika. Der Mann schleifte ein zierliches Mädchen mit einem Leinensack über dem Kopf hinter sich her und stieß es vor Nathan auf den Boden. Er machte Anstalten, zu bleiben und warf Miranda nicht minder gierige Blicke zu als sein Alphatier.

„Verschwinde!", fauchte Nathan verärgert. „Sie gehört mir!"

Lucas sah aus, als wollte er seinem Alphatier widersprechen, besann sich dann aber eines Besseren und ging hinaus.

Miranda erkannte das Mädchen in dem pinken, kuscheligen Nachthemd sofort. *Oh mein Gott, das ist Andrea! Das darf nicht wahr sein! Bitte, lass es nur ein böser Traum sein!* Was wollten sie nur von ihrer süßen, fünf Jahre jüngeren Schwester, die keiner Fliege etwas zuleide tun konnte?

Nathan ging vor Andrea in die Hocke und riss ihr den Sack vom Kopf. Panisch blickte sie sich um, bis ihre Augen Mirandas fanden. „Miranda, was haben die mit uns vor? Warum halten sie uns gefangen? Wo sind Mum und Dad?" Ihre Stimme überschlug sich beinahe. Tränen glitzerten in ihren Augen. Mit ihren Armen hielt sie ihren Oberkörper umschlungen, als habe sie Angst, sie könnte auseinanderbrechen.

Andy war noch sehr jung, unschuldige siebzehn Jahre. Ihre hellblonden Haare fingen das dumpfe, kalte Licht der Glühbirne auf und wirkten dadurch fast weiß. Zusammen mit der alabasterfarbenen Haut und den großen, mintgrünen Augen, die sie von ihrem Vater geerbt hatte, sah Andrea aus, wie nicht von dieser Welt. Selbst für eine Luchswandlerin hatte sie eine überaus grazile, zarte Figur.

Als Kind hatte Miranda stets Angst gehabt, ihre Schwester könnte zerbrechen. Deshalb war sie beim Spielen immer besonders vorsichtig gewesen. Bis Andy ihr gezeigt hatte, dass sie robuster war, als sie aussah. Flink wie ein Eichhörnchen war sie Bäume hinaufgeklettert und wieder heruntergesprungen, nur um zu beweisen, dass sie es konnte. Sie war auch kichernd Hügel hinuntergerollt und hatte sich spielerisch fauchend auf ihre Schwester gestürzt.

Doch Andys Geist war sanft. Sie war dafür bekannt, jedem zu helfen, dem es schlecht ging. Deshalb genoss sie auch großes Vertrauen in ihrem Bekanntenkreis. Alle ihre Freunde kamen mit ihren Problemen zu ihr und ließen sich von ihr aufbauen. Manchmal erinnerte Andy sie an die Schamanen, nur heilte sie einzig seelische Wunden.

Miranda war egal, was sie mit ihr machten, solange sie nur ihre Schwester in Ruhe ließen. Erstmals brach sie ihr Schweigen. „Lass sie gehen, bitte, lass sie frei. Du willst doch mich."

Der Tätowierte trat ganz nah an sie heran. Sie konnte seine Erregung riechen. In seine Augen trat ein böses Funkeln. „Was würdest du tun, damit ich sie laufen lasse?"

„Alles." Sie würde ihr Leben für Andy geben.

Nachdenklich ging Nathan im Zimmer herum. „Ich glaube dir nicht."

„Bitte, ich tue alles für dich, aber lass sie frei." Das erste Mal in ihrem Leben würde sie flehen. Sie würde Nathan um das Leben und die Sicherheit ihrer Schwester anbetteln.

„Mit euch beiden macht es doch viel mehr Spaß. Ihr seid die letzten eures kleinen Rudels."

Die Letzten ihres Rudels? Nein, das konnte nicht wahr sein. Sie konnten nicht alle fort sein. Miranda weigerte sich, es zu glauben, aber ihr Herz sagte ihr, dass Nathan die Wahrheit sprach. Tief in sich spürte sie eine nie dagewesene Leere, als hätten alle, die sie liebte, sie verlassen.

„Wir sollten eure Gene weitergeben, damit sie nicht untergehen. Es wäre zu schade. Und deine Schwester ist so ein reizendes Ding, noch ganz unverbraucht, ganz anders als du. Ich kann es riechen."

Tief einatmend trat er an Andrea heran. Er war ein Raubtier auf der Jagd. Sein Tier kratzte an der Oberfläche. Er packte sie am Arm und riss sie auf die Beine. Andy konnte sich kaum halten. Sie schwankte. Ihre Knie schlotterten. Gierig griff Nathan nach dem Stoff ihres Nachthemds und zerfetzte es. Seine Krallen schossen hervor und zerrissen den bunten Baumwoll-BH, sodass er nur noch lose herunterhing und Andys zarten Brüste entblößt wurden.

Andy hielt sich die Hände vor die Brust. Stumme Tränen liefen ihre Wangen hinunter. Sie hatte noch nie einen festen Freund gehabt, geschweige denn, sich einem Mann nackt gezeigt.

„NEIN! Lass sie in Ruhe! Wenn du sie anfasst, reiße ich dir das Herz heraus!", schrie Miranda aus Leibeskräften, doch sie erntete nur schadenfrohes Gelächter.

Nathan zwängte Andys Arme auseinander und griff brutal nach ihrer Brust. Und obwohl ihre Schwester keine Kämpferin war, biss sie diesem Arschloch, so fest sie konnte, in die Hand.

"Schlampe!" Der Schlag riss Andy um. Mühsam rappelte sie sich auf. Mit aufgeplatzter Lippe, aber mit Stolz in den Augen, sah sie auf Nathans blutende Hand. „Das wirst du noch bereuen!" Erneut schlug er ihre Schwester zu Boden. Sie rollte sich zusammen wie ein Baby. Schützend hielt sie ihre Arme vor ihr Gesicht. Sie zitterte am ganzen Körper wie Espenlaub.

Miranda spürte einen nie dagewesenen Hass in ihrer Brust lodern. Wie ein wild gewordenes Tier riss sie an ihren Fesseln, spürte den Schmerz nicht, als die Drahtschlingen immer tiefer in ihr Fleisch schnitten und das Blut ihre Arme hinablief. „Ich werde dich töten!", brüllte sie.

Mit einem bösartigen Grinsen in Mirandas Richtung kniete sich Nathan neben Andrea. „Kleines", flüsterte er mit seiner sinnlichen Stimme, den Blick weiterhin auf Miranda geheftet, „wenn du dich verwandelst, höre ich auf. Solltest du dich aber weigern", seine Stimme wurde mit jeder Silbe kälter, bis sie so eisig war, wie die Nacht draußen, „prügle ich dich so lange, bis du nicht mehr aufstehen kannst und um deinen Tod bettelst, den ich dir, gnädig wie ich bin, gewähren werde."

Andrea keuchte. Sie senkte ihre Arme und schüttelte flehend ihren Kopf. Angst stand in ihren Augen.

Gestaltwandler wechselten gerne in ihre tierische Form. Bereits im Alter von ungefähr sechs Monaten änderten Wandlerkinder zum ersten Mal ihre Gestalt. Die Wandlungen waren aber intuitiv und an emotionale Situationen gebunden, besonders, wenn die Kinder Freude, Wut, Trauer und Angst empfanden. Als Tiere konnten sie mit den Gefühlen besser umgehen. Erst viel später lernten sie, sich bewusst zu wandeln.

Andrea war früher auch so gewesen. Sie und Miranda waren die meiste Zeit als Luchse durch die Gegend gestreift. Doch an der Feier zu ihrem fünften Geburtstag verletzte sie unabsichtlich eine Freundin beim Spielen. Andy musste die Narben des Mädchens, das seit dem Vorfall nichts mehr mit ihr zu tun haben wollte, beinahe jeden Tag sehen.

Die Situation hatte sie derart belastet, dass sie sich zurückgezogen und den Kontakt zu anderen gemieden hatte, auch zu ihrer Familie. Es hatte Monate gedauert, bis sie sich wieder geöffnet hatte.

Aber seitdem hasste sie das Wesen in sich, aus Angst, wieder jemanden zu verletzen. Sie hatte sich monatelang geweigert, sich zu verwandeln. Monate, in denen sie zunehmend fahrig und aggressiv geworden war. Bis ihre Luchsin gewaltsam hervorgebrochen war.

Miranda würde nie vergessen, wie sich ihre Schwester vor Schmerzen am Boden gekrümmt und geschrien hatte. Denn nur, wenn die menschliche Seite mit der Wandlung einverstanden war und das Tier in sich akzeptierte, war, die Gestalt zu ändern, schöner als jeder Orgasmus. Aber Andrea wäre am liebsten nur ein ganz normaler Mensch und deshalb waren ihre Verwandlungen immer mit Schmerzen verbunden.

Nur auf Bitten und Überreden von Miranda hatte Andrea sich in den Jahren darauf verwandelt, und das bloß, um ihr Tier zu beruhigen.

„I-ich kann nicht", wisperte sie. Nervös fing sie an, an ihren Armen zu kratzen. Ihre Augen starrten ins Leere. „Nicht das. Bitte, alles, nur nicht das. Ich kann nicht."

„Warum kannst du nicht?", fragte Nathan neugierig. Seine Stimme klang seltsam sanft, fast, als empfinde er Mitgefühl. „Verwandelst du dich nicht gerne?" Woher hatte Nathan diese Information? Einzig das Rudel wusste davon. Hatte er sie etwa beobachtet? Oder gab es gar einen Spion in ihren Reihen?

„Komm schon, Kleines. Ich will dein Tier sehen", drängte er und rückte näher an sie heran. „Verwandle dich oder ich werde deiner Schwester etwas antun, und du siehst dabei zu."

Andy richtete sich auf und wich vor ihm zurück. Ihre Augen huschten zu Miranda und baten stumm um Verzeihung. Miranda hielt ihrem Blick stand, denn es gab nichts zu verzeihen.

Nathan gab nicht auf. Er rückte noch näher und ließ Andy seine Dominanz spüren. Er war ein Alphatier, das Gehorsam einforderte.

Miranda brüllte auf und rüttelte mit aller Kraft an ihren Fesseln, doch sie lösten sich nicht. Hilflos musste sie mitansehen, wie ihre Schwester verängstigt von Nathan wegrutschte, bis sie an eine Wand stieß. Die Tür war zu weit entfernt, als dass sie hätte fliehen können. Andy und ihr Tier saßen in der Falle. Sie waren viel zu unterwürfig, um sich Nathan zu widersetzen.

Plötzlich waren ihre Augen von leuchtendem Grün. Die Katze kam hervor.

„Andy, konzentriere dich. Wehr dich nicht dagegen! Nimm deine Luchsin an!" Miranda versuchte, zu ihrer Schwester durchzudringen, doch diese krümmte sich bereits am Boden und schrie sich die Seele aus dem Leib. Krallen fuhren aus. Andrea versuchte vehement, die Verwandlung zu verhindern. Ihre Schmerzensschreie wurden lauter.

Miranda fühlte sich so hilflos wie damals, als die Katze die Oberhand gewonnen hatte und Andrea zur Verwandlung hatte zwingen wollen. Auch zu jener Zeit hatte sie ihre Schwester nicht beschützen können. Sie hatte nur schockiert dagestanden und nach ihrem Vater gerufen. Christopher hatte sie hinausgeschickt. Sie wusste nicht, was er gemacht hatte, um ihrer Schwester zu helfen.

Heute war ihr Vater nicht da und Andrea würde den Kampf gegen ihr Tier verlieren, und es später mehr denn je hassen.

Kapitel 3

Die Tür wurde aufgerissen und herein stürmte ein Mann, auf den ersten, flüchtigen Blick ein sehr gut aussehender Mann mit mittellangem, schokoladenbraunem, mit dicken Schneeflocken bedecktem Haar. Bitterkalte Luft strömte durch die offene Tür herein, jedoch spürte Miranda sie kaum. Ihre Aufmerksamkeit galt ausschließlich dem Mann, der Nathan von Andrea wegriss und ihn beiseitestieß.

Mit sanften Worten sprach er nun auf ihre Schwester ein. Miranda konnte nicht verstehen, was er sagte. Vorsichtig versuchte der Mann, Andy zu berühren, doch sie schnappte mit gebleckten Zähnen nach ihm. Sie war mehr Tier als Mensch, ihre grünen Katzenaugen von einem Hunger nach Macht erfüllt. Einzig Andys enormer Widerstand hielt ihr Tier noch in seinen Ketten. Aber sie war dabei, diesen Kampf zu verlieren, ein Kampf, der möglicherweise über ihr Leben entschied.

„Michael! Verschwinde! Sie gehört mir!" Nathan stürmte brüllend auf den, neben Andrea knienden Mann zu. In seinen Augen loderte purer Hass. Und noch etwas anderes, das Miranda nicht deuten konnte.

„Carlo, kümmere dich um das Mädchen!", befahl der Mann und sprang auf.

Miranda hatte nicht bemerkt, dass noch jemand zu ihnen hereingekommen war. Dieser jemand hatte dunkle Haut und lange schwarze Haare, die zu einem Pferdeschwanz zusammengebunden waren. Er beugte sich zu ihrer Schwester hinab. Doch schnappte Andrea nicht nach ihm. Die Wut schwand aus ihrem Blick. An ihre Stelle trat ein Sehnen. Doch gab die Katze nicht auf und ließ Andy wieder sie selbst werden. Mehr denn je wollte sie diesen Kampf gewinnen.

Mit ausgefahrenen Krallen und glühend weißen Katzenaugen ging unterdessen Michael auf den, vor Wut schäumenden Nathan los. Miranda stockte der Atem. Einen Kampf gegen ein Alphatier zu gewinnen war überaus schwer, wenn nicht sogar unmöglich. Die Natur hatte vorgesehen, dass Alphatiere viel stärker und schneller waren als ihre Kameraden, um ihre Rudel vor Gefahren schützen zu können.

Aber ihre Befürchtungen waren unbegründet. Michael war seinem Gegner in keinster Weise unterlegen. Er wich geschickt Nathans Angriffen aus und riss ihn mit einem heftigen Schlag ins Gesicht von den Füßen. Dabei wirkte er so ruhig, wie der Fels in einer stürmischen See. Wer war er nur?

Er beugte sich über den gefallenen Nathan, der ein Stück vor ihm zurückwich. „Bruder, du weißt ganz genau, dass du nur das Alphatier geworden bist, weil ich es nicht sein wollte. Gegen mich hast du keine Chance, Nathan. Ich bin der Stärkere von uns beiden."

Doch Nathan gab nicht auf. Seine Augen wurden zu einem leuchtenden Gelb, in denen ein wütendes Feuer loderte. Er sprang auf und attackierte seinen Bruder mit schnellen Schlägen, von denen keiner Michael etwas anhaben konnte. Mit ruhiger Gelassenheit parierte er jeden Schlag. Neben ihm wirkte Nathan wie ein kleines Kind, das mit seinen Gefühlen nicht umzugehen wusste und glaubte, mit roher Gewalt seine Ziele erreichen zu können.

Miranda konnte den Hass spüren, der Nathan antrieb. Er brodelte in ihm, wie in einem Vulkan, der kurz vor dem Ausbruch stand. Dieser Hass verseuchte sein Herz nicht erst seit gestern. Er hatte sich über die Jahre hinweg angestaut, so gewaltig war er. Was war den Brüdern angetan worden, dass es ihre Beziehung zerstört hatte?

Michael beendete Nathans Attacken und stieß seinen Bruder gegen die Wand. „Gib auf!", fauchte er.

Nathan leckte sich grinsend das Blut von seiner aufgeplatzten Lippe. „Das Rudel steht hinter mir. Das ist dir hoffentlich klar. Du lebst nur noch, weil ich ihnen verboten habe, dich anzurühren. Sie warten auf meinen Befehl. Sie sehnen sich danach, dir die Kehle aufzuschlitzen."

Michael bedachte seinen Bruder mit einem geringschätzigen Blick, ehe er sich wieder um Andrea kümmerte. Er kniete sich neben sie und seinen dunkelhäutigen Freund. „Ihre Luchsin lässt nicht los", murmelte dieser. Er hielt Andys Hand in seiner umschlossen.

Michaels Hände wurden wieder menschlich. Sanft strich er über Andys Haar und sprach mit leisen, beruhigenden Worten auf sie ein. Worte in einer fremden Sprache, die Miranda noch nie gehört hatte. Sie verstand nicht, was sie bedeuteten, doch klangen sie in ihren Ohren wie eine Art Zauberformel.

Andy bäumte sich auf und stemmte sich gegen Michaels Griff. Ein lautes Fauchen drang aus ihrer Kehle. Die Luchsin wehrte sich mit aller Kraft. Sie stand so kurz davor, die Macht an sich zu reißen. Miranda spürte, dass ihre Schwester schwächer wurde. Ihr Widerstand bröckelte. Natürlich sollte sie sich verwandeln, das mussten alle Gestaltwandler. Tier und Mensch waren Teil eines wundervollen Ganzen, untrennbar miteinander verbunden. Doch nicht so. Nicht gegen ihren Willen.

Miranda traten Tränen in die Augen. Sie hasste es, das Leid ihrer Schwester mitansehen zu müssen, ohne ihr helfen zu können. Zu Untätigkeit gezwungen, während andere taten, was eigentlich ihre Aufgabe war.

Michael hielt Andy sanft und doch eisern fest und sprach weiter mit diesen seltsamen Worten auf sie ein, die sie allmählich ruhiger werden ließen. Strähnen seiner dunkelbraunen Haare hingen ihm ins Gesicht und verdeckten seine Augen. Zu gerne hätte Miranda gesehen, was sie vor ihr verbargen. In ihrem Inneren spürte sie ein leichtes, aber beständiges Kribbeln, von dem sie wusste, was es bedeutete.

Schlag ihn dir aus dem Kopf. Das ist der denkbar ungünstigste Zeitpunkt, sich zu verlieben. Du weißt nicht einmal, ob du ihn je wiedersehen wirst. Und doch konnte sie die Augen nicht von ihm abwenden.

Andreas Katze zog sich zurück. Klauen wurden zu feingliedrigen Fingern. Ihre Augen waren geschlossen, als würde sie schlafen. Gleichmäßig hob und senkte sich ihre Brust. Die Schmerzen schwanden aus ihrem Gesicht und ließen es friedlich zurück, als hätte es diesen Kampf nie gegeben.

„Ihr Name ist Andrea", flüsterte Miranda und beobachtete Michael, wie er den Griff um Andys Schultern löste und kaum merklich nickte. Er wirkte mitgenommen, als hätte er selbst einen Kampf ausgefochten.

„Carlo, bring Andrea bitte hinaus. Sie braucht Ruhe. Kümmere dich um sie."

Als wäre sie ein besonders wertvoller Schatz, hob Carlo Andy hoch und drückte sie an seine Brust. Instinktiv wusste Miranda, dass sie ihm vertrauen konnte. Er würde auf ihre Schwester achtgeben.

Wütend hastete Nathan zur Tür und stellte sich ihnen in den Weg. „Nein, sie geht nirgendwohin!", spie er aus. „Das lasse ich nicht zu!"

Erneut musste Michael eingreifen. „Nate, es reicht! Verschwinde von der Tür und lass die beiden raus!" Er klang dabei wie das Alphatier, zu dem er geboren worden war. Er würde keine Widerrede dulden, auch nicht von seinem Bruder.

Das hatte auch Miranda lernen müssen. *Als Alphatier ist dein Rudel deine Familie,* hatte ihr Vater gesagt. *Jeder zählt gleich viel. Du darfst deine Schwester nicht bevorzugen, nur, weil sie deine Schwester ist. Sie hat deine Regeln zu befolgen, wie jeder andere auch.*

Nathans herausfordernder Blick zeigte jedoch, dass er nicht daran dachte, seinem Bruder zu gehorchen. „Zwing mich doch!"

So schnell wie es nur einem Gestaltwandler möglich war, stieß Michael seinen Bruder zur Seite und schuf damit für seinen Freund Carlo die Gelegenheit, mit Andrea durch die Tür zu verschwinden.

Michael stellte sich vor seinen Bruder, damit dieser Carlo und Andy nicht folgen konnte. „Was hast du mit den beiden Mädchen vor?"

Mädchen?! Enttäuschung durchzuckte Miranda wie ein Stromschlag. Sie fühlte sich gekränkt. Sie war dabei Gefühle für einen Mann zu entwickeln, der in ihr offenbar nichts weiter als ein Mädchen sah. Klein, hilflos, unbedeutend und keinesfalls begehrenswert. Ihre Enttäuschung wurde einen Wimpernschlag später zu Wut. Sie wollte Michael an die Kehle springen, ihn anbrüllen. *Ich bin eine Frau und kein Mädchen mehr!* Sie rüttelte an ihren Fesseln. Ein animalisches Knurren stieg in ihrer Kehle auf, doch sie schluckte es hinunter, bevor es ihre Lippen verlassen konnte. Wollte sie den nächsten Mann verschrecken, wie sie es bei Billy getan hatte? Billy, der süße Menschentyp, den Miranda vor ein paar Monaten getroffen hatte. Er hatte mehr Interesse an ihrer Freundin als an ihr gezeigt. Da war das Temperament mit Miranda durchgegangen. Sie hatte ihm ihre Zähne und Krallen gezeigt und so laut geknurrt, dass er schreiend davongelaufen war. Ein weiteres Treffen hatte er danach nicht mehr gewollt.

Michael bedachte sie mit einem Blick als wolle er sagen: *Kleines, ich regle das, keine Sorge.* Miranda wollte toben, beherrschte sich aber im letzten Moment.

„Wie ein Ritter in seiner strahlenden Rüstung kommst du, um die edlen Jungfern zu retten", höhnte Nathan. Miranda konnte nicht umhin, Sympathie für Nathan zu empfinden. Er hatte den Nagel auf den Kopf getroffen. Sie war keine Frau, die ständig gerettet werden musste. Nun gut, aus dieser Situation schon, aber sonst kam sie ganz gut alleine zurecht. Der Moment der Sympathie war aber schnell wieder vorbei, denn Nathans Stimme wurde wieder eisig. „Wie berechenbar du doch bist, großer Bruder."

Seine Worte machten Miranda stutzig. Hatte Nathan dieses Zusammentreffen mit seinem Bruder geplant? Steckte hinter dem Überfall auf ihr Rudel etwa ein Familienstreit? Michael jedenfalls ging nicht darauf ein. „Warum hast du ihr Rudel überfallen?", fuhr er seinen Bruder an. „Nate, ich will Antworten!"

Trotzig verzog Nathan sein Gesicht. „Das geht dich nichts an. Du hast dich früher nicht für mich interessiert, jetzt brauchst du meine Pläne auch nicht zu kennen." In seinen Worten schwang bittere Enttäuschung mit und in seinen Augen lag eine Verletzlichkeit, die Miranda von Kindern kannte. Bevor Mitleid in ihr aufkommen konnte, hatte Nathan sich wieder gefangen und seine Gefühle unter Kontrolle gebracht.

„Ich habe Freunde gefunden, Michael, besondere Freunde, die mir auf dem Weg zum mächtigsten Rudel der Welt helfen. Mein einziges Problem ist, dass *du* immer glaubst, dich in meine Angelegenheiten einmischen zu müssen. Deswegen bist du doch zurückgekehrt, nicht wahr? Du willst meinen Plan vereiteln und dir mein Rudel unter den Nagel reißen. Es ist jetzt viel stärker als vor deinem Weggang. Deswegen bist du doch hier, oder etwa nicht?"

Ungläubig schüttelte Michael den Kopf. „Du bist verrückt. Ich möchte nicht das Alphatier sein. Du darfst den Posten gerne behalten, aber dann verhalte dich auch so!"

Miranda wurde das Gefühl nicht los, dass es Nathan einzig um die Aufmerksamkeit seines Bruders ging. Seine Worte schrien förmlich danach. Nathan wollte für seine Taten beachtet werden. Aber da war auch dieser Hass, der danach verlange, Michael in die Knie zu zwingen. Wieder fragte sich Miranda, was zwischen den Männern vorgefallen war.

Nathan tat so, als hätte er Michaels Worte nicht gehört. „Aber zusammen mit Maxim werde ich das verhindern! Gegen ihn hast du keine Chance!"

Maxim? Wer ist das?

Eine Frage, die sich auch Michael stellte. „Was hat er mit dem Überfall auf das Rudel der Mädchen zu tun? Rede endlich!" Er schäumte vor Wut. Es grenzte an ein Wunder, dass sich sein Bruder nicht in einer Ecke verkroch und kleinbeigab. Michael wirkte mächtig und furchteinflößend, wie ein Alphatier, dem man am besten Gehorsam schenkte.

Doch Nathans höhnisches Grinsen wurde immer breiter. „Da gibt es etwas, von dem mein ach so perfekter Bruder keine Ahnung hat! Sonst weißt du doch immer alles." Sein Lachen klang laut und kalt. Nathan genoss es, Michael vorzuführen. „Maxim ist in meinem Büro," fügte er salopp hinzu. Er tat so, als sei ihm diese Information herausgerutscht, aber seine bösartig funkelnden Augen zeigten seine wahre Absicht. Er hatte seinen Bruder genau dort, wo er ihn haben wollte. Er hatte ihm eine Falle gestellt und Michael war blind hineingetappt.

„Bring mich hin", knurrte Michael.

Sah er denn nicht, was hier vor sich ging? Er durfte Nathan nicht gewinnen lassen. „Tu das nicht", versuchte Miranda ihn aufzuhalten, doch Michael würdigte sie diesmal keines Blickes. Seine Aufmerksamkeit galt seinem Bruder. Gemeinsam verließen sie das Gebäude. Nathan sah dabei aus, als verlaufe alles nach seinem Plan, als habe nicht Michael ihn gezwungen, ihn zu seinem Freund zu bringen, sondern umgekehrt.

Miranda blieb alleine zurück mit Gedanken, die sie nicht zur Ruhe kommen und ihren Kopf schmerzen ließen. Sie konnte sich aus der Situation, die sie gerade miterlebt hatte, keinen Reim machen. Wer war dieser mysteriöse Maxim? Was hatte er mit dem Überfall auf ihr Rudel zu tun? Was war seine Rolle in dieser Geschichte? Und was hatte die Beziehung der zwei Brüder derart zerrüttet, dass sie einander mit Hass und Misstrauen begegneten? Fragen über Fragen, auf die sie keine Antwort wusste.

Um Andrea machte sich Miranda aber keine Sorgen. Dieser Mann würde sie vor Nathan beschützen, wenn nötig, mit seinem Leben. Dieses Schwein durfte sie nicht in die Finger kriegen! Noch mehr Schmerz konnte ihre Schwester nicht ertragen.

Mirandas Leben war über den Haufen geworfen worden. Nichts war mehr so, wie sie es kannte. Innerhalb weniger Stunden hatte sie ihr Zuhause und ihre Familie verloren, denn erst jetzt realisierte sie Nathans Worte, sie und Andrea seien als letzte ihres Rudels übrig.

Erneut sammelten sich Tränen in ihren Augen. Sie konnte nicht verstehen, wie Nathan zu solcher Grausamkeit fähig war, Unschuldige abschlachten zu lassen. Ihr Rudel hatte niemandem etwas getan. Wieso mussten sie sterben?

Die Zeit floss zäh dahin. Stundenlang, wie es ihr erschien, drehten sich ihre Gedanken im Kreis, immer um die Frage nach dem Grund des Überfalls. Etwas sagte ihr, dass nicht allein Nathans Hass auf seinen Bruder dazu geführt hatte. Vielleicht war es Instinkt. Oder sie wusste mehr, konnte sich aber nicht daran erinnern. *Maxim, Maxim, Maxim.* Sie glaubte, den Namen schon einmal gehört zu haben. Wenn ihre Erinnerungen daran doch zurückkehren würden! Aber je länger sie darüber nachdachte, desto bedeutender wurde er.

Miranda fühlte sich ausgelaugt, und doch konnte sie das Gedankenkarussell nicht abschalten. Es half auch nichts, ihre Gedanken auf etwas anderes zu lenken, denn bereits nach wenigen Sekunden kehrte sie zu ihrem Ausgangspunkt zurück. Sie brauchte dringend Ruhe, aber schlafen konnte sie nicht. Sie traute sich nicht, hatte Angst vor dem, was sie erwartete, wenn sie aufwachte.

Die Albträume, die sie als kleines Mädchen gehabt hatte, hatten eine Zeitlang gedroht, die Überhand zu gewinnen. Miranda war in den Nächten wach geblieben. Sie hatte sich geweigert einzuschlafen. Sie hatte in Büchern geblättert, die Sterne beobachtet oder Kampfübungen, die ihr Vater sie gelehrt hatte, probiert. Aber irgendwann hatte sie ihre Augen nicht mehr offenhalten können. Der Schlaf hatte sie unbarmherzig in einen ihrer Albträume katapultiert. Blut. Schmerzverzerrte, erstarrte Gesichter, panisch aufgerissene Augen. Tote Wandler, deren Körper auf grausamste Weise verstümmelt waren. Gebrochene Knochen, aufgeschlitzte Haut. Diese Träume hatten begonnen, nachdem mehrere ihrer Art überfallen und verschleppt worden waren. Keiner davon aus ihrem Rudel, aber sie hatte die Geschichten gehört. Das ängstliche

Flüstern der Erwachsenen. Und sie hatte die Bilder gesehen. Sie waren auf dem Schreibtisch ihres Vaters gelegen. Sie waren nicht mehr aus ihrem Kopf verschwunden. Niemand hatte ihr helfen können sie aus ihren Gedanken zu verscheuchen. Nicht einmal der Schamane, den sie aufgesucht hatten.

Damals hatte ihre Mutter versucht, Miranda eine Technik beizubringen, mit der sie eine traumlose und tiefe Ruhephase, frei von jeglichem Denken, schaffen konnte. Nur brachte sie nicht denselben Kontrollverlust mit sich wie Schlaf. Aber nie hatte Miranda es geschafft, sie richtig anzuwenden. Das einzige Manko an der Technik war, dass sie den Schlaf nicht ersetzen konnte. Sie brachte bloß vorübergehende Energie, die sich rasch abbaute.

Nur Gestaltwandler konnten diese Technik anwenden, nur sie hatten zwei Seiten in sich, die, obwohl sie im selben Körper und grundsätzlich miteinander verbunden waren, dennoch eine kurze Zeit lang getrennt voneinander agieren konnten. Der Mensch zog sich zurück, erholte sich, während das Tier wachsam blieb und alles herum beobachtete, um bei Gefahr den Menschen zurückzuholen. Sie war sich nicht sicher, ob die Technik überhaupt funktionierte, da doch ihre tierische Seite von ihr abgeschnitten war, aber probieren musste sie es.

Konzentriert schloss Miranda ihre Augen und versuchte ihre Gedanken unter Kontrolle zu bringen, was alles andere als einfach war.

Atme ganz ruhig und versuch, dich zu entspannen. Die Stimme ihrer Mutter spukte durch ihren Kopf. *Öffne deinen Geist und lass alles los, was dich hier festhält.*

Miranda versuchte es mit aller Kraft, doch es ging nicht.

Engelchen, lass dich fallen, wage den Sprung.

An dieser Stelle hatte sie immer wieder abgebrochen, hatte zu viel Angst davor, den nächsten Schritt zu machen. Doch heute wagte sie ihn und trat hinaus in einen Strudel aus den Farben des Regenbogens.

Es war berauschend, hypnotisierend und wunderschön anzusehen. Unmöglich konnte Miranda wegschauen. Sie fühlte sich so lebendig und frei wie noch nie in ihrem Leben, aber gleichzeitig von einer tiefen, inneren Ruhe erfüllt. Wie widersprüchlich das klang, und doch stimmte es. Es war kein Traum. Eher fühlte es sich an, als würde sich ihr Geist von allen äußerlichen Einflüssen lösen und sich in diesem Chaos verschanzen und die Farben betrachten, von denen sie so viele noch nie gesehen hatte und deren Namen sie nicht kannte.

Nichts störte sie hier. Ihre Gedanken waren wie fortgespült. Aber ihre tierischen Sinne waren da. Sie konnte sie, zum ersten Mal seit der Gefangenschaft, wieder spüren, nur fühlten sie sich anders an. Als würde dichter Nebel sie einhüllen – Nebel, der sie voneinander trennte. Das lag an diesem Implantat. Es unterdrückte ihre Luchsin, aber glücklicherweise konnte es sie nicht von ihr trennen.

Instinktiv versuchte Miranda nach ihrer Luchsin zu greifen, aber sie griff nur ins Leere. Sie konnte sie nicht erreichen. Aber der Nebel lichtete sich mit jeder Sekunde, die sie in diesem Chaos verbrachte. Bald würden sie wieder vereint sein. Ein flüchtiger Gedanke, der sie aufmunterte. Sie ließ sich fallen und gab sich ganz dem Farbstrudel hin.

Und endlich fand sie die ersehnte Ruhe.

Kapitel 4

Knarrend ging die Tür auf und riss Miranda ruckartig aus dem Strudel, der ihr Denken umhüllte. Erschrocken machte ihr Herz einen Aussetzer, um danach in rasender Geschwindigkeit zu schlagen. Ihre tierische Seite hatte blitzartig reagiert und sie aus ihrer Ruhephase zurückgeholt, doch sie fühlte sich nicht benommen, wie sonst immer, wenn sie unfreiwillig geweckt wurde. Sie war hellwach und ihr Verstand arbeitete bereits auf Hochtouren.

Wer war das? War Nathan zurückgekommen, um sie weiter zu quälen? Oder war es gar dieser Maxim, von dem er gesprochen hatte? Ihre Anspannung stieg ins Unermessliche und kribbelte auf ihrer Haut. Sie wollte einfach nur wegrennen und sich vor alldem verstecken, irgendwo, wo niemand sie je finden würde.

Unruhig starrte sie auf die sich öffnende Tür. Das Knarren war so laut, dass es in ihren Ohren schmerzte. Ihre Nerven waren bis zum Zerreißen gespannt. Sie spürte, wie ihre Muskeln sich anspannten, bereit, sich zu wehren. Die Fesseln waren für einen Moment in den Hintergrund getreten.

Erleichtert atmete sie aus, als sie Carlo erkannte. Miranda hatte gar nicht bemerkt, dass sie die Luft angehalten hatte. Die Anspannung fiel, wie eine Decke, von ihr ab.

Sie war wohl ziemlich lange weg gewesen. Draußen wurde es bereits heller, wenn auch für das menschliche Auge nicht erkennbar. Doch für sie als Gestaltwandlerin schon. Sie war mit der tierischen Sehkraft geboren worden. Aber bis es wirklich Morgen wurde, würden noch einige Stunden vergehen.

Vorhin hatte sie Carlo nicht richtig bemerkt, so sehr waren ihre Augen von Michael angezogen worden. Aber Michael war nicht hier und so betrachtete sie nur Carlos Gesicht.

Als erstes fielen ihr die wilden grünen Augen auf, die bei seiner schokoladenfarbenen Haut besonders hervorstachen. Die vollen Lippen luden zu leidenschaftlichen Küssen ein. Seine Gesichtszüge zeigten seine indianischen Wurzeln, wie auch das schulterlange, seidig glänzende, schwarze Haar, das er zu einem Pferdeschwanz zusammengebunden trug. Die Vereinigung der unterschiedlichen Kulturen machten sein Aussehen unglaublich interessant und exotisch. Miranda vermutete, dass ihm die Frauen reihenweise verfielen.

Seine geschmeidigen Bewegungen deuteten auf eine Raubkatze hin, aber er war kein Luchswandler. Dafür war er zu groß und breit gebaut. Wohl eher ein Löwe oder ein Jaguar. Mirandas Instinkt sagte ihr, dass er Letzteres war.

„Geht es Andy gut? Wo hast du sie hingebracht?"

Ein eigenartiges Funkeln trat in Carlos Augen. Sie kannte den starken Beschützerinstinkt, der den Gestaltwandlern zu eigen war, und genau den nahm sie in seiner Miene wahr. Aber da war noch etwas anderes. Es verband ihn mehr mit ihrer Schwester, als ihm selbst bewusst war. „Sie ist in Sicherheit. Du musst dir um deine Schwester keine Sorgen machen." Er hielt einen Moment inne. „Wo ist Michael?"

„Er ist mit seinem Bruder weg, um diesen Maxim zu treffen."

Carlo machte große Augen. „Maxim? Bist du sicher?"

„Ja, Nathan hat den Namen vorhin erwähnt. Er meinte, dieser Maxim sei ein besonderer Freund und er würde ihn unterstützen. Kennst du ihn etwa?"

Carlos Gesicht wirkte wie versteinert.

„Was ist denn los? Wer ist denn dieser Maxim?" Aber Carlo wandte ihr einfach den Rücken zu. „He, bleib hier!", rief sie. „Du könntest mich losbinden. Lass mich nicht hier zurück!" Doch als wäre der Teufel höchstpersönlich hinter ihm her, stürmte er aus dem Raum und ließ Miranda noch verwirrter zurück, als sie schon war. Sie verstand die Welt nicht mehr.

Nicht nur, dass sie gefangen gehalten wurde, nachdem man ihr Rudel ausgelöscht hatte. Jetzt verhielt sich der Mann, von dem sie sich Antworten versprochen hatte, auch noch so eigenartig. Wo war sie da nur hineingeraten? Mehr denn je hatte sie das Gefühl, dass dieser Maxim der Schlüssel zu dem Rätsel Lösung war. Was war seine Rolle? Hier drinnen würde sie das jedenfalls nicht herausfinden.

Die Zeit zog sich in die Länge. Zeit, in der sich ihre Fragen wieder unablässig im Kreis drehten. Um sich davon abzulenken, begann Miranda zu zählen. Immer wieder sagte sie sich die Zahlen von eins bis sechzig laut vor. Eins, zwei, drei, vier... Nach fünfzehn Runden vernahm sie Schritte von mehreren Personen, die sich dem Raum näherten. Ihr Gefühl sagte Miranda, dass ihr der Besuch nicht willkommen sein würde. Und sie sollte Recht behalten.

„Nathan." Sie bekam ein flaues Gefühl im Magen. Das überhebliche Funkeln in seinen Augen konnte nichts Gutes bedeuten.

„Du hast mich vermisst, Schätzchen."

Oh ja, definitiv.

„Leider wurden wir vorhin von meinem Bruder so rüde unterbrochen. Ich muss mich für sein Verhalten entschuldigen. So ungehobelt verhält er sich normalerweise nicht. Von uns beiden ist eigentlich er der Charmantere." Ein süffisantes Grinsen umspielte seine Lippen.

„Wo ist Michael?"

„Der ist beschäftigt." Lüstern blickte er auf ihre Brüste. „Ist dir bewusst, wie unglaublich sexy du bist? Durchtrainiert und kurvig zugleich! Du bist ein Prachtweib! Du machst mich so geil, dass mein Schwanz gleich explodiert."

Ihre Muskeln spannten sich an. In Nathans Hose war eine deutliche Wölbung zu erkennen. Angst kroch Miranda in alle Ecken ihres Verstands. Ihre innere Stimme schrie aus Verzweiflung auf, sie möge doch fliehen. In ihren Ohren rauschte das Adrenalin, das ihr befahl, um jeden Preis, möge er auch noch so hoch sein, diesen Fesseln zu entkommen.

Aber sie tat es nicht. Sie rührte sich nicht und starrte Nathan an. *Lass deinem Feind deine Angst nicht erkennen,* forderte ihr Vater in ihrem Kopf. *Gib ihm nichts, das er gegen dich verwenden kann.*

Sprich mit ihm. Lenke ihn ab. „Ist er bei Maxim? Erzähle mir von deinem Freund. Wer ist er?"

„Du wirst ihn noch früh genug kennenlernen. Jetzt hör auf zu reden. Wir haben Wichtigeres vor." Geschmeidig kam Nathan auf sie zu und ergriff ihre Brüste. Miranda versuchte, still zu halten und ihm nicht zu zeigen, wie verwundbar sie war. Aber sie schaffte es nicht. Sich windend versuchte Miranda sich seinen Händen zu entziehen, aber damit erreichte sie nur, dass er noch fester zupackte und die Drahtschlingen um ihre Handgelenke erneut ihre Haut aufscheuerten. Sie roch Nathans Erregung, sein Verlangen nach Sex. In seine Augen trat ein gieriger Ausdruck. Er würde sich von ihr nehmen, was er wollte, von dem er dachte, dass es ihm zustand, ganz gleich, ob sie damit einverstanden war oder nicht.

„Das fühlt sich gut an, so weich und trotzdem so fest. Ich würde gerne auch noch andere Stellen erkunden."

Seine Finger glitten langsam und genüsslich über ihren flachen Bauch und verharrten knapp über ihrer Scham. Jeder von Mirandas Muskeln war zum Zerreißen angespannt. Sie wollte es nicht fühlen, ihr Kopf weigerte sich. Dennoch spürte sie ein Kribbeln zwischen ihren Beinen. Sie verabscheute ihren Körper für diese Reaktion.

„Gefällt dir das?", raunte Nathan mit vor Verlangen dunkler, heiserer Stimme. „Bist du schon feucht? Du lässt mich doch sicher mal nachsehen." Mit diesen Worten rammte er seinen Finger tief in sie hinein. Miranda keuchte und Tränen sammelten sich in ihren Augen.

„Bitte, hör auf", wimmerte sie.

Aber Nathan hörte sie nicht, oder er wollte es nicht. „Oh ja, das ist gut. Soll ich es dir besorgen? Keiner der Männer, die du bisher hattest, kann mit mir mithalten. Du wirst den besten Orgasmus deines Lebens haben."

Daraufhin bewegte er seine Finger in ihr weiter und rieb gleichzeitig an ihrer Scham. Mit seiner freien Hand knetete Nathan ihre Brüste. Miranda schloss die Augen. Dicke Tränen liefen ihre Wangen hinunter. Sie fühlte die Antwort ihres Körpers auf Nathans Tun, roch den verräterischen Duft der Erregung, der von ihrer Mitte aufstieg. Sie fühlte sich in ihre Kindheit zurückversetzt, klein, schwach, nicht Herr über den eigenen Körper, der sie schlafen ließ, obwohl doch diese Albträume auf sie warteten.

Ihr Geist wehrte sich vehement dagegen. Sie stellte sich vor, woanders zu sein, an einem schönen Ort, alleine im Wald, fernab jeder Zivilisation, fernab von dem hier. Sie versuchte, ihre Beine zusammenzupressen, um ihn am Weitermachen zu hindern, doch es gelang ihr nicht. Die Drahtschlingen um ihre Knöchel waren zu eng. Langsam brachte er sie dem Orgasmus entgegen.

„Nathan, bitte hör auf", flehte sie.

Er stieß seinen Finger noch ein letztes Mal in ihre Scheide, um ihren Körper erbeben zu lassen. Sie konnte nichts dagegen tun. Und sie schämte sich dafür, als hätte *sie* etwas falsch gemacht und nicht er, als wäre es ihre Schuld gewesen. In diesem Moment zerbrach etwas in ihr.

Doch dann spürte sie etwas, das sie ihre Scham für einen Moment vergessen ließ. Der Nebel des Implantats lichtete sich weiter. Miranda konnte ihre Luchsin wieder in sich wahrnehmen, nur eine winzige Andeutung ihrer grenzenlose Liebe zu ihr, doch es spendete Miranda Trost. Es schenkte ihr Kraft und erfüllte sie gleichzeitig mit grenzenloser Wut. Wie ein Feuer loderte sie in ihr, brennend heiß und gefährlich.

Sie starrte Nathan an und zeigte ihm den Hass, den ihre Luchsin für ihn empfand. Ihre Augen schworen ihm Rache. Oh ja, sie würde sich rächen, auf die grausamste Weise, die ihr einfiel.

Er grinste amüsiert. „Jetzt bin ich an der Reihe. Ich kann es gar nicht mehr erwarten. Mein Schwanz ist schon so geil auf dich. Es fühlt sich an, als würde er gleich bersten." Schon hatte Nathan seine Hose aufgemacht und war dabei, sie hinunterzuziehen.

Allen Ekel und Hass hineinpackend spuckte Miranda ihm ins Gesicht.

Plötzlich starrten sie leuchtend gelbe Katzenaugen an, in denen eine Spur von Wahnsinn lag. Ein aggressives Brüllen entstieg Nathans Rachen. Seine Krallen fuhren aus, rasiermesserscharf und bereit, sie zu töten. Sie war zu weit gegangen. Er war kurz davor, die Kontrolle über das Wesen in seinem Inneren zu verlieren. Sein Luchs war so dicht unter der Oberfläche, dass sie blass die Zeichnung dessen Felles auf seiner Haut erkennen konnte. Er verlangte, freigelassen zu werden. Das war sehr gefährlich.

Ihn in seiner derzeitigen Verfassung weiter zu reizen konnte ihren sofortigen Tod bedeuten. Er konnte sie zerquetschen wie ein Insekt. Sie hatte ihre Stärke noch nicht wiedererlangt und hatte dieser animalischen Wildheit nichts entgegenzusetzen. Deswegen versuchte sie, ihre Präsenz zurückzunehmen, unsichtbar zu werden. Sie verhielt sich ganz still und traute sich nicht einmal zu atmen. Aber es schien, als könne niemand mehr den Ausbruch verhindern.

Nathan packte ihre Kehle mit beiden Händen und drückte fest zu. Seine Krallen rissen ihre Haut auf und drangen tief in ihr Fleisch ein. Miranda schrie vor Schmerzen. Die Synapsen in ihrem Kopf überschlugen sich. Sie konnte sich nicht dagegen wehren. Wie eine Fliege war sie im Spinnennetz gefangen. Sie spürte das Blut zwischen ihren Brüsten und ihren Rücken hinablaufen.

Nathan drückte fester zu. Miranda bekam keine Luft mehr. Panisch versuchte sie, zu atmen, aber keine Luft kam in ihren Lungen an. Nathans Gesicht verschwamm bereits vor ihrem Blick. Ihre Lider wurden schwer, als zöge ein Gewicht sie nach unten. Sie konnte ihre Augen kaum noch offen halten. Miranda wehrte sich dagegen, sträubte sich gegen das Ende, das unmittelbar bevorstand. Sie wollte noch nicht gehen. Sie hatte noch so viel vor. Sie wollte ihre Schwester noch einmal sehen, sie im Arm halten. Wusste Andy denn, wie sehr sie sie liebte? Hatte sie es ihr gesagt?

Ihr Leben zog in Windeseile an ihr vorbei. Sie sah Erinnerungen, die sie verloren geglaubt hatte. Ihre erste Verwandlung, als sie fast noch ein Baby gewesen war. Sie spürte die unbändige Freude, die sie dabei empfunden hatte. Sie nahm das stolze Lächeln ihrer Eltern wahr, als sie ihre Schwester zum ersten Mal im Arm gehalten und gesagt hatte: „Ich werde sie beschützen." Erinnerungen eines anderen, eines früheren Lebens.

Ihre Schreie wurden zu einem leisen Wimmern. Die Müdigkeit war so viel stärker und mit jedem Wimpernschlag gewann sie an Stärke dazu. Sie lähmte ihren Körper wie eisiges Wasser. Miranda kämpfte dagegen an. Mit jedem Augenblick, der verging, wurde sie aber schwächer. Langsam sank sie hinab an den Grund, eingehüllt in die Dunkelheit. In ihren Kopf zog dichter Nebel ein, der die Gesichter ihrer Eltern mit sich brachte.

Hab keine Angst, mein Engel, wir sind bei dir. Es ist bald vorbei. Die Stimme ihrer Mutter war wie ein sanftes Rauschen – das Rascheln von Blättern, während eine zarte Brise sie forttrug. *Lass einfach los.*

Auf einmal verspürte Miranda keine Angst mehr. In ihrem Inneren herrschte Frieden. Sie gab ihren Kampf auf und wartete darauf, dass der Tod sie zu sich holte. Und wie die Blätter trug er sie davon.

„Es reicht! Du hattest deinen Spaß, Nathan! Sie gehört mir! Ich will sie lebend!" Eine unbekannte, männliche Stimme durchschnitt die Luft wie geschliffener Stahl. So laut, dass selbst Miranda sie in ihrem Schlaf hören konnte, bloß verstand sie die Bedeutung der Worte nicht. Ihr Geist war bereits zu weit fortgeweht worden.

Der Druck auf ihrer Kehle nahm zu und zerstörte die zarte Verbindung, die ihr Geist noch zu ihrem Körper hatte. Ihr Geist verließ nun diese Welt. Es hatte etwas Tröstendes an sich, der Grausamkeit der Erde zu entfliehen. Sie würde wiedervereint sein mit ihren Eltern. Die unbekannte Stimme, die noch etwas sagte, verschwand in weite Ferne. Sie war nur noch ein leises Echo, kaum hörbar.

Auf einmal war der Druck auf ihrer Kehle fort. Mirandas Geist, fast aus ihrem Körper verschwunden, klammerte sich mit allerletzter Kraft daran fest. Ein winziger Teil ihres Verstandes – der Teil, der noch nicht bereit war, zu sterben, der noch zu einem winzigen Gedanken fähig war, sagte ihr, sie solle nicht aufgeben und atmen.

Und sie tat es. Sie sog die Luft ein. Ihre Luftröhre brannte, als würde heiße Luft hindurchströmen, aber trotz der höllischen Schmerzen fühlte es sich gut an. Gierig schnappte sie weiter nach Luft. Die Schmerzen in ihrer Kehle wurden mit jedem Atemzug erträglicher. Der Nebel in ihrem Kopf lichtete sich langsam und machte ihr Geist fähig, wieder ihre Umwelt wahrzunehmen. Aber ihr Körper war müde und schwach. Sie schaffte es nicht, ihre Lider zu öffnen, geschweige denn ihren Kopf zu heben.

„Nathan, ich dulde ein solches Verhalten nicht! Tu so etwas nie wieder, wenn dir dein Leben lieb ist!" Wieder diese unbekannte Stimme.

Sie spürte einen leichten Windhauch. Fast schon dachte sie, sie hätte es sich nur eingebildet, aber dann war die Stimme näher bei ihr – sehr viel näher. Ihr Besitzer stand nun direkt vor ihr. Sie hatte seine Schritte nicht gehört. Aber er hatte ihr den Rücken zugekehrt. „Ich habe dir erlaubt, deinen Spaß mit ihr zu haben, aber sie so zuzurichten, habe ich dir keineswegs gestattet!"

Die Stimme wurde nicht laute. Sie sprach die Worte mit schneidender Klarheit aus, was Miranda Gänsehaut verursachte. Sie spürte, dass sich der Unbekannte zu ihr umdrehte. „Sieh nur, was du mit diesem schönen Hals getan hast. So viel kostbares Blut wurde verschwendet. Zum Glück ist sie eine Gestaltwandlerin, sonst wäre sie tot, und tot sagt sie mir nicht zu. Dann werden sie fade, musst du wissen. Ah, sie kommt zu sich." Erheiterung klang in der unbekannten Stimme mit. „Sehr schön.

Das leichte Jucken auf ihrer Haut kündigte an, dass ihre Wunden sich zu schließen begannen. Das Blut gerann. In ihr fühlte sich aber alles noch wie betäubt. „Danke", flüsterte Miranda mit krächzender Stimme. Sie war kaum zu verstehen. Es gelang ihr nur mit größter Kraftanstrengung, ihre Lider zu heben und sie hätte sie am liebsten auf der Stelle wieder zugepresst und nicht mehr geöffnet.

Noch nie zuvor hatte sie so etwas gesehen. Im bleichen, beinahe weißen Gesicht, das von schwarzen, schulterlangen Haaren umrahmt war, stachen die rubinroten Augen deutlich hervor. Die Pupillen konnte sie fast nicht erkennen. Es waren nur hauchdünne Schlitze. Das spöttische Grinsen des Mannes ließ lange, scharfe Eckzähne hervorblitzen.

Schauer liefen Miranda über den Rücken. Angst vernebelte ihren Kopf und drohte, sie erneut in die Dunkelheit zu ziehen, weg von diesem Grauen. Ihr Magen rebellierte und um ein Haar wäre sein Inhalt heraufgekommen – was nicht viel sein konnte nach dem brennenden Gefühl, das sie seit einer Weile quälte.

Vampir, schrie ihre innere Stimme entsetzt auf. Aber Vampire gab es nicht. Das waren doch nur Gruselgeschichten, die man sich am Lagerfeuer erzählte. Dennoch stand ein Wesen vor ihr, das denen aus diesen Geschichten mehr als ähnlich war.

Miranda kam es vor, als wäre sie in einer Art Albtraum gefangen. Sie schloss ihre Augen und wünschte sich an einen anderen Ort. *Lasst mich bitte aufwachen. Ich bin zu Hause in meinem Bett und meine Mum macht leckeren Kuchen.* Aber als sie sie wieder öffnete, stand das Wesen weiterhin vor ihr, einen belustigten Ausdruck im Gesicht.

„Na, was starrst du mich so an? Hast du noch nie einen Vampir gesehen?", fragte er mit gespielt freundlicher Stimme. Aber sein dazugehöriges Lächeln ließ Miranda frösteln. „Vermutlich nicht. Meine Leute haben lange Jahre im Untergrund agiert, um mich zurückzuholen."

Wie gebannt starrte Miranda auf das nicht unattraktive, aber absurd bleiche Gesicht. Ihrem Verstand fiel es schwer, zu glauben, was ihre Augen sahen. Sie bemerkte die Bewegungen des Vampirs nicht. Erst als er direkt vor ihr stand – gerade so weit voneinander entfernt, dass sie einander nicht zufällig berührten –, wurde ihr seine Nähe unangenehm bewusst. Er war wahnsinnig schnell, möglicherweise sogar schneller als Gestaltwandler, und bewegte sich dazu nahezu geräuschlos.

Seinen Geruch konnte sie nicht wirklich ausmachen. Das machte ihr Angst. Sonst konnte sie selbst in Menschengestalt Düfte sehr genau wahrnehmen, aber von diesem Wesen kam nichts, nur Leere. Und ein Hauch derselben unerträglichen Süße, die auch Nathan anhaftete.

Miranda ertrug den Anblick des Vampirs nicht länger. Er gab ihr das Gefühl, klein und unbedeutend zu sein. Dieser Vampir verströmte so viel Macht und Dunkelheit, dass ihr sämtliche Haare zu Berge standen. Hilfesuchend wandten sich ihre Augen an Michael, der an Tür Wache hielt. Aber dieser verzog nicht einmal eine Miene, als sei dieses Wesen das Normalste im Leben, geschweige denn, dass er sie vor diesem Ungeheuer rettete. Was war nur mit ihm geschehen?

Als sie ihm vorhin zum ersten Mal begegnet war, hatte er ihre Schwester vor sich selbst und Nathan gerettet, und nun stand er einfach da und starrte sie mit ausdrucksloser Miene an. Das war nicht mehr der Mann, der seinem Bruder die Stirn geboten hatte, um unbekannte Frauen zu schützen.

„Weißt du, wer ich bin?", fragte der Vampir leise und lenkte Mirandas Aufmerksamkeit wieder auf sich. „Ich hoffe doch, du hast schon einmal von mir gehört. Sonst wäre ich sehr, sehr traurig." Ohne eine Antwort abzuwarten, die sie sowieso nicht hätte geben können – zu sehr stand sie noch unter Schock –, fuhr er mit seinem Monolog fort.

„Nein?" Er verzog sein Gesicht zu einer gekünstelt beleidigten Miene. „Du kennst mich wirklich nicht? Sag mal, was bringen sie euch Gestaltwandlern überhaupt bei?" Er machte eine theatralische Geste und seufzte übertrieben. „Was ist nur aus dieser Welt geworden? Bildung ist anscheinend nicht mehr wichtig." Er schritt mit langen Schritten vor Miranda auf und ab. Er trug einen perfekt sitzenden Anzug aus einem seidig-schimmernden schwarzen Stoff mit schneeweißem Hemd, das sich kaum von seiner Haut abstach, und dazu schwarze Schuhe. Vorhin war sie so auf sein Gesicht fokussiert gewesen, dass sie nicht bemerkt hatte, wie gut er gekleidet war.

„Ich werde dich kurz aufklären", sprach er weiter. „Mein Name ist Maxim. Ich bin der Urvater der Vampire, der Erste unserer Art. Sie alle stammen ursprünglich von mir ab. Sie sind meine Nachfahren und ich bin ihr Anführer."

Der Erste der Vampire. Das bedeutete, dass er mehrere Jahrzehnte, wenn nicht sogar Jahrhunderte alt sein musste. Konnte das möglich sein? Wieso hatte Miranda dann nie von Vampiren erfahren? Hatten sie sich so gut versteckt gehalten, dass niemand von ihrer Existenz wusste?

„Ich verfüge über die längste Erfahrung und auch über ganz besondere Fähigkeiten." Er zwinkerte Miranda zu. „Leider konnte ich eine Zeitlang nicht bei meinem Volk sein. Es hat sich viel verändert seither."

Langsam umrundete dieser unheimliche Mann das Kreuz, an dem sie gefangen gehalten wurde. Miranda musste an einen Geist denken, was an der fast weißen Haut und seinen unhörbaren Bewegungen lag. Er strich mit seinen Fingern, deren Nägel spitz zuliefen und an die Klauen der Wandler in halbverwandelter Gestalt erinnerten, über Mirandas Wange. Ihr wurde übel.

Sie wollte ihre Augen schließen, wollte weg von diesem Ort, diesem Gesicht, das ihr, mehr denn je, Angst machte. Aber sie zwang sich, ihre Augen offen zu halten, denn wie ihr Vater ständig zu sagen pflegte: *Du lernst deinen Feind nur kennen, wenn du ihn beobachtest.* Vor ein paar Monaten noch hätte Miranda nicht geglaubt, dass sie Christophers Ratschläge einmal brauchen würde.

„Mmmh, du riechst so gut! So verführerisch! Einen Leckerbissen wie dich hatte ich schon seit Jahrhunderten nicht mehr. Es wird mir ungemeine Freude machen, von dir zu kosten."

Bevor sie realisierte, was Maxim gerade gesagt hatte, spürte Miranda auch schon ein Reißen an ihrem noch nicht verheilten Hals.

Vor Schmerzen schreiend versuchte Miranda, ihren Kopf wegzuziehen, doch Maxim hielt ihn mit eisernem Griff fest. Sie spürte, wie er gierig das Blut aus ihr heraussaugte. Alles fing an, sich zu drehen. Ihr Blick verschwamm. Seine Hände krallten sich in ihre Schultern. Immer fester drückten sie zu. Seine klauenartigen Nägel bohrten sich tief in ihre Haut und ließen Blut laufen.

„Nein, aufhören, bitte, hör auf", schluchzte sie. Tränen sammelten sich in ihren Augen. Noch nie im Leben hatte sie Schlimmeres erlebt. Miranda glaubte, ihr Körper stehe in Flammen und verbrenne langsam. Glühende Kohlen, die sich von ihrem Hals in ihren Körper ausbreiteten, zuerst in ihre Brust und ihren Bauch, dann in ihre Arme und Beine.

„Hör auf damit", bettelte sie mit leiser Stimme. „Lass mich los, bitte."

Doch Maxim reagierte nicht auf ihr Flehen. Sein krampfartiger Griff riss tiefe Furchen in ihre Haut. Dichte Nebelschwaden zogen durch ihren Geist und verschleierten die Gegenwart vor ihrem Blick. Erinnerungsfetzen tauchten auf, Bruchstücke, die tief in ihrem Verstand vergraben waren.

… *„Miranda, pass auf deine Schwester auf!", brüllte ihr Vater. Er trommelte die Soldaten zusammen und erteilte ihnen mit Handzeichen Anweisungen.*

„Aber ich kann kämpfen!", widersprach ihm Miranda. Wozu hatte er sie alles gelehrt, wenn nicht für den Kampf?

„Nein! Du musst auf Andy Acht geben!" …

… *„Andy, versteck dich hier drinnen. Ich werde Dad helfen."*

„Nein, lass mich nicht alleine!", bettelte Andy. Am ganzen Leib zitternd klammerte sie sich an Miranda. „Bitte, Miranda! Bleib bei mir!"

Miranda umfing das Gesicht ihrer Schwester mit ihren Händen und drückte ihr einen Kuss auf die Stirn. „Bleib hier drinnen und verhalte dich still. Dann wird dir nichts geschehen."

„Aber was wollen die von uns?", fragte Andy mit tränenerstickter Stimme. „Wieso greifen sie uns an?"

„Ich weiß es nicht."

Miranda drehte sich um. Sie ließ ihre Luchsin frei. Im nächsten Moment spürte sie die Veränderung an sich. Tierische Kraft durchströmte ihren Körper und schenkte ihr die Macht, die sie brauchte, um ihre

Familie zu verteidigen. Mit ausgefahrenen Krallen stürmte sie durch die Tür und in den Kampf…

… Rubinrote, gierige Augen und bleiche Haut überall. Mit gebleckten Zähnen drängten sie ihre Großmutter gegen eine Hauswand. Dazu eine Horde Luchswandler, die sich wie ferngesteuert bewegte. Brüllend holte Miranda aus und durchtrennte ihre Kehlen mit ihren Krallen. Dunkle, warme Blutspritzer bedeckten ihr Gesicht und den Schnee. Aber sie hörte erst auf, als alle Feinde tot waren…

… Sie war umzingelt und am Ende ihrer Kräfte. Ein Pfeil hatte sie in den Rücken getroffen – ein Pfeil gefüllt mit Betäubungsmittel. Sie konnte sich kaum noch auf den Beinen halten. Etwas Hartes traf sie am Kopf und schickte sie in die Dunkelheit…

Sie konnte sich wieder erinnern. Sie wusste, was in jener Nacht geschehen war. Vampire und Nathans Rudel hatten ihre Familie angegriffen und sie grausam abgeschlachtet. Mit Ausnahme von ihr und ihrer Schwester.

Wieso? Miranda konnte die Frage nicht beantworten, nicht nur, weil sie die Antwort nicht kannte. Sie spürte, wie ihr die Realität allmählich entglitt und vom Nebel eingehüllt wurde, unsichtbar und nicht wieder zu finden.

Plötzlich spürte sie ein heftiges Zerren an ihrem Hals. Maxims Körper fing an zu zucken und verkrampfte sich, als hätte er eine Art Anfall.

Ihre restlichen Kräfte mobilisierend zog Miranda ihren Kopf mit einem Ruck weg und schlug dabei hart mit dem Hinterkopf gegen das Holz des Kreuzes. Sie büßte ein Stück des Muskels, in den sich der Vampir verbissen hatte, ein. Aber es war ihr egal. Sie war frei. Das war das Einzige, das zählte. Die Schmerzen spürte sie kaum. Seine Hände klammerten weiterhin an ihren Schultern. Sie versuchte, ihn abzuschütteln, doch sie konnte sich nicht weit genug bewegen, dass sie es geschafft hätte.

„Helft mir! Bitte, helft mir!", flehte Miranda. Sie kämpfte gegen die Panik an, die in ihr aufstieg. Seine Klauen gruben sich mit jeder Zuckung tiefer in ihre Haut. Sie durchbohrten Muskeln und Fleisch.

Miranda starrte in das Gesicht des Vampiranführers. Seine Attraktivität war einer grotesken, verzerrten Fratze gewichen. Das Rot seiner Pupillen war in seinen Augenhöhlen verschwunden. Sie konnte nur noch das blutunterlaufene Weiß seiner Augäpfel sehen. Blut und Speichel flossen aus seinem halb offenstehenden Mund. Sein ganzer Körper war steif, verkrampft und wurde weiterhin von starken Zuckungen geplagt.

Im Augenwinkel sah sie Nathan auf sie zustürmen. Mit aller Kraft riss er den Vampir von ihr weg. Die Schmerzen ließen Miranda schreien. Maxims Hände hatten sich tief in ihre Schultern gekrallt. Das Blut lief noch ihre Brüste hinab als sich die Verletzungen zu schließen begannen.

Auch ihr Hals verheilte bereits. Miranda hatte befürchtet, dass Vampire irgendein Gift absonderten, das ihre Selbstheilungskräfte einschränkte. Die Narben würden ihr aber ihr Leben lang bleiben und sie an diesen schrecklichen, unbegreiflichen Vorfall erinnern.

Kapitel 5

Schwer atmend folgte ihr Blick Nathan, wie er den Vampir sachte zu Boden legte. Was war nur mit Maxim geschehen? Wie war es zu diesem Anfall gekommen?

Er war weder ansprechbar, noch zu bewussten Bewegungen fähig. Die Zuckungen waren schwächer geworden, doch wirkte sein Körper weiterhin starr und verkrampft. Am erschreckendsten waren aber seine Augen. Sie starrten an die Decke, ohne auch nur ein einziges Mal zu blinzeln.

Bestürzt hockte sich Nathan neben den Vampir und untersuchte ihn auf Lebenszeichen. Miranda fiel auf, dass er dies nur sehr zögerlich tat, fast, als wolle er ihn nicht anfassen. Miranda glaubte, Angst in seinen Augen zu sehen.

„Du Schlampe!", brüllte Nathan, seine Augen nun auf Miranda gerichtet. Seine Angst war dem Zorn gewichen. Und doch waren sie so kalt wie ein gefrorener See. „Was hast du mit ihm gemacht?", fuhr er sie an. „Ich hätte dich töten sollen!"

Wütend sprang er auf und stürzte mit ausgefahrenen Krallen auf Miranda zu. Einen Schritt vor ihr hielt er aber nach Luft schnappend inne. Sein Gesicht war zu einer starren Maske gefroren, denn goldgelbe Katzenaugen starrten ihn an. Erschrocken wich er einen Schritt zurück und wäre beinahe über den Arm des

Vampiranführers gestolpert. „Das ist nicht möglich! Das Implantat müsste viel länger anhalten! Es unterdrückt die Verwandlung für mindestens einen Monat."

Einen Monat! Wie hält es nur jemand aus, so lange von seinem Tier abgeschnitten zu sein? Bei mir waren es nur einige Stunden und ich wäre beinahe verrückt geworden!

„Aber bei dir hält die Wirkung nicht einmal einen Tag an. Wie ist das möglich? Was bist du nur?", hauchte er.

Miranda hatte die Veränderung an ihrem Körper erst vor wenigen Sekunden bemerkt. Ganz leicht nahm sie nun die Präsenz ihres Tieres wahr. Wie es sich anfühlte, konnte sie nicht richtig beschreiben, am ehesten kam es dem Gefühl gleich, wenn die Betäubung beim Zahnarzt langsam nachließ. Aber das Wichtigste war, dass ihre Luchsin wieder zum Leben erwacht und verdammt sauer war. Brüllend stemmte sie sich gegen die Fesseln, die sie gefangen hielten. Sie verlangte nach Rache. Nathan sollte dafür bluten, was er Miranda angetan hatte. Die Katze hatte, wenngleich verborgen, jede Einzelheit von Mirandas Leid erfahren, als wären sie nie voneinander getrennt gewesen.

Miranda spürte die Stärke, die durch ihren Körper floss. Ihre Wunden heilten schneller. Ihre geliebte Luchsin hatte die Ketten, die sie von ihr abschnitten, schon beinahe abgeworfen.

Endlich sind wir wieder vereint! Ich habe dich so sehr vermisst.

Sie schloss die Augen, versank in ihrem Tier und wartete auf den erlösenden Moment, in dem das Gift gänzlich aus ihrem Körper verschwunden war. *Dann*, schwor sie sich, *werdet ihr alle für den Schmerz büßen, den ihr mir zugefügt habt. Ihr werdet leiden, wie ihr mich habt leiden lassen.* Von ihrem Tier vernahm sie ein zustimmendes Brüllen.

Nathan bekam es offenbar mit der Angst zu tun. Er stolperte in Richtung Tür.

„Nicht mehr das starke Alphatier?", knurrte Miranda. Ihre Krallen brachen hervor, die denen des Vampirs nicht unähnlich waren. Aber Miranda konnte es nicht kontrollieren, was sie nicht verstand. Die Verwandlung war ihr zwar willkommen, doch sie steuerte sie nicht. Ihre Luchsin hatte selbst entschieden, dass es an der Zeit war, zu handeln.

Daran war bestimmt das Implantat schuld, denn seit sie denken konnte, hatte sich immer der Mensch, für die Verwandlung entschieden. „Nathan, wenn ich du wäre, würde ich laufen! Sobald ich mich wieder vollständig verwandeln kann, bist du fällig. Dann zahle ich dir heim, was du mir angetan hast! Du hast dich mit der Falschen angelegt."

In ihren Augen flammte ein golden loderndes Inferno auf. Die Katze in ihr bahnte sich ihren Weg nach draußen.

Panisch wandte sich Nathan seinem Bruder zu, der neben ihm an der anderen Seite der Tür stand. „Steh nicht so bescheuert herum! Hol mir ein neues Implantat! Sie darf nicht entkommen, sonst sind wir tot! Maxim wird uns dafür die Schuld geben!"

Doch Michael bewegte sich keinen Schritt. In seinem Gesicht wechselten Erstaunen und Verwirrtheit einander ab. Er wirkte, als sei er gerade aus einer Art Trance erwacht.

Noch völlig benommen ließ er seine Augen durch den Raum schweifen, wobei sie an Miranda hängen blieben. Langsam klärte sich das Durcheinander in seinem Blick auf. Er schien sich an etwas zu erinnern.

„Los! Lauf und hol es mir!", drängte Nathan. Er stand mit dem Rücken zur Wand, hin- und hergerissen zwischen dem Drang, abzuhauen und die Wut des Vampiranführers zu spüren zu bekommen, und seiner Angst vor der Luchswandlerin, die sich danach sehnte, ihm die Kehle herauszureißen.

Mit weißglühenden Katzenaugen und einem wutentbrannten Fauchen stürzte Michael plötzlich auf seinen Bruder zu und attackierte ihn mit schnellen, harten Schlägen. Nathan brauchte einen Moment, um zu begreifen. Dann wechselten seine Augen ihre Farbe. Sie wurden tierisch, wie auch seine Hände. Jahrelang angestaute Wut und Hass bestimmten seine Hiebe. Die Brüder kämpften den Kampf, der seit langer Zeit fällig war, und ließen sich nicht von der plötzlich aufgerissenen Tür, durch die Carlo hereinstürmte, ablenken.

Schnurstracks eilte der dunkelhäutige Wandler auf Miranda zu und fing an, ihre Fesseln mit eifrigen, aber überaus geschickten Handgriffen zu lösen, die sie dem muskulösen Mann nicht zugetraut hätte.

„Du solltest doch draußen auf uns warten!", brummte er. „Es ist zu gefährlich!" Carlos Beschützerinstinkt galt dem weißblonden Mädchen mit der Alabasterhaut, das ein viel zu großes, kariertes Hemd trug, dessen Ärmel einige Male umgeschlagen waren.

„Sie ist meine Schwester", erwiderte Andy entschlossen. „Mein Leben lang hat sie mich beschützt. Heute bin ich an der Reihe, ihr zu helfen. Außerdem", sagte sie, die Augen auf Carlo gerichtet, „ist es draußen nicht sicher. Wenn das Rudel entdeckt, dass das Alphatier in Gefahr ist, werden sie Nathan zu Hilfe kommen." Ihre Miene sah dabei so aus, als wolle sie sagen: *Was ich nicht verstehen kann.* „Ohne dich könnten sie mich wieder gefangen nehmen."

Carlo schien einen Moment darüber nachzudenken und entschied offenbar, dass Andy damit recht hatte, denn er versuchte nicht noch einmal, sie hinauszuschicken. Stattdessen bemühte er sich weiter, die Drahtfesseln um Mirandas Hände zu lösen.

Andy trat einen Schritt auf Miranda zu und strich ihr sanft über die Wange. „Ich bin so stolz auf dich."

Ich bin auch stolz auf dich, wollte Miranda sagen. Aber sie war so gerührt, dass ihre jüngere Schwester, die mindestens einen Kopf kleiner als sie war, sie rettete, dass sie kein Wort herausbrachte.

Andy bückte sich und durchtrennte mit einer kleinen Zange die Drahtschlingen, die Mirandas Beine an das Kreuz gefesselt hielten.

Als sie endlich von diesem Kreuz befreit war, konnte nur Carlos schnelles Eingreifen ihren Sturz verhindern. Miranda war so geschwächt von der Gefangenschaft, dass sie sich alleine nicht auf den Beinen halten konnte. Behutsam, als wäre sie aus Glas, setzte Carlo sie am Boden ab. Erschöpft lehnte sich Miranda gegen das Kreuz und schloss die Augen.

Auch die Verwandlung, die sie weiterhin nicht kontrollieren konnte, verlangte ihr viel Kraft ab. Ihr Körper hatte noch mit einem Rest des Wirkstoffs zu kämpfen, der ihr Tier unterdrückte. Der

Kampf um seine Freiheit ging weiter. Doch ihre Verbindung wurde mit jeder Sekunde, die verging, stärker. Das taube Gefühl ließ langsam nach. Nicht auszudenken, hätte Nathan ihr ein neues dieser widerwertigen Implantate eingepflanzt und ihre Luchsin erneut von ihr abgeschnitten. Miranda mochte nicht einmal daran denken, dieses schreckliche Gefühl, ihr Tier nicht zu spüren, ein weiteres Mal erleben zu müssen.

Aus einem Rucksack, den sie von ihren Schultern gestreift hatte, zog Andrea eine Hose, Socken und einen dicken Pullover in einer grässlichen gelbgrünen Farbe heraus. Behutsam, jedoch zügig, half sie Miranda, sich anzuziehen. Miranda sah an sich hinab. Ihre rückenlangen, zum Teil vom Blut dunkelrot gefärbten Haare sahen schrecklich zu dem Pullover aus. „Einen schöneren hast du wohl nicht gefunden?", fragte sie angewidert.

„Hör auf zu meckern", ermahnte sie Andy. In dem Moment sah sie ihrer Mutter so ähnlich wie noch nie zuvor. „Das war der beste, den ich gefunden habe. Du gehst damit doch nicht zu einem Date."

Mirandas Blick huschte zu Michael, der gemeinsam mit seinem Freund Carlo gegen seinen Bruder und den Wandlern, die ihm zu Hilfe gekommen waren, kämpfte. „Ah, verstehe", murmelte Andy vergnügt.

Mirandas Wangen wurden schneller rot, als eine Ampel die Farbe wechseln konnte. Sie fühlte sich ertappt. Aber Andy ging zum Glück nicht weiter auf das Thema ein, sondern holte eine verschlossene Schüssel aus ihrem Rucksack. Als sie den Deckel abnahm, strömte heißer, lecker duftender Dampf heraus. Es roch nach Fleisch und Kartoffeln vermischt mit etwas, das Miranda nicht benennen konnte. Ein unglaublich exotischer und gleichzeitig seltsam vertrauter Geruch erfüllte die Luft. Miranda lief das Wasser im Mund zusammen. Ihr Magen erinnerte sie mit einem lautstarken, schmerzhaften Knurren, dass er seit Stunden nichts zum Verdauen gehabt hatte.

„Ich habe etwas Suppe für dich mitgenommen. Sie wird dich stärken."

„Ich glaube, ich will nicht wissen, wo du die herhast."

Andys Wangen nahmen einen Hauch von dunklem Rosa an. Miranda musste nicht lange auf eine Erklärung waren. Die Worte sprudelten förmlich aus ihrer Schwester heraus, als bitte sie um Vergebung. „Das Haus war leer, bis auf den kleinen Jungen. Er war so fünf, sechs Jahre alt. Von ihm drohte keine Gefahr. Deshalb hat Carlo mich dorthin gebracht. Im Haus roch es so lecker und ich hatte solchen Hunger."

„Hast du sie dem Jungen weggenommen?", fragte Miranda und musste sich dabei ein Grinsen verkneifen. Ihre Schwester war ein durch und durch ehrliches und gerechtes Wesen. Für sie kam es einem Verbrechen gleich, von anderen etwas zu nehmen, das sie brauchte, selbst, wenn ihr Leben davon abhing.

„Nein! Das würde ich nie tun! Aber ich habe sonst nichts davon übriggelassen. Nun, ein bisschen schon, für dich. Aber der Junge hat nichts mehr."

„Hast du von dort auch diesen grässlichen Pulli mitgehen lassen?"

„Das nächste Mal, wenn wir in einer solchen Situation sind, suche ich den schönsten heraus und nicht den ersten, der mir in die Finger kommt", antwortete Andy trocken.

Miranda lächelte. Sie liebte diese Seite ihrer Schwester. So zart und sanft Andy auch war, sie war wortgewandt und konnte ziemlich gut austeilen. Innerhalb der Familie nahm sie nur selten ein Blatt vor den Mund. Bei Fremden war sie schüchtern und brauchte eine Zeit, bis sie sich öffnete.

Miranda blieb nichts anderes übrig, und sie hasste das Gefühl, als sich von ihrer Schwester füttern zu lassen. Ihre Arme waren noch zu schwach, um sie anzuheben, geschweige denn, um selbst zu essen.

Andy setzte ihr die Schale an die Lippen und kippte ihr ein wenig von der dickflüssigen, braunen Brühe in den Mund. Als der erste Schluck ihre Zunge bedeckte, spürte Miranda eine wahre Geschmacksexplosion. So viele unterschiedliche Aromen jagten wild durch ihren Mund. Mit gierigen Schlucken trank Miranda die Schale leer.

In ihrem Inneren wurde es wohlig warm. Sie fühlte, wie die Erschöpfung von ihr abfiel und die Kraft in ihre müden Knochen zurückkehrte. Innerhalb weniger Sekunden ging es ihr wesentlich besser. Die letzten Wunden heilten. Ihre Luchsin schnappte gierig nach der Energie, saugte sie auf und wartete sehnsüchtig darauf, dass auch die letzte Kette, die sie gefangen hielt, zerbrach. Miranda spürte ihre Wut und ein wildes Verlangen nach Rache, dem sie nur zu gern nachgab.

Mirandas Aufmerksamkeit wurde von dem Kampf angezogen, der nur wenige Meter von ihnen entfernt ausgetragen wurde. Carlo wütete zusammen mit Michael in einem Getümmel aus Feinden, die Nathan zur Unterstützung gekommen waren. Es waren nicht wenige. Manche davon lagen bereits benommen am Boden, aber noch kämpfte gut ein halbes Dutzend. Konnten die beiden Freunde diesen Kampf gewinnen? Miranda mochte nicht an die Konsequenzen denken, sollten sie unterliegen.

Ihr Blick richtete sich auf den am Boden liegenden Maxim. Seine Augen waren nun geschlossen. Er bewegte sich nicht. Wie Miranda auffiel, tat dies auch seine Brust nicht. Er atmete nicht. Bedeutete das, dass er tot war? Ihr Gefühl sagte ihr allerdings, dass dem nicht so war. Ihn umgab noch immer diese dunkle, bösartige Aura, die ihr Gänsehaut verursachte. Sie wollte dieses Ungeheuer so weit wie möglich hinter sich lassen.

„Andy, wir müssen von hier verschwinden, und zwar schnell", drängte sie. „Wenn er aufwacht, und das wird er, ist das alles umsonst. Er wird uns alle töten!" Miranda wusste nicht, wie viel Zeit ihnen noch blieb, ehe Maxim aus seiner Bewusstlosigkeit erwachte. Momentan schien er noch meilenweit vom Hier und Jetzt entfernt, aber das konnte sich nur allzu schnell ändern.

Auch Andrea blickte zum Kampfgeschehen, aber ihre Augen schienen nur den dunkelhäutigen Gestaltwandler mit den grünen Augen zu sehen, der mitten in seiner Bewegung innehielt und sich zu ihnen umdrehte. Es war, als hätte er ihren Augenkontakt gespürt.

„Carlo, wir müssen los!"

Die beiden Freunde gaben noch einmal alles und mobilisierten ihre letzten Kräfte. Sie waren ein gutes Team und agierten als perfekt eingearbeitete Einheit. Bestimmt hatten sie in der Vergangenheit mehrere Kämpfe miteinander ausgefochten, denn jeder schien die Schritte des anderen zu kennen und seine eigenen Bewegungen darauf abzustimmen. Miranda konnte ihnen nicht helfen. Für einen Kampf reichten ihre Kräfte noch nicht aus.

Wie Berserker tobten Carlo und Michael ihre Gegner nieder, bis sich keiner mehr rührte und sie bewusstlos am Boden lagen. Dass Michael so stark war und es locker mit Nathans Männer aufnehmen konnte, wunderte Miranda nicht, immerhin war er ein Alphatier, aber bei Carlo hatte sie diese enorme, nicht zu vergleichende Stärke nicht vermutet. War auch er eines?

Michael bückte sich zu seinem Bruder. Seine Augen waren traurig. Als älterer der Geschwister fühlte er sich natürlich für Nathan verantwortlich. Miranda empfand für ihre Schwester nicht anders.

„Beeilen wir uns, ehe sie zu sich kommen!", rief Carlo. Sein Blick lag dabei auf seinem Freund. „Michael, wir können ihn nicht mitnehmen", sagte er, als hätte er dessen Gedanken erraten. Er selbst nahm Andy an der Hand und hob sie über die bewusstlosen Feinde. An der Tür warteten sie.

Kapitel 6

Michael warf noch einen letzten Blick auf seinen Bruder, ehe er aufsprang. „Ich nehme Miranda!", rief er. „Alleine schafft sie es nicht!"

So schnell, dass Miranda seine Worte nicht zu registrieren vermochte, war Michael vor ihr in die Hocke gegangen und legte die Arme um ihre Hüften. Sie war zu überwältigt von seiner plötzlichen Nähe, dass ihre Gedanken einfach aussetzten und sie ihn machen ließ. Und auch, weil sie noch nicht wusste, was er vorhatte. Denn das hätte sie nicht mit sich machen lassen, wäre sie bei klarem Verstand gewesen.

Mit aller Kraft, die Michael aufbieten konnte, stemmte er sie hoch und warf sie über seine Schulter. Geschickt setzte er seine Füße zwischen die Arme und Beine ihrer bewusstlosen Feinde, ohne auf jemanden zu treten. Carlo nickte ihm zu und dann rannten sie hinaus in den Wald und weg von der größten Gefahr, die ihnen allen zurzeit drohte – dem glücklicherweise weiterhin sehr ohnmächtigen Vampir.

„He! Was soll das?", brüllte sie, während ihr Oberkörper durch Michaels schnellen Lauf wild durchgeschüttelt wurde. Sie war doch kein Martini und er war nicht James Bond! Vom Wald, der verkehrt herum in Farbstreifen an ihr vorüberzog, wurde ihr schlecht. Ihr Magen war schon ganz flau. Viel brauchte es nicht mehr und sie würde die Suppe, die als einziges ihren Magen füllte, erbrechen.

Mühsam richtete sie sich auf und wehrte sich gegen diese Position, woraufhin sie etwas nach unten rutschte. Michael packte sie fest am Po und half ihr, ihre Beine um seinen Körper zu schlingen. Dabei starrte er an ihr vorbei geradeaus.

„Ich kann alleine laufen!" Trotz des harten Schlages gegen seine Brust ließ Michael sich nicht von seiner Entscheidung abbringen und lief Miranda tragend in den dichten Wald hinein, dessen Bäume mit einer dicken, im Mondlicht glitzernden Schicht Eis eingehüllt waren. „Lass mich runter!", fauchte sie. „Hörst du, ich kann alleine laufen."

Doch der Typ ignorierte sie komplett und brachte Miranda damit zur Weißglut. Sie war doch kein schwaches, kleines Mädchen, das auf die Unterstützung eines Mannes angewiesen war, um seine eigene Haut zu retten. Sie war eine starke Frau, eine Kämpferin, an deren Ego Michaels Hilfe spürbar kratzte. Ihm musste einmal klargemacht werden, wen er tatsächlich in seinen Armen trug.

Kräftig hämmerte Miranda mit ihren klauenbesetzten, zu Fäusten geballten Händen – sie steckte immer noch in ihrem halbverwandelten Zustand fest – auf seine Brust. Sie merkte erst, dass sie zu weit gegangen war, als sie die Kratzspuren auf seiner muskulösen, etwas behaarten Brust sah, aus denen hellrotes Blut sickerte. Michael zuckte nicht einmal, als sie über seine Wunden strich, sondern lief zielstrebig und in sehr rasantem Tempo weiter durch den Wald. Er sprang über Wurzeln und ließ sich auch von den herunterhängenden Ästen, die ihnen eisigen Schnee auf die Köpfe schmissen, nicht aus dem Konzept bringen.

„Es tut mir leid," murmelte sie.

Michael schüttelte den Kopf, als wollte er sagen, dass es nichts zu entschuldigen gab.

Zum ersten Mal schaute Miranda ihm direkt ins Gesicht und war völlig fasziniert von dem, was sie sah. Er war ein unglaublich attraktiver Mann. Seine blauen Augen, die konzentriert nach vorne gerichtet waren und sich deutlich von seiner etwas dunkleren Haut abzeichneten, weckten Erinnerungen in ihr. Sie erkannte diese Farbe. Das waren die Augen seines Bruders. Auf einmal sah sie nicht mehr Michael, sondern Nathan. Sie spürte seine Berührungen auf ihrem Körper. Ein Beben durchzuckte ihre Muskeln.

Plötzlich ertrug sie seine Nähe nicht mehr. Sie strampelte sich frei und riss Michael von den Füßen. Ihm blieb keine Zeit, seinen Sturz zu verhindern. Doch er schaffte es gerade noch, sich umzudrehen, um nicht auf dem Rücken zu landen.

Miranda rollte durch den Schnee. Sie zitterte am ganzen Leib, woran aber nicht die Kälte schuld war. Sie spürte die Tränen, die sich in ihren Augen sammelten. Verzweiflung schnürte ihre Kehle zu. Was war nur aus ihr geworden?

Das laute Geräusch brechender Zweige durchbrach die Stille und riss Miranda aus ihrem Kummer. Miranda richtete ihren trüben Blick in die Richtung, aus der das Geräusch gekommen war. Sekunden später brach eine kräftige, dunkelhaarige Gestalt durch den Wald und nahm rasend die Verfolgung auf. An den roten, schlitzförmigen Augen konnte sie erkennen, dass es sich bei dem brünetten Mann, der sich trotz seiner Massigkeit unglaublich elegant bewegte, um einen Vampir handelte. Es gab also schon mehr von dieser Brut.

Der Vampir sah nicht aus, als wolle er mit ihnen ein Schwätzchen halten. In seinen Augen funkelte etwas, das Miranda als Mordlust deutete. Er war rasend vor Zorn und gekommen, um sie zu töten. Wollte sich vermutlich dafür rächen, dass sein Herr und Meister Maxim diesen Anfall erlitten hatte. Miranda musste ihm zuvorkommen.

Ohne auch nur den geringsten Schimmer davon zu haben, wie man Vampire tötete, stürmte Miranda wie der Blitz auf ihren Gegner zu. Im Geiste rief sie nach ihrer Luchsin und bat um ihre Hilfe. Mit reiner Willensstärke schaffte es die Katze, die letzte Kette des Implantats zu sprengen und ihnen die Kontrolle über ihren Körper wiederzugeben. Mensch und Tier waren wieder vereint, so wie es sein sollte.

Miranda überließ dem Tier in sich die Führung. Ihr Handeln änderte sich von gedankengesteuert zu rein instinktiv. Und obwohl sie sich nicht vollständig verwandelte, war sie doch mehr Tier als Mensch. Die Veränderung war nicht sichtbar, denn sie hatte in ihrem Inneren stattgefunden. Mit drei kräftigen Sätzen war sie bei ihrem Verfolger, der sie aber nicht beachtete, fast, als könne er sie nicht sehen. Er rannte schnurstracks auf ihre Freunde zu. Miranda stürmte links an ihm vorbei. Für die anwesenden Zuschauer war kaum etwas von dem zu sehen, was sie ihm angetan hatte.

Sie konnten nur das Ergebnis beobachten, nämlich, dass der Vampir auf die Knie fiel und sich mit beiden Händen an die Brust fasste. Große Mengen an Blut quollen zwischen seinen Fingern hervor und färbten den Schnee unter ihm rubinrot. Woher es kam, erfuhren Mirandas Begleiter erst, als sie sich zu ihnen umdrehte.

In ihrer Hand hielt sie ein lebloses Etwas, bei dem es sich um das Herz des Angreifers handelte. Tot war es nicht erst, seit sie es aus seiner schützenden Hülle gerissen hatte. Es hatte in der Brust des Vampirs schon nicht mehr geschlagen. Miranda hatte ein Leben beendet, das gar nicht mehr hätte sein dürfen. Sie hatte einen Toten getötet.

Der Vampir gab einen überraschten Laut von sich, bevor er nach vorne in die, im schwindenden silbernen Mondlicht schimmernde Blutlache kippte. Sein Körper wurde von einem heftigen Zittern gebeutelt, das aber nur wenige Sekunden andauerte. Schließlich blieb er reglos liegen.

Miranda blickte auf das Herz, das leblos in ihrer Hand lag. Es sah aus wie ein ganz normales menschliches Herz. Kühles Blut sammelte sich zwischen ihren Fingern und tropfte langsam auf den Boden. Von jähem Ekel erfüllt ließ sie es auf den Boden fallen.

Glücklicherweise war sie noch nie in die Situation gekommen, jemanden zu töten, sei es, um ihr eigenes Leben oder das ihrer Liebsten zu schützen. Sie hoffte, dass dies das einzige und letzte Mal für eine sehr lange Zeit sein würde. Denn es fühlte sich falsch an, ein Leben zu beenden. Wer war sie, über Leben und Tod zu entscheiden? Dieses Recht stand ihr nicht zu.

Sie erinnerte sich daran, wie sie vor Jahren ihren Vater gefragt hatte, wie es sich anfühlte, zu töten. Sein Blick war so traurig geworden, wie sie ihn noch nie erlebt hatte. Er hasste sich für jeden, der durch seine Hand gestorben war. Ihr Dad hatte nie getötet, weil es ihm Spaß gemacht hatte. Er hatte den Tod seines Gegenübers als letztes Mittel der Verteidigung gewählt. Es hatte keine andere Möglichkeit mehr geben dürfen, die Situation zu lösen.

Das waren aber die Gedanken und Vorwürfe des Menschen. Die Tiere in ihnen waren anders. Sie würden nie zögern, zu töten, stand das eigene Leben oder das der Ihrigen auf dem Spiel. Und das war das Schwierige am Gestaltwandlerdasein. Man musste die Balance zwischen diesen beiden sehr unterschiedlichen Ansichten finden und durfte sich keiner Seite mehr hingeben als der anderen.

Alle Anwesenden waren sprachlos und starrten Miranda verblüfft an. In Andys Augen glaubte Miranda Erleichterung zu sehen. Sie wusste, dass ihre Schwester alles tun würde, um sie zu beschützen.

Aber Carlos Gesichtsausdruck verriet maßlose Verwirrung, als sei seine Welt komplett aus den Fugen geraten. Miranda verstand nicht, wieso. Sie hatte gehandelt, um ihre Freunde zu retten. Was war daran falsch?

Aber auf einmal löste er sich aus seiner Starre und er raste auf den Vampir zu. Seine Hände verwandelten sich im Lauf zu Klauen und seine Augen glühten nun in demselben Grün wie in menschlicher Gestalt. Bloß hatten sie die Form von Katzenaugen angenommen. Mit einem triumphierenden Gebrüll packte er den Kopf des dunkelhaarigen Vampirs und riss ihn von dessen Hals.

„Was soll das?", schrie ihn Miranda an. „Der war doch schon tot! Wieso hast du das getan?"

Sie war schockiert angesichts der Grausamkeit, die dieser Wandler an den Tag legte. Sie hätte nicht gedacht, dass er dazu fähig war. Sie hatte geglaubt, er wäre ein ehrenhafter Krieger wie ihr Vater. Er hatte ihr beigebracht, dass Tote, egal ob Freund oder Feind, immer mit Würde und Respekt zu behandeln waren. Einer Leiche den Kopf abzutrennen war definitiv sehr respektlos. Carlo besaß keine Ehre. Miranda juckte es in den Fingern, ihn diesbezüglich zu belehren.

Carlo sah sie an, wie ein Vater sein Kind ansah, dem er etwas erklären wollte, und nahm damit Miranda den Wind aus den Segeln. Die Katze war aus seinen Augen verschwunden. „Er war nicht tot", erklärte er ihr. Er ging vor dem Vampir in die Hocke und drehte den massigen Körper auf den Rücken. Ein Loch so groß wie ihre Faust klaffte in seiner Brust. Die Blutung hatte mittlerweile aufgehört.

„Es reicht nicht, einem Vampir das Herz herauszureißen. Sie brauchen es nicht zum Leben. Du wirst vielleicht bemerkt haben, dass es nicht geschlagen hat." Sie nickte. „Ihren Kopf brauchen Vampire allerdings schon. Am besten wäre es noch, ihn zu verbrennen. Dann sind wir ihn sicher los."

Carlo sah noch einmal in das Gesicht des Vampirs, bevor er den Kopf auf den Boden fallenließ, wo er mit einem dumpfen Geräusch aufschlug und die weichen Schneeflocken aufwirbelte. Der Anblick verursachte bei Miranda Übelkeit. Sie hielt die Luft an und zählte langsam von dreißig rückwärts, um sich nicht zu übergeben. Dann erst wagte sie einen genaueren Blick in das Gesicht des Vampirs, in dem ein erstaunter Ausdruck lag. Mirandas Tat hatte ihn wohl am meisten überrascht. In den roten Augen, die glanzlos in den Sternenhimmel starrten, war Überraschung zu lesen.

Ein leises Klicken ließ Miranda wissen, dass Carlo tatsächlich vorhatte, den Körper des Vampirs zu verbrennen. Er brauchte mehrere Anläufe, bis dessen Kleidung endlich Feuer fing. Aber nur Sekunden später leckten die Flammen gierig über sein Fleisch, als wäre es trockenes Holz. Die Luft wurde erfüllt von grauenhaftem Gestank.

Miranda ahnte, was Carlo vorhatte und sah, ihrem Magen zuliebe, weg. Aber das Geräusch, dieser schmatzende Ton, wie er den Kopf ins Feuer kickte, war grauenhaft genug, dass sie erneut mit der Übelkeit zu kämpfen hatte. Diesmal zählte sie vorsichtshalber von sechzig rückwärts. Es klappte, aber vermutlich das letzte Mal, denn ein sehr flaues Gefühl blieb zurück.

„Das war Ivan", erzählte Carlo, den Blick auf den brennenden Vampirkörper gerichtet. „Er war einer von Maxims Generälen, sein Berater und sein erster direkter Nachkomme. Er war einer von fünf Erstgeborenen. Deshalb war Ivan nicht viel schwächer als Maxim selbst."

Mirandas Gesichtsausdruck musste Carlo den Anlass gegeben haben, seine Worte genauer zu erklären.

„Bei den Vampiren gibt es die sogenannten Erzeugungsgrade, die angeben, wie nahe, nennen wir es *verwandt*, ein Vampir zu Maxim ist. Vampire, die von ihm verwandelt werden, also Grad eins oder die Elite, wie sich manche von ihnen nennen", Carlo verdrehte die Augen, „sind stärker als alle, die einen anderen Erschaffer haben.

Ihre Stärke hängt zusätzlich mit ihrem Alter zusammen und nimmt zu, je älter sie werden. Ivan war der erste Vampir, der von Maxim erschaffen wurde. Zusammen mit vier anderen nannte er sich Erstgeborener. Sie sind die ältesten lebenden Vampire. Die nächsten, die von Maxim verwandelt wurden, gab es erst rund ein Jahrzehnt später."

„Moment mal", unterbrach Miranda ihn, „von welchem Alter reden wir hier eigentlich?"

„Mehrere hundert Jahre. Ich glaube nicht, dass sie sich daran erinnern, wann genau sie verwandelt wurden."

Die Vorstellung, dass der Mann, den das Feuer verbrannte, Jahrhunderte alt gewesen war, war faszinierend und zugleich so absurd, dass Miranda Schwierigkeiten hatte, daran zu glauben. Ivan war in einer anderen Zeit geboren worden. Er hatte sich offensichtlich nicht verändert, denn nach seinem Aussehen schätzte sie ihn auf Mitte zwanzig. Aber die Welt um ihn herum war eine andere geworden.

„Die Erstgeborenen haben spezielle Fähigkeiten", fuhr Carlo fort, „wie Maxim auch. Ivan, zum Beispiel, konnte Wesen in der Umgebung aufspüren und lokalisieren. Er hatte aber auch ein Gespür für ihre Fähigkeiten, ihre Stärken und Schwächen. Das ging so weit, dass er die nächsten Schritte seiner Gegner vorhersagen konnte, quasi als lese er ihre Gedanken. Die Entscheidung, ob Menschen in Vampire verwandelt wurden, lag meist bei ihm, denn er konnte im Vorhinein sagen, ob sie eine Bereicherung für die Vampire sein würden."

Auf Carlos Stirn bildeten sich nachdenkliche Falten, während er Mirandas Blick suchte. „Allerdings hat seine Fähigkeit bei dir nicht geklappt, sonst hätte er gewusst, dass du die größte Gefahr für ihn warst."

Mirandas Wangen verfärbten sich in dunkles Rot. „Ach, ihr hättet auch das Zeug dazu gehabt. Ich habe euch kämpfen sehen und wow, das war –" Sie hielt mitten im Satz inne. Carlo schien ihr nicht zugehört zu haben. Er war in Gedanken versunken. Irgendetwas beschäftigte ihn. Aber es dauerte eine Weile, bis er seine Gedanken mit ihnen teilte.

„Mein Großvater war damals noch sehr jung. Zusammen mit anderen Wandlern bekämpfte er die Vampire, als sie vor rund sechzig Jahren drohten, die Macht an sich zu reißen. Ihrem Kampf hatten sich auch Vampire angeschlossen, die sich von Maxims Herrschaft, die nichts mehr mit seinem früheren Verhalten gemein hatte, distanzierten."

Früheres Verhalten? Das hieß wohl, dass Maxim einmal ein anderer gewesen sein musste. Etwas, das sich Miranda ganz und gar nicht vorstellen konnte.

„Sie töteten viele Vampire, aber bei Maxim scheiterten sie. Jeder Versuch misslang. Deshalb vergruben sie ihn schlussendlich, mit starken Ketten gefesselt, in einer Eisenkiste tief unter der Erde. Das Gefängnis wurde von den sogenannten Wächtern beaufsichtigt, falls seine Anhänger versuchen sollten, ihn zu befreien."

„Jetzt wird es offenbar nicht mehr bewacht", warf Miranda schulterzuckend ein und erntete einen bösen Blick sowohl von Carlo, als auch von Andrea.

„Anfangs waren sie bestrebt, die überlebenden Vampire zu fangen", fuhr Carlo fort, als hätte Miranda nichts gesagt. „Sie wollten die Welt von dieser Plage heilen. Aber die Vampire hielten sich gut versteckt. Jahrelang wurde keiner gesehen. Deshalb gaben andere Alphatiere die Suche auf, aber mein Großvater schickte weiterhin Patrouillen in jeden noch so weit entfernten Winkel des Kontinents."

Also entsprang Carlo einer Linie von Alphatieren, folglich war er, sollte er der Erstgeborene sein, dazu ausersehen, selbst eines zu sein.

„Er ließ jede noch so kleine Höhle durchkämmen, egal, wo sie lag, ob hoch in den Bergen oder tief unter der Erde. Er konnte nicht glauben, dass die Vampire einfach aufgaben. Er glaubte, dass sie nur darauf warteten, bis ihre Vorsicht nachließ. Dann würden sie zuschlagen und die Wandler vernichten."

Wie recht er doch gehabt hatte. Aber diesmal wagte es Miranda nicht mehr, etwas zu sagen. Sie behielt ihre Gedanken lieber für sich.

„Aber seine Leute sahen es anders. Sie hielten meinen Großvater für paranoid und besessen von der Vergangenheit. Er würde das Rudel gefährden, sagten sie. Schlussendlich setzten sie ihn als Alphatier ab und wählten ein neues. Danach stürzte mein Großvater völlig ab. Er verlor alles: seine Familie, seinen Verstand. Er gab nur noch wirres Zeug von sich."

Carlo klang verbittert. Er hasste, wie sein Großvater von seinem eigenen Rudel behandelt worden war. Miranda konnte es ihm nachempfinden. Das war der schlimmste Verrat von allen.

Andrea ging zu ihm und strich ihm zärtlich über die Wange. Es war ihr unmöglich, jemanden leiden zu sehen. Miranda hatte sie es einmal so erklärt, dass sie das Gefühl hatte, zu ersticken, wenn es jemandem in ihrer Nähe nicht gutging. Sie konnte nicht anders, als demjenigen zu helfen, obwohl Miranda den Verdacht hegte, dass, was diesen Mann betraf, mehr dahintersteckte.

„Ich denke, es war sehr mutig von deinem Großvater, an seinem Gefühl festzuhalten, obwohl niemand ihm glaubte. Du kannst wirklich stolz auf ihn sein. Aber er war nur ein einzelner Mann gegen so viele, die seine Ansichten nicht teilten. Sie wollten nicht mehr an diese schreckliche Vergangenheit erinnert werden. Ich weiß nicht, wie es uns damit ergangen wäre."

Carlo seufzte. „Anfangs bewachten ein Dutzend der fähigsten Wandler rund um die Uhr Maxims Gefängnis. Mit jedem Jahr, das ohne Zwischenfall vorüberging, sahen sie weniger Notwendigkeit für die Wächter. Ihre Zahl wurde reduziert, bis nur noch zwei übrigblieben, die einander abwechselten. Es war somit ein Leichtes, Maxim zu befreien."

Er wandte sich von Andy ab. „Heute bereue ich, dass ich damals meinen Anspruch auf das Rudel nicht geltend gemacht habe. Ich hätte dafür sorgen können, dass die Bewachung von Maxims Gefängnis verstärkt wird. Aber, wenn ich ehrlich bin, habe ich meinem Großvater nicht geglaubt. Ich konnte mir nicht vorstellen, dass nach all den Jahren ein Vampir kommen würde, um ihren Anführer zu befreien. Ich dachte, der Schutz würde ausreichen."

Liebevoll umfasste Andrea Carlos Antlitz. „Es hat keinen Sinn, an der Vergangenheit festzuhalten. Maxim ist befreit worden, das lässt sich nicht mehr ändern. Wir können ihn nur wieder dorthin zurückbefördern, wo er hingehört. Gemeinsam schaffen wir es, denn wir sind stärker, als er glaubt."

Mirandas Herz platzte fast vor Stolz, während sie den Worten ihrer Schwester lauschte. Andy war so viel mehr, als sie selbst sehen konnte. Sie nahm Seelen ihren Schmerz und schenkte ihnen Frieden.

„Kommt, wir müssen uns beeilen!", drängte Michael. „Wenn wir nicht schnell von hier verschwinden, wimmelt es bald vor Vampiren. Wir sind schon zu lange hier. Der Qualm der Leiche und die Spuren im Schnee werden sie in die richtige Richtung führen. Ich glaube nicht, dass sie erfreut über den Tod ihres Freundes sein werden. Ich möchte weg sein, bevor sie hier sind."

„Vampire vertragen kein Sonnenlicht", erwiderte Carlo und zeigte auf den Himmel über ihnen, der merklich heller wurde und sein dunkles Mitternachtsblau stellenweise gegen ein weiches Lila tauschte, das von einem zarten Orange durchzogen war. Der Sonnenaufgang war vielleicht noch eine Stunde entfernt. „Sie werden uns nicht folgen, es sei denn, sie wollen verbrennen, was ich sehr begrüßen würde."

„Die nicht, aber was ist mit Nathans Leuten?"

Das Dark Side-Rudel hatten sie alle vergessen. Nathan würde sie nicht entkommen lassen. Er war dem Vampir treu ergeben und würde alles dafür tun, in seiner Gunst zu stehen. Nun dirigierte Carlo alle Anwesenden weiter durch den Wald, in etwas gemäßigterem, dennoch sehr zügigem Tempo, gerade so schnell, dass Andy nicht rennen musste, um mitzuhalten.

Miranda hastete an Carlos anderer Seite neben ihm her. Sie hatte Fragen, die nur er beantworten konnte. „Woher weißt du eigentlich so viel über die Vampire? Bist du ihnen vorher schon begegnet?"

„Begegnet nicht. Mein Vater erzählte mir davon. Ich wollte es anfangs nicht wahrhaben, verständlicherweise." Ein Lächeln umspielte seine Lippen. „Ich dachte, er hätte einen riesigen Knall und sollten dringend einen Schamanen aufsuchen. Aber dann war ich an Maxims Gefängnis und ich wusste, es musste wahr sein. Dort herrschte das pure Böse."

„Du sagtest, Maxim hätte besondere Fähigkeiten."

„Ja, er ist anders. Er ist schneller und stärker als normale Vampire. Aber er kann sich zum Beispiel auch im Sonnenlicht aufhalten. Es bringt ihn nicht um, aber es schwächt ihn mit der Zeit. Maxim hasst Schwächen. Deshalb wird er einen Kampf bei Tag nicht riskieren. Um seine Vampire wäre es ihm egal. Keiner der neuen bedeutet ihm etwas. Für ihn zählen nur noch seine Erstgeborenen. Ivans Tod wird ihn schwer treffen. Schließlich waren sie enge Freunde."

„Maxim hat Freunde?", keuchte Andy. Sie war vom schnellen Marsch schon ziemlich außer Atem. „Das kann ich mir beim besten Willen nicht vorstellen. Wer will schon mit dem befreundet sein?"

Carlo bedachte ihre Schwester mit einem besorgten Blick, doch Andy schüttelte ablehnend ihren Kopf. Sie wollte keine Hilfe von ihm annehmen. Carlo fiel es offenbar nicht leicht, ihre Entscheidung zu akzeptieren. Mit mürrischer Miene sprach er weiter: „Es gab eine Zeit, in der sogar Gestaltwandler zu seinen Verbündeten gehört haben. Manche waren sogar seine Freunde. Sie lebten harmonisch zusammen."

Carlos Worte ließen sich nicht mit Mirandas Bild von Maxim vereinbaren. Einen Mann wie ihn konnte sie sich unmöglich in gesellschaftlicher Runde vorstellen, während er ein Glas Wein trank und sich amüsierte.

„Erst im Laufe der Jahre wurde er zu diesem Monster", schloss Carlo. „Mit ihm kam der Hass auf uns Wandler."

Wobei Hass alleine nicht erklärte, wieso er Mirandas Rudel hatte überfallen lassen.

„Wo bringst du uns eigentlich hin?", fragte Andy neugierig.

Carlos grimmiger Gesichtsausdruck wich einem breiten Grinsen. „Ich habe einen sicheren Unterschlupf. Dort werden sie uns bestimmt nicht vermuten. Wer erwartet schon, dass sich Katzenwandler bei einem Bärenrudel verstecken?"

„Bären?" Andy machte große Augen. „Vertraust du ihnen?"

„Ich kenne etliche Mitglieder des Black Sky-Rudels." Miranda kannte den Namen des Rudels, aber bisher hatte sie mit keinem von ihnen zu tun gehabt. Sie hatte gehört, dass das Alphatier ziemlich ruppig sein sollte. „Noah ist ein sehr guter Freund. Er gehört zu den Hütern, der Elitetruppe des Rudels, die für den Schutz ihres Alphatiers zuständig ist. Ich bin sehr froh, ihn zu meinen Freunden zählen zu dürfen."

Andrea schien noch nicht ganz überzeugt. Ihre Kontakte waren bisher kaum über die Rudelgrenzen hinausgegangen. Bislang hatte sie nie mit anderen Wandlergattungen zu tun gehabt. „Woher kennst du ihn?", hakte sie nach, während sie mühsam versuchte, Schritt zu halten. Carlo drosselte sein Tempo noch ein wenig, um es ihr leichter zu machen.

„Wir haben uns vor über zehn Jahren in Südamerika kennengelernt. Damals habe ich noch dort gelebt. Noah war zu Besuch in Rio. Er war auf der Suche nach Informationen über Vampire. Ich muss gestehen, anfangs habe ich ihn nicht gemocht, er mich vermutlich auch nicht. Wie es bei Wandlern unterschiedlicher Art meist üblich ist. Er ist mir tierisch auf die Nerven gegangen mit seiner Herumfragerei. Aber dann haben wir uns gegenseitig aus der Patsche geholfen – der Beginn unserer Freundschaft."

Miranda hatte das Gefühl, dass hinter Carlos Geschichte viel mehr steckte, als er erzählen wollte. Aber sie fragte nicht nach. Es war seine Entscheidung, wie viel er ihnen von sich verraten wollte.

„Ich bin sicher, dass die Bären uns bei sich aufnehmen werden, sobald sie wissen, welche Gefahr uns allen droht. Übernimmt Maxim die Herrschaft, ist kein Wandler mehr sicher. Er giert nach unserem Blut. Es macht ihn stärker als Menschenblut."

Kapitel 7

Meines nicht, dachte sich Miranda. Unwillkürlich zog es ihre Gedanken zu dem Zeitpunkt zurück, in dem Maxim sie gebissen und von ihr getrunken hatte. Sie würde diesen Augenblick nie vergessen können. Er hatte sich unwiderruflich in ihr Gedächtnis eingebrannt. Doch auch Maxims Fratze würde sich nicht mehr löschen lassen. Er hatte nicht von ihr trinken können, ohne Qualen zu erleiden.

Und dann Ivan, der an ihr vorbeigerannt war, als nehme er sie nicht wahr. Obwohl es seine Begabung gewesen war, Fähigkeiten und Gedanken zu spüren. Aber er hatte nicht kommen sehen, dass sie nach seinem Herz griff.

Wieso? Was unterschied sie von ihren Artgenossen?

Beim Gedanken an das dunkle Loch in Ivans Brust kamen ihre menschlichen Schuldgefühle wieder in ihr hoch, wie ihr Vater ihr prophezeit hatte. Die Toten, die im Leben eines Wandlers unweigerlich kamen, prägten sich ein und ließen einen nie wieder los.

Für Menschen mochte das grausam und kaltblütig klingen, aber Gestaltwandler waren nun mal zum Teil Tiere. Und genau das machte es auch so schwierig. Zwei vollkommen unterschiedliche Arten waren in einem Körper, einem Geist vereint. Es gab Kameraden, die sich ganz ihrem Tier hingaben und dadurch ihre

Menschlichkeit verloren. Tierbesessene wurden diese Wandler genannt – Miranda bevorzugte allerdings die Bezeichnung Madies.

Um das Leben Unschuldiger zu beschützen, mussten die Tierbesessenen vernichtet werden, denn ein Zurück gab es für sie nicht. Sie konnten nie wieder normale Gestaltwandler sein. Ihre Menschlichkeit war für immer verloren. Sie nahmen immer mehr die Charaktereigenschaften ihrer wilden Artgenossen an, je länger ihr Zustand andauerte. Sie handelten nur noch aus tierischen Instinkten heraus. Freundschaft oder gar Liebe zählten nicht mehr.

Miranda wusste, dass sie, als künftiges Alphatier diese Aufgabe übernehmen musste. Aber sie bezweifelte, dass sie es schaffen würde, einem der Ihren das Leben zu nehmen. Obwohl die Besessenheit sie veränderte und sie nichts mehr mit ihrem früheren Ich gemein hatten, waren es doch Leute, die sie kannte und liebte.

Einmal hatte Miranda diesen Wandel schon erleben müssen. Ihr Freund Toby, den sie seit seiner Kindheit kannte, verfiel vor einigen Jahren seinem Tier. Seine Geschichte würde sie ihr Leben lang verfolgen.

Toby war ein unscheinbarer, schüchterner Junge mit stumpfem, schwarzem Haar und blasser Haut. Seine lavendelfarbenen Augen erzählten von einer tiefen Traurigkeit und Einsamkeit. Als er, gemeinsam mit seiner Großmutter, im Rudel aufgenommen worden war, war er zehn Jahre alt gewesen und hatte gerade erst seine Eltern verloren. Mirandas Mutter hatte ihnen ein Zuhause in ihrem Rudel geboten, wie auch schon anderen zuvor. Gleich nach ihrer Schwester hatte ihre Mutter das größte Herz, das überhaupt jemand haben konnte. Sie nahm jene bei sich auf, die schwere Schicksalsschläge erlitten und sonst niemanden mehr hatten, und schenkte ihnen eine neue Familie.

Für Toby war es nicht leicht gewesen, in ihr Rudel zu kommen. Er hatte niemanden gekannt und die Kinder machten sich nach wie vor über ihn lustig, weil er tollpatschig war und deshalb nur schlecht mit ihnen mithalten konnte.

Miranda hatte ähnliche Probleme gehabt. Sie hatte eine Menschenschule besucht, weil ihr Rudel zu klein war, um eine eigene zu gründen. Einige Wochen zuvor hatte sie im Sportunterricht ihre tierische Kraft genutzt, um einmal nicht schlechter als ihre Mitschüler zu sein. Ihr Fehler war nur gewesen, zuhause damit zu prahlen. Ihre Mutter hatte sie angebrüllt, wie unverschämt es sei, ihre Stärke als Gestaltwandlerin gegen die Menschenkinder auszunutzen, und hatte sie zu einem Monat Hausarrest verdonnert.

Und im Rudel hatten die Kinder nicht mit ihr spielen wollen, weil sie ständig gegen sie verloren hatten. In ihrer Luchsform war sie weiterhin ungeschlagen, sogar unter den Erwachsenen. Niemand hatte es bisher mit ihr aufnehmen können.

Aber in Toby hatte sie sofort einen Freund gefunden. Sie verstanden einander auf Anhieb und verbrachten seither jede freie Minute miteinander. Hätten es ihr ihre Eltern nicht verboten, Miranda hätte jede Nacht bei Toby verbracht. Aber nicht einmal mit Miranda hatte er je über seine Eltern gesprochen. Und sie hatte sich nicht getraut, ihn danach zu fragen. Sie hatte einmal ihre Eltern über Toby sprechen gehört. Er war bereits etliche Monate vor dem Tod seiner Eltern zu seiner Großmutter gezogen. Den Grund dafür hatte sie allerdings nicht erfahren.

Tobys Probleme begannen bei ihrem Einführungsritual in das Rudel, das er gemeinsam mit Miranda und drei anderen Jugendlichen aus ihrem Rudel bewältigen musste. Um als vollwertiges Mitglied anerkannt zu werden, musste jeder Jugendliche mit fünfzehn Jahren einen Parcours durch den Wald mit zahlreichen, teils gefährlichen Hindernissen absolvieren. Es war egal, wie lange man dazu brauchte, man musste nur ins Ziel kommen und die Gegenstände mithaben, die es zu sammeln galt. Das klang recht einfach. Aber die längste Prüfung bislang hatte ganze drei Tage gedauert.

Dazu wurden sie in Zweierteams eingeteilt. In ihrem Jahr gab es ein Zweier- und ein Dreierteam. Miranda hatte ihren Vater angefleht, dass sie mit Toby in einem Team sein durfte. „Er schafft das Ritual nicht, wenn er mit einem von denen im Team ist", hatte sie zu ihm gesagt. „Du weißt, dass sie ihn nicht mögen. Sie lachen ihn aus. Wie soll er da nur sein Bestes geben?"

„Miranda, du kannst dich nicht immer vor ihn stellen und ihn vor allem beschützen, das auf ihn zukommt", hatte ihr Vater mit strenger Miene gemeint. „Irgendwann muss Toby lernen, auf sich selbst aufzupassen."

„Das Ritual bedeutet ihm sehr viel", hatte Miranda nicht aufgegeben. „Er muss es bestehen. Der Erfolg wird ihm helfen, besser zu werden."

Eine längere Diskussion war gefolgt, aber schlussendlich hatte Miranda ihren Vater überredet, die Teams nach ihrem Wunsch zusammenzustellen.

Wie Miranda Jahre später erfuhr, diente das Aufnahmeritual dazu, die Jugendlichen in Extremsituationen zu beobachten, und nicht, wie die Jugendlichen dachten, um als Erwachsene anerkannt zu werden. Jedes Wandlerrudel war dazu verpflichtet, sie durchzuführen. Es wurde darauf geachtet, welche der jungen Rudel-mitglieder Probleme mit der Balance zwischen ihrer tierischen und menschlichen Seite hatten und dadurch gefährdet waren, einmal Madies zu werden.

Es war vorgeschrieben, dass das Ritual im Zeitraum von einem Monat vor und einem Monat nach dem fünfzehnten Geburtstag stattfinden musste. Denn in diesem Alter begann der Kampf der beiden Seiten um die Vorherrschaft – ein Kampf, den aber niemand gewinnen durfte.

Miranda hatte schon vor ein paar Monaten Geburtstag gehabt, aber, weil sie in einem relativ kleinen Rudel aufwuchs, wurde das Ritual bei ihnen nur einmal im Jahr veranstaltet. Es gab auch schon Jahre, in denen in ihrem Rudel gar keines stattgefunden hatte, weil niemand das kritische Alter erreicht hatte.

Trotz allem Training, das er auf sich genommen hatte, wäre Toby schon zu Beginn des Rituals gescheitert, hätte ihm nicht seine beste Freundin geholfen. Früher hatte er sein Versagen als Ansporn gesehen, was ihn noch härter trainieren hatte trainieren lassen. Er hatte sich beweisen wollen.

Aber dieses Mal rastete er völlig aus. Toby hatte Angst, das Ritual nicht zu bestehen. Er fürchtete sich davor, wieder der Schlechteste im Rudel zu sein. Er glaubte, dass die Leute dann für immer einen kleinen schwächlichen Junge in ihm sehen würden und dass niemand in ernst nehmen würde.

Mit einer unbändigen Wut im Herzen riss er die Äste von den Bäumen und rodete kleine Büsche nieder. Miranda konnte gar nicht hinsehen, so sehr schmerzte es sie, was ihr Freund mit dem Wald anstellte, den sie liebte. Mit Tränen in den Augen hielt sie ihn davon ab. Aber Toby war so wütend, dass er ihr hart ins Gesicht schlug.

„Es tut mir so leid!", wimmerte er, als wäre er geschlagen worden und nicht Miranda. „Ich wollte dir nicht wehtun! Bitte, das musst du mir glauben!" In seinem Gesicht wechselten Kummer und Frust einander ab. „Aber du hast keine Ahnung wie es sich anfühlt, immer der Schlechteste zu sein. Ganz gleich, wie viel ich mich auch anstrenge, es ändert einfach nichts. Ich weiß, dass sich die anderen über mich lustig machen. Sie tun es nicht einmal mehr hinter meinem Rücken. Ich dürfte kein Luchswandler sein, sagen sie. Eine Maus würde besser zu mir passen."

Tobys Verzweiflung tat Miranda im Herzen weh. Sie konnte ihn nicht leiden sehen. Er war doch ihr bester Freund. Sie musste ihm helfen und sie wusste auch schon, wie. Miranda wischte sich die Tränen von den Wangen, die nach der Ohrfeige wie von selbst ihre Augen verlassen hatten. Sie setzte sich auf den kühlen Waldboden und forderte Toby auf, es ihr gleichzutun.

„Was ich dir jetzt erzähle", flüsterte sie, „darfst du niemandem sagen. Mein Vater will nämlich nicht, dass es jemand erfährt. Nur er und Mum wissen davon. Du musst es unbedingt für dich behalten. Versprichst du mir das?"

„Natürlich", hauchte Toby. Seine Wut war verflogen. Gespannt sah er Miranda an und wartete darauf, dass sie endlich weitersprach.

„Es gibt einen Grund, wieso ich in meiner Tiergestalt besser bin als die anderen. Ich überlasse nämlich meiner Luchsin die Führung und erlaube ihr, die Entscheidungen zu treffen."

Tobys erschrockenes Gesicht zeigte ihr, wie beängstigend er diese Enthüllung fand. „Aber Miranda, es ist doch verboten, seinem Tier die Kontrolle zu überlassen, außer du kämpfst um dein Leben! Aber das ist zum Glück noch nie geschehen." Toby war ein Junge, der Regeln immer befolgte. Seine Großmutter war eine sehr strenge Frau, die Ungehorsam nicht duldete, am allerwenigsten bei ihrem Enkel.

„Ich weiß. Aber – Mist, wie soll ich dir das erklären? Das zwischen mir und meiner Luchsin hat nichts mit Kontrolle zu tun. Es geht nicht darum, wer der Stärkere von uns beiden ist. Es ist mehr wie eine Freundschaft, ja eine Freundschaft", bekundete Miranda. „Das ist die beste Erklärung dafür. Ich vertraue meiner Luchsin und sie mir. Mit manchen Situationen kann sie besser umgehen, mit anderen ich und, je nachdem, was gefragt ist, übernimmt die eine oder die andere Seite die Führung.

Deshalb kann ich auch so gut klettern und bin viel schneller als die anderen."

Ratlos kratzte sich Toby am Kopf. „Warum gibt es dann dieses Verbot, wenn wir doch viel stärker sind, sobald unsere Tiere die Kontrolle übernehmen?"

Miranda schüttelte energisch ihren Kopf. „Du hast es völlig falsch verstanden! Es geht nicht darum, dass der Eine den Anderen kontrolliert! Das ist sehr wichtig! Toby, es muss eine Balance zwischen Tier und Mensch bestehen. Sie müssen miteinander im Einklang sein. Das hat nichts mit Macht und Kontrolle zu tun, sondern mit Vertrauen. Keine Seite darf stärker sein als die andere."

Sie gab Toby Zeit, um über ihre Worte nachzudenken. „Dad hatte Angst, als er bemerkt hatte, wie ich mit meiner Luchsin umgehe. Ich habe noch nie erlebt, dass er sich fürchtet. Deshalb hat er mich vor ein paar Monaten zu einem Schamanen gezerrt."

„Cool", meinte Toby begeistert. „Ich war noch nie bei einem Schamanen. Wie war es?" Begierig auf ihre Erzählung rückte er näher an sie heran, dass sich ihre Knie im Schneidersitz berührten.

Miranda schauderte beim Gedanken an den Schamanen. „Es war gruselig. Ich habe gezittert, aber Dad hat gesagt, dass sie niemandem etwas antun. Er ist die ganze Zeit dabeigeblieben. Das Unheimliche ist, dass Schamanen nicht mit dir reden, aber du hörst ihre Stimme hier drinnen." Sie tippte sich auf den Kopf.

Tobys Mund klappte auf. Da er vergaß, ihn wieder zu schließen, drückte Miranda sanft auf seinen Unterkiefer und schloss ihn für ihn.

„Ich habe ihm von der Beziehung zu meiner Luchsin erzählt und er hat ein paar Tests gemacht. Schamanen können irgendwie in dich hineinsehen. Wie das geht, weiß ich nicht. Sie sehen deinen Geist und auch den deines Tieres. Er hat gesagt, ich kann mich ganz meiner Luchsin hingeben. Das bedeutet, dass ich sie entscheiden lassen darf und nicht, wie wir gelernt haben, der Mensch die Führung behalten muss."

Es war ein feiner Grat, auf dem sich die Gestaltwandler nach dem Verbot bewegen mussten. Sie durften natürlich auf ihre tierischen Kräfte zurückgreifen und sich auch vollständig verwandeln, aber sie mussten dabei immer noch Mensch bleiben. Sich vollständig dem Tier hinzugeben, war verboten.

„Das Verbot sei für mich überflüssig. Dad hat es gleich danach aufgehoben."

„Du hast Glück, dass dein Vater das Alphatier ist und das entscheiden darf."

„Ich weiß", nuschelte Miranda. „Dad hat mir erzählt, dass Diejenigen, bei denen ein Ungleichgewicht besteht, mit der Zeit besessen werden von der Kraft, die sie durch ihr Tier erhalten. Sie vergessen mit jedem Tag mehr, dass sie auch Menschen sind und werden zum Tier. Sie nehmen seinen Charakter an und verbringen mehr und mehr Zeit als Tiere. Irgendwann verwandeln sie sich nicht mehr zurück. Sie werden gefährlich, weil sie wie Tiere reagieren. Wenn sie sich bedroht fühlen, greifen sie an, egal ob Freund oder Feind."

Mit angehaltenem Atem lauschte Toby der Erzählung. Sein Körper war vor Aufregung ganz angespannt.

„Es gibt kein Zurück. Sie bleiben so und sie –" Miranda hielt inne, weil ihr vor dem graute, was sie Toby noch zu erzählen hatte. „Sie können nicht gerettet werden", schloss sie leise.

Toby kannte sie lange genug, dass er wusste, was sie damit sagen wollte. Er schluckte. „Hat dein Dad schon einmal – du weißt schon – einen getötet?"

„Das wollte er mir nicht sagen. Aber aus diesem Grund haben alle Wandler gemeinsam dieses Verbot eingeführt", erzählte sie ihm. „Das war vor vielen Jahren. Damals sind viele der Besessenheit verfallen."

„Ich habe noch nie von den Besessenen gehört. Aber vielleicht wissen nur die Alphatiere davon und sie geben das Wissen an ihre Nachfolger weiter."

„Vielleicht. Ich bin wirklich froh, dass ich nie eine Besessene werden kann. Dad wollte mir nicht alles erzählen, aber wenn er sich fürchtet, muss es etwas Furchtbares sein."

„Stimmt. Dein Dad hat vor nichts Angst", erwiderte Toby anerkennend. Dann runzelte er die Stirn, wie immer, wenn er über etwas nachdachte. „Was ist eigentlich mit deiner Schwester?", fragte er.

„Das hat nichts, absolut gar nichts, mit Andy zu tun!", fuhr Miranda ihren Freund an. Wie konnte Toby es wagen, ihre kleine Schwester da hineinzuziehen? „Meine Schwester ist keine Besessene!".

„Nicht von ihrem Tier."

Miranda wollte das nicht hören, obwohl sie wusste, dass er recht hatte. „Ich hätte dir nie davon erzählen sollen. Vermutlich sagst du gleich jedem, worüber wir gesprochen haben."

„Das würde ich nie tun und das weißt du, Miranda." Er wirkte zutiefst verletzt, dass sie dies auch nur in Betracht gezogen hatte. „Ich wollte nicht sagen, dass Andy gefährlich wäre oder so. Du sollst nur gut auf sie aufpassen."

Miranda konnte Toby nicht böse sein, wenn er sie mit seinen großen, traurigen Augen ansah. „Sie ist keine Ausbalancierte wie ich."

„Und gibt es mehr wie dich?", fragte Toby neugierig.

„Nein", schüttelte sie ihren Kopf, „ich bin bisher die Einzige, das sagt zumindest der Schamane. Aber er meinte, dass es bald mehr wie mich geben könnte. Es könnte ein evolutionärer Wandel, so nannte er es, vorgehen. Das heißt", schloss sie freudestrahlend in Tobys Richtung, „dass auch du ein Ausbalancierter sein könntest. Du musst nur deinem Luchs vertrauen. Du wirst sehen, er hilft dir. Dann bist du viel besser als diese Idioten, die dich ständig ärgern. Ich freue mich schon darauf, ihre dummen Gesichter zu sehen."

Miranda grinste breit und auch Toby schien der Gedanke, einmal besser als die anderen Kinder zu sein, aufzuheitern. „Wir dürfen nur niemandem davon erzählen."

„Versprochen." Toby hielt Miranda seine Hand hin, damit sie einschlug. „Das ist unser Geheimnis. Niemand wird davon erfahren."

Ein Geheimnis war es, in der Tat. Miranda verriet es nicht, als Toby das Ritual mit Bravour bewältigte. Sie vergönnte ihm seinen ersten Triumph, dem hoffentlich weitere folgten. Sie war glücklich, weil ihr Freund glücklich war. Zum ersten Mal in seinem Leben war er in etwas gut gewesen. Zum ersten Mal erntete er, statt Spott und Häme, Begeisterung.

Nach der Überreichung der Urkunde für das bestandene Ritual bedankte er sich bei Miranda mit einem Kuss auf die Wange. Sein Erfolg gab ihm Mut. Er ließ Toby über sich hinauswachsen und machte ihn beliebt. Die anderen Jugendlichen entschuldigten sich bei ihm für ihre gemeine Art und wurden schlussendlich sogar seine Freunde. Miranda hatte Hoffnung für ihn.

Aber mit dem Erfolg begann sein Abstieg.

Toby gierte nach Aufmerksamkeit. Er wollte der Beste im Rudel sein. Um das zu erreichen, gab er sich mehr und mehr seinem Luchs hin. Anstatt Zeit mit seinen Freunden zu verbringen, streifte er lieber alleine durch den Wald. Obwohl Miranda ahnte, dass etwas Schlimmes mit ihrem Freund geschah, verriet sie ihr Geheimnis nicht. Sie verschloss die Augen vor den Anzeichen und tat so, als wäre ihr seine Veränderung nicht aufgefallen. Er war schließlich ihr Freund, den sie geschworen hatte, nie zu verraten.

Deshalb ging sie, nach Wochen, zu ihm. Sie hatte es lange aufgeschoben, weil sie Angst gehabt hatte. Sie hatte sich vor seiner Reaktion gefürchtet. Aber dieses Gespräch konnte nicht länger warten. Toby war tagelang verschwunden gewesen. Niemand hatte gewusst, wohin er gegangen war.

Miranda war entsetzt, als sie ihn sah. Sein Gesicht und seine Hände waren mit Blut verschmiert, aber es war nicht sein eigenes. Sie kannte Tobys Geruch. Er roch nach wildem Luchs. „Was hast du getan?", fragte sie ihn mit zitternder Stimme.

„Ich hatte Hunger", brummte er. „Gibt es sonst noch etwas? Ich würde mich gerne waschen."

„Toby, ich mache mir Sorgen um dich", sagte Miranda geradeheraus. „Du hast dich verändert."

Er lachte laut auf. Es war ein kaltes und dunkles Lachen. Am schlimmsten war aber der grausame Ausdruck in seinen Augen. „Du wolltest doch, dass ich besser werde. Gefällt dir wohl nicht, dass ich dir Konkurrenz mache."

Miranda ertrug seinen Anblick nicht länger. Das war nicht mehr ihr Freund. Sie lief nach Hause und weinte sich in den Schlaf. Dennoch behielt sie das, was passiert war, für sich. Es kam einem Verrat gleich, ihrem Vater davon zu erzählen.

Aber es dauerte keine Woche, bis sein Zustand so schlimm wurde, dass sie ihn nicht mehr ignorieren konnte. Ohne Vorwarnung griff Toby einen seiner Freunde an. Er war dabei in halbverwandelter Gestalt und attackierte den Jungen, rasend vor Zorn, mit seinen Krallen und Zähnen. Er hätte ihn getötet, wäre Mirandas Vater nicht eingeschritten. Toby floh in den Wald. Sein Tier wusste, dass es nicht gegen ein Alphatier gewinnen konnte.

Als Christopher ihn fand, war er kurz davor, sich die Haut vom Leib zu reißen. In seinem Inneren tobte ein Machtkampf zwischen dem Menschen und dem Tier, der bereits zu weit fortgeschritten war, um rückgängig gemacht zu werden. Toby war nur noch ein wildes Tier mit menschlichem Verstand, aber ohne jegliche Gefühle. Es war ein Akt der Gnade, ihn von seinem Leid zu erlösen.

An seinem Grab weinte Miranda bittere Tränen. Sie trauerte um den Jungen, der einst ihr Freund gewesen war. Sie wusste, dass ihre Geschichte zu seinem Untergang geführt hatte. Sie hatte ihn in die Dunkelheit gestürzt, der auch einst sein Vater verfallen gewesen war. Besessen von seinem Tier hatte er seine Gefährtin angegriffen und getötet. Seinem Sohn hatte er nichts antun können, denn seine Mutter hatte ihn zu seiner Großmutter gebracht, als sie die ersten Zeichen der Besessenheit bemerkt hatte.

Die Aufgabe, Tobys Vater aufzuhalten, war dessen Mutter zugefallen. Sie hatte Toby bei ihrem Rudel zurückgelassen und nach ihrem Sohn gesucht. Enttäuscht, dass ihr Alphatier sie dabei nicht unterstützt hatte, hatte sie anschließend das Rudel gemeinsam mit ihrem Enkel verlassen und sich Christophers Rudel angeschlossen.

Tobys Tod stürzte sie in den Abgrund, im wahrsten Sinne des Wortes. Sie kletterte auf den höchsten Berg im Umkreis und ließ sich fallen. Erst Tage später fand man sie. Ihr Körper war durch den Aufprall zerschmettert worden. Ihre Knochen waren pulverisiert. Sie wurde neben ihrem Enkel beigesetzt.

Miranda verstand nun, wieso Tobys Großmutter stets darauf geachtet hatte, dass ihr Enkel sich an die Regeln gehalten hatte. Er war, wie auch sie selbst, durch seine Abstammung gefährdet, zu einem Madie zu werden. Deshalb hatte sie den Freitod gewählt, wie sie in ihrem Abschiedsbrief erklärt hatte.

Nach dem Begräbnis stand Miranda vor dem Zusammenbruch. Sie war kurz davor, es Tobys Großmutter gleichzutun. Aber ihre Luchsin bewahrte sie davor. Sie schenkte ihr die Kraft, die sie benötigte, um diese schwere Zeit zu überstehen. Ihre Beziehung war wirklich etwas Besonderes. Als Mensch war Miranda eher durchschnittlich. Aber mit Hilfe ihres Tieres war sie ihren Kameraden in Schnelligkeit und Stärke weit überlegen, ganz zu schweigen, von ihren Selbstheilungskräften.

Konnte ihre Ausgeglichenheit der Grund für all diese Fähigkeiten und somit auch dafür sein, dass sie einen der ältesten Vampire hatte ausschalten können? Hing auch Maxims Anfall damit zusammen?

Diese Frage ließ sie nicht mehr los. Ihr Gefühl sagte Miranda aber, dass noch mehr dahintersteckte. Sie war anders. Das wusste sie, seit sie denken konnte. Aber was genau sie von ihren Kameraden unterschied, konnte sie nicht sagen. Sie musste es herausfinden, denn es war ihre Waffe gegen die Vampire.

Kapitel 8

„Halt!", donnerte eine tiefe Stimme. „Keinen Schritt weiter!"

Miranda war so tief in ihren Gedanken versunken, dass sie in Michael hineinlief, als dieser abrupt stehenblieb. Sie murmelte eine leise Entschuldigung, jedoch ohne ihn anzusehen, und wandte sich an Carlo, als die männliche Stimme wieder sprach.

„Wer seid ihr und was tut ihr auf unserem Land?", wollte sie wissen.

Wer hatte gesprochen? Miranda kannte die Stimme nicht. Mit ihren Luchsaugen starrte sie in den Wald vor ihnen, konnte aber niemanden erkennen. Sie hatten es mit einem Meister der Tarnung zu tun.

Carlo hob beide Arme in die Höhe zum Zeichen, dass sie in Frieden gekommen waren. „Mein Name ist Carlo Pedro Sanchez. Ich bin mit Noah aus eurem Rudel befreundet. Wir erbitten Zuflucht. Unsere Feinde sind uns auf den Fersen."

Aus dem Schatten einer riesigen Eiche trat ein Hüne von einem Mann, in schwarzen Cargohosen und einer schwarzen Jacke, hervor. Er war so groß, dass er Carlo, den Größten von ihnen, um mehr als einen Kopf überragte. An Körperfülle erreichte er ungefähr das Doppelte von Carlo, aber er war nicht dick. Der Mann bestand aus reiner Muskelmasse. Miranda fühlte sich vor ihm wie ein kleines Kind. Er war bestimmt ein Bärenwandler. Seine Augen leuchteten sanft im dämmrigen Licht. Sein Gang wirkte plump, dennoch bewegte er sich flink wie ein Eichhörnchen in den Bäumen. Im zarten Schein der ersten Sonnenstrahlen dieses klaren Wintertages, die ihren Weg durch die dick beschneiten Äste gefunden hatten, schimmerte sein kurzes, dunkles Haar in einem feurigen Rot. Im Kontrast dazu stand seine sehr helle Haut, die, anders als bei den Vampiren, dennoch Wärme ausstrahlte. Sein markantes Gesicht mit den grimmigen, dunkelgoldenen Tieraugen war von einem wilden Stoppelbart in der Farbe seiner Haare umrahmt.

„Leider war es mir unmöglich, schon vor unserem Eintreffen Kontakt mit euch aufzunehmen", entschuldigte Carlo ihr Eindringen in das Bärengebiet. „Wir mussten, so schnell wie möglich, fliehen. Unser schlimmster Feind ist zurück."

Der Bär trat einen Schritt auf Carlo zu. „Wen meinst du?", fragte er mit bohrendem Blick. Er machte Andrea derart Angst, dass sie sich hinter Carlo versteckte. Nun nahm Miranda seinen Geruch wahr. Die Frische eines reißenden Flusses vermischt mit harzigem Tannenaroma strömte ihr entgegen. Ein Duft, so unbändig wie der Mann, zu dem er gehörte.

„Vampire. Maxim wurde aus seinem Gefängnis befreit."

„Bist du sicher?", hakte der Bär nach. Seine Stimme klang wie ein Poltern, doch Miranda glaubte ein leichtes Zittern darin gehört zu haben.

Carlo nickte. „Wir haben ihn gesehen. Er arbeitet mit dem Dark Side-Rudel zusammen. Sie haben ihr Rudel überfallen." Dabei zeigte er auf Miranda und Andy, die ängstlich hinter seinem Arm hervorlugte.

„Das ist ein Albtraum." Der Bär raufte sich die Haare. „Grundgütiger, wie konnte das nur geschehen? Sein Gefängnis wird doch bewacht, oder etwa nicht?"

„Von einem einzelnen Mann, leicht zu überwältigen. Die Vampire haben so lange damit gewartet, bis wir sie fast vergessen hatten."

Der Bär holte sein Mobiltelefon aus der Brusttasche seiner dick gepolsterten Jacke heraus. „Ich muss kurz unser Alphatier anrufen", erklärte er, während er eine Nummer eintippte. „Es ist seine Entscheidung, ob wir euch bei uns aufnehmen." Danach entfernte er sich außer Hörweite.

„Denkst du, sie helfen uns?", fragte Andy nervös. Da der Bär nicht in ihrer Nähe war, traute sie sich ein Stück hinter Carlos Rücken hervor.

„Sie werden sich auf jeden Fall unsere Geschichte anhören und danach entscheiden. Versprechen kann ich es natürlich nicht, aber du hast seine Reaktion gesehen. Sie haben Angst vor den Vampiren."

Zügigen Schrittes kam der Bärenwandler zurück und gesellte sich wieder zu ihnen. Diesmal ging Andy nicht wieder in Deckung, denn seine Augen hatten ihre Grimmigkeit verloren. Sie strahlten jugendliche Freundlichkeit und Wärme aus. Er schlug sich mit der Faust auf die Brust. „Im Namen von Buck Cunningham, unserem Alphatier, heiße ich euch herzlich bei den Black Sky-Bären willkommen."

Dann wandte sich der Bär an Miranda. Sein Blick wurde weich und zeigte, wie jung er eigentlich war. „Einige eurer Leute gelang es, zu fliehen. Sie haben bei uns Schutz gesucht." Noch sanfter fügte er hinzu: „Sie sind in Sicherheit."

Miranda war so glücklich, dass ihr die Worte fehlten. Sie sah zu ihrer Schwester, die Tränen in den Augen hatte. Nathan hatte sie belogen. Sie waren nicht die einzigen Überlebenden, wie er behauptet hatte.

„Wer?", hauchte Miranda, nachdem sie ihre Stimme wiedergefunden hatte. „Mum und Dad?" War es möglich, dass ihre Eltern überlebt hatten? Gehörten sie zu jenen, die bei den Bären Zuflucht gefunden hatten.

„Das kann ich dir leider nicht sagen. Ich versuche, es herauszufinden. Wie heißen sie?"

„Christopher und Pamela", kam es einstimmig von den Schwestern.

Schnell tippte der Bär eine Nachricht in sein Telefon, bevor er es wieder in seine Tasche steckte. „Sobald ich etwas weiß, sage ich euch Bescheid", versprach er. „Und nun folgt mir, aber passt auf, wo ihr hintretet. Unser Gebiet ist nämlich mit Fallen übersät. Mein Name ist übrigens Tyler." Mit diesen Worten drehte er auf dem Absatz um und stampfte tiefer in den Wald hinein.

Im Gänsemarsch hasteten sie Tyler hinterher, um nicht den Anschluss zu verlieren. Carlo ging voraus. Gleich hinter ihm ging Andy. Sie bewegte sich genau in der Spur, die Tyler und Carlo in den Schnee getreten hatten, um nicht irrtümlich eine Falle auszulösen. Das Schlusslicht bildeten Miranda und Michael.

Ganz wie Miranda sich die Bären vorgestellt hatte, schien es Tyler nicht eilig zu haben. Er passte sich mit Freuden ihrem Tempo an und setzte gemütlich einen Fuß vor den anderen. Er sprach ein paar Worte mir Carlo über das Wetter, über ihren gemeinsamen Freund Noah. Aber Carlo war nicht sehr gesprächig und antwortete bloß in kurzen, knappen Sätzen. Schließlich gab Tyler seine Bemühungen auf und ging schweigend vor ihnen her. Die Blicke, die er ihnen über die Schulter zuwarf, waren zutiefst beleidigt. Offenbar gehörte Smalltalk zum guten Ton bei den Bären.

Miranda hätte gerne mit ihm geplaudert. Sie interessierte sich für diese Fallen. Aber darüber wollte Tyler nicht reden. Er verwies sie darauf, dass es sich dabei um hochsensible Rudelinformationen handelte, die er nicht befugt war, weiterzugeben. Aber er verriet ihr, dass es sich um ein ausgeklügeltes System handelte. Ohne Hilfe könnte ein Außenstehender nie bis ins Herz ihres Gebietes gelangen.

Mirandas Versuch, ein Gespräch zu beginnen, besänftigte den Bären offensichtlich. Er ging zwar schweigend weiter, doch seine Miene hatte ihre gekränkten Züge verloren.

Andy fiel der Marsch durch den dichter werdenden Wald der Bären zunehmend schwer. Die dicke, frische Schneedecke, durch die sie stapfen mussten, und die eisige Kälte zehrten an ihren Kräften. Sie zitterte am ganzen Leib und konnte sich kaum noch auf den Beinen halten.

Nur wenige Schritte später verhedderten sich Andys Haare in einem der tiefgewachsenen Äste. Beim Versuch, sich zu befreien, rutschte Andy aus und stürzte nach hinten. Mit einem Satz war Miranda bei ihrer Schwester und fing sie auf.

Sie griff nach Andys Haaren und befreite sie aus dem Ast. Er federte zurück und ließ feinen Pulverschnee auf die Schwestern hinabrieseln.

„Hast du dich verletzt?", fragte Miranda leise.

Mit wässrigen Augen schüttelte Andrea den Kopf. Sie sah so verletzlich aus, wie damals, nach dem Vorfall bei ihrer Geburtstagsparty. Tapfer kämpfte sie gegen die Tränen an. Miranda schloss ihre Arme um sie und drückte sie fest an sich – eine Geste, die den Staudamm brechen ließ. Schluchzend klammerte Andy sich an ihre Schwester. „Ist schon gut, meine Süße", murmelte Miranda, während sie Andy sanft über den Rücken strich. Wieder einmal übernahm sie die Rolle der Beschützerin, wie sie es bereits als Kind getan hatte.

Miranda wartete, bis Andys Tränen versiegt waren, ehe sie sich aus der Umarmung löste. „Ich bin so stolz auf dich." Ihre Schwester war bis an ihre Grenzen gegangen, sowohl körperlich, als auch seelisch. Sie hatte die Hölle erlebt und sich dennoch bis hierher durchgekämpft.

Andy lächelte scheu. „Tut mir leid", nuschelte sie.

„Ach was." Miranda trocknete die Wangen ihrer Schwester mit dem Ärmel ihres grünen Pullovers. „Du hattest recht: So schlimm ist der gar nicht", sagte sie. „Bis auf die Farbe. Du hättest eine andere nehmen sollen."

Andrea boxte ihr spielerisch auf die Schulter. „Du undankbares Ding! Das war doch kein Laden zum Einkaufen!"

Miranda grinste breit. „Nun komm, wir müssen weiter." Leichtfüßig sprang sie auf und zog dann Andy auf die Beine. Aber ihre Schwester schrie laut auf, als sie stand. Ihr Fuß knickte weg. Sie konnte ihn nicht belasten. Um nicht wieder zu stürzen, griff sie nach dem nächsten Baum.

„Duckt euch!", brüllte Tyler. „Sofort! Runter!"

Nicht einmal eine Sekunde später lag sie mit dem Gesicht voran im Schnee. Tausende bitterkalte Nadelstiche bohrten sich in Mirandas Haut. Vor Schreck atmete sie eine Handvoll Schnee ein. Eisige Kälte füllte ihre Lungen. Hustend richtete sie ihren Oberkörper auf, um nicht zu ersticken, aber eine große Hand drückte sie sofort wieder nach unten. Instinktiv drehte sie ihren Kopf zur Seite, gerade noch rechtzeitig, dass sie nicht wieder mit dem Gesicht im Schnee landete.

Im nächsten Moment vernahm sie das Geräusch durch die Luft zischender Dolche nur etwa eine Handbreit über ihrem Kopf. Gut einen halben Meter weiter tauchten sie in den pulvrigen Schnee ein.

Eine Falle!

Andy musste sie ausgelöst haben, als sie nach dem Baum gegriffen hatte. Die Bären waren wirklich einfallsreich was ihre Fallen betraf. Die bedauernswerte Person, die in sie tappte, wusste erst von ihrem Unglück, wenn es zu spät war.

Die schwere Hand löste sich von Mirandas Rücken und gab ihr Raum, sich aufzusetzen. Ihre nackten Hände waren von der kurzen Zeit im eisigen Schnee taub geworden. Miranda zog ihre Ärmel weit darüber, um sie aufzuwärmen. Direkt neben ihr lag ihre Schwester und gleich dahinter Carlo. Seine blitzschnelle Reaktion hatte ihnen das Leben gerettet. Sie waren genau in der Schusslinie der Dolche gestanden. Worte konnten nicht beschreiben, wie dankbar sie ihm war. Dennoch murmelte Miranda ein leises „Danke".

Carlo nickte. Seine Aufmerksamkeit galt Andrea, die sich schlotternd den Schnee vom Gesicht wischte. Nachdem er ihr aufgeholfen hatte, schlüpfte Carlo aus seiner Jacke und reichte sie ihr. Er stützte sie, während sie die Jacke, die ihr etliche Nummern zu groß war, überstreifte. Sie konnte kaum stehen, weil sie Schmerzen im Fuß hatte. Andy sah in Carlos Jacke aus, als würde sie ein übergroßes Kleid tragen. Der Saum ging ihr bis über die Knie.

Eine Hand tauchte neben Miranda auf. Mit einem Lächeln auf den Lippen nahm sie Michaels Hilfe an und ließ sich von ihm hochziehen.

Im Licht der winterlichen Morgensonne schimmerte sein dunkelbraunes Haar in einem satten Goldton. Ihr Blick wanderte über seine Brust. Die Kratzer, die sie ihm zugefügt hatte, hatten sich mit einer dunklen Kruste verschlossen.

Mirandas Augen glitten höher. Ihre Knie wurden weich, als sie in das Blau sommerlicher Seen blickte. Sie sah Sehnsucht darin, die viel weiterging als sexuelle Begierde. Michael kam einen Schritt auf sie zu. Sie waren einander so nahe, dass sie bloß ihre Finger auszustrecken brauchte, um ihn zu berühren. Sie konnte seinen warmen, holzigen Duft riechen. Sein Blick wurde intensiver. Plötzlich hatte Miranda das Gefühl, dass er in sie hineinsah, auf ihre Seele. Sie fühlte sich wie ein offenes Buch, was ihr unangenehm war. Sie war noch nicht bereit dazu, ihm zu zeigen, was sein Bruder ihr angetan hatte – was er in ihr zerstört hatte.

Sie begehrte Michael zwar mit jeder Faser ihres Körpers und ihre Luchsin sehnte sich nach seiner Nähe, nach der Geborgenheit, die er versprach. Doch der Mensch in ihr ging auf Abstand, denn er vertraute Michael nicht. Miranda wandte den Blick ab. Diese Intimität ging ihr zu weit. Schließlich hatte sie ihn gerade erst kennengelernt.

Früher hatte sie nur Minuten gebraucht, um zu jemandem Vertrauen zu fassen. Sie hatte sich auf das Urteil ihrer Luchsin verlassen. Sie war eine gute Menschenkennerin, wie fast alle Tiere. Aber das konnte Miranda nun nicht mehr. Die vergangenen Stunden und Nathans Brutalität hatten ihr das genommen. Sie brauchte Zeit, um das Geschehene zu verarbeiten.

Die Katze zog sich enttäuscht zurück. Sie konnte Mirandas Zögern nicht verstehen.

So kam zum ersten Mal der Unterschied zwischen den zwei grundverschiedenen Wesen, die in ihr vereint waren, zum Vorschein. Jede Seite ging anders mit dem Schmerz um, der ihnen zugefügt worden war. Das Tier in ihr sann nach Rache. Es gierte danach, seine Zähne in Nathans Kehle zu schlagen. Aber das, was passiert war, gehörte für die Katze in die Vergangenheit. Sie würde es nicht vergessen, aber sich nicht davon zermürben lassen.

„Wir müssen weiter", dröhnte Tylers tiefe Stimme durch den Wald. Miranda konnte das Grinsen in seiner Stimme beinahe hören. „Sonst erfriert uns Andy noch."

Unwillkürlich sah Miranda zu ihrer Schwester. Andy musterte sie auf dieselbe Art, wie Michael es getan hatte. Konnte sie das Gefühlschaos erkennen, dass in Miranda wütete? Bereits in der Vergangenheit hatte Miranda häufig das Gefühl gehabt, dass ihre Schwester, wie die Schamanen, mehr sah, als für das bloße Auge sichtbar war.

Carlo ging vor Andrea in die Hocke und ließ sie auf seinen Rücken klettern. Wie ein kleiner Affe klammerte sie sich an ihn. Ihr Gewicht machte Carlo nichts aus. Er stampfte munter Tyler hinterher, der es sich nicht hatte verkneifen können, Miranda breit anzugrinsen.

Michael hatte es eilig, seinem Freund hinterherzukommen. Er vermied es, Miranda anzusehen. Dennoch konnte sie kurz die Enttäuschung in seinem Gesicht erkennen.

Miranda fühlte sich unter Druck gesetzt. Sie hatte ihn nicht verletzen wollen. Sie wünschte, sie könnte vergessen. Sie wollte wieder die Frau sein, die keine Angst vor diesen Gefühlen gehabt hätte. Aber sie konnte die Zeit nicht zurückdrehen. Wenn Michael wahrlich etwas für sie empfand, würde er warten, bis sie ihm das geben konnte, was er verdiente.

Nach nichts sehnte sich Miranda in diesem Augenblick mehr, als mit ihrer Mutter zu sprechen. Pamela könnte ihr aus dieser schwierigen Phase heraushelfen. Mehr denn je hoffe Miranda, dass ihre Mutter zu jenen gehörte, die hatten fliehen können.

Miranda beeilte sich, zu ihren Kameraden aufzuschließen, um zu hören, worüber sie sprachen.

„Ihr werdet in einer Höhle außerhalb der Kernzone untergebracht", teilte Tyler ihnen gerade mit. „Sie bietet aber jeden Komfort, den ihr euch wünscht", fügte er entschuldigend hinzu.

„Das ist völlig ausreichend", versicherte ihm Carlo. Andy auf seinem Rücken hob ihren Kopf ein Stückchen und murmelte schläfrig „Danke".

„Ihr könnt euch eine Weile ausruhen", fuhr Tyler fort. „In einer Stunde hat Buck eine Besprechung angesetzt. Er möchte, dass ihr dabei seid. Wir wollen über die Sicherheit unserer Grenzen beraten und da ihr die Vampire hautnah erlebt habt, sind eure Informationen entscheidend für uns."

Miranda waren die tiefen Sorgenfalten auf Tylers Stirn nicht entgangen. Der Bär hatte Angst. Das Rudel war bereits gut geschützt und dennoch fürchtete er um dessen Sicherheit. Andererseits hatten sie es mit dem wohl gefährlichsten Gegner zu tun, den sie sich vorstellen konnten.

„Wir können euch nicht mehr sagen, als ihr bereits von Noah wisst," wendete Carlo ein.

„Ihr seid entkommen. Uns interessiert, wie?"

Früher oder später würden die Bären von Maxims Anfall erfahren und sich dafür interessieren, wie es dazu gekommen war. Miranda war mulmig bei dem Gedanken, über ihr Geheimnis zu reden. Aber es würde sich nicht vermeiden lassen.

„Passt jetzt besonders auf, wo ihr hintretet", warnte sie Tyler. „Rund um die Höhle sind dutzende Fallen ausgelegt. Bleibt dicht hinter mir!"

Miranda holte tief Luft und konzentrierte sich darauf, wo sie ihre Füße hinsetzte. Sie hatte keine Lust, an den nächsten Baum gespießt zu werden.

Kapitel 9

Überraschend schnell legten sie den Weg entlang eines kleinen gefrorenen Sees zurück. Er war von riesigen, ausladenden Tannen umsäumt. An einer hohen, unüberwindbaren Felsmauer endete der Weg. Der Stein war so glatt, dass selbst Krallen nicht ausreichten, um an ihr hinaufzuklettern. Sie war mehrere Meter hoch und mit langen, in den Sonnenstrahlen wie Diamanten glitzernden Eiszapfen behangen. Ein vereister Vorhang aus Gestrüpp bedeckte einen großen Teil der Wand.

Der Anblick war atemberaubend schön. Die Bäume rundherum sahen aus, als wären sie aus Eis gemacht. Ihre Rinde war mit einer dicken Schicht Weiß überzogen, die fröhlich in der Morgensonne funkelte. Der gefrorene See trug eine unberührte Schneedecke auf sich. Gerne würde Miranda diesen Ort im Frühling sehen.

Von allen Jahreszeiten mochte sie den Frühling am liebsten. Für Miranda glich es jedes Mal einem Wunder, wenn die Welt aus ihrem Winterschlaf erwachte. Sie stellte sich vor, wie dieser Ort in ein paar Monaten mit Leben erfüllt sein würde. Bienen, die summend von einer duftenden Blüte zur nächsten flogen. Vögel, die zwitschernd um die Wette jagten. Rehe und Hasen, die heiter durch den Wald tobten und sich anschließend am frischen Wasser des Sees labten. Von der grauen Felswand würde dann nichts mehr zu sehen sein, denn die Ranken würden den Stein mit ihrem üppigen Grün bedecken.

Eine Höhle konnte Miranda aber nirgends erkennen. Entweder sie waren noch nicht an ihrem Ziel angelangt oder der Eingang war sehr gut versteckt. Nach allem, was sie bisher über die Bären erfahren hatte, glaubte sie, dass Letzteres der Fall war.

Tyler trat an die Felswand und legte seine Hand darauf. Ein knackendes Geräusch war zu hören. Tyler teilte den Gestrüppvorhang. Dahinter war aber kein Stein zu sehen, sondern eine viereckige Öffnung von der Größe einer Tür. Nacheinander traten sie ein und fanden sich in einem schwach beleuchteten, steinernen Gang wieder, der hoch genug war, dass selbst Tyler nach oben hin noch gut einen halben Meter Raum hatte.

Miranda schloss zu Tyler auf. Dabei ging sie an Michael vorbei. In dem Moment, in dem sie auf einer Höhe waren, spürte Miranda ein Aufwallen ihrer Luchsin. Im nächsten Augenblick stieß sie mit Michael zusammen. Sie hatte sie in seine Richtung geschubst! Während Miranda verlegen eine Entschuldigung brummte, tobte sie im Geist gegen ihre Katze. *Du kannst nicht einfach die Kontrolle an dich reißen,* schalt sie sie.

Miranda beschloss, dem Vorfall nicht zu viel Gewicht beizumessen. Das Tier hatte bloß versucht, dem Menschen auf die Sprünge zu helfen. Aber sollte etwas Derartiges noch einmal vorfallen, musste sie sich unbedingt Hilfe suchen. Sie würde nicht zulassen, dass sie sich in einen Madie verwandelte.

Miranda schob den Gedanken beiseite und schloss zu Tyler auf. „Wie hast du die Tür geöffnet?", fragte sie neugierig. „Ich konnte nirgends ein Datenpad erkennen, das deine Fingerabdrücke gelesen hätte."

Er schaute sie mit einem verschmitzten Lächeln an. „Dir entgeht aber auch nichts. Leider darf ich es dir nicht erzählen."

„Natürlich", erwiderte sie enttäuscht. Ihre Augen wanderten an den steinernen Wänden entlang. „Es ist wirklich beeindruckend, wie gut ihr euch um die Sicherheit eurer Leute kümmert. Miranda fragte sich, ob ihr Rudel durch solche Vorkehrungen hätte gerettet werden können. Ihr Vater hatte nie daran gedacht, den Schutz ihrer Grenzen zu erhöhen. Sie waren mit niemandem in Streit gelegen und hatten auch so wenig mit anderen Rudeln zu tun gehabt. Wer hätte ihnen Leid zufügen sollen? Von der Existenz der Vampire dürfte ihr Vater nichts gewusst haben. Oder er hatte, wie viele andere auch, keine Gefahr in ihnen gesehen und deshalb nichts unternommen.

Aus Tylers Hosentasche erklang ein überraschend lautes Klingeln. Er blieb stehen und las die Nachricht, die er bekommen hatte. Er winkte Miranda zu sich. „Ich muss mit dir sprechen."

Miranda deutete Carlo, der sich fragend zu ihr umdrehte, dass er weitergehen sollte. Andy war mittlerweile eingeschlafen. Den Kopf auf Carlos Schulter gebettet, schlummerte sie friedlich. Gut, denn Miranda befürchtete, nach Tylers Anspannung zu urteilen, das Schlimmste.

„Es geht um eure Eltern", begann er. Dabei trat er nervös von einem Fuß auf den anderen. „Sie sind nicht unter den Überlebenden. Es tut mir leid."

Miranda hatte geahnt, was er sagen würde. Dennoch rissen ihr seine Worte den Boden unter den Füßen weg. Sie musste sich an der Mauer festhalten, um nicht zusammenzubrechen.

In ihrem Geist tauchten Bilder auf. Bilder, die so schrecklich waren, dass ihr Verstand sie vor ihr versteckt hatte. Miranda sah die Gesichter ihrer Eltern, schmerzverzerrt und blutüberströmt. Ihre Pupillen waren vor Entsetzen geweitet und doch so leer. Alles Leben war aus ihnen gewichen. Pamela und Christopher hielten einander an den Händen.

Ihr Herz zerbarst in tausende, winzige Stücke und hinterließ eine schmerzhafte Leere in Miranda. Sie fühlte sich so hilflos, wie noch nie in ihrem Leben. Ihre Beine versagten ihr den Dienst. Sie hatten keine Kraft mehr, ihren Schmerz zu tragen. Schluchzend sank sie zu Boden. Die Arme um ihren Körper geschlungen schnappte sie verzweifelt nach Luft. Doch es war, als würde eine eisige Klammer ihren Brustkorb zusammendrücken, die der Luft den Weg abschnitt.

Auf einmal umschlossen sie starke Arme. Miranda wusste, wem sie gehörten. Sie erkannte Michael an seinem Geruch. Sie klammerte sich an ihn, als wäre er ihr Anker, der sie vor dem Ertrinken rettete. Und das war er tatsächlich. Er vertrieb die Kälte aus ihrer Brust, sodass sie wieder atmen konnte. „Sie sind tot!", stieß sie hervor. Ihr Körper bebte. Bittere Tränen liefen in Bächen ihre Wangen hinab. „Ich habe sie sterben sehen!"

Michael sagte nichts. Er hielt sie einfach nur fest und streichelte ihr sanft den Rücken, bis sie sich beruhigt hatte. Schwer atmend lehnte sie an seiner Brust. „Wie soll ich das bloß schaffen?", flüsterte sie mit sandpapierrauer Stimme. „Das Rudel – ich bin noch nicht soweit. Ich kann sie nicht führen."

„Du bist nicht alleine, Miranda. Du hast Freunde, die dir zur Seite stehen."

Sie sah zu ihm auf. Diesmal sah sie ihn und nicht Nathan. Deutlich nahm sie nun den Unterschied zu seinem Bruder wahr. Während in Nathans Augen Kälte und Dunkelheit herrschten, waren Michaels von Wärme und Güte erfüllt. Sein Blick war liebevoll und voller Zuneigung. Er würde sie nie auf diese Weise verletzen, wie sein Bruder es getan hatte.

In diesem Augenblick zerbrach etwas in ihr und fügte sich im Bruchteil einer Sekunde neu zusammen. Eine zarte Verbindung, feiner noch als ein Seidenfaden, zu Michael entstand. Miranda konnte nichts dagegen tun, aber was sie noch seltsamer fand, sie wollte es auch nicht. Ihre Luchsin tollte vor Freude wild im Kreis herum. Sie hatte die ganze Zeit gewusst, dass Michael ihr als Gefährte bestimmt zu sein schien.

Seinen Seelengefährten zu finden war nichts, was sich einfach mit Liebe erklären ließ. Es entstand eine Beziehung, die über den Tod hinausging. Nur einmal im Leben verband ein Gestaltwandler sich auf diese Weise mit einem anderen. Niemand anderer konnte diesen Platz je einnehmen.

Mirandas Eltern waren Gefährten gewesen. Ihre Mutter hatte ihr einmal erzählt, dass sie vor Christopher mit einem anderen Mann zusammen gewesen war. Sie hatte ihn geliebt und sich ihre Zukunft mit ihm ausgemalt. Doch dann war Mirandas Vater in ihr Leben getreten und sie hatte den anderen Mann aufgegeben. Pamela hatte versucht, es Miranda zu erklären. *Alles andere wird belanglos, wenn du erst deinen Seelenverwandten gefunden hast*, hatte sie gesagt. *Es ist so viel mehr als Liebe. Es ist eine Verbindung der Seelen, die nichts mehr trennen kann.*

Dadurch konnte Michael sie auf eine Art zerstören, wie Nathan es niemals tun könnte.

Miranda wandte den Blick ab. Sie war nicht bereit, eine Bindung für ihr Leben einzugehen. Es machte ihr Angst. Mit aller Kraft kämpfte sie dagegen an. Aber, wie ihre Mutter gesagt hatte, war die Verbindung erst entstanden, ließ sie sich durch nichts mehr trennen. Man konnte nicht einfach sagen, dass man sie nicht wollte.

„Miranda", sagte Michael sanft, „lass es geschehen." Er nahm sie an den Händen, doch Miranda entriss sie ihm wieder und sprang auf. Erneut kämpfte sie gegen die Tränen. „Das verstehst du nicht", fauchte sie ihn an. „Du hast keine Ahnung, was Nathan mir angetan hat!"

„Dann erkläre es mir doch." Er machte einen Schritt mit ausgebreiteten Armen auf sie zu, aber Miranda wich zurück.

Sie ignorierte den Teil in ihr, der sich nach seiner Umarmung sehnte und stürmte davon. Wieso musste das ausgerechnet jetzt geschehen? Nach all diesen Erlebnissen, die sie völlig aus der Bahn geworfen hatten? Wie konnte sie diesem Gefühlschaos entkommen, das momentan in ihr tobte?

Sie fühlte so viel auf einmal, dass sie eigentlich platzen müsste. Aber vorherrschend war die Wut. Sie war wütend – auf sich selbst, auf Nathan und Maxim, auf Michael und auch auf ihre Eltern, weil sie sie mit dieser Situation alleine gelassen hatten. Sie hätte sie an ihrer Seite gebraucht.

Der Flur, den sie entlangstampfte, nahm eine scharfe Kurve nach rechts. Gleich dahinter lag ein riesiger, hell erleuchteter Raum, der wie der Flur, in den Stein geschlagen worden war. Beeindruckt sah Miranda sich um. Das Gefühlschaos war für den Moment vergessen.

Zahlreiche kleine, weiße Kreise in der gewölbten Decke verrieten, dass dort Fenster eingesetzt worden waren. Sie waren dick mit Schnee bedeckt, dass sie kein Licht durch sich hindurchließen. Später im Jahr würden die Sonnenstrahlen die Höhle mit ihrem Licht erfüllen. Diese Aufgabe übernahmen in den dunklen Monaten Leuchten, die in die beigefarbenen Wände eingelassen waren. Die Türen zeigten ihr, dass die Höhle noch größer war, als es den Anschein hatte.

Für wohlige Wärme sorgte ein großer, steinerner Kamin, der die Mitte des Raumes einnahm. Rundherum standen ein großes, mit bunten Kissen beladenes Sofa, und mehrere, gemütlich aussehende Ohrensessel. Carlo hatte Andy auf das Sofa verfrachtet und sie bis oben hin in eine dicke Decke eingehüllt, dass nur noch ihr Gesicht herausschaute.

Von der kleinen, rustikalen Küchenzeile kam ein leckerer Duft zu Miranda herübergeweht. Ihr Magen rumorte lautstark. Tyler kam auf sie zu. In seinen Händen hielt er zwei dampfende Schüsseln. Eine davon reichte er Miranda, die andere Michael, der vor wenigen Sekunden den Raum betreten hatte. „Esst. Es ist genug da."

Gierig schaufelte Miranda den Eintopf in sich hinein. Sie fühlte sich wie ein ausgehungerter Bär. Bereits nach wenigen Minuten verlangte sie einen Nachschlag. Tyler füllte ihre Schüssel mit einem Lächeln noch einmal an und wieder verschlang Miranda den Inhalt rasend schnell. Bei der dritten Schüssel Eintopf ließ sie sich dann mehr Zeit. „Diese Höhle ist unglaublich!", schmatzte sie.

„Das ist eine der Notunterkünfte", erzählte Tyler. „Wir haben mehrere, verteilt auf unser Gebiet. Sie sind gut geschützt und völlig autark konstruiert. Das gute Stück ist auf keine externen Energiequellen angewiesen."

„Und das erzählst du mir einfach so?", wunderte sich Miranda.

Tyler grinste breit. „Ihre Geheimnisse verrate ich dir natürlich nicht."

„Es gibt also noch mehr Unglaubliches hier?", hakte sie nach, um den Bären zum Reden zu bringen.

„Natürlich. Aber das fällt unter die Kategorie sensible Rudel-informationen."

„Du bist wirklich eine harte Nuss, Tyler", maulte Miranda.

„Wie es sich für einen Hüter gehört", sagte der Bär mit stolzge-schwellter Brust.

Miranda erinnerte sich an das, was Carlo über die Hüter gesagt hatte. Sie waren die Elite der Black Sky-Bären und für den Schutz ihres Alphatieres verantwortlich. Diese Nuss namens Tyler würde sich nie knacken lassen. Eher würde die Hölle einfrieren, als dass er ihr Rudelgeheimnisse verriet. Enttäuscht gab sie ihm die Schüssel zurück.

„Möchtest du noch etwas?", fragte er.

„Ich bin eine Katze und kein Bär", murrte sie. „Ich kann mich jetzt schon kaum mehr bewegen."

Tylers Lachen erfüllte die Höhle mit seinem tiefen Klang.

Kapitel 10

„Möchtest du dich vielleicht frisch machen?", fragte Tyler. „Ich muss schon sagen, du riechst recht streng." Der Bär bemühte sich nicht einmal, ihr dies diskreter mitzuteilen. Seine Stimme hallte durch den gesamten Raum.

„Vielen Dank auch", erwiderte Miranda und verzog ihr Gesicht zu einer beleidigten Miene. Unauffällig sog sie die Luft ein. Er hatte recht. Sie müffelte. Trotzdem ärgerten sie seine Worte. „Das kommt bei Frauen nicht gut an", warnte sie ihn.

In seinen Augen funkelte der Schalk. Da erkannte Miranda, dass es ihm nicht an Angeboten fehlte, trotz seiner ruppigen Ausdrucksweise. Er trat einen Schritt an sie heran. „Du könntest Michael gleich mitnehmen", flüsterte er. „Auch er riecht nicht besonders lecker."

Dieser verdammte Bär! Brachte das Gefühlschaos in ihr wieder zum Brodeln! Wütend machte sie am Absatz kehrt und stampfte davon. Dabei verhedderte sie sich am großen Teppich, der die Hälfte des Bodens bedeckte. Miranda stolperte, konnte sich aber rechtzeitig fangen. Das alleine war schon peinlich genug. Nicht auszudenken, wie köstlich Tyler sich amüsiert hätte, wäre sie hingefallen. Sie spürte seinen Blick auf sich ruhen, und auch die anderen im Zimmer sahen sie an. Mit glutroten Wangen stolzierte sie auf die Tür zu ihrer Rechten zu, um noch einen Rest ihrer Würde zu bewahren.

„Die nächste Tür führt zum Badezimmer", kam es vergnüglich von der Küchenzeile her.

Schnell verschwand Miranda hinter besagter Tür. Nachdem sie das Licht eingeschaltet hatte, sah sie sich um. Sie war in einem kleinen, gemütlichen Badezimmer gelandet. Die Wände waren bis oben hin mit schlichten, hellbraunen Fliesen beklebt. Der Boden war in einer etwas dunkleren Farbe gehalten. Sowohl Wände als auch der Boden strahlten eine wohlige Wärme ab. Die wenigen Möbel waren in schlichtem Weiß gehalten. Im hinteren Bereich befand sich eine großzügige, verglaste Dusche, die Miranda aber nicht interessierte. Ihre Aufmerksamkeit galt der freistehenden Badewanne. Sie sehnte sich nach einem heißen Bad. Es war auch noch genug Zeit, bis die Besprechung begann.

Miranda suchte im Schrank unter dem Waschbecken nach einem Badezusatz, wo sie auch fündig wurde. Da der Geruchssinn von Gestaltwandlern, selbst in Menschengestalt, sehr stark ausgeprägt war, bevorzugten sie dezente Düfte. Dieses hier roch zart nach Lavendelblüten – Mirandas Lieblingsblumen. Sie liebte ihre Farbe und ganz besonders ihren Geruch.

Während das Wasser einlief und das Badezimmer mit dem Duft der Lavendelblüten einhüllte, betrachtete sich Miranda im Spiegel über dem Waschbecken. Den Blick in den Spiegel hatte sie bisher vermieden. Sie hatte nicht sehen wollen, was man ihr angetan hatte.

Sie sah furchtbar aus. Ihre Haare waren zerzaust und hingen strähnig herab. Seitlich am Kopf war eine Stelle, an der ihre Haare dunkler waren. Vorsichtig griff Miranda danach. Eine Beule war dort zu spüren. Sie erinnerte sich daran, niedergeschlagen worden zu sein.

Ihre Haut war blass. An der linken Schläfe und unter dem rechten Auge zeichneten sich Hämatome ab. Momentan lag ihre Farbe bei einem hellen Blau. Morgen würden sie zu einem Violett wechseln, bevor sie in gut zwei Tagen nicht mehr zu sehen sein würden. Ihr Hals war zur Hälfte mit Blut verkrustet. Die Wunden waren allesamt verschlossen, selbst Maxims Bisse. Die dicken Narben würden aber ihr Leben lang zu sehen sein.

Nachdem die Wanne voll war, durchsuchte sie noch schnell die restlichen Schränke nach Handtüchern. Sie fand einen riesigen Stoß herrlich weicher, penibel gefalteter Handtücher sowie, ebenfalls in ordentlichen Stapeln, frische Kleidung. Jedes Stück davon trug ein Logo: Das Gesicht eines schwarzhaarigen Mannes, das zur Hälfte das eines schwarzen Bären war. Darunter standen die Buchstaben BS geschrieben, was für Black Sky stand.

Miranda stieg aus ihren schmutzigen Sachen und ließ sich langsam in das heiße Wasser gleiten. Die Wärme war eine Wohltat für ihre schmerzenden Muskeln. Umgeben vom zarten Duft des Lavendels, schloss sie ihre Augen und genoss die Stille. Ihre Sorgen und Ängste waren wie weggespült. Es gab nur noch sie und das Wasser.

Sie merkte, wie sie wegdämmerte. Bevor sie einschlief, setzte sie sich auf und griff nach der Seife, die auf einem Teller am Wannenrand lag. Der Duft eines blühenden Zitronenhains stieg ihr in die Nase, während sie ihre Haare einseifte. Das Blut, das sie sich von Händen, Füßen und vom Hals wusch, färbte das Wasser in ein dunkles Rotbraun.

Zwischen ihren Beinen wusch sie sich besonders gründlich. Sie hatte das Gefühl, Nathan noch in sich spüren zu können. Es widerte sie an. Sie schrubbte stärker, kratzte mit ihren kurzgeschnittenen Fingernägeln über ihre Haut, bis sie wund war und im Wasser zu brennen begann. Dennoch machte sie, mit Tränen in den Augen, weiter, bis jede Berührung schmerzte. Dann gab sie auf.

Miranda schämte sich für das, was Nathan ihr angetan hatte. Sie hasste die Verletzlichkeit, die sie in sich spürte. Ihr Vater wäre enttäuscht von ihr. Er hatte so viel Kraft und Zeit investiert, um sie zu Stärke zu erziehen. Aber eine Tat oder auch nur ein paar Worte waren oft fähig, alles zu zerstören, wie bei ihrem Freund Toby.

Miranda erinnerte sich plötzlich daran, welchen Rat ihr ihre Großmutter nach Tobys Tod gegeben hatte, als Miranda kurz davorgestanden war, den Verstand zu verlieren. Ihre Großmutter väterlicherseits hatte zu den dominanten Frauen im Rudel gehört. Sie war eine hartgesottene Frau gewesen, die sich für niemanden verstellt hatte, am allerwenigsten für ihren Gefährten, der sich eine unterwürfige Frau an seiner Seite gewünscht hatte. Doch das Gefährtenband hatte ihn mit Mirandas Großmutter verbunden. Sie hatte ihm die Stirn geboten. Ihr war egal gewesen, dass er das Alphatier gewesen war.

Kind, hatte sie zu Miranda gesagt, *nur du kannst entscheiden, was du aus dem machst, was passiert ist. Wachse daran oder gib dich auf. Es liegt an dir.*

Miranda traf ihre Entscheidung. Sie war nicht mehr gewillt, Nathan diese Macht über sich zu schenken! Er durfte ihr Leben nicht bestimmen! Wäre sie nur ein Mensch, wäre es nicht so einfach gewesen, sich davon zu befreien.

Sie würde es ihrer Katze gleichtun und nach vorne sehen… zu einer grausamen Rache… und zu einem Mann, der sich leise in ihr Herz geschlichen hatte. Michael konnte das größte Glück in ihrem Leben oder aber ihr Untergang sein. Doch, wenn sie ihn aufgab, würde sie es nie erfahren.

Ihre Luchsin sprang wild herum. Ihre Freude war ansteckend und zauberte Miranda ein Lächeln auf die Lippen. *Dennoch werden wir nichts überstürzen*, mahnte Miranda sie. Damit war die Katze einverstanden.

Miranda stieg aus der Wanne. In eines der flauschigen Handtücher gehüllt beobachtete sie, wie das Wasser aus der Wanne floss. Zusammen mit dem Schmutz verschwand auch Nathans Präsenz im Abflussrohr. Vielleicht sollte sie den Mann selbst den Abwasserkanal hinunterspülen. Damit würde sie jenen, die ihn tot sehen wollten, bestimmt einen Gefallen tun.

Sie schlüpfte in die frische Kleidung, die ihr zwar selbst in der kleinsten Größe zu groß, dafür aber kuschelig weich und warm war. Dann stellte sie sich der Realität.

Tyler verschwand gerade zur Eingangstür hinaus, als Miranda das Badezimmer verließ. „Wo will er hin?", fragte sie Carlo, der zusammen mit Andy auf der Couch saß und ihren Fuß verband. Von Michael, stellte Miranda enttäuscht fest, fehlte jede Spur.

„Es gab ein Problem an der Grenze", antwortete der dunkelhäutige Wandler. Vorsichtig wickelte er den Verband um Andys Knöchel. „Es ist vermutlich nur geprellt", sagte er, bevor Miranda nachfragen konnte. „Die Bären haben eine Ärztin im Rudel. Sie wird es sich noch ansehen, um sicherzugehen."

„Ich brauche keinen Arzt", wehrte sich Andy. „Ich bin eine Wandlerin. Das heilt von selbst." Als Carlo aber den Verband mit Klebeband befestigte, zuckte sie zusammen.

„Du hast Fieber", erwiderte Carlo. „Das verzögert die Heilung."

Andys Wangen waren so rot wie reife Kirschen und ihre Augen glänzten. Sie zitterte, obwohl es direkt neben dem brennenden Feuer im Kaminofen ziemlich warm war. „Es könnte aber auch schlimmer verletzt sein", gab Carlo zu bedenken.

Andy kannte ihre Schwester gut genug, dass sie wusste, was Miranda sagen wollte. „Ich will mich nicht hinlegen", kam sie ihr zuvor. „Ich will nicht alleine sein", fügte sie flüsternd hinzu.

Miranda setzte sich neben sie und nahm sie in den Arm. „Du bist nicht alleine. Carlo und ich sind immer in deiner Nähe."

Es verlangte aber noch viel Überredungskunst, bis Andy sich von Carlo in eines der Schlafzimmer tragen ließ. Er blieb solange bei ihr, bis sie eingeschlafen war.

„Du siehst besser aus", meinte er, nachdem er die Tür zum Schlafzimmer hinter sich geschlossen hatte. Er setzte sich Miranda gegenüber auf einen der Stühle. „Weniger aufgewühlt."

Miranda ärgerte sich insgeheim darüber, dass ihre Gefühle für Jedermann so offensichtlich waren. „Ich hatte Zeit, nachzudenken", sagte sie. „Da ist mir einiges klargeworden."

„In meiner Familie heißt es, Wasser habe eine heilende Wirkung", erzählte er. „Es reinigt und schenkt uns Kraft."

Darüber hatte Miranda noch nie nachgedacht. Wasser war für sie stets etwas Selbstverständliches gewesen, dass sie nicht einmal überlegt hatte, dass es mehr sein könnte. Aber Carlo hatte recht. Seit sie aus der Wanne gestiegen war, fühlte sie sich wie ein neuer

Mensch. Ihre Seele war nach wie vor zutiefst verletzt, doch der Schmerz war gelindert worden. „Wo ist eigentlich Michael?", fragte sie und versuchte möglichst so zu klingen, als würde es sie nur am Rande interessieren. In Wahrheit prickelte ihr Inneres beim Gedanken an diesen Mann.

Carlo bedachte sie mit einem Blick, der ihr sagte, dass er wusste, was in ihr vorging. „Er ist Tyler gefolgt."

„Von dem Tyler natürlich nichts weiß, nehme ich an?"

Carlo schüttelte seinen Kopf.

„Ich dachte, du vertraust ihnen?"

„Das tue ich. Aber ich möchte wissen, was sich an der Grenze abgespielt hat. Vielleicht ist uns jemand gefolgt. Ich hatte gehofft, sie würden uns nicht so schnell hier finden."

Miranda räusperte sich. „Ähm, Carlo, du hast offenbar den Schnee vergessen. Unsere Spuren sind überall zu sehen." Ansonsten war Schnee hervorragend, denn Gerüche blieben nur für wenige Stunden daran haften. Danach waren sie nicht mehr für die feinen Wandlernasen zu wittern.

„Für heute wurde wieder Schnee vorausgesagt. Der hätte unsere Spuren verschwinden lassen. Aber, wenn uns jemand vom Rudel gefolgt ist…" Dann hätten sie wertvolle Zeit verloren. „Mal sehen, ob Michael etwas herausfindet."

Für mehrere Minuten saßen sie schweigend da. Dann fragte Carlo: „Wann hast du vor, es deiner Schwester zu erzählen?" Sie wusste, wovon er sprach. Offenbar hatte er das Gespräch gehört.

„Am liebsten würde ich es ihr nie erzählen. Ich habe Angst, dass sie es nicht verkraftet."

„Ich würde sie auch viel lieber aus allem heraushalten", entgegnete Carlo mit gequälter Miene. „Du solltest es ihr bald sagen. Besser sie erfährt es von dir, als von einem Anderen."

„Ich weiß, aber es ist so schwer. Wenn ich es ausspreche, wird es so… endgültig. Damit nehme ich ihr alle Hoffnung." *Und mir selbst*, fügte sie in Gedanken hinzu.

„Ich glaube, sie ahnt es ohnehin schon", meinte Carlo. „Sie hat ein feines Gespür."

In dem Moment öffnete sich die Eingangstür und Michael kam herein. Seine Jacke und seine Mütze waren mit großen Schneeflocken bedeckt, die langsam schmolzen. Mirandas Knie wurden bei seinem Anblick weich. Glücklicherweise saß sie, sonst wäre sie vermutlich umgekippt. Nun, da sie sich für die Verbindung geöffnet hatte, wurden ihre Gefühle für ihn mit jeder Sekunde, die verging, stärker. Seine Anwesenheit füllte die Leere in ihrem Herzen großteils auf. Ganz würde sie nie verschwinden. Dazu hatten jene, die sie verloren hatte, einen zu großen Teil eingenommen.

Sie hatte sich eindeutig und unwiderruflich verliebt.

Michael schien ihren Wandel zu fühlen. Er strahlte wie ein kleines Kind, für das Weihnachten, Ostern und Geburtstag auf einen Tag zusammengefallen waren. Was nicht unbemerkt blieb. Doch Carlo sagte nichts und beließ es bei einem Schmunzeln, das ihm aber überaus gut stand. „Hast du etwas herausgefunden?", fragte er geschäftsmäßig, doch das Funkeln in seinen Augen blieb.

„Es gab einen Alarm", schilderte Michael. Er setzte sich neben Miranda, die aber ein Stück von ihm wegrutschte, um sich nicht völlig ablenken zu lassen. Der Blick, den er ihr zuwarf, setzte eine Horde Schmetterlinge frei, die wild in ihrem Bauch herumflatterten. Wieso hatte sie sich nur dagegen gewehrt? Es war das schönste Gefühl, das man sich vorstellen konnte. „Der Verursacher", fuhr Michael fort, „dürfte aber nicht weit über die Grenze vorgedrungen sein. Er hat einige Fallen ausgelöst, aber keine davon hat ihn verletzt."

Nur ein Wandler hätte den, durch die Luft zischenden Dolchen, ausweichen können. Ein Mensch hätte niemals so schnell reagieren können.

„Buck selbst übernimmt die Verfolgung. Aber ich bezweifle, dass er den Eindringling aufspüren wird. Der ist längst über alle Berge."

„Dann weiß Nathan also, dass wir bei den Bären sind", murmelte Miranda.

„Sie werden uns nicht angreifen, solange Maxim außer Gefecht ist", warf Carlo ein. „Die Besprechung wird sich dann verschieben." Seine Augen suchten Mirandas. Es fiel ihr schwer, seinem Blick standzuhalten, wo doch der Mann neben ihr ihre Aufmerksamkeit beanspruchte. „Leg dich noch eine Weile hin", schlug Carlo vor.

Ich bin nicht müde, wollte Miranda sagen. Aber das wäre gelogen. Sie fühlte sich ausgelaugt. Das Tageslicht würde sie in den nächsten Stunden noch vor den Vampiren schützen. „Vielleicht hast du recht. Gibt es hier noch ein Schlafzimmer? Ich möchte Andy nicht wecken."

„Rechts vom Badezimmer ist noch eines."

Carlo kannte sich in der Bärenhöhle ziemlich gut aus. Miranda speicherte in ihrem Gedächtnis ab, ihn einmal danach zu fragen.

Das Schlafzimmer war ungefähr von derselben Größe wie das Badezimmer. Hier drinnen war es kühler als in den anderen Räumen. Gestrichen waren die Wände in einem zarten Gelb und die Möbel waren aus einem hellen Holz gefertigt. Miranda hatte aber nur Augen für das große Bett. Es weckte die Sehnsucht, sich in die Decke zu kuscheln und die Augen zu schließen.

Plötzlich fühlte sie sich zu müde, um sich auszuziehen. Mitsamt ihren Kleidern legte sie sich auf die himmlisch weiche Matratze. Ihre Luchsin begann zu schnurren, als sich Miranda die flauschige Decke bis zu den Ohren hochzog. Katzen liebten alles Weiche. Davon konnten sie nie genug kriegen.

Innerhalb weniger Sekunden war sie eingeschlafen, nicht jedoch ohne vorher an den Mann gedacht zu haben, der sich nur eine Tür entfernt aufhielt und ihr Herz erobert hatte.

Kapitel 11

Miranda spürte eine sanfte Berührung an ihrer Schulter, die sie auf ihren Traum schob. Sie träumte von letzten gemeinsamen Abend mit ihrer Familie rund zwei Wochen vor dem Überfall.

Andy hatte darauf bestanden, endlich wieder miteinander Zeit zu verbringen. Die drei Frauen kochten gemeinsam und hatten dabei ziemlich viel Spaß. Sie unterhielten sich über Männer und ihre Eigenheiten. An diesem Abend erzählte Pamela ihnen von dem Mann, mit dem sie vor ihrem Gefährten zusammen gewesen war.

„Euer Vater hat mich damals ziemlich auf die Palme gebracht", schilderte sie. „Ich war durch das Band so verliebt. Ich verzehrte mich nach ihm. Ich wollte endlich von ihm berührt werden. Aber er - glaubt ihr, er hätte seine Gefühle gezeigt? Er war ein richtiger Eisklotz." Ihre Mutter lachte. Ihre Augen funkelten verliebt. „Das ist er manchmal noch."

Nach dem Essen mit ihrem Vater, der an diesem Abend sogar pünktlich nach Hause gekommen war, spielten sie zusammen Monopoly. Sie saßen am Boden um den niedrigen Couchtisch und mampften warmes Popcorn. Wie immer gewann ihr Vater. Er kannte sie viel zu gut und durchschaute ihre Strategien sofort.

Miranda war enttäuscht, dass sie erneut nicht geschafft hatte, ihren Vater zu besiegen. „Das ist eben mein Spiel", sagte er mit einem breiten Grinsen im Gesicht. „Aber es ist nur ein Spiel. In anderen Dingen bist du besser, viel besser sogar. Ich bin sehr stolz auf dich, Miranda." Als wäre das Kompliment alleine nicht schon schön genug, drückte er seine Tochter fest an sich.

Auf einmal fegte ein kühler Luftzug über ihr Gesicht. Sofort war Miranda hellwach. Noch bevor sie ihre Augen öffnete, wechselten Mensch und Tier ihre Rollen. Ihr Handeln wurde nicht mehr durch bewusste Gedanken gesteuert. Während sie, wie der Blitz, aus dem Bett sprang, fuhren ihre Krallen aus. Ihre Lippen gefletscht, offenbarte sie ihre katzenähnlichen, rasiermesserscharfen Zähne. Aus ihrer Kehle kam ein angriffslustiges Fauchen. Sie war bereit, ihren Angreifer zu töten.

Es dauerte mehrere Sekunden, bis sie realisierte, wer ihr gegenüberstand. Michael! Er stand einfach nur da und starrte sie erschrocken an. *Oh mein Gott! Ich hätte ihn beinahe angegriffen!*

Sie gab ihre Angriffshaltung auf und schloss für einen Moment ihre Augen. Als Miranda sie wieder öffnete, war das Gold der Katze dem menschlichen Blau gewichen.

„Michael, es tut mir so leid!", schluchzte sie. „Das habe ich nicht gewollt!" Ihr Herz zog sich schmerzhaft zusammen.

Vorsichtig kam er auf sie zu und nahm sie in den Arm. „Es ist nichts passiert."

„Aber ich habe dich fast angegriffen!", wimmerte sie.

Er hätte sich nicht gewehrt. Das spürte Miranda durch das stärker werdende Band, das zwischen ihnen entstanden war. Er hätte seine Hand nicht gegen sie erhoben, wenn sie ihn angegriffen hätte. Lieber wäre er gestorben, als sie zu verletzen. Diese Erkenntnis machte sie unendlich traurig. Sie war als Einzige dazu fähig, ihn in den Abgrund zu stoßen.

Unruhig streifte ihre Luchsin in ihrem Kopf umher. Sie gab sich die Schuld. Sie hatte Angst gehabt, wieder in die Fänge ihrer Feinde zu gelangen. Nicht noch einmal wollte sie von Miranda getrennt werden.

Michael löste sich aus der Umarmung. In seinen Augen lag Kummer. Er konnte spüren, was sie fühlte. „Du hast Schreckliches erlebt. In deiner Situation hätte jeder auf diese Weise reagiert."

„Ich hätte dich töten können", flüsterte Miranda. Ihr Herz war so schwer, als wäre es mit Steinen befüllt. Dabei war es nur ihr Schmerz, der ihr dieses Gefühl vermittelte.

Michael umfing ihr Gesicht mit seinen Händen. „Das würdest du nie tun. Du bist ein guter Mensch, dem sehr Böses widerfahren ist. Das macht dich aber nicht böse. Du hast mich nicht angegriffen, falls du das vergessen hast." Er lächelte. „Nun, komm. Die Bären sind gerade gekommen."

„Geh schon mal vor", schniefte sie. „Ich brauche noch ein paar Minuten."

„Aber nicht zu lange", erwiderte Michael. „Buck wirkt nicht sehr geduldig. Ungewöhnlich für einen Bären, fernab der Essenszeit."

Seine Worte zauberten ihr ein Lächeln auf die Lippen. „Versprochen. Nicht, dass er Gefallen an euch als Leckerbissen findet."

Bevor Michael das Zimmer verließ, berührte er sanft ihre Wange. Frau und Tier schmiegten sich an seine Hand. Eine kleine Geste zwar, die ihnen aber Kraft schenkte. Nachdem Michael die Tür hinter sich geschlossen hatte, ließ sich Miranda auf das Bett zurückfallen. Ein Hauch von ihrer Wärme war noch auf der Matratze zu spüren.

Sie ließ in Gedanken die letzten Minuten Revue passieren. Jede Sekunde davon prägte sie sich genauestens ein. Ein Vorfall, wie dieser, durfte nie wieder passieren. *Wir müssen vorsichtiger sein*, sagte sie zu ihrer Luchsin. *Ich würde es nicht ertragen, noch jemanden, der mir wichtig ist, zu verlieren.*

Miranda starrte an die Decke und spielte mit einer Strähne ihres Haares. Sie ließ sie immer wieder durch ihre Finger gleiten. Am liebsten wäre sie für immer hier gelegen. Die Tür hielt die unbarmherzige Wahrheit draußen. Wenn sie hierblieb, konnte sie so tun, als wäre nichts geschehen.

Du bist ein geborenes Alphatier, erklang die Stimme ihres Vaters in ihrem Verstand. *Steh auf und stelle dich deiner Bestimmung. Ich habe dich nicht so hart trainiert, dass du alleine hier sitzt und in Mitleid versinkst. Führe sie an.*

Miranda konnte nicht anders, als seinen, wenngleich eingebildeten Worten Folge zu leisten. Das jahrelange Training hatte sie dazu erzogen.

Sie stand auf und atmete tief durch. Dann griff sie nach der Türklinke und drückte sie hinunter.

Alle Köpfe wandten sich zu ihr um. Zwei Männer und eine Frau, die Miranda noch nie gesehen hatte, standen auf und kamen auf sie zu. Es gab keinen Zweifel, dass es sich bei ihnen um Bärenwandler handelte.

Sie waren alle viel größer als Miranda und wesentlich breiter gebaut. Der mittlere der Drei war allerdings der Größte, mit Schultern so breit wie die eines kräftigen Grizzlys.

Mit seiner rotbraunen, schulterlangen Mähne, dem unordentlichen Dreitagebart, der die Hälfte seines Gesichts bedeckte, sowie den bernsteinfarbenen, wilden Augen glich er einem ungezähmten, Mensch gewordenen Bären. Sein Tier saß so dicht unter der Oberfläche, dass selbst jemand, der noch nie mit einem Gestaltwandler zu tun gehabt hatte, sofort gemerkt hätte, dass er kein Mensch war.

Der Mann sah aus, als wäre er dem Wilden Westen entsprungen. Er trug ein rotschwarz kariertes Flanellhemd, das ein Gürtel mit protziger Schnalle in Form des Logos der Black Sky-Bären in seiner ausgewaschenen Jeanshose festhielt. Die obersten drei Knöpfe seines Hemdes waren offen und zeigte den Ansatz einer stark behaarten Brust. Seine ausgetretenen Cowboystiefel sowie der lange Mantel waren aus demselben dunklen Rauleder gemacht.

Er kam auf Miranda zu und reichte ihr seine riesige Hand. Sie fühlte sich klein und unbedeutend, so, wie sie vor ihm stand. „Mein Name ist Buck Cunningham", stellte sich der Mann vor. „Ich bin das Alphatier der Black Sky-Bären." Sein Geruch war der eines tosenden Sturmes. Er beinhaltete so viele Bestandteile, dass Miranda keinen davon benennen konnte.

Er deutete auf die blonde Frau zu seiner Linken, deren hüftlanges Haar zu einem seitlichen Zopf geflochten war. Miranda stellte fest, dass sie dieselbe Augenfarbe hatte wie Buck. Sie trug dieselbe Hose wie Tyler und dazu ein schwarzes Langarmshirt, das das Logo der Bären in roter Farbe auf die Brust gestickt hatte. „Dieser widerspenstige Wirbelwind hier ist Tamira."

Mit einem gezielten Stoß in seine Flanke bedankte sich die junge Frau, die kaum älter als Miranda war, bei Buck. Aber anstatt sie für ihr Verhalten zu rügen, brach er in schallendes Lachen aus, wofür er böse Blicke von der blonden Schönheit erntete.

Mit einem strahlenden Lächeln trat sie auf Miranda zu und schüttelte ihre Hand. „Du musst meinen Vater entschuldigen. Immer noch denkt er, ich wäre sein kleines Mädchen, das blind seinen Anweisungen folgt. Anscheinend ist es an ihm vorübergegangen", sagte sie und reckte stolz ihr Kinn vor, „dass ich gerade zu einer Hüterin aufgestiegen und deshalb fähig bin, ihn zu schützen."

Ihr Duft war dem ihres Vaters nicht unähnlich. Einzig beinhaltete ihrer zusätzlich eine feine Note vollmundigen Honigs, der auf der Zunge zerging.

Buck legte ihr seine Hand auf die Schulter. „Du wirst immer meine Kleine sein, auch, wenn ich mich in ein paar Jahren verkrieche und du meine Position als Anführer übernimmst. So sind Väter nun einmal." Sein Blick wurde weich. „Ich bin sehr stolz, dich zu meinen Hütern zu zählen. Du wirst deine Aufgaben sehr gut erledigen, da bin ich mir sicher."

Tamira grinste bis über beide Ohren. Liebevoll nahm ihr Vater sie in den Arm. In Mirandas Hals bildete sich ein Kloß. Wie gerne sie Tamiras Platz eingenommen hätte. Sie drohte, in Tränen auszubrechen, schaffte es aber, sie im letzten Moment zurückzuhalten.

Buck zeigte auf den Mann mit den asiatischen Gesichtszügen und den kurzen schwarzen Haaren. Die Augen des Wandlers waren von einem so dunklen Braun, dass sie beinahe schwarz wirkten. An seiner linken Schläfe hatte er ein kleines Tattoo in Form eines chinesischen Schriftzeichens. Miranda hatte keine Ahnung, was es bedeutete.

„Und das ist Noah", machte das Alphatier bekannt. Das also war Carlos Freund. Der, für einen Bärenwandler relativ schmächtige Mann, trat einen Schritt vor und nickte Miranda zu. Sie nahm

Nüsse und Pfeffer mit einem Hauch von bitterer Zitrone wahr. Seine mandelförmigen Augen waren von einem dunklen Schokoladenbraun. Er trug dieselbe Kleidung wie Tamira.

„Noah", fuhr Buck fort, „ist ebenfalls einer meiner Hüter." Der Bär verdrehte seine Augen. „Als bräuchte ich so viele. Noah ist zusätzlich für die Ausbildung unserer Soldaten zuständig. Außerdem ist er unser Experte in Sachen Vampire."

Mit einer Handbewegung deutete Buck Miranda, sich zu setzen. Sie nahm neben Michael und Carlo Platz. Buck und seine Hüter wählten die Stühle ihnen gegenüber. „Deine Freunde haben uns einen kurzen Überblick über eure Flucht gegeben. Vom Überfall selbst haben sie uns nichts erzählen können. Kannst du dir erklären, wieso Maxim dein Rudel hat angreifen lassen?"

Darüber hatte sich Miranda bereits mehrfach den Kopf zerbrochen, bislang aber noch keine Antwort darauf gefunden. „Ich habe keine Ahnung. Ich glaube auch nicht, dass irgendjemand vom Dark Side-Rudel die genauen Gründe für den Überfall auf mein Rudel kennt. Ich kenne Maxim nicht sehr gut, glücklicherweise, um ehrlich zu sein, aber über etwas so Wichtiges würde er mit niemandem reden." Eines gab ihr ein weiteres Rätsel auf. „Etwas verstehe ich nicht: Wie konnte er sämtliche Dark Side-Luchse zu diesem Angriff verleiten? Ich kann mir nicht vorstellen, dass jeder so ein Scheusal wie Nathan ist."

Überraschenderweise ergriff Michael das Wort. „Nathan ist mein Bruder", erklärte er den Bären. „Ich bin zwar der Erstgeborene, aber ich wollte nie das Alphatier sein. Deshalb überließ ich Nathan den Posten, als unser Vater vor gut zwei Jahren starb. Ich wollte ihm damit zeigen, dass ich Vertrauen in ihn habe. Und anfangs funktionierte es wirklich gut. Nathan war sehr bemüht, ein guter Anführer zu sein. Ich dachte, ich könnte ihn mit der Aufgabe alleine lassen. Nach ein paar Monaten verließ ich das Rudel wieder. Ich war nur wegen dem Tod meines Vaters zurückgekehrt. Aber –", Michael hielt einen Moment inne, „Nate veränderte sich, wie ich von Rudel-gefährten erfuhr. Er rastete schnell aus. Das Rudel bekam seine Wut zu spüren. Ich kam zurück und stellte ihn zur Rede. Er sagte, er würde sich zusammenreißen. Und ich glaubte ihm. Oder sagen wir lieber, ich wollte es glauben."

Michael stand auf. Er ging zwischen den Bären und den Katzen auf und ab. Er wirkte rastlos und getrieben. „Ich dachte mir, solange es nicht aus dem Ruder läuft, lasse ich ihn weitermachen. Heute weiß ich, dass es ein Fehler war und dass damals der Kontakt zu Maxim entstanden sein muss. Denn vor ein paar Monaten brach der Kontakt zum Rudel ab. Zuverlässige Männer und Frauen meldeten sich auf einmal nicht mehr. Natürlich machte ich mir Sorgen, aber, da es ruhig blieb, unternahm ich nichts dagegen.

Er hat etwas mit ihnen getan. Niemand aus dem Dark Side-Rudel, nicht einmal mein Bruder, wäre zu einer Tat, wie dem Überfall auf Mirandas Rudel, fähig. Ich kenne diese Wandler. Sie sind gute Leute."

Miranda wollte ihm schon widersprechen. Da erinnerte sie sich daran, wie Maxim sie gebissen hatte. „Auch du warst verändert", flüsterte sie. „Du bist einfach nur dagestanden, während Maxim mich fast umgebracht hätte. Ich habe um deine Hilfe gefleht, aber du hast nicht reagiert. Du hast einfach nur geradeaus gestarrt, als würde es dich nicht interessieren."

„Ich kann mich nicht daran erinnern, wie ich dorthin gelangt bin. Als letztes war ich vor Nates Büro. Vermutlich hat mich dort jemand niedergeschlagen. Anders kann ich es mir nicht erklären, denn alles, was danach kam, ist verschwommen. Meine Erinnerung beginnt erst wieder, als Maxim diesen Anfall hatte und ohnmächtig wurde. Es war, als würde ich aus einem Traum erwachen."

Verwirrung zeichnete sich in Michaels Augen ab. „Ich war in einem Strudel gefangen. Immer wieder zogen Bilder aus der Realität vorbei, aber ich konnte sie nicht ergreifen. Da war diese Stimme in meinem Kopf. Eine Stimme, die ich nicht kannte. Sie hat mir Befehle gegeben. Ich war wie ferngesteuert und befolgte sie. Ich hatte mich nicht dagegen wehren können. Ich hätte vermutlich auch getötet." Seine Stimme wurde mit jedem Wort leiser und verursachte den Anwesenden Gänsehaut.

Michael blickte mit gequälter Miene in die Runde. „Irgendetwas haben sie mit mir gemacht, aber ich weiß einfach nicht, was. Ich habe versucht, mich daran zu erinnern, aber es gelingt mir einfach nicht. Einmal habe ich das Gefühl, ich weiß es und im nächsten Moment ist es wieder aus meinen Gedanken verschwunden."

Carlo sah seinen Freund an. „Du wurdest beeinflusst. Maxim ist als einziger Vampir in der Lage, unser Denken und Handeln zu manipulieren."

„Moment mal", unterbrach Miranda. „Sagest du gerade, Maxim kann uns manipulieren?" Das klang selbst nach allem, das sie bisher erlebt hatte, unglaublich. „Wie macht er das?"

„Das wissen wir leider nicht. In den Aufzeichnungen meines Großvaters stand einzig, dass er dazu fähig wäre. Wie er es anstellt, die Leute unter seinen Einfluss zu bringen, ist nicht bekannt. Du konntest vermutlich auch nie Näheres herausfinden?", fragte er Noah.

„Nein", antwortete der Bär frustriert. „Nachdem ich von der Manipulation erfahren habe, bin ich sämtliche Vermisstenfälle zu der Zeit vor Maxims Gefangennahme durchgegangen. Wir können davon ausgehen, dass die meisten von ihnen von ihm manipuliert worden waren, denn vor ihrem Verschwinden haben sie sich anders verhalten. Meist waren es Menschen, aber auch Wandler waren unter den Opfern gewesen. Bis auf einen, kam keiner jemals zurück. Ich glaube nicht, dass es sich dabei um ein Versehen, eine Schlamperei von Maxim handelt. Er wollte damit einzig seine Macht demonstrieren."

Das war auch Mirandas Gedanke. Wenn Maxim eines liebte, dann war es Macht. Um das zu wissen, musste man ihn nicht kennen. Sein Verhalten, so, wie er mit ihrer Angst gespielt hatte, sprach eine eindeutige Sprache.

„Die Frau konnte sich, wie Michael, an nichts erinnern. Ihre Schilderung war seiner sehr ähnlich. Sie sei aus einer Art Traum erwacht. Sie wusste nichts von den Straftaten, die sie begangen hatte. Für den Mord an ihrem Mann war sie lebenslänglich verurteilt worden."

Es wurde totenstill. Man hätte eine Nadel auf den Boden fallen gehört. Keiner der Anwesenden sagte ein Wort, zu tief saß der Schock über Maxims Grausamkeit.

„Ich ließ sie von einem Schamanen untersuchen", setzte Noah seine Erzählung fort. „Aber die Manipulation war zu lange her, dass er nichts mehr feststellen konnte, bis auf ihre gebrochene Seele." Er wendete sich Michael zu. „Wärst du damit einverstanden, dich von einer Ärztin und unserem Schamanen untersuchen zu lassen? Mit deiner Hilfe könnten wir endlich Maxims Geheimnis lüften."

„Natürlich", willigte Michael ein.

„Wenn Miranda nichts dagegen hat, würde ich auch sie untersuchen lassen", schlug Carlo vor. „Mich würde interessieren, wieso Maxim diesen Anfall hatte."

Nicht nur Maxims Geheimnis stand kurz davor, aufgedeckt zu werden. Dennoch bekundete Miranda mit einem Nicken ihr Einverständnis.

„Dann gebe ich Anna Bescheid", sagte Noah, den Blick auf sein Alphatier gerichtet. Da Buck dem nichts entgegenzusetzen hatte, ging der Hüter außer Hörweite, um zu telefonieren.

Kapitel 12

„Ihr erwähnt diesen Anfall nun schon zum zweiten Mal", dröhnte Bucks Stimme durch den Raum. „Was hat es damit auf sich?" Er ließ seinen Blick über die drei Raubkatzen schweifen. Miranda fühlte sich unwohl in ihrer Haut. Der Bär gab ihr das Gefühl, als wisse er, dass sie etwas zu verbergen hatte. Um ihn nicht darauf aufmerksam zu machen, tat sie das, womit er vermutlich am wenigsten rechnete.

Sie antwortete ihm, als halte sie den Anfall für nichts Besonderes. „Viel gibt es darüber nicht zu sagen." In kurzen Worten schilderte sie Buck, was vorgefallen war. Während ihrer Erzählung schauderte sie. Obwohl die Wunden verheilt waren, glaubte sie, Maxims Klauen in ihren Muskeln stecken zu spüren. „Er verlor das Bewusstsein", endete sie.

„Der mächtige Maxim hatte also einen Anfall, während er von dir trank?", hakte Buck neugierig nach. Als Miranda nickte, brach er in schallendes Gelächter aus, in das seine Tochter einstimmte. Ihre Stimmen hallten von den Wänden wider.

„Soweit ich weiß, war dieser Vorfall einmalig", meldete sich Carlo zu Wort, nachdem sich die Bären beruhigt hatten. „In den Aufzeichnungen meines Großvaters ist nichts zu finden. Und er hat sich ausführlich mit der Geschichte der Vampire befasst."

Trotz ihrer Abneigung, war Miranda begierig, mehr über Maxims Vergangenheit zu erfahren. Der Mann war schließlich mehrere hundert Jahre alt und Miranda hatte ein Faible für Geschichte.

„Als unsere Vorfahren Maxim damals gefangen nahmen, konnten sie keinen Weg finden, ihn zu töten. Sie konnten ihm nicht einfach die Kehle durchschneiden, denn sie konnten seiner Haut keinen Schaden zufügen. Es war, als wäre eine Art Schutzschicht darin, die nicht durchdrungen werden konnte. Deshalb setzten sie ihn stundenlang der Sonne aus. Sie vergifteten und verbrannten ihn. Maxim wurde dadurch zwar schwächer, aber er konnte nicht getötet werden. So nahe, wie heute, war er dem Tod noch nie gewesen."

Miranda ahnte, worauf Carlo hinauswollte. Möglicherweise hatten sie ihre einzige Chance, Maxim zu töten, vertan. „Glaubst du, es wäre möglich gewesen, ihn umzubringen?", fragte sie. „Er war mehrere Jahrzehnte vergraben und lebt dennoch. Vielleicht kann er nicht sterben." Damit sprach Miranda aus, wovor sich alle insgeheim fürchteten, selbst das große Alphatier ihr gegenüber. Das nervöse Zucken seiner Augen war ihr nicht entgangen.

„Diese Option ziehe ich erst in Betracht, wenn wir alle Möglichkeiten ausgeschöpft haben", meinte Noah, der sich wieder zu ihnen setzte. „Wir haben Technologien zur Verfügung, von denen unsere Vorfahren nicht einmal zu träumen gewagt hätten. Eine davon wird sein Leben hoffentlich beenden."

„Ansonsten verscharren wir ihn erneut", polterte Buck. „Aber dieses Mal betonieren wir ihn vorher ein." Ein sehr hinterhältiges Lächeln umspielte seine Lippen.

„Ihn einzusperren ist zu gefährlich", war Carlo wenig überzeugt von Bucks Plan. „Seine Anhänger könnten ihn erneut befreien. Wir müssten alle Vampire ausrotten."

„Da wäre ich sofort dabei", lachte der Bär. Miranda war nicht sicher, ob das Alphatier die Gefahr ernst genug nahm. Momentan sah er eher so aus, als wäre alles ein riesengroßer Spaß für ihn.

„Wir müssen einen Weg finden, Maxim zu vernichten", beharrte Carlo.

„Aber, wenn wir scheitern, bleibt uns nichts anderes übrig, als ihn wegzusperren", meldete sich erstmals Tamira zu Wort. „Es hat lange Zeit funktioniert."

Es konnte wieder klappen, solange sie nicht dieselben Fehler ihrer Vorfahren begingen. „Wie ist es dem Rudel deines Großvaters eigentlich gelungen, Maxim gefangen zu nehmen?", fragte Miranda. „Er wird sich nicht gestellt haben."

„Sie hatten die Unterstützung einer der Erstgeborenen – Jekaterina", begann Carlo. „Wäre sie nicht gewesen, hätte sich Maxim vermutlich kein Vampir in den Weg gestellt. Jekaterina hasste die Person, zu der ihr Freund geworden war. Und sie hasste die Auswirkungen, die sein Wandel mit sich brachte. Maxim vernachlässigte seine Pflichten. Er ließ Vampire, die außer Kontrolle geraten waren, am Leben, anstatt sie auszuschalten. Sind sie einmal dem Blutrausch verfallen, können sie nie wieder ein normales Leben führen."

Wie bei den Madies, dachte sich Miranda.

„Durch die grausamen Bilder, die um die Welt gingen, entstand Angst unter den Menschen. Jene, die davor Vampire von sich hatten trinken lassen, mieden auf einmal ihre Nähe. Dadurch wurde es für Vampire wie Jekaterina, die niemals Blut gewaltsam nahmen, fast unmöglich, sich zu ernähren."

Miranda konnte nicht anders, als Mitleid mit der unbekannten Vampirfrau zu empfinden. Mitansehen zu müssen, wie ein Freund ins Unglück stürzte, gehörte mit zu den schlimmsten Erfahrungen, die das Leben bereithielt.

„Die strengen Regeln bezüglich der Auswahlkriterien zur Verwandlung von Menschen galten auf einmal nicht mehr. Jeder, der Maxim stark genug erschien, wurde verwandelt, meist von ihm selbst, damit sie noch mächtiger wurden. Den neugeschaffenen Vampiren überließ er ganze Dörfer, um sie zu versorgen. Dass viele von ihnen dem Blutrausch verfielen, nahm er hin. Er versuchte gar nicht, es zu verhindern." Carlo hielt einen Moment inne, bevor er weitersprach. „Zu jener Zeit fand Maxim heraus, dass Wandlerblut sie stärker macht als Menschenblut. Das, und die Tatsache, dass sich die Wandler gezwungen sahen, einzuschreiten und wild gewordene Vampire zu töten, brachten Maxim dazu, die Jagd auf unsere Rasse zu eröffnen."

Was trieb einen Mann dazu, sein Leben derart zu verraten? Zu vergessen, wer er war? Die Antwort auf ihre Frage gab ihr das Gefährtenband. Verlust. Und der schlimmste Verlust von allen war der des Partners. Wer war die Frau gewesen, der Maxim sein Herz geschenkt hatte? Hatte sie ihn verlassen?

„Weiß man, wieso er sich so verändert hat?", erkundigte sich Miranda.

Carlo schüttelte seinen Kopf. „Darüber wollte Jekaterina nie reden. Persönliches gehörte für sie nicht zur Mission und war deshalb Tabu. Sie hat ihnen alles anvertraut, die Hintergründe zu Maxims Wandel hat sie aber geheim gehalten."

Miranda verstand Jekaterinas Entschluss. Sich ihrem Erschaffer, einem blutrünstigen Monster, entgegenzustellen war einfacher, als ihrem Freund und Vertrauten.

„Jekaterina führte eine kleine Gruppe von Vampire an, deren Ziel es war, Maxim zu stürzen", führte Carlo weiter. „Aus diesem Grund wandte sie sich an die Gestaltwandler. Aber viele Alphatiere verweigerten ihr die Hilfe. Sie misstrauten ihr und hatten Angst, in eine Falle zu tappen und ihr Rudel den Vampiren damit zum Fraß vorzuwerfen. Schließlich war sie eine der Erstgeborenen. Beim Rudel meines Großvaters stieß ihr Vorhaben aber auf Anklang. Einige seiner Leute waren Menschen. Zwei von ihnen waren auf brutalste Weise ums Leben gekommen. Die Vampire hatten sie förmlich zerfetzt."

Ein Schauer jagte über Mirandas Rücken. Sie wandte ihren Blick ab, um die Tränen zu verbergen, die sich in ihren Augen sammelten. Im Geiste sah sie Gesichter vor sich, aber keine fremden. Es waren die Gesichter ihrer Familie. Ihre Körper waren blutüberströmt. Tiefe Furchen zogen über ihre Arme, ihre Oberkörper. Miranda wusste nicht, ob dies die Wahrheit war oder ihr von ihrem Verstand vorgespielt wurde. Ihr blieb keine Zeit, darüber nachzudenken, denn Carlo fuhr bereits mit seiner Geschichte fort.

„Gemeinsam mit meinen Vorfahren stellte sich Jekaterina ihrem Erschaffer und Freund, an dessen Seite sie unzählige Jahre verbracht hatte. Sie lockte ihn in eine Falle. Jekaterina hätte ihn töten können, hätte sie nicht einen kurzen Moment gezweifelt. Einen Augenblick, den Maxim nutzte, um sein Schicksal zu ändern."

Miranda ahnte, was kommen würde. Sie drohte, gleich in Tränen auszubrechen.

„Als sie Jekaterina fanden, lag sie im Sterben. Ihre schweren Verletzungen konnte selbst Wandlerblut nicht heilen. Schamanen versuchten, sie zu retten, aber es war zu spät. Wenige Meter neben ihr, in der prallen Sonne, lag Maxim. Mit allerletzter Kraft hatte Jekaterina versucht, ihren Fehler wieder gutzumachen und hatte Maxim gefesselt."

Miranda bewunderte Jekaterina für ihren selbstlosen Mut. Sie selbst hätte diese Tat nicht fertiggebracht. Es beruhigte sie, dass unter den Vampiren auch solche gab, die für das Gute kämpften.

„Alle Versuche, ihn zu töten, misslangen. Maxim fand das natürlich überaus witzig."

Miranda hatte plötzlich das Gesicht des Vampiroberhaupts vor ihrem geistigen Auge, wie er, gefesselt an einen Mast, herzhaft lachte. Es war ein verrücktes, schrilles Lachen, das jedem die Haare zu Berge stehen ließ.

„Doch es waren Vorbereitungen getroffen worden. Die Eisentruhe, in der sie ihn einsperrten, wurde auf Jekaterinas Geheiß gefertigt, für den Fall, dass sie scheitern sollte. Bevor der Tag um war, brachten sie die Truhe tief in einen alten Bergwerkstollen, den sie über ihm einstürzen ließen. Tief unter der Erde sollte er austrocknen und keinem mehr etwas zu Leide tun. Niemand, ich glaube, nicht einmal Maxim, wusste, ob er das überleben würde. Viele seiner Anhänger wurden vernichtet, aber einige konnten fliehen, unter ihnen die restlichen Erstgeborenen. Jekaterinas Mitstreiter, darunter ihr Gefährte, zogen sich in ferne Länder zurück. Keiner weiß, was aus ihnen geworden ist."

Carlo sah in die Runde. „Es wurde ein Abkommen zwischen Menschen und Wandlern geschlossen. Unsere Vorfahren erklärten sich bereit, für Sicherheit zu sorgen und jagten die Vampire. Die Menschen wiederum erfanden einen Krieg, um die Schrecken, die ihnen widerfahren waren, zu erklären. Nie wieder wollten sie daran erinnert werden. Selbst die Alten, die alles hautnah miterlebt hatten, leugneten die Geschichte. Und so passierte es, dass die Vampire vollständig aus dem Gedächtnis der Menschen gelöscht wurden."

Das Klopfen an der Tür schreckte sie alle hoch.

„Kommt herein", rief Buck mit rauer Stimme. Es hätte auch gereicht, in normaler Lautstärke zu sprechen. Sein Organ war sehr kräftig. Miranda dröhnten die Ohren.

Herein kam eine blonde Frau, deren rückenlanges Haar lebhaft hin- und herschwang, dicht gefolgt von einem hageren, schwarzhaarigen Mann, der gut einen Kopf kleiner als sie war. Die Frau trug einen cremefarbenen Wollmantel. Um den Hals hatte sie einen dunkelroten Schal geschlungen und ihre Hände steckten in Handschuhen in derselben Farbe. Ihre enge schwarze Hose steckte in flachen, schwarzen Lederstiefeln. Sie hatte eine große schwarze Tasche bei sich. Der Mann hatte, wie die Hüter, die Kleidung der Black Sky-Bären an.

Buck erhob sich und begrüßte die Frau mit einer innigen Umarmung. Dem Mann nickte er lediglich zu, worüber dieser aber keineswegs enttäuscht schien.

Buck schob die Frau in ihre Mitte. Erst jetzt fiel Miranda ihre Augenfarbe auf. Vermutlich war sie ebenfalls seine Tochter.

„Darf ich vorstellen: Tamiras Zwillingsschwester Anna", bestätigte Buck Mirandas Vermutung. „Sie arbeitet als Ärztin im Krankenhaus in Denver und ist spezialisiert auf Genetik. Außerdem kümmert sie sich um die Kranken im Rudel, besonders um ihren Vater, wenn ihn mal ein Husten plagt." Der Bär lachte.

Die Schwestern glichen einander, wie ein Ei dem anderen. Ihre Haltung aber verriet, dass sie sich voneinander unterschieden wie der Tag von der Nacht. Tamira strahlte, ähnlich ihrem Vater, Dominanz aus. Annas Auftreten war sanfter, aber nicht weniger selbstsicher, als das ihrer Schwester. Während in Tamiras Augen

Härte lag, waren Annas freundlich und warmherzig. Miranda nahm den Geruch von sonnenerwärmten Blüten wahr.

„Hallo", begrüßte Anna die Anwesenden mit ihrer glockenhellen Stimme.

Die beiden Schwestern erinnerten Miranda an sie und Andy. Die eine war eine Kriegerin und künftiges Alphatier, die andere zart und mit dem unglaublichen Talent, andere mit ihrer Art zu beruhigen.

Buck machte eine Handbewegung in Richtung des Mannes, der ihnen wie ein Schatten in die Mitte gefolgt war. Er hatte bisher kein Wort gesagt und sich auch sonst nicht bemerkbar gemacht. Miranda hatte das Gefühl, einen Geist vor sich zu haben. Er roch nach etwas Altem, das Miranda nicht benennen konnte. Sie spürte seine Macht als ein Prickeln auf ihrer Haut. Wissen und Weisheit aus längst vergangener Zeit umgab ihn.

„Das ist Kean, unser Schamane", machte Buck sie mit dem Mann bekannt. „Das Amt hat er zwar noch nicht lange inne, aber er zählt bereits zu den besten seiner Zunft. Anna arbeitet häufig mit ihm zusammen."

Schamanen waren anders. Die geltenden Regeln für Gestaltwandler trafen auf sie nicht zu. Egal, welche Art von Wandler sie waren, waren sie stets schmächtig und klein. Das zog sich von der Kindheit bis ins Erwachsenenalter fort. Es war unmöglich zu sagen, ob Kean ein Bärenwandler war. Seine Haut war beinahe so blass, wie die der Vampire.

Besonders in jungen Jahren mieden Schamanen körperlichen Kontakt, denn durch ihn spürten sie die Energien Desjenigen, den sie berührten. Wie eine Flutwelle stürzten sie auf die Kinder ein. Häufig identifizierten sie sich mit dem, was sie fühlten. Es trieb viele von ihnen in den Wahnsinn.

Deshalb war vor Jahrzehnten die Herberge geschaffen worden, zu der einzig Schamanen Zutritt hatten. Dort fanden sie ein Zuhause unter ihresgleichen. Sie mussten nicht fürchten, von anderen berührt zu werden. Meistens wurden sie bereits als Neugeborene in der Herberge aufgenommen. Ihre Eltern brachten sie schweren

Herzens dorthin, weil sie nicht damit umgehen konnten, dass ihre Kinder sich nicht nach körperlicher Nähe sehnten. Kein Gestaltwandler konnte ein Leben ohne Berührungen führen, ohne verrückt zu werden.

In der Herberge lernten die Schamanen, ihre Kräfte zu beherrschen. Man brachte ihnen mit intensivem Training bei, zu differenzieren und sich von den fremden Energien nicht überwältigen zu lassen. Erst dann konnten sie auf ihre Fähigkeiten, zu heilen, zurückgreifen. Es war ein langer und mühsamer Weg, der für manchen zu schwer war, um ihn zu bestehen. Etliche Jahre vergingen bis jene, die durchhielten, die Herberge verlassen und ihre Aufgabe als Schamanen bei den Rudeln, zu denen sie geschickt wurden, übernehmen konnten. Dort kümmerten sie sich um seelische und körperliche Verletzungen, wenn die Selbstheilungskraft der Wandler alleine nicht ausreichte.

Es wurde gemunkelt, dass die Kräfte der Schamanen und Teile ihres Wissens nach ihrem Tod auf der Welt blieben und ein ungeborenes Kind damit erfüllten. Dieses Kind war als neuer Schamane auserkoren.

Dafür sprach, dass die Mütter von Schamanen während ihrer Schwangerschaft eine Veränderung an sich bemerkten. Sie bevorzugten das Alleinsein und zogen sich mehr und mehr von ihren Familien und Freunden zurück. Aus der geselligsten Frau wurde eine Einzelgängerin, für die körperlicher Kontakt unerträglich wurde.

Ähnlich war es bei den Müttern, deren Kinder Alphatiere waren. Ihre Veränderung ging aber in Richtung Stärke und Dominanz. Sobald die Verbindung zwischen Mutter und Kind getrennt wurde, bekamen die Frauen ihre alte Persönlichkeit zurück.

Das Ungewöhnlichste und wohl auch Unheimlichste an den Schamanen war, dass sie nur äußerst selten sprachen. Sie kommunizierten fast ausschließlich auf geistiger Ebene. Wie genau das funktionierte, wusste Miranda nicht. Sie konnte lediglich zu ihrem Tier, aber zu keinem anderen Wandler oder gar Menschen geistigen Kontakt aufnehmen.

Mirandas Begegnungen mit Schamanen hatten sich auf einige wenige Male beschränkt. Darüber war sie mehr als froh. Ihre Schwester wiederum hatte viele Besuche hinter sich. Helfen hatte ihr aber keiner von ihnen können, denn Andy hatte an ihrem Schmerz festgehalten. Sie tat es noch, aus Angst, wieder jemanden zu verletzen. Keine Heilkraft konnte jemanden retten, der es nicht zuließ.

Soweit sie sich zurückerinnern konnte, hatte zu ihrem Rudel nie ein Schamane gehört. Ihr Vater hatte einmal überlegt, einen aufzunehmen. Er hätte sogar bereits einen von der Herberge zur Seite gestellt bekommen. Schlussendlich hatte Christopher aber abgelehnt, da sie in der Vergangenheit nur selten einen Schamanen gebraucht hatten.

Kapitel 13

Anna räusperte sich. „Wir sollten keine Zeit verlieren. Michael, Miranda, kommt bitte mit."

Miranda warf Michael einen unsicheren Blick zu. Mit Untersuchungen stand sie seit ihrem letzten Besuch beim Schamanen auf Kriegsfuß. Sie hasste das Gefühl, von jemanden begutachtet zu werden. Dabei kam sie sich vor wie ein Stück Vieh, das von allen Seiten beleuchtet wurde. Und diese Untersuchung diente einzig dazu, ihr Geheimnis zu offenbaren, weshalb sie noch weniger Begeisterung verspürte.

Miranda wartete, bis Michael aufstand. Gemeinsam folgten sie Anna zur letzten Tür der Bärenhöhle. Dahinter befand sich ein kleiner Raum mit weißen Wänden. Eingerichtet war er lediglich mit einer grauen Arztliege und einem kleinen, weißen Schreibtisch mit dazu passendem Stuhl. Für mehr Möbel wäre ohnehin nicht mehr Platz gewesen. Mit Anna, Michael, Miranda und dem Schamanen, der ihnen lautlos nachgegangen war, war das kleine Zimmer bereits unangenehm voll. Als die Tür ins Schloss fiel, musste sich Miranda beherrschen, nicht sofort wieder nach draußen zu rennen.

Keans unheimliche Aura ängstigte ihre Luchsin. Mit angelegten Ohren zog sie sich in Mirandas Geist zurück und lauerte dort,

123

bereit zum Angriff, sollte der Schamane auch nur eine falsche Bewegung machen. Da die Katze Mirandas Unbehagen spürte, glaubte sie ihren Worten nicht, der Schamane würde ihnen nichts tun. Einzig Michaels Anwesenheit vermochte, sie zu beruhigen.

Seit Mensch und Tier durch das Implantat voneinander getrennt gewesen waren, war die Luchsin ängstlich geworden. Es war nicht direkt Misstrauen, doch sie zweifelte an Mirandas Entscheidungen. Ihre Furcht machte sie gedankenlos und unberechenbar. Lieber riss sie die Kontrolle an sich, als noch einmal von Miranda getrennt zu werden.

Es würde noch eine ganze Weile dauern, bis sie beide zu ihrem alten Selbst zurückfanden. Sie mussten erst lernen mit dem, was ihnen passiert war, umzugehen.

„Ich werde euch Blut abnehmen", sagte Anna, während sie ihre Handschuhe abstreifte und den Schal abnahm. Sie stellte ihre Tasche am Schreibtisch ab und holte Nadeln und Röhrchen daraus hervor. „Blut gibt uns über vieles Auskunft", erklärte sie mit ihrer ruhigen Stimme. „Es sagt uns, zum Beispiel, ob jemand gesund lebt, oder aber auch, ob Derjenige möglicherweise unter Drogen gesetzt wurde."

„Denkst du, dass Maxim Drogen für die Manipulation nutzt?", erkundigte sich Michael.

„Ehrlich gesagt, nein. Keine Droge würde eine Manipulation erlauben. Maximal wäre eine gewisse Beeinflussbarkeit möglich, aber niemals eine Gedankenkontrolle. Ich beschäftige mich seit geraumer Zeit mit dem Thema. Wie du vielleicht weißt, gab es bisher nur eine Person, die von Maxim am Leben gelassen wurde."

„Noah hat davon erzählt", bestätigte Michael.

„Ich habe Einsicht in die medizinischen Unterlagen der Frau erhalten. Sie wurde damals ärztlich untersucht. Es wurden erhöhte Entzündungswerte bei ihr festgestellt, doch ansonsten nichts. Keine Drogen, kein Alkohol. Aber sie haben auch nicht nach dem Ausschau gehalten, wonach ich suchen werde."

„Du hast also einen Verdacht, was es sein könnte?", hakte Michael nach.

„Ja, aber ich werde ihn noch für mich behalten. Es kann sein, dass meine Idee völlig irrsinnig ist." Sie lächelte. „In diesem Fall ist es besser, ihn geheim zu halten."

„Du denkst aber, dass du richtigliegst?", frage Miranda.

„Es wäre die, für mich logischste Erklärung." Anna drehte sich zu ihnen um. Miranda zuckte beim Anblick der Nadel in ihrer Hand zusammen. Nichts auf der Welt hasste sie mehr als Nadeln. Man konnte durchaus sagen, dass sie panische Angst davor hatte. Ihr Vater hatte sich fast totgelacht, als er davon erfahren hatte. Sein Gesicht hatte dabei die Farbe einer reifen Tomate angenommen.

Anna hatte Mirandas Anspannung gemerkt. „Michael, darf ich mit dir beginnen?", fragte sie freundlich und gewährte Miranda damit einen kurzen Aufschub.

Michael setzte sich auf die Liege und krempelte den Ärmel seines Pullovers hoch. Er zuckte nicht einmal mit der Wimper, als Anna mit der Nadel näherkam. Miranda drehte sich schnell weg, um nicht mitansehen zu müssen, wie Anna ihm die Nadel in die Ellenbeuge stach. Alleine beim Gedanken daran wurde ihr übel.

„Miranda, du bist dran."

Das ging ihr zu schnell. „Ist das wirklich nötig?", versuchte Miranda noch zu verhandeln. Sie sah Anna dabei nicht an, weil sie fürchtete, sie könnte sich übergeben. Aber Anna war ebenso stur, wie sie freundlich war und sagte sanft, aber mit einer Stimme, die keine Widerrede duldete: „Ich fürchte, ja."

Miranda spürte, dass alle Augen auf sie gerichtet waren und schämte sich. Sie kam sich blöd vor, weil sie vor einer Kleinigkeit wie einer Nadel solche Angst hatte. Sie konnte sich am wenigsten erklären, wieso sie so empfand.

Die Augen auf den Boden gerichtet setzte sie sich neben Michael auf die Liege. Er griff nach ihrer Hand und verschränkte seine Finger mit ihren.

Mit einem Mann Händchen zu halten war nichts, was Miranda nicht bereits erlebt hatte. Doch mit Michael fühlte es sich noch viel schöner an als damals Corbin Stewart. Corbin war mit Miranda zur Schule gegangen. Als sie sechzehn Jahre alt gewesen waren, hatten sie ihre Gefühle für einander entdeckt. Es war eine kurze, aber sehr intensive Beziehung gewesen mit Schmetterlingen im Bauch, wann immer sie zusammen gewesen waren und einem Loch in der Brust, wann immer sie einander nicht gesehen hatten. Was Miranda betraf. Corbins Liebe für sie hatte nicht gereicht, um die Finger von einer Klassenkameradin zu lassen. Er war so dreist gewesen, dieser Kuh am Schulhof die Zunge in den Hals zu stecken.

Aber das mit Michael… Ihre Haut prickelte an den Stellen, die er berührte. Miranda hob ihren Blick und sah in Augen, die von Liebe und Sehnsucht erfüllt waren. Seine Gefühle waren echt und nur für sie bestimmt. Die Zeit stand für einen Augenblick still. Ein winzig kleiner Augenblick, der so viel sagte, wie manche in ihrem ganzen Leben sprachen. Dann flatterten die Schmetterlinge so wild in ihrem Bauch herum, dass Miranda glaubte, sie würde gleich abheben.

„Fertig", unterbrach Anna die stille Verbindung.

Miranda kannte sich für einen Moment überhaupt nicht aus, fast, als wäre sie aus einer Art Trance erwacht. Als sie Anna jedoch ansah, fiel ihr die Blutabnahme wieder ein. Die Ärztin hielt ein Röhrchen voll mit roter Flüssigkeit in der Hand. Mirandas Blut. Sie hatte gar nicht gemerkt, dass Anna sie gestochen hatte. Ein kleines Pflaster klebte über der Einstichstelle.

„Ich danke euch." Anna verstaute die Blutröhrchen in ihrer Tasche. „Ich werde die Proben gleich in meinem Labor untersuchen. Sobald ich Näheres weiß, melde ich mich bei meinem Vater."

Anna deutete dem Schamanen, der an der Tür stehen geblieben war und sie still beobachtet hatte, näher zu kommen. In Miranda verstärkte sich der Eindruck, Kean wäre mehr ein Geist als ein Wesen aus Fleisch und Blut. Bei den Schamanen, die sie bisher getroffen hatte, war ihr dies weniger aufgefallen. Sie waren seltsam gewesen, wie ihre Art eben war, aber nicht so unheimlich wie dieser Kean.

„Kean wird euch nun untersuchen. Ich weiß nicht, ob ihr schon einmal von einem Schamanen behandelt worden seid." Anna erwartete nicht, dass sie antworteten, sondern sprach sofort weiter. „Ihre Methoden scheinen ungewöhnlich und sogar beängstigend, besonders beim ersten Mal. Aber ein Schamane würde niemandem Leid zufügen. Sie sind Heiler. Wichtig ist, dass ihr ihn machen lasst."

Miranda sah Anna hinterher, die sie anlächelte, bevor sie durch die Tür verschwand. Zu gerne wäre sie mitgegangen und hätte den Schamanen weit hinter sich gelassen.

Trotz Annas Bezeugungen, sie brauche keine Angst zu haben, fühlte sich Miranda mehr als unwohl. Schamanen beunruhigten sie. Woran dies lag, konnte sie nicht sagen. In ihrer Nähe hatte sie ständig das Gefühl, von allen Seiten beobachtet zu werden, als sei irgendetwas im Raum, das unsichtbar in den Ecken lauerte.

Michael drückte ihre Hand. Widerwillig löste Miranda den Blick von der Tür. „Kean möchte anfangen", flüsterte er. „Ich soll mich hinlegen."

Gesprochen hatte der Schamane aber nicht. Obwohl sie diese Art der Kommunikation bereits selbst erlebt hatte, war es immer wieder beängstigend für Miranda.

Willst du das auch?, versuchte sie Michael mit ihren Augen zu fragen. Die Worte neben Kean laut auszusprechen kam ihr unhöflich vor. Schließlich tat er nur das, was seiner Bestimmung entsprach.

Durch das Gefährtenband spürte Miranda, dass Michael bereit war. Es war nicht, als könne sie seine Stimme hören, aber seine Gefühle nahm sie deutlich war. Je stärker das Band wurde, desto klarer wurden sie für Miranda. Deshalb stand sie auf und überließ Michael die Liege.

Kean trat hinter ihn und legte ihm seine Finger auf beide Schläfen. Nachdem Michael seine Augen geschlossen hatte, begann der Schamane zu murmeln und das so leise, dass Miranda ihn nur dank ihrer Gestaltwandlersinne hören konnte. Was er von sich gab, ähnelte mehr Lauten als richtigen Wörtern.

Michael zuckte einige Male zusammen. Aber sonst passierte nichts weiter. Nach wenigen Minuten war die Prozedur auch schon zu Ende. Michael starrte den Schamanen noch einige Sekunden, in denen sie vermutlich miteinander sprachen, an, bevor er die Liege für Miranda freimachte.

Leg dich bitte hin. Keans Stimme war in Mirandas Kopf. Sie klang wie die eines Kindes. Würde sie auch so klingen, wenn er die Worte laut aussprach?

Als sie zögerte, berührte Michael sie am Arm. „Es fühlt sich komisch an, wenn er in deinem Geist ist, aber es tut nicht weh."

Ich weiß, wie es sich anfühlt, wollte sie ihm entgegnen, tat es aber nicht. Stattdessen machte Miranda es sich auf der Liege so bequem es nur ging, wenn in wenigen Augenblicken der eigene Verstand durchforstet werden würde.

Du brauchst keine Angst zu haben. Ich möchte dich lediglich auf fremde Energien untersuchen.

Das klingt ja wahnsinnig beruhigend, dachte sich Miranda. Zu spät realisierte sie, dass Kean ihre Gedanken vermutlich hören konnte.

Es ist in Ordnung, erwiderte er auf ihre gedachte Entschuldigung. *Jetzt schließe deine Augen und lass dich fallen. Damit erleichterst du uns beiden die Sitzung.*

Um es möglichst schnell hinter sich zu bringen, kniff Miranda ihre Lider zusammen.

Entspann dich, mahnte Keans Stimme sie ungeduldig. *Dir wird nichts passieren. Du kannst mir vertrauen.*

Das war leichter gesagt als getan, wenn jemand einem im Kopf herumspukte und sich durch Erinnerungen und Gedanken wühlte. Miranda spürte Keans Anwesenheit deutlich. Alle Muskeln in ihrem Körper waren angespannt. Instinktiv versuchte sie damit, ihn aus ihrem Kopf zu vertreiben.

Sie vernahm ein Summen, das zu einer ruhigen Melodie wurde. Sie konnte sich nicht dagegen wehren, obwohl sie es versuchte. Die Musik nahm sie mit auf eine Reise zu ihren glücklichsten Erinnerungen. Miranda spürte, wie die Anspannung von ihr abfiel.

Völlig entspannt lag sie da und wartete auf das, was kam. Kean sah sich in Ruhe in ihrem Kopf um. Plötzlich spürte Miranda einen heftigen Druck, als würde ihr Kopf fest zusammengedrückt.

Ich will das nicht, schrie sie ihn an, ob im Geiste oder tatsächlich, das wusste sie nicht. *Hör auf damit.*

Aber der Druck wurde nicht weniger, im Gegenteil. Er nahm stetig zu und wurde zu einem Reißen.

Halt still!, kam es wütend von Kean. *Da ist etwas. Ich versuche, es zu entfernen.*

Keans Stimme hallte in ihrem Kopf wider. Miranda wurde schwindelig davon. Übelkeit stieg in ihr hoch. Und die Schmerzen wurden noch stärker. Sekunden später hörte sie einen grellen Schrei, der ihr durch Mark und Bein ging. Erst viel später realisierte sie, dass es ihr eigener war.

Im nächsten Moment war der Schmerz verschwunden. Aber ein benommenes Gefühl blieb zurück. Ihr Schrei verklang. Sie öffnete ihre Augen einen Spalt, aber sofort begann alles um sie herum zu schwanken wie auf einem Schiff auf stürmischer See. Aber wenigstens hatten sie keinen Eisberg gerammt. Mit geschlossenen Augen verschwand das Schwanken.

„Was hast du mit ihr gemacht?", schrie Michael. Miranda zuckte zusammen, als sie seine Stimme neben dem Kopfteil hörte. Sie drehte sich vorsichtig in seine Richtung und blinzelte einige Male. Michael drückte Kean gegen die Wand. War er der Grund, dass die Schmerzen aufgehört hatten? Hatte er die Sitzung unterbrochen?

Die Tür wurde aufgerissen. Buck stürmte herein. Er riss Michael unsanft vom Schamanen fort. „Was sollte das?", fuhr er ihn mit gefährlich ruhiger Stimme an.

Michael hielt den wild funkelnden Augen des Bären stand, der bis auf wenige Zentimeter an ihn herangetreten war. „Er hat Miranda wehgetan", erwiderte Michael.

Buck wirbelte zum Schamanen herum. „Ist das wahr?"

Es blieb still. Dennoch fand eine Unterhaltung statt. Buck *hörte* sich an, was sein Schamane zu sagen hatte. „Du hättest sie um Erlaubnis bitten müssen", ermahnte er Kean, bevor er sich wieder Michael zuwendete. „Offenbar hat deine Freundin eine fremde Präsenz in sich. Kean wollte sie entfernen, aber das war nicht möglich."

„Was bedeutet das, sie hat eine fremde Präsenz in sich?", bohrte Michael nach.

„Das würde mich auch interessieren", mischte sich Miranda ein. Behutsam setzte sie sich auf. Die Augen behielt sie solange geschlossen. Erst, als sie saß, öffnete sie sie. Ihr war noch etwas schwummrig, doch alles blieb diesmal an seinem Platz. „Und redet nicht über mich, als wäre ich nicht hier."

Buck sah sie zwar an, sagte aber nichts. Anscheinend sprach Kean wieder mit ihm. „Es scheint, als hättest du ein zweites Tier in dir. Aber es ist nicht wie deine Luchsin. Es hat den Anschein, als wäre es eine Mischung aus euch Beiden, halb Mensch, halb Tier. Er hat etwas Derartiges noch nie erlebt. Kean hat versucht, Kontakt zu dieser Energie aufzunehmen, aber es war nicht möglich. Deshalb wollte er sie entfernen. Aber sie ist fest mit dir und der Luchsin verbunden." Buck hielt wieder einen Moment inne, um seinem Schamanen zu lauschen. „Er entschuldigt sich übrigens dafür."

„Ist schon okay", tat Miranda mit einer Handbewegung ab. Es wurde Zeit, über ihr Geheimnis zu sprechen. Es bestand ohne Zweifel eine Verbindung zu dieser Energie. Also berichtete Miranda von ihrem letzten Besuch bei einem Schamanen und auch den Grund, wieso sie dort gewesen war. „Aber diese Energie hat er nicht gespürt. Sie muss also erst später aufgetaucht sein."

Wieder stellte Kean Fragen, die Buck laut aussprach. „Er möchte wissen, ob dir an deiner Verwandlung Veränderungen aufgefallen sind?"

„Nein", entgegnete Miranda, „aber ich habe mich seit der Flucht auch noch nicht vollständig verwandelt. Nathan hat mir dieses Implantat eingepflanzt, das meine Verwandlung verhinderte. Es hat nicht lange angehalten." Sie zuckte mit den Schultern. Dann kam ihr ein Gedanke. „Denkt er, dass das Implantat etwas mit dieser Energie zu tun hat?" Ihre Frage richtete sie automatisch an Buck und nicht an Kean. Der Schamane wollte nur über sein Alphatier kommunizieren. Mit allen gleichzeitig konnte er nicht sprechen. Bestimmt fand er es unhöflich, zu sprechen, ohne, dass Buck seine Worte hören konnte.

Der Schamane redete, wie es schien, ganz aufgeregt auf Buck ein. Er stand vor ihm und gestikulierte wild mit seinen Armen herum. Obwohl kein Wort aus seinem Mund kam, hatte man das Gefühl, dass er unaufhörlich sprach. Es dauerte mehrere Minuten, bis Buck sich von Kean abwandte.

„Ich habe den Kerl noch nie so begeistert erlebt", lachte er. „Er glaubt, dass das Implantat alleine nicht zu einer Veränderung, wie dieser, fähig ist. Aber in Verbindung mit Maxims Biss…"

„Der Biss soll das bei mir ausgelöst haben?"

„Und das Implantat", bestätigte Buck. „Bestätigen können wir unseren Verdacht vielleicht nie."

„Aber wie ist das möglich?"

„Menschen werden durch einen Biss in Vampire verwandelt, wenn sie das Blut des Vampirs im Körper haben", beantworte Carlo ihre Frage. Er hatte gemeinsam mit Bucks Hütern vor der offenen Tür gewartet, weil es in dem kleinen Raum zu eng war für drei weitere Personen.

„Und meine Ausgeglichenheit? Könnte sie ein Grund für diese Präsenz sein? Oder umgekehrt?"

„Das kann Kean nicht sagen."

„Und heißt das", Miranda erinnerte sich an eine Frage, die ihr der Schamane gestellt hatte, „dass diese Energie Auswirkungen auf meine Verwandlung haben könnte?"

„Möglicherweise", antwortete ihr Buck. „Aber was genau –"

„Da fällt mir etwas ein", unterbrach Carlo ihn. „Entschuldige, aber könntest du bitte Anna anrufen? Ich muss sie etwas fragen."

„Woran denkst du?", erkundigte sich Buck neugierig.

„Vampirblut. Es ist notwendig, um Menschen in Vampire zu verwandeln. Vielleicht ist es bei der Manipulation ähnlich. Nur, dass vermutlich einzig Maxims Blut dazu fähig ist."

Gerade als Buck eine Nummer in sein Handy tippte, klingelte es schrill. „Anna, hast du schon was herausgefunden?" Was seine Tochter ihm erzählte, konnte Miranda nicht verstehen. Wandler hatten die Angewohnheit, ihre Telefone so leise wie möglich zu stellen. „Halte mich auf dem Laufendem."

Buck legte auf und sah in die Runde. „Du hattest recht, Carlo. Anna hat Vampirblut in Michaels Probe gefunden. Damit dürfte das Geheimnis um die Manipulation gelüftet sein."

Auf einmal krempelte Michael seinen Ärmel hoch. Er zeigte ihnen eine kleine, rote Stelle mit einem winzigen, dunkleren Punkt in der Mitte. Die Rötung war direkt in seiner Ellenbeuge. „Ich dachte, es sei ein Insektenstich. Aber jetzt halte ich es für wahrscheinlicher, dass mir Vampirblut injiziert worden ist, nachdem sie mich niedergeschlagen haben."

Das klang fast zu schön, um wahr zu sein. Wenn dies tatsächlich der Schlüssel zur Manipulation war, wären sie Maxim meilenweit voraus. Sie müssten nur auf Abstand zu ihm bleiben, damit er ihnen nicht sein Blut verabreichen konnte. Aber es waren nur Vermutungen. Es war durchaus möglich, dass die Manipulation anders funktionierte.

„Nun denn." Buck klatschte in die Hände. „Zu wissen, wie die Manipulation funktioniert, macht Maxim nicht weniger gefährlich und die Nacht rückt näher. Ich brauche jeden kampftüchtigen Mann an der Grenze."

„Und jede Frau", warf Tamira ein.

„Natürlich", gab das Alphatier klein bei. „Ihr Katzen seid unsere Gäste. Normalerweise verlange ich das nicht, aber ich wäre sehr dankbar, wenn ihr euch uns anschließt."

„Ich kann nur für mich sprechen", meldete sich Carlo zu Wort, „aber auf mich kannst du zählen."

„Ich bin auch dabei. Schließlich habe ich noch die eine oder andere Rechnung mit denen offen." Die zu begleichen Miranda genießen würde, besonders bei diesem kleinen Widerling namens Nathan, von dem sie nicht glaubte, dass er alleine wegen der Manipulation zu diesen Taten fähig gewesen war. Aber sie sagte, Michael zuliebe, nichts.

Auch Michael stimmte zu, wobei er wohl eher versuchen würde, seinen Bruder zu retten. Ihm lag sehr viel an Nathan. Das hatte Miranda gespürt, als er von ihm erzählt hatte. Wenn sein Bruder nun nicht mehr zu retten war, weil das Böse ihn einfach zu sehr eingenommen hatte, wäre das für Michael ein Stoß in den Abgrund.

„Ich hole euch in drei Stunden ab. Ruht euch in der Zwischenzeit aus." Buck wandte sich an seine Tochter. „Tamira, du führst eine Gruppe von Spähern an. Versucht herauszufinden, was bei den Vampiren vor sich geht. Forsche ihre Pläne aus. Je mehr wir wissen, desto besser können wir uns auf einen Angriff vorbereiten."

Mit stolz geschwellter Brust nickte die blonde Kriegerin. Sie freute sich über den Auftrag. Nicht ihr Vater hatte ihn ihr gegeben, sondern ihr Alphatier. Er akzeptierte ihre Stellung im Rudel.

„Kean, ich bringe dich zu Anna." Er ließ dem Schamanen den Vortritt und begleitete ihn zur Tür. Da fiel Miranda plötzlich etwas ein. „Buck, warte!" Sie lief ihm hinterher. „Tyler hat erwähnt, dass es Überlebende aus meinem Rudel gibt. Ich muss sie sehen. Bitte."

„Du wirst sie nachher treffen. An der Grenze. Sie haben uns ihre Hilfe zugesagt."

„Danke", murmelte Miranda leise.

„Nun leg dich noch etwas hin", sagte er und klang dabei fast wie ein Vater, der seinem Kind einen Ratschlag gab. Dann verschwand er mit Kean durch die Tür.

Kapitel 14

„Komm mit." Nachdem die Bären gegangen waren, nahm Michael sie an die Hand und führte sie in das Schlafzimmer, in dem sie ihn beinahe angegriffen hätte. Carlo blieb draußen. Er wollte es sich auf dem Sofa bequem machen.

„Wie geht es dir?", fragte Michael sie und sah sie eindringlich an.

„Es ist alles sehr viel auf einmal." Miranda setzte sich auf das Bett. Michael nahm neben ihr Platz und legte sachte seinen Arm um sie. „Das Meiste davon… Es kommt mir vor, als könnte es nicht wahr sein. Der Überfall, Vampire. Ich kann es einfach nicht fassen, obwohl ich es selbst miterlebt habe."

„Carlo hat mir von den Vampiren erzählt. Ich konnte es anfangs auch nicht glauben. Ehrlich gesagt, glaubte ich ihm nicht, bis ich Maxim gesehen habe."

„Woher kennt ihr euch eigentlich?"

„Carlos Vater hat sein Rudel in Südamerika verlassen. Er zog lange Zeit alleine umher. Mein Vater bot ihm einen Platz bei uns an, aber er hat abgelehnt. Er wollte lieber alleine bleiben. Doch er kam immer wieder zu Besuch, einmal mit seinem Sohn. Carlo war nicht sonderlich begeistert davon. Er hatte nie ein besonders gutes Verhältnis zu seinem Vater."

„Dann kennt ihr euch also, seit ihr Kinder wart?"

Michael nickte. „Wir verstanden uns auf Anhieb, hatten auch viele Monate Kontakt. Aber er verlor sich, bis wir uns vor einigen Jahren wieder trafen. Wir sind gemeinsam herumgezogen, aber ich bin immer wieder auf Bitten meines Vaters zurückgekehrt. Seit seinem Tod allerdings nicht mehr. Bis jetzt."

Das Gespräch ging in eine Richtung, die Miranda nicht gefiel. Sie mochte nicht wieder an die schrecklichen Dinge erinnert werden, die ihr passiert waren. Für ein paar Stunden wollte sie einfach nur vergessen.

Sie krabbelte ins Bett und kuschelte sich in die Decke. „Leg dich zu mir", flüsterte sie. Michael tat ihr den Gefallen. Sie lagen nebeneinander, ihre Hände miteinander verschlungen und sahen an die Zimmerdecke. Mit jeder Berührung festigte sich das Band, das zwischen ihnen entstanden war. Statt eines dünnen Seidenfadens verband sie bereits eine feingliedrige Kette. Und mit jeder Berührung wurde Mirandas Liebe für ihn stärker.

Es dauerte nicht lange, bis sie an Michaels Schulter eingeschlafen war. Die Zeit verging viel zu schnell. Sie hatte das Gefühl, gerade erst ein paar Minuten geschlafen zu haben, als Carlo sie weckte. Er reichte ihnen je eine große, voll befüllte Tasche. „Ein Geschenk der Bären."

In den Taschen waren Jacke, Mütze, Schal und je zwei Paar Handschuhe, Socken, Hosen und Pullover. Alles war in schwarz und mit dem Logo der Bären bestickt. Carlo trug seine Sachen bereits. „Beeilt euch. Wir brechen in ein paar Minuten auf."

Michael, ganz Gentleman, drehte sich um, dass Miranda sich umziehen konnte. Er musste gespürt haben, dass es ihr unangenehm war. Nicht aber wegen dem, was Nathan ihr angetan hatte. Miranda fühlte sich wie ein verliebter Teenager auf den ersten wackeligen Schritten, eine neue Seite an sich zu entdecken. Wenn sie glaubte, er bemerkte es nicht, warf sie Michael verstohlene Blicke zu. Dabei sah sie die tiefen Kratzspuren, die sich quer über seinen Rücken zogen. Die einzelnen Narben waren gut fingerbreit und hoben sich deutlich von seiner Haut ab.

„Das war mein Vater, kurz vor seinem Tod", sagte Michael mit Bedauern in der Stimme. Er starrte geradeaus und wechselte seine Hose gegen die der Bären.

„Wieso hat er das getan?", flüsterte Miranda. In ihrem Hals hatte sich ein dicker Kloß gebildet.

„Er war dement. Körperlich fit, aber geistig ein Wrack. Er hat mich nicht erkannt. Aber das ist Nichts im Vergleich zu dem, was er Nathan angetan hat."

Miranda erinnerte sich an die Narben in Nathans Gesicht und plötzlich verspürte sie Mitleid für den Mann, der ihre Seele verletzt hatte. Miranda öffnete ihren Mund, um ihren Gefährten zu trösten, doch Michael kam ihr zuvor. „Ich warte draußen auf dich."

Sie spürte seinen Schmerz durch das Gefährtenband. Es fühlte sich an, als wäre es ihr eigener. Aber er war noch nicht bereit, darüber zu reden, geschweige denn, sich helfen zu lassen. Deshalb zog Miranda sich an, statt Michael zu folgen.

„Miranda!", kam ihr die freudige Stimme ihrer Schwester entgegen. Sie saß auf dem Sofa, vor sich das Spiel *Vier gewinnt* und Anna gegenüber. Andy sah viel besser aus. Ihre Wangen hatten wieder normale Farbe angenommen und ihre Augen waren wieder klar. Das Fieber musste gesunken sein.

Alle Sorgen um Michael waren nicht vergessen, aber beiseitegeschoben. Ihre Schwester glücklich zu sehen, war das Schönste für Miranda. Sie würde noch warten, bis sie ihr erzählte, dass ihre Eltern tot waren. Wenigstens ein paar Stunden.

„Wie geht es deinem Fuß?", fragte Miranda und setzte sich neben ihre Schwester. Andy schlang augenblicklich ihre Arme um sie und drückte Miranda einen dicken Kuss auf die Wange.

„Besser." Andy strahlte über das ganze Gesicht. „Anna sagt, er ist zwar gebrochen, aber er heilt bereits. Morgen sollte der Knochen wieder ganz sein."

„Aber nur, wenn du dich schonst", mahnte die Ärztin sie. Anna überlegte fieberhaft, in welche Reihe sie ihren gelben Chip fallen lassen sollte. Entweder stoppte sie Andys Reihe aus zwei roten Chips oder sie baute ihre eigene auf drei Chips aus. „Deshalb bleibst du ja auch hier bei mir und gehst nicht mit deiner Schwester hinaus."

„Aber, sobald er verheilt ist, komme ich mit", meinte Andy. „Ich möchte auch kämpfen. Deshalb habe ich Carlo gebeten, mir ein paar Techniken zu zeigen."

Miranda beließ es dabei. „Ich muss los", verabschiedete sie sich von ihrer Schwester, die nun in ihr Spiel vertieft war. Anna hatte sich entschlossen, Andys Reihe zu stoppen. Miranda eilte zu Carlo und Michael, die an der Tür geduldig auf sie warteten. Sie sehnte sich nach der Kälte draußen. Mit Jacke, Mütze und Schal bekleidet war ihr neben dem brennenden Kaminfeuer ziemlich heiß geworden. Flache, kurze Stiefel in der passenden Größe standen an der Tür für sie bereit. Sie waren mit warmem Fell ausgepolstert und hatten eine ziemlich dicke Sohle. Dementsprechend schwer waren sie. Dennoch waren sie so bequem, als würde sie barfuß gehen.

„Was hältst du von Andys Plan?", fragte sie Carlo.

„Ich habe ihr versprochen, ihr ein paar Handgriffe zur Selbstverteidigung zu zeigen. Wir wissen nicht, was passiert. Sie soll sich wehren können."

In Gedanken stimmte Miranda ihm zu. Den Rest des Flures gingen sie schweigend nebeneinander her. Die Tür nach draußen öffnete sich automatisch, als sie in ihre Nähe kamen. Vor der Höhle wartete eine kleine Gruppe von Männern und Frauen. Darunter war Buck, der alle anderen deutlich überragte.

Aus der Ansammlung traten zwei Männer und eine Frau, die Miranda sofort erkannte. Einer davon war ihr Onkel Ryan, der Bruder ihres Vaters.

Miranda rannte auf sie zu und schloss ihre Rudelgefährten in ihre Arme. Tränen des Glücks liefen ihr über die Wangen. Die Freude ihrer Kameraden war genauso groß. Besonders Ryan wollte sie nicht mehr loslassen. „Ich dachte, du seist tot", stammelte er unter Tränen. „Und Andy… Ich bin so froh, dass es euch gutgeht."

Miranda löste sich aus der Umarmung. „Die Zwillinge?", bat sie leise.

Ryan trocknete seine Wangen. „Sie sind wohlauf." Ein riesengroßer Fels fiel Miranda vom Herzen. Der Aufprall war bestimmt meilenweit zu hören gewesen. Miranda liebte Ryans bezaubernde, zweijährige Töchter. „Die Bären kümmern sich um sie. Sie haben die Mädchen sofort ins Herz geschlossen. Morgen dürfen sie sogar mit den anderen Kindern in den Kindergarten." Dann wurden Ryans Augen traurig. „Es tut mir so leid... Deine Eltern... Ich hätte bei ihnen sein sollen, an ihrer Seite kämpfen. Stattdessen bin ich geflohen. Ich habe sie im Stich gelassen." Ihr Onkel brach in heftiges Schluchzen aus. „Dich und Andy auch."

„Nein, das hast du nicht." Miranda drückte ihren Onkel an sich und fühlte sich zum ersten Mal wie ein Alphatier, das sich um sein Rudel kümmerte. „Du hast das einzig Richtige getan, nämlich dich und deine Töchter in Sicherheit gebracht. Ich hätte es nicht ertragen, wenn ich euch auch verloren hätte"

Bis Ryan sich beruhigt hatte, vergingen mehrere Minuten, in denen Miranda für ihn da war und ihm von ihrer Kraft gab. „Können wir?", fragte sie ihn sanft.

In einigen Abstand folgten sie der Gruppe Bären, denen sich Michael und Carlo angeschlossen hatten, um Miranda Zeit mit ihrer Familie zu geben. „Wie seid ihr entkommen?" Miranda sah Ryan an, der neben ihr ging. Er sah seinem Bruder sehr ähnlich. Sie hatten dasselbe braune Haar, das im Sonnenlicht rötlich schimmerte. Außerdem hatten Ryans Augen dasselbe, außergewöhnliche Mintgrün wie die seines Bruders. Ihre Gesichtszüge unterschieden sich einzig, wenn sie lachten. Dann erschienen auf Ryans Wangen kleine Grübchen, während Christophers glatt blieben.

„Es war Zufall, oder Glück, wenn du es so nennen willst. Ich konnte nicht schlafen. Deshalb bin ich nach draußen gegangen und ein wenig herumspaziert. Ich musste meinen Kopf freikriegen. Auf einmal hörte ich seltsame Geräusche und Schreie. Mein erster Gedanke war, dass ich meine Mädchen fortbringen muss. Ich bin noch zu Maja und Thomas und habe sie geweckt."

„Sonst hätten sie uns vermutlich erwischt", raunte die schwarzhaarige Frau. Sie und ihr Gefährte Thomas waren die einzigen Löwen in ihrem Rudel. Majas Großeltern waren zu ihrer Zeit von Mirandas Urgroßvater Ryan aufgenommen worden. Anfangs hatte er sich geweigert, ihnen ein Zuhause zu bieten. Sein Rudel sollte einzig aus seiner Familie bestehen. Schlussendlich hatte er sich umentschieden, weil ein größeres Rudel klare Vorteile bot, allen voran mehr Soldaten, an denen es ihm gemangelt hatte. Thomas war erst vor ein paar Monaten zu ihnen gestoßen. Er hatte sein altes Rudel verlassen, um mit seiner Gefährtin zusammen zu sein. „Die Vampire waren unglaublich schnell. Einer war sogar schon in unserem Haus. Viel ist von ihm nicht übriggeblieben." Ihre Worte untermalte sie mit einem ziemlich bösartigen Grinsen.

Maja war definitiv die Dominantere in ihrer Beziehung und sie war eine gute Kämpferin. Christopher selbst hatte sie jahrelang ausgebildet. Das hatte er nur bei denen getan, die großes Potenzial hatten. Miranda war froh, dass die Fünfundzwanzigjährige den Angriff überlebt hatte. Wenn die Löwin damit einverstanden war, sollte sie die Ausbildung der Soldaten übernehmen. Es gab keine bessere Wahl als Maja. Ihr Vater wäre mit ihrer Auswahl einverstanden gewesen.

„Wir hatten keine Zeit, noch jemanden zu retten", bat Maja um Verzeihung. „Wenigstens sind die McAllisters in Sicherheit."

Miranda schlug sich mit der flachen Hand auf die Stirn. „Marie!", rief sie aus. „Das habe ich ganz vergessen." Marie war die Schwester ihres Vaters. Sie war mit ihrem Mann, einem Menschen, und ihren beiden Kindern nach Paris gereist. „Sollten sie nicht demnächst zurückkommen?"

„Gestern", antwortete Maja. „Aber ihr Flug ist ausgefallen. Zum Glück."

„Wir haben mit ihnen gesprochen", meldete sich erstmals Thomas zu Wort. „Und ihnen geraten, in Paris zu bleiben, bis…" Er hielt inne, als suche er nach den passenden Worten. „… sich die Lage stabilisiert hat", fügte er hinzu.

Bis Maxim vernichtet war. Er würde sie nie in Ruhe lassen. Er würde sie weiter jagen, bis er bekommen hatte, was er wollte. Was auch immer das war. Und Miranda war nicht bereit, ihm auch nur

Irgendetwas zu geben, nicht einmal eine Winzigkeit. Er sollte in der Hölle verrotten, aus der er kam.

„Habt ihr ihnen erzählt, was passiert ist?"

Thomas machte ein Gesicht, das an Kummer nicht zu übertreffen war. „Ich wollte es nicht, weil ich wusste, dass sie sofort zurückkehren würden, wenn sie davon erführen. Aber Marie... Du kennst sie ja. Sie hat mich dazu gebracht, es ihr zu sagen. Die Sturheit wird in deiner Familie wohl vererbt."

Dem konnte Miranda nur zustimmen. „Sie werden nicht in Paris bleiben."

„Marie wird den nächsten Flug nehmen, um uns zu helfen", bedauerte Thomas. „Aber sie kommt alleine."

„Ich will nicht bestreiten, dass ich mich darauf freue, sie zu sehen. Aber lieber wäre es mir, sie bleibt dort, wo sie in Sicherheit ist."

„Es tut mir leid, Miranda."

„Du musst dich für nichts entschuldigen, Thomas. Ich danke dir dafür, dass du sie angerufen hast. Nicht auszudenken, wenn sie zurückgekommen wären und..." Miranda wollte es nicht aussprechen. Aber das musste sie auch nicht. Ihre Kameraden wussten, wovon sie sprach.

Minutenlang gingen sie schweigend nebeneinander her. Ihre Gedanken waren bei den Toten.

„Gab es Schwierigkeiten mit den Bären?", flüsterte Miranda. Sie wollte nicht, dass besagte Wandler etwas von diesem Teil des Gesprächs mitbekamen. Denn es klang, als würde sie ihnen nicht vertrauen.

„Nein", murmelte Ryan mit ebenso verhaltener Stimme. „Wir wären nur schnurstracks in eine ihrer Fallen gelaufen."

„Dann war auch schon das Empfangskomitee zur Stelle", setzte Maja die Erzählung fort. „Hätten wir die Zwillinge nicht dabeigehabt, hätten sie uns vermutlich angegriffen und erst danach ihre Fragen gestellt."

„Sie haben euch aber nichts getan?" Denn dann gäbe es einen weiteren, mit dem Miranda noch eine Rechnung offen hatte.

„Nein", versicherte Ryan. „Wir haben ihnen erzählt, was passiert ist und sie haben uns bei sich aufgenommen. Wir bekamen zu essen und eine Höhle zur Verfügung gestellt. Wegen der Kinder durften wir in den inneren Zirkel ziehen. Das ist ein gutes Stück von eurer Höhle entfernt."

„Seid ihr zurückgegangen? Ins Dorf, meine ich." Zu ihrer Familie.

Ryan schüttelte seinen Kopf. „Ich konnte es nicht. Buck hat seine Leute hingeschickt. Sie haben sich um die Toten gekümmert, sie in die Häuser getragen, damit sie nicht länger dem Wetter ausgesetzt sind."

Den Rest des Weges bis zur Grenze sagte keiner von ihnen ein Wort. Sie stellten sich zwischen den Bären auf, die einen Kreis um Buck gebildet hatten, damit auch jeder ihn sehen und gut hören konnte. „Wir haben vier Abschnitte eingerichtet. Ich bin für den östlichen, sprich für diesen Abschnitt zuständig. Wir glauben, dass die Vampire am ehesten hier versuchen würden, einzudringen. Wir patrouillieren alle fünfzig Meter. Meldet euch über die Kommunikatoren, wenn ihr etwas Verdächtiges bemerkt."

Buck ließ eine Kiste umgehen, aus der sich jeder ein Headset nahm, das auf das Ohr gesteckt wurde. Gleich danach reichte er eine größere Kiste herum. Darin waren für jeden zwei Thermoskannen mit Tee und je ein Papierbeutel mit fünf Scheiben Brot drinnen. „Wir werden bis zum Morgengrauen Wache halten. Dann werden wir abgelöst." Er sah sie alle eindringlich an. „Ich muss nicht extra erwähnen, dass wir es mit einem sehr gefährlichen Gegner zu tun haben. Tut nichts, ohne Verstärkung zu rufen. Ich möchte keinen von euch verlieren."

Sie bezogen ihre Stellung und warteten, dass die Dämmerung in die dunklen Nachtstunden überging. Miranda ging ständig auf und ab. Sie vertraute auf ihre Luchsin, die weit besser sehen konnte als der Mensch. Aber die Stunden zogen vorüber und nichts geschah. Mittlerweile war Miranda bis auf die Knochen durchgefroren, trotz der warmen Sachen, die sie trug. Eine Kanne mit Tee hatte sie bereits ausgetrunken. Es war noch nicht einmal Mitternacht. Blieben noch viele einsame, kalte Stunden, die sie hier ausharren musste.

Plötzlich hörte sie ein Rascheln direkt vor ihr im Gebüsch. Mirandas Muskeln spannten sich an. Sie machte sich Vorwürfe. Einen Eindringling hätte sie schon eher bemerken müssen. Mit all ihren Luchssinnen hielt sie Ausschau, während sie ihre Hand langsam zu ihrem Ohr hob, um das Headset zu aktivieren und um Hilfe zu bitten. Im nächsten Moment aber tauchte der Kopf eines Rehs zwischen den angeschnittenen Zweigen des Strauches hervor. Es war auf der Suche nach Futter.

Als das Reh Miranda erblickte, weiteten sich dessen Pupillen vor panischer Angst. Das Raubtier und seine Beute. Das Reh konnte die Anwesenheit der Luchsin deutlich spüren. „Ruhig", flüsterte Miranda. „Ich werde dir nichts tun." Sie machte einen Schritt zurück, um dem Reh zu signalisieren, dass sie es nicht angreifen wollte. Und dann noch einen, bis das scheue Tier die Flucht ergriff.

Die übrigen Stunden bis zum Morgengrauen mit seinem wunderschönen, pastellenen Farbspiel am Himmel vergingen ohne weitere Zwischenfälle. Miranda war dazwischen sogar einmal, an einen Baum gelehnt, eingenickt. Aber nur für wenige Minuten. Wenigstens war ihr das nicht passiert, als die Tagwache kam, um sie endlich abzulösen.

Miranda schleppte sich zur Höhle zurück. Obwohl sie hundemüde war, ging sie nicht gleich ins Bett. Sie musste noch eine Sache erledigen, die keinen Aufschub mehr duldete. So klopfte sie an die Tür zu Andys zeitweiligem Schlafzimmer.

„Herein", murmelte ihre Schwester verschlafen und schaltete das Nachttischlämpchen ein. Sie blinzelte im hellen Licht. „Wie spät ist es?"

„Kurz nach sieben Uhr." Miranda setzte sich auf das Bett. „Du warst wohl gestern lange auf?"

„Anna und ich haben bis nach elf gespielt", erzählte Andy. Sie gähnte herzhaft. „Eigentlich wollte ich aufbleiben, bis ihr zurück seid, aber ich bin zwischendurch einmal eingeschlafen. Anna hat mich dann ins Bett geschickt."

Miranda wollte es möglichst schnell hinter sich bringen. „Ich muss mit dir reden. Es geht…" Ihr Mund war wie zugeklebt. Diese Worte über ihre Lippen zu bringen und ihrer Schwester die Hoffnung zu nehmen, war das wohl Schwerste, was sie tun musste. „Es geht um Mum und Dad."

Bevor sie noch etwas sagen konnte, fragte Andy: „Sie sind tot, nicht wahr?"

„Ja", flüsterte Miranda.

Eine einzelne Träne löste sich von Andys Auge. „Ich habe es geahnt", wisperte sie.

„Ich weiß, ich hätte früher mit dir reden müssen, aber…" Andy verstand, was Miranda sagen wollte. Sie nahm ihre Schwester in ihre Arme und tröstete sie, als hätte sie nicht eben denselben Verlust erlitten. Andy besaß eine Stärke, die nicht mit Kraft oder Schnelligkeit aufzuwiegen war. Sie hielt Miranda so lange, bis deren Tränen versiegt waren.

„Bist du denn nicht traurig?", wollte Miranda wissen.

„Doch, sehr sogar. Aber ich habe die ganze Zeit schon gespürt, seit ich in diesem stinkenden Keller aufgewacht war. Da war eine Leere in mir, die nur entsteht, wenn jemand, den du liebst, stirbt."

„Dann hattest du keine Hoffnung, dass sie unter den Überlebenden sind?"

„Kurz schon, als Tyler uns erzählte, dass noch jemand aus dem Rudel leben würde. Aber im nächsten Moment wurde mir bewusst, dass sie nicht dazugehören." Andy drückte die Hand ihrer Schwester „Du musst dir keine Sorgen um mich machen, und das tust du. Ich sehe es in deinem Gesicht."

Andy kannte sie zu gut. „Wie geht es dir?"

„Gut. Ich bin traurig, aber meine Gefühle nehmen mich nicht gefangen. Sie fesseln mich nicht. Es ist schwer zu erklären. Vielleicht kommt der Zusammenbruch, wenn das alles vorbei ist. Wenn ich realisiere, dass sie nicht mehr da sind. Momentan ist in mir noch das Gefühl, dass ich aufwache und alles war bloß ein schlimmer Albtraum." Andy sah sie an. „Geh ins Bett. Du siehst aus, als würdest du auf der Stelle einschlafen."

„Oh ja", stöhnte Miranda.

„Dann war vermutlich alles ruhig?"

„Weit und breit keine Spur von den Vampiren oder Nathans Leuten."

„Wir können also davon ausgehen, dass Maxim sich noch nicht erholt hat?"

„Das denke ich auch", stimmte Miranda ihrer Schwester zu.

„Wäre es dann nicht besser, sie gleich anzugreifen? Solange er noch geschwächt ist."

Das wäre auch Mirandas Idee gewesen, denn sie verabscheute es, auf einen Kampf zu warten. Lieber entschied sie selbst, wann sie dafür bereit war.

Aber Buck hatte nichts davon hören wollen. Das Risiko wäre zu hoch. Er wollte warten, bis die Späher zurück waren. Sie hatten sich gemeldet, dass sie Stellung bezogen hatten und erst wieder Kontakt aufnehmen würden, wenn sie wichtige Informationen hatten. Aufgrund einer Spekulation würde er seine Leute keiner Gefahr aussetzen. „Er sorgt sich um ihre Sicherheit."

„Hoffentlich melden sie sich bald. Ich hasse diese Ungewissheit."

Miranda drückte ihrer Schwester einen Kuss auf die Stirn und stand auf. „Weckt mich, wenn sich etwas tut." An der Tür drehte sie sich noch einmal um. Sie lächelte. „Ryan und die Zwillinge konnten fliehen, Maja und Thomas auch."

Andys Augen füllten sich mit Tränen der Freude. „Danke."

Miranda schlurfte in ihr Zimmer. Ohne das Licht aufzudrehen tastete sie sich zum Bett. Kaum legte sie sich hin, schlief sie auch schon ein. Sie realisierte nicht, dass sie nicht alleine im Bett lag.

Kapitel 15

„Miranda, hörst du mich? Du musst aufwachen."

Etwas krabbelte und hüpfte auf ihr herum. Ihre Luchsin streckte vorsichtig ihre Nase hervor und witterte jemanden, der sie vor Freude herumtollen ließ. Da waren Orange, Rose und Ingwer weiter hinten und direkt vor ihr Vanille, Veilchen und Zimt. Beide Duftnoten waren gesättigt von einer kindlichen Süße, die in den nächsten Jahren langsam abnehmen würde. Ungeduldig stupste die Katze Miranda im Geiste an.

„Nein", murmelte diese schlaftrunken. „Lass mich noch schlafen." Die Worte waren sowohl an das Wesen in ihr, als auch an die Gestalt gerichtet, die auf ihre Brust geklettert war.

Etwas sehr Feuchtes berührte Mirandas Nase. Sofort war sie hellwach. Nur wenige Zentimeter vor ihrem Gesicht stand ein Luchsjunges mit rötlichem Fell und starrte sie mit großen, gelben Augen an. Direkt dahinter saß ein kleines Mädchen mit blonden Locken.

„Josie und Sophia!"

Mit einem kindlichen Brüllen sprang der Luchs auf und ab und leckte danach Mirandas Gesicht mit seiner kleinen, rauen Zunge ab. Miranda brach in freudiges Lachen aus. Das Mädchen kletterte neben sie und kuschelte sich an sie.

Michael, der neben ihr geschlafen hatte, war vom Lärm wach geworden. „Na, wen haben wir denn da?", fragte er. Er wollte den kleinen Luchs mit dem Finger an die Nase stupsen, doch die Katze versteckte ihr Gesicht hinter ihren Pfoten.

„Sophia, du musst keine Angst haben. Das ist Michael. Er ist mein Gefährte. Er wird dir und deiner Schwester nichts antun. Das verspreche ich dir."

„Das sind vermutlich Ryans Töchter?"

Miranda nickte. „Sophia ist ängstlich, Fremden gegenüber. Deshalb läuft sie lieber in Luchsform durch die Gegend. Es gibt ihr ein Gefühl von Sicherheit." Miranda kraulte dem Luchsjungen die Ohren. Schnurrend hob es den Kopf ein Stück in die Höhe. Als es bemerkte, dass Michael es ansah, versteckte es sich sofort wieder hinter seinen Pfoten.

„Ich weiß, dass sie dieses Verhalten bald ablegen muss, aber momentan ist sie noch zu jung. Sie kann nicht verstehen, dass sie es nicht darf. Für sie ist es das Normalste auf der Welt."

„Ich glaube nicht, dass ihr euch deswegen Sorgen machen müsst", meinte Michael. Er hielt dem Luchsjungen seine Hand hin. Wachsam näherte es sich den entgegengestreckten Fingern und schnupperte daran. Michael hob langsam seine Hand und strich der kleinen Katze über den Kopf. Diesmal ließ es das Kleine zu. Es hatte jedoch einen vorsichtigen Ausdruck im Gesicht. Bei einer falschen Bewegung war es bereit, sofort die Flucht zu ergreifen. „Jedes Kind hat Freude an der Verwandlung. Du warst bestimmt nicht anders und ich auch nicht. Sie wird lernen, sich nicht dahinter zu verstecken."

„Es wäre schön, wenn sie, wie ich, eine Ausbalancierte wäre. Ich möchte, dass sie diese enge Bindung zu ihrem Luchs behalten kann. Wir wissen nicht viel darüber, aber es ist nicht ausgeschlossen, dass es einmal mehr wie mich gibt." Diese Ausgeglichenheit, die ihr geschenkt worden war, war das absolut Schönste an ihrem Dasein als Wandler.

Sophia fing laut zu schnurren an. Sie schmiegte ihren Kopf genüsslich in Michaels Hand. Sie traute sich sogar näher an ihn heran, um die ganze Ladung an Zärtlichkeiten zu erhalten. Sie ließ sich von ihm den Nacken und den Rücken kraulen. Ihren Bauch wagte sie aber nicht, ihm zu zeigen, obwohl sie es dort am liebsten hatte, gestreichelt zu werden. Es war die empfindlichste und gleichzeitig die verwundbarste Stelle bei einem Tier. Es benötigte viel Vertrauen, jemandem diese Stelle zu entblößen.

Vertrauen, das ihr Gefährte auf dem besten Weg war, zu gewinnen. Miranda schmunzelte. Sie wusste, was kommen würde, wenn sie Michael erst einmal als ihren Freund auserkoren hatte. Er würde nicht darum herumkommen, stundenlang mit ihr zu spielen und zu kuscheln. Sophia war ziemlich besitzergreifend, was ihre Freunde betraf.

„Und dieses wunderhübsche Mädchen hier ist Josephine, Sophias Schwester. Wir nennen sie immer Josie." Das Mädchen strahlte Michael an. In ihren Augen war eindeutig der Schalk zu erkennen. „In menschlicher Gestalt sind sie nicht zu unterscheiden, es sei denn, du kennst sie. Josie ist das genaue Gegenteil von ihrer Schwester. Sie fasst schnell Vertrauen und freundet sich einfach mit jedem an. Ryan hat mir erzählt, dass ihr neuester Freund Buck ist."

„Ach, ist das so?", erkundigte sich Michael.

Das Mädchen nickte eifrig. Dabei hüpften seine blonden Locken auf und ab. „Buck ganz lieber Bär", verkündete Josie.

„Wenn im Kindergarten etwas angestellt wurde, steckte meistens dieser kleine Racker dahinter. Meine Mutter musste ihr immer hinterherlaufen und aufpassen, dass sie nicht allzu großen Ärger machte. Du glaubst nicht, auf welche Ideen sie dabei gekommen ist."

Miranda konnte einige Beispiele nennen. So war Josie einmal auf die Idee gekommen, eine Kissenschlacht in Tiergestalt zu veranstalten. Alle Kissen und auch die Decken waren beißwütigen Zähnen und Klauen zum Opfer gefallen. Oder einmal hatte sie die anderen Kinder, die alle älter als sie waren, dazu überredet, den Kindergarten zu verlassen und in den Wald zu gehen, um dort verstecken zu spielen. Mirandas Mutter wäre vor Sorge fast umgekommen, als sie die Kinder nicht in ihren Betten vorgefunden hatte, wo sie nach dem Mittagsschlaf eigentlich hätten sein sollen. Sie hatte gleich das Rudel zusammengetrommelt, um nach ihren Schützlingen zu suchen. Gefunden hatten sie sie dann schlafend in einem Laubhaufen.

„Als Tiere sind die Mädchen leicht auseinander zu halten", fuhr Miranda fort. „Josies Fell schimmert golden, während Sophias rötlich gefärbt ist."

Das Bewusstsein von Josies Luchs streifte den Geist von Mirandas Tier und drückte ihre unbändige Freude darüber aus, sie wiederzusehen. Gleichzeitig stellte sie die Frage, vor der sich Miranda am meisten fürchtete. Denn sie wusste nicht, wie sie den Kindern begreiflich machen sollte, dass nicht mehr aus ihrem Rudel übrig waren. Ryan hatte es offenbar noch nicht übers Herz gebracht, mit ihnen darüber zu reden.

Es war nicht so, als würde sie die Frage in ihrem Kopf hören. Es war mehr ein Gefühl, das sie aufnahm. Zu kommunizieren wie die Schamanen war ihnen leider nicht möglich.

Mirandas Luchsin übernahm die Aufgabe. Die Tiere wiederum konnten untereinander *sprechen*. Am besten funktionierte es innerhalb der Familie und zwischen Gefährten. Je enger und intensiver die Beziehung der menschlichen Seiten waren, desto stärker wurde das Band zwischen ihren Tieren und desto besser funktionierte die Verständigung.

Sie zeigte Josie Bilder, nicht von Tod und Zerstörung, wie sie passiert waren. Miranda sah die Bilder auch. Es war schön, wie sie Josie erklärte, dass die anderen aus ihrem Rudel nicht mehr da waren. Sie seien in den Himmel gegangen, wo schon ihre Mutter auf sie wartete. Dort wären sie wieder vereint.

„Nicht zurück?", fragte sie.

Ihre Schwester hörte auf zu schnurren und sah Miranda aufmerksam an.

„Nein, sie kommen nicht zurück", murmelte Miranda. Josies Augen wurden traurig. „Aber sie sind nicht fort. Sie sind für immer hier drinnen." Sie legte ihre Hand auf die Brust des Mädchens und trotz ihres jungen Alters war Miranda sicher, dass ihre Cousine verstand, was sie ihr sagen wollte. Was nicht ungewöhnlich war, denn Wandlerkinder schritten in ihrer Entwicklung schneller voran als Menschenkinder. Gerade in den ersten Monaten war der Unterschied am größten. Die meisten Wandlerkinder lernten zu laufen und zu sprechen, bevor sie ein Jahr alt waren. Diese Besonderheit war ihren Tieren geschuldet.

„Wisst ihr eigentlich, wie lieb ich euch habe?"

Sowohl das Luchsjunge als auch das Mädchen nickten. Sophia fasste Mirandas Worte offenbar als Grund auf, einen Gefallen von ihrer Cousine einzufordern. Sie schlüpfte unter Michaels Hand, der sie weiterhin im Nacken kraulte, weg und packte Mirandas Decke mit ihren Zähnen. Josie stand auf und half ihr. Sie zog so ruckartig an der Decke, dass sie taumelte und am Po landete. Aber sie hatte geschafft, sie zur Hälfte von Miranda herunterzuziehen. Höchst zufrieden sah sie ihre Cousine an.

„Komm spielen", bettelte sie. Um ihre Forderung zu bekräftigen, begann sie, Miranda am Bauch zu kitzeln. Miranda lachte und wand sich herum. Dabei machte ihr das Kitzeln nichts aus. Doch die Mädchen hatten Spaß daran, wenn sie so tat als ob.

„Bitte aufhören", flehte sie. „Ich spiele mit euch, aber hör bitte auf."

Josie ließ von ihr ab. In ihren Augen lag Stolz.

„Geht schon einmal vor. Ich komme gleich nach."

„Versprochen?", fragte Josie.

„Natürlich."

Das Mädchen drückte Miranda einen Kuss auf die Wange und sprang dann geschickt vom Bett hinunter, während ihre Schwester auf Mirandas Brust kletterte und sie mit ihrer feuchten Luchsnase anstupste. Miranda spürte, wie sich ihre Tiere im Geiste aneinanderschmiegten, glücklich über den Kontakt zu einem geliebten, vertrauten Wesen.

Bevor das Junge zum Rand des Bettes trottete, leckte es Miranda einmal quer über das Gesicht. Miranda kicherte. Die raue Zunge kitzelte. Der Luchs setzte zum Sprung an, überlegte es sich dann aber anders. Unsicher blickte er zu Miranda. „Das schaffst du, Sophia. Dein Luchs hilft dir. Du musst ihm nur vertrauen."

Mit deutlich mehr Selbstbewusstsein im Blick wandte sich die kleine Raubkatze der Bettkante zu, wackelte mit ihrem Po und sprang in einem weiten Bogen auf den Boden. Triumphierend hob sie ihren Kopf in die Höhe und stolzierte ihrer Schwester hinterher durch die Tür.

„Die Mädchen sind bezaubernd. Was ist mit ihrer Mutter? Ist sie beim Überfall… getötet worden?" Die letzten Worte flüsterte er.

Eine tiefe Traurigkeit ergriff Mirandas Herz. „Sie ist bei der Geburt der Zwillinge gestorben. Ein Madie hatte sie überfallen."

Da Michael sie mit großen Augen anstarrte, erklärte Miranda ihm, was sie gemeint hatte. „Es war niemand aus unserem Rudel, zum Glück. Kayla war damals im siebten Monat schwanger. Sie war außerhalb der Grenzen, als sie den Wolfwandler fand. Sie hatte ihm helfen wollen. Aber sein Zustand war bereits zu weit fortgeschritten. Er wusste nicht mehr, was er tat, und griff sie einfach an. Kayla kämpfte bis zuletzt für ihre Kinder und tötete den Wolf. Sie hatte viel Blut verloren und war geschwächt. Dennoch schleppte sie sich bis nach Hause."

Miranda konnte sich daran erinnern, als wäre es erst gestern gewesen. Sie würde das Bild, wie Kayla als Luchsin blutüberströmt auf sie zu gehinkt war, nie vergessen. Es hatte sich in ihr Gedächtnis eingebrannt. In Mirandas Armen hatte sie sich zurück verwandelt. „Rettet meine Mädchen", hatte sie gestammelt. „Ich darf sie nicht verlieren." Sie musste gespürt haben, dass ihr Ende nahe war, doch ihr eigener Tod war für sie das geringere Übel gewesen, als ihre Töchter zu verlieren.

„Trotz der schnellen Hilfe konnten wir sie nicht retten. Ihre Verletzungen waren zu stark gewesen. Wenigstens hatte sie ihre Mädchen noch im Arm halten können. Ryan ist an jenem Tag zerbrochen. Er verschwand, ohne ein Wort zu sagen. Wir befürchteten, dass er sich etwas antun wollte und suchten das gesamte Gebiet nach ihm ab. Nach fast einer Woche kehrte er von selbst zurück, völlig abgemagert und verwahrlost. Dad dachte,

Ryan wäre seinem Tier verfallen. Er sperrte ihn ein, bis er sicher sein konnte, dass keine Gefahr bestand."

Diese Wochen waren mit die schwersten für ihr Rudel gewesen. Miranda konnte sich nicht einmal vorstellen, wie unerträglich die Situation für ihren Vater gewesen sein musste, trotz ihrer Differenzen. Alleine der Gedanke an seine mögliche Besessenheit hätte Miranda an Stelle ihres Vaters den Verstand geraubt.

„Waren sie Gefährten gewesen?"

„Ja", antwortete Miranda leise. Dies war die Kehrseite der Medaille. Aus dem größten Glück konnte ein Schmerz resultieren, der seinen Träger in den Abgrund zu stürzen vermochte. Michael nahm Mirandas Hand in seine und drückte sie sanft. Seine Augen versprachen ihr, dass er alles in seiner Macht Stehende tun würde, um ihr den Kummer dieses Verlustes zu ersparen. Dieses Versprechen konnte Miranda ihm aber nicht zurückgeben. Es war egoistisch, aber sie ertrug keinen weiteren Verlust, am wenigsten diesen. Lieber starb sie vor ihm und tat ihm damit das Schlimmste in seinem Leben an, als diesen Schmerz jemals selbst zu fühlen.

Miranda wendete ihren Blick ab. Sie schämte sich für ihre Selbstsucht. Außerdem fürchtete sie, Enttäuschung in Michaels Augen zu sehen. „Ryan liebt seine Mädchen, aber die Leere, die Kaylas Tod in ihm hinterlassen hat, konnten sie niemals auffüllen", sagte sie zur Erklärung.

Michael strich Miranda die Haare aus dem Gesicht. Er kam näher und lehnte seine Stirn an ihren Kopf. „Ich liebe dich", murmelte er.

Miranda drehte sich um. Ihre Lippen berührten sich leicht. Es war nur ein Hauch und doch so intensiv, wie eine Explosion. Michael bewegte seine Lippen auf ihren, zuerst langsam und zart, dann leidenschaftlicher und wilder. Mirandas Herz drohte ihr zu zerspringen, so viel Glück empfand sie in diesem Moment. Miranda schlang ihre Arme um ihren Gefährten und beantwortete seinen Kuss mit derselben Leidenschaft. Es war wie ein Feuer, das in ihr brannte. Sie sehnte sich nach mehr. Sie wollte seine Haut auf ihrer spüren…

Knarrend ging die Tür auf und Josie steckte ihren Kopf zu ihnen herein. „Uhhh", machte sie laut genug, dass Michael und Miranda sie hören konnten und zu ihr sahen. Ihre Cousine verzog angewidert das Gesicht.

„Ich komme gleich", versprach sie dem Mädchen. Josie wartete noch einen Moment, in dem sie Miranda aufmerksam musterte, ehe sie zur Tür hinausschlüpfte. Miranda wandte ihr Aufmerksamkeit wieder ihrem Gefährten zu. „Ich sollte dann mal los, bevor die Beiden uns während etwas Anderem stören." Ihre Wangen wurden glühend rot. Die Hitze breitete sich in ihrem Körper aus und konzentrierte sich zwischen ihren Beinen. Der verräterische Duft der Erregung stieg auf.

Sehnsucht machte Michaels Lider schwer. „Später", schwor Miranda. Sie hauchte ihm einen Kuss auf die Lippen, den Michael nicht unbeantwortet ließ. Mit einer Leidenschaft, die ihresgleichen suchte, küsste er sie. Mirandas Herz schlug ihr bis zum Hals. Ihr Wille bröckelte. Ehe sie schwach wurde, stand sie auf und ging zur Tür. Sie verfluchte ihre instinktive Reaktion, sich noch einmal nach ihrem Gefährten umzudrehen. Denn sie hätte es sich beinahe anders überlegt und wäre geblieben. Stattdessen öffnete sie die Tür zum Wohnraum, wo ihr Onkel auf sie wartete. Er saß auf dem Sofa und sah seinen Töchtern beim Spielen zu.

Miranda setzte sich neben Ryan. Die Zwillinge beachteten sie nicht. Sie rannten gerade um die Wette. So viel zum Thema, sie musste auf der Stelle kommen, um mit ihnen zu spielen.

„Du hast dich mit ihm verbunden", sagte ihr Onkel, ohne sie anzusehen.

„Ich wollte es nicht – nicht nach dem, was passiert ist. Aber wie Mum sagte: Dagegen kann man sich nicht wehren. Es passiert einfach."

„Nein, das konnte sie nicht. Als sie deinen Vater kennenlernte, verließ sie mich, als hätte sie mich nie geliebt."

Miranda brauchte einen Augenblick, um zu begreifen, was Ryan gesagt hatte. „Du warst der Mann, mit dem sie vor Dad zusammen war?"

„Hat sie dir das nie erzählt?"

„Nicht, dass du es warst." Es war sehr befremdlich, sich vorzustellen, dass ihre Mutter einst in einer Beziehung mit dem Bruder ihres Gefährten gewesen war.

„Wir waren bei meinen Eltern zum Essen eingeladen. Sie kannten Pamela bereits und waren hin und weg von ihr. Wie hätte es auch anders sein sollen. Deine Mutter war eine warmherzige und absolut liebenswürdige Frau. Mein Vater war zum ersten Mal stolz auf mich. In seinen Augen hatte ich alles richtig gemacht. Wir waren so verliebt, Pamela und ich. Wir waren nicht als Gefährten bestimmt, doch es war uns egal. Unsere Liebe reichte uns. Aber dann kam überraschenderweise Christopher zum Essen. Und innerhalb eines Moments war deine Mutter für mich verloren."

Ryans Augen wurden traurig. „Ich habe ihn dafür gehasst, obwohl es nicht seine Entscheidung gewesen war. Er hatte sich bei mir entschuldigt, viele Male. Erst nachdem ich Kayla getroffen habe, habe ich ihm endlich verzeihen können."

Miranda erinnerte sich daran, dass das Verhältnis der Brüder nie sehr herzlich gewesen war. Sie hatte nie verstanden, wieso.

„Wo ist eigentlich Andy?", fragte sie ihren Onkel. „Sie möchte die Mädchen bestimmt sehen."

„Wir haben uns schon getroffen. Aber Anna war vorhin hier, um sie abzuholen. Sie hat heute Nachtschicht im Krankenhaus. Andy hat darum gebeten, mitkommen zu dürfen. Sie hegt nämlich den Wunsch, selbst Ärztin zu werden."

Es gab keinen Beruf, den sich Miranda besser für ihre Schwester vorstellen konnte.

„Euer dunkelhäutiger Freund hat darauf bestanden, sie hinzubringen", erzählte Ryan.

„Etwas Anderes habe ich von Carlo auch nicht erwartet. Andy bedeutet ihm sehr viel."

„Denkst du nicht, dass er etwas zu… wild für sie ist?"

Aber Ryan bekam keine Antwort. Denn Michael betrat den Wohnraum. Seine Augen suchten Mirandas Blick. In ihrem Innern begann das Feuer erneut zu lodern.

Dann rannte Sophia zu ihm und der intime Augenblick war vorüber. Sie packte ihn mit den Zähnen an seiner Hose und zog ihn mit sich zu ihrer Schwester. Josie war auf die Lehne des Sofas geklettert und sprang ihm in die Arme. Michael ließ sich mit dem Mädchen zurückfallen, als habe er sich erschreckt. Josie kugelte lachend von ihm herunter.

Einen Augenblick später sprang das Luchsjunge auf Michaels Brust. Mirandas Gefährte tat so, als hätte ihn eine gefährliche und furchterregende Raubkatze angegriffen. Er schlug sich die Hände vor das Gesicht und wimmerte: „Bitte tu mir nichts. Ich habe solche Angst." Sophia hockte sich mit einem triumphierenden Ausdruck im Gesicht auf seine Brust und gab ein lautes Brüllen von sich. Als sie nicht aufpasste, packte Michael sie und kitzelte sie wild am Bauch. Ein Geräusch, das sich anhörte wie ein Lachen, kam aus Sophias Mäulchen.

Ihre Schwester kam ihr zur Hilfe. Aber auch sie hatte keine Chance gegen Michael und wurde schonungslos durchgekitzelt. Ihr helles Giggeln erfüllte den Raum. „Er kann gut mit Kindern umgehen", kommentierte Ryan das Spiel. „Ich habe noch nie erlebt, dass Sophia jemanden so schnell ins Herz schließt."

Sie fühlte sich sogar so sicher und wohl bei ihm, dass sie sich in ihre menschliche Gestalt zurückverwandelte. An Stelle des kleinen Luchses lag ein nacktes Mädchen, das seiner Schwester zum Verwechseln ähnlich sah. Es krabbelte auf Michaels Schoß, wo es sich zusammenrollte und herzhaft gähnte. Michael fing die Decke, die Ryan ihm zuwarf, auf, und hüllte das Mädchen darin ein. Als sich dann auch noch Josie die Augen rieb und es sich neben ihrer Schwester gemütlich machen wollte, sagte Ryan: „Ich denke, es ist Zeit fürs Bett." Er stand auf und hob die Zwillinge hoch. Sie schmiegten sich an seinen Hals, wo sie innerhalb von wenigen Sekunden einschliefen. „Ich bringe die Beiden in unsere Höhle. Danach hole ich euch für die Wache ab."

Der Tag ging allmählich zu Ende. Bisher gab es keine Hinweise darauf, dass Maxim sich erholt hätte, wie Ryan ihnen mitteilte, bevor er sie mit den Mädchen verließ. Tamira war in den frühen

Morgenstunden mit ihren Spähern zurückgekehrt. Sie waren unverletzt und nicht entdeckt worden. Bevor die Dämmerung hereinbrach, wollten sie sich wieder auf den Weg machen.

Aber genau das machte Miranda so nervös. Es war, wie die Ruhe vor einem Sturm, der so gewaltig werden würde, dass er einfach alles zu zerstören vermochte. Maxim war nicht tot. Miranda fühlte es. Seine Dunkelheit hielt an ihrem Herzen fest.

Um sich abzulenken und auch, weil sie Hunger hatte, durchsuchte sie die Küchenzeile nach etwas Essbarem. Im Kühlschrank fand sie Hühnerfleisch, Pilze und Kartoffeln. Bereits als Kind hatte Miranda gerne gekocht. Es entspannte sie. Ihre Großmutter hatte ihr die wichtigsten Handgriffe beigebracht.

Während die Pilze in der Pfanne bruzelten, schnitt Miranda das Fleisch in dünne Streifen. Herrlicher Duft erfüllte die Luft, als sie das Fleisch mit anbriet und anschließend mit Rotwein und Sahne aufgoss. Sie würzte die Sauce mit Petersilie und schmeckte sie mit Salz und Pfeffer ab. Dazu gab es gekochte Kartoffeln.

Gemeinsam mit Michael setzte sie sich an den Tisch und genoss schweigend die warme Mahlzeit. Glücklicherweise hatte sie genug gekocht, denn Carlo kam zurück und brachte einen Riesenhunger mit. Und auch für Ryan blieb noch etwas übrig, als er sie abholen kam.

Kapitel 16

Diese Nacht dauerte länger, als die vorherige. Die Stunden zogen sich in die Länge. Miranda beobachtete den Mond am sternenklaren Himmel, doch er steckte scheinbar in seinem Weg fest. Seit gefühlten Tagen stand er an ein- und derselben Stelle.

Miranda stampfte auf ihrem Abschnitt auf und ab, um sich die Zeit zu vertreiben. Die Nacht verlief wieder ruhig, zu ruhig für ihren Geschmack. Sie hatte sogar überlegt, einfach zu Maxim zu gehen und sich ihm zu stellen, aber den Gedanken gleich wieder verworfen. Damit würde sie ihren Leuten keinen Gefallen tun. Sie brauchten ihr Alphatier an ihrer Seite.

Unverrichteter Dinge zog sie ab, noch bevor die Tagschicht sie ablösen kam. Sie war so frustriert, dass sie es nicht aushielt, länger dort draußen in der Kälte zu stehen. Ihre Finger kribbelten, der Sache endlich ein Ende zu bereiten. Sie wollte mit Buck reden, seine Strategie zu überdenken. Wenn er dagegen war und weiterhin untätig bleiben wollte, würde Miranda diesen Weg alleine mit ihrem Rudel beschreiten.

Am Weg zurück zur Höhle traf sie auf den Bären, der sie ablösen kam. Seine Haarfarbe konnte Miranda nicht erkennen, da er seine Mütze fast bis zu den Augen heruntergezogen hatte. Seine Augen waren von einem warmen Braun dunkler Schokolade. Miranda kannte seinen Namen nicht. Sie entschuldigte sich, dass sie nicht mehr an ihrem Posten war. „Aber einen Vampirangriff müssen wir nicht mehr befürchten", fügte sie hinzu und zeigte auf den heller werdenden Himmel.

„Haben sie dich nicht informiert?", fragte der Bär. „Sie haben eine Vampirin gefangen genommen. Hat sich an der Grenze herumgetrieben."

„Wie? Wann?"

„Ist ungefähr eine halbe Stunde her. Sie verhören sie in eurer Höhle. Wenn du mich fragst, wäre es besser gewesen, sie sofort zu töten. Nur ein toter Vampir ist ein guter Vampir."

So schnell sie konnte, rannte Miranda zur Höhle. Was sie dort vorfand, war absolut widerwärtig. Der Gestank von verbranntem Fleisch schlug ihr entgegen. Carlo, Buck und Noah standen um einen Stuhl, auf dem eine junge Frau, die kaum älter als ihre Schwester war, in starken Eisenketten gefesselt saß. Noah hielt ihr eine Lampe vor das Gesicht. Die Frau schrie vor Schmerzen, als er sie einschaltete. Tageslicht. „Wieso bist du hier?", schnauzte er die Vampirin an. „Rede endlich! Was habt ihr geplant?"

Wut stieg in Miranda auf. Sie verabscheute jede Form der Folter. Ein unter Qualen geäußertes Geständnis war nichts wert. Unter Schmerzen würde jeder sagen, was sein Gegenüber hören wollte, einzig, damit die Qualen ein Ende hatten.

Sie ließ sich von der enormen Kraft ihres Tieres durchströmen und stürzte auf den Hüter der Bären zu. Mit einem kräftigen Schlag riss sie ihm die Lampe aus den Händen. Laut scheppernd fiel sie zu Boden, wo sie mit einem Flackern ausging. Miranda drehte sich zu der Vampirin um. Ihr blieb nur ein kurzer Moment, um sie zu betrachten, aber der reichte ihr.

Die Ketten waren so fest angebracht, dass sie in ihre Haut drückten. Tiefe Furchen zogen sich über ihre Wangen, ihren Hals sowie über ihre Arme. Das Blut war mittlerweile geronnen und bedeckte fast ihr ganzes Gesicht. Ihr rechtes Auge war zugeschwollen. Getrocknetes Blut klebte am Ansatz ihres schwarzen Haares. Einzelne Strähnen hingen ihr lose ins Gesicht.

Ein ohrenbetäubendes Brüllen ließ die Luft vibrieren. Miranda wirbelte herum. Noah hatte sich verändert. Goldene Tieraugen funkelten sie an. Seine an sich schon großen Hände waren noch größer geworden und glichen mehr Bärentatzen als menschlichen Händen. Seine Haut war dunkler geworden. Das Schwarz seines Felles schimmerte durch.

Noahs Kraft durchflutete den Raum. Mirandas Luchsin reagierte auf die Bedrohung, doch nicht mit Angst, sondern mit ihrer eigenen Macht, die Noahs weit übertraf. Sie war schließlich ein Alphatier. Fauchend fuhr sie ihre Krallen aus. Sie breitete ihre Arme schützend vor der Vampirin aus. „Lass sie in Ruhe!", stieß sie zwischen gefletschten Zähnen hervor. „Du wirst ihr nicht mehr wehtun!"

„Nein!", knurrte Noah. Er kam einen Schritt näher, aber Miranda rührte sich nicht vom Fleck. „Sie ist meine Gefangene!"

Keiner der Wandler würde in seinem Tun nachgeben, das wurde auch Carlo bewusst. Er stellte sich zwischen sie. „Das bringt doch nichts", wollte er sie beschwichtigen. Aber er hatte die zwei vermutlich stursten Wandler um sich. Noah stieß ein gewaltiges Brüllen aus, das Miranda mit einem wütenden Fauchen beantwortete. Sie würde keine Folter dulden!

Carlo drehte sich zu ihr um. „Wir werden ihr nicht wieder wehtun, das verspreche ich dir."

„Carlo, was soll das?", knurrte Noah mit rauer Stimme. Er bleckte seine Zähne. Langsam machte er einen Schritt zur Seite, um an Carlo vorbeizukommen. „Du stellst dich gegen mich? Ich dachte, wir sind Freunde!"

„Das sind wir auch", entgegnete Carlo. „Ich versuche bloß, dein Leben zu retten. Miranda hat Ivan getötet, einen der ältesten Vampire. Du weißt, wozu er fähig war. Aber gegen diese Luchsin hatte er keine Chance."

„Ist das wahr?", fragte Buck.

„Ja", fauchte Miranda. Sie verzog ihre Lippen zu einem schiefen Grinsen. Sie starrte Noah an. „Ich habe ihm das Herz aus der Brust gerissen. Und du bist der Nächste!"

Noahs Blick wurde unsicher. Seine Augen baten Buck still um Rat. „Lass gut sein", murmelte dieser. „Wir müssen zusammenhalten, wenn wir dieser Bedrohung Einhalt gebieten wollen."

Der Hüter verwandelte sich zurück. Er flüsterte eine Entschuldigung, die aber mehr an sein Alphatier als an Miranda oder die Vampirin gerichtet war.

Miranda rief ihre Luchsin zurück. „Verzeih mir, Buck, dass ich überreagiert habe. Aber Folter ist für mich keine Option."

„Du erinnerst mich an mich selbst", dröhnte das Alphatier. Sein Lachen hallte von den Wänden wider. „Ich war eigensinnig und unbedacht und habe mich damit in so manche Schwierigkeiten gebracht.". Wieder lachte er, als schwelge er in Erinnerungen. „Du hast noch viel zu lernen, junges Alphatier. Aber in Einem stimme ich dir zu: Wir foltern nicht keine Kinder. Das Mädchen", er nickte in Richtung der Vampirin und schüttelte seinen Kopf „könnte meine Tochter sein. Was habe ich mir bloß dabei gedacht?"

„Wir haben es mit einem Feind zu tun, der schlimmer ist als jeder andere", widersprach Noah. „Wir brauchen Antworten, damit wir überleben."

„Darf ich?", bat Miranda um Erlaubnis, die Befragung fortzusetzen. Noahs Einwand überging sie, als hätte er ihn nicht vorgebracht.

Buck nickte. Miranda freute sich über das Vertrauen, das er ihr entgegenbrachte. Sie überlegte, wie sie ihre erste Frage vorbringen sollte, denn sie war nicht für die Vampirin bestimmt, sondern für die drei Wandler. *Am besten einfach gerade heraus*, hätte ihr Vater ihr geraten. Das tat sie auch.

„Was habt ihr mit ihr gemacht?", wollte sie wissen. „Ihr habt sie zusammengeschlagen, nicht wahr? Aus welchem Grund? Sie hat euch scheinbar weder angegriffen, noch hat sie sich gegen euch gewehrt." Die Männer waren allesamt unverletzt. Keiner von ihnen hätte so schnell heilen können, dass nichts mehr davon zu sehen war.

„Hast du etwa Mitleid mit ihr?", fuhr Noah sie an. Er hatte ihr, anders als Buck, scheinbar nicht verziehen, dass sie sich ihm widersetzt hatte. „Sie ist der Feind oder hast du vergessen, was mit deinem Rudel passiert ist?"

Miranda trat einen Schritt auf den Bärenwandler zu. Buck hielt sie weder auf, noch ging er dazwischen. Doch er beobachtete sie genau. Miranda konnte seinen Blick auf sich spüren. Ihre Stimme wurde gefährlich ruhig. „Nein, ich habe es nicht vergessen", erwiderte sie. „Und glaube mir, die Verantwortlichen werden dafür bezahlen. Ich denke aber nicht, dass diese Vampirin zu jenen gehört. Mein Gefühl sagt mir, dass sie keine Bedrohung für uns ist."

Ihr Instinkt war ihre größte Waffe. Das hatte ihr einst ihr Vater gesagt. Darauf wollte Miranda nun vertrauen.

Die Vampirin sah zu Miranda. Hoffnung flackerte in dem roten Auge auf, das nicht zugeschwollen war. Welche Augenfarbe sie wohl gehabt hatte, bevor man ihr ihre Menschlichkeit genommen hatte?

„Ach, sie ist keine Bedrohung?", donnerte er.

„Noah", mahnte Buck ihn leise.

Der Hüter wandte sich zu seinem Alphatier. „Wieso tust du das? Wieso lässt du sie so mit mir reden?"

„Weil sie recht hat", stellte Buck klar. „Schau dir die Vampirin doch einmal an. Denkst du, sie wäre in der Lage, es mit uns Vier gleichzeitig aufzunehmen? Sie ist kaum mehr als ein Mädchen."

„Ein Mädchen, das nach Blut dürstet", gab Noah nicht auf.

„Dennoch ein Mädchen, das mit den stärksten Ketten, die wir hatten, gefesselt ist", beendete Buck die Diskussion. Reumütig sah er die Vampirin an. Bedauerte er, dass sie sie so schlecht behandelt hatten? Gut so.

Miranda war sich bewusst, dass Noah sie keine Sekunde aus den Augen ließ. Sie schnappte sich einen Stuhl, den sie vor die Vampirin stellte, und setzte sich darauf. Das Mädchen zuckte zusammen. Hastig hob es seinen Kopf, um Miranda anzusehen. Der Blickkontakt dauerte nur den Bruchteil einer Sekunde. Danach wandte die Vampirin ihren Blick wieder ab. „Wie ist dein Name?", fragte Miranda sanft.

„Amy." Ihre Stimme war kaum mehr als ein raues Flüstern.

„Wieso hast du dich alleine in das Gebiet der Bären gewagt, Amy?"

„Ist das nicht klar?", donnerte Noah. „Sie ist eine Spionin. Wer weiß, welche Informationen sie schon an Maxim weitergegeben hat." Er funkelte Amy böse an.

„Nein – nein - ich bin kein Spion", stammelte sie ängstlich. „Bitte, ich bin kein Spion! Ihr müsst mir glauben. Ich habe mich weggeschlichen, weil ich euch helfen möchte. Ich habe Informationen für euch."

„Du lügst!", herrschte er das Mädchen an.

„Das tut sie nicht", murmelte Carlo. „Noah, du weißt, ich kann es spüren, wenn mich jemand anlügt, und bei Amy fühle ich nichts dergleichen. Sie sagt die Wahrheit."

Noah war mit seiner Meinung alleine. Seine Wut darüber ließ er an Amy aus. Er schlug ihr mit der Faust grob ins Gesicht und riss die bereits verschlossene Wunde an ihrer Wange wieder auf. Ein Tropfen hellen Blutes bildete sich und tropfte hinunter.

Zorn durchströmte Miranda. So schnell, dass er nicht rechtzeitig reagieren konnte, sprang sie auf und schlug ihre ausgefahrenen Krallen in Noahs Hals. Seine Augen weiteten sich vor Schreck.

Noah blickte panisch zu seinem Alphatier. „Boss, hilf mir", wimmerte er gepresst. „Das kannst du nicht zulassen."

„Und ob ich das kann", entgegnete Buck streng. „Ich dachte, ich hätte mich klar genug ausgedrückt."

Ein röchelndes Geräusch kam aus Noahs Kehle. „Miranda, lass ihn los", befahl Buck mit schneidender Stimme. Als sie nicht reagierte, umfasste er ihr Handgelenk mit seiner massigen Hand und drückte fest zu. Mirandas Finger wurden taub. „Es reicht! Lass ihn los!"

Bucks Bär kratzte an der Oberfläche. Seine Macht ließ sämtliche Haare auf Mirandas Körper zu Berge stehen. Er war bereit, sie zu töten, sollte sie seinen Hüter ernsthaft verletzen.

Miranda lockerte kurz ihren Griff. Noah schnappte verzweifelt nach Luft. „Die Vampirin steht unter meinem Schutz", machte sie deutlich. Sie drückte noch einmal fest zu, bevor sie ihn losließ.

Reumütig zog sich Noah auf das Sofa zurück. Er nahm das Tuch an, das Carlo ihm reichte, und drückte es auf seinen Hals. Miranda erhaschte einen kurzen Blick auf die Wunde, die sie ihm zugefügt hatte. Sie reichte tiefer, als sie beabsichtigt hatte. Aber sie war nicht lebensbedrohlich und würde in ein paar Stunden nicht mehr zu sehen sein.

Miranda setzte sich wieder auf ihren Stuhl. Mit dem Ärmel ihres Pullovers wischte sie über Amys Wange. Die Verletzung, die Noah aufgerissen hatte, war bereits verheilt. Also waren auch die Vampire mit außergewöhnlichen Selbstheilungskräften gesegnet.

„Amy, ich werde dir die Fesseln nicht abnehmen. Das bedeutet nicht, dass ich dir nicht vertraue. Ich möchte Situationen, wie gerade eben, vermeiden. Das verstehst du doch?"

Amy nickte zögerlich. Sie warf einen ängstlichen Blick in Noahs Richtung. „Niemand wird dir etwas antun", forderte Miranda die Aufmerksamkeit der Vampirin zurück. „Erzähl mir: Wie bist du zum Vampir geworden?"

Amy sah auf ihre Hände, als sie zu sprechen begann. „Vor ein paar Monaten bin ich von zuhause ausgerissen. Ich weiß nicht mehr, wann genau es war, irgendwann im Frühling. Ich hielt es nicht mehr aus. Mein Stiefvater… er hasst mich. Er hat mir wehgetan und Mum auch. Aber die Schläge… Ich konnte nicht dortbleiben." Amys Stimme klang hohl. Es war, als erzähle sie nicht von sich selbst, sondern von einer anderen Person. Sie weinte nicht.

Eine einzelne Träne rann über Mirandas Wange. Sie spürte das dringende Bedürfnis, Amy in den Arm zu nehmen. Dieses Mädchen hatte so viel durchmachen müssen. Andere ertrugen in ihrem Leben nur die Hälfte davon und waren dennoch am Ende ihrer Kräfte.

Um sie nicht zu bedrängen, nahm sie lediglich Amys Hand in ihre und hielt sie fest. Die Vampirin reagierte nicht darauf. Sie sprach mit tonloser Stimme weiter.

„Ich habe eine Zeit lang auf der Straße gelebt. Ich wusste nicht, wohin ich sonst hätte gehen sollen. Es gab niemanden, nur meine Mum. Auf der Straße war es besser als zuhause. Ich fand sogar

Freunde. Einer davon war Mike. Er meinte, er kenne einen Typen, der mir helfen könne. Maxim sei sein Name. Er hätte schon einige Mädchen von der Straße weggeholt."

„Dieser Mike", fragte Carlo, „war er ein Vampir?"

Amy schüttelte ihren Kopf. „Damals nicht. Ich weiß nicht, ob er inzwischen verwandelt worden ist."

Maxim bediente sich offenbar Menschen als Kontaktpersonen, um Jugendliche als Vampire zu rekrutieren. Sein Netzwerk war besser organisiert, als sie gedacht hatten. Ob die Kontaktpersonen wussten, was aus denen wurde, die sie an Maxim vermittelten?

„Ich rief die Nummer an, die Mike mir gegeben hatte und machte ein Treffen mit diesem Maxim aus. Seine Haut war bleich und er trug trotz der Wolken am Himmel eine Sonnenbrille. Außerdem hatte er einen langen, schwarzen Mantel an und einen Hut, obwohl es an diesem Tag sehr warm war."

Wie sie von Carlo wussten, war Maxim imstande, sich bei Tageslicht im Freien aufzuhalten.

„Er sagte mir, dass er mich stärker machen könne. Ich würde so stark sein, dass mir niemand mehr wehtun könne. Heute weiß ich, dass es dumm war, aber ich bin mit ihm gegangen. Ich wollte nicht mehr schwach sein."

Miranda versuchte sich in Amys Lage zu versetzen. Vom Stiefvater geschlagen und schlimmstenfalls missbraucht, hatte sie nach dem ersten Strohhalm gegriffen, der ihr geboten worden war, um ihrer Misere ein Ende zu bereiten. Möglicherweise hatte sie es auch getan, um sich an ihrem Peiniger zu rächen.

„Auf diesem Weg hört meine Erinnerung auf. Sie beginnt erst später wieder. Ich weiß noch, dass ich neben Maxim gegangen bin und seinen Geschichten gelauscht habe. Auf einmal wurde alles um mich schwarz. Wie lange ich weg war, weiß ich nicht." Amy stockte. „Als ich aufgewacht bin, fühlte ich mich anders – als gehöre mein Körper nicht mir. Ich hatte keine Schmerzen, aber ich fühlte mich schwach und meine Kehle war wie ausgedörrt, als hätte ich tagelang nichts getrunken. Hunger hatte ich seltsamerweise nicht. Es war stockfinster. Aber, nachdem sich meine Augen an die Dunkelheit gewöhnt hatten, konnte ich erkennen, dass sie mich in einen kleinen Raum gesperrt hatten, nicht viel größer als unser Badezimmer zuhause. Ich glaube, es war ein alter Keller. Es roch modrig und die Luft war feucht wie Nebel. Der Boden war aus Lehm und verschluckte alle Geräusche, auch die meiner Schritte. Ich war nicht gefesselt und konnte mich frei bewegen."

Miranda sah es vor sich, als wäre sie selbst dort gewesen. Sie folgte in Gedanken ihren Schritten und fühlte, was Amy gefühlt haben musste. Verwunderung, Angst, Verzweiflung.

„In einem kleinen Regal fand ich Wasser, aber es half nicht. Meine Kehle brannte stärker als vorher. Es tat so weh, dass ich zu weinen begann. Ich hockte mich in eine Ecke und wünschte mir, ich könnte sterben."

Plötzlich ging Amys Atem schneller. Einen Herzschlag konnte Miranda aber nicht hören.

„Auf einmal ging die Tür auf. Ein Mann wurde zu mir in den Raum gestoßen. Ich kannte ihn nicht. Er hatte noch mehr Angst als ich. Ich konnte sie riechen. Und noch so viel mehr. Lilien, Pfefferminze und Tannennadeln. Ich dachte, es sei sein Parfum, bis ich realisierte, dass es der Geruch des Mannes war. Ich stand auf und ging einen Schritt näher. Er konnte mich nicht hören, aber er spürte meine Anwesenheit. ,Hallo?', flüsterte er. ,Ist da noch jemand?' Ich sagte nichts und kam noch einen Schritt näher. Mir lief das Wasser im Munde zusammen. Mit jeder Sekunde wurde ich durstiger."

Amy hob zum ersten Mal seit ihrer Erzählung den Kopf. Der Blick aus ihrem Auge war weit entfernt. Sie war dort, in jenem Raum, und erlebte die Schrecken noch einmal. Miranda drückte die Hand der Vampirin, aber sie ließ sich nicht von dort zurückholen.

„Der Mann bekam es mit der Angst zu tun und wollte fliehen, aber ich war schneller und schnitt ihm den Weg zur Tür ab." Sie sprach so hastig, dass sich ihre Stimme beinahe überschlug. „Sekunden später schlug ich meine Zähne in seinen Hals. Er versuchte, sich zu wehren, doch ich war zu stark für ihn. Sein Blut tat so unglaublich gut. Es stillte meinen Durst und linderte das Brennen in meinem Hals. Ich konnte nicht aufhören. Auf einmal wurde mein Gehör besser. Ich konnte sogar seinen Herzschlag hören. Er wurde langsamer, leiser. Nach wenigen Minuten kam kein Blut mehr. Ich hatte jeden Tropfen getrunken. Seine Haut war kalt geworden. Aber ich hatte noch immer Durst und wartete darauf, dass die Tür noch einmal aufging, doch es kam niemand mehr. Außer ihm – Maxim. Er drehte das Licht auf. Es war so grell und tat in meinen Augen weh. Als ich wieder sehen konnte, hockte Maxim vor mir und zum ersten Mal sah ich seine Augen. Sie waren scharlachrot!"

Amys Stimme wurde hysterisch. Ihre Pupille weitete sich. Sie wippte auf ihrem Stuhl, soweit es ihr die stramme Kette ermöglichte, vor und zurück. „Nehmt ihr die Fesseln ab", flehte Miranda. Sie ertrug den Anblick nicht länger.

Buck tat, worum sie ihn gebeten hatte. Kaum war die Kette laut scheppernd zu Boden gefallen, schlang das Mädchen ihre Arme um ihren Körper. Ihr Gesicht vergrub sie zwischen ihren Knien.

„Es war so schrecklich!", stammelte sie. „Noch nie hatte ich solche Angst! Ich kroch von ihm weg und kniff meine Augen zu. Ich redete mir vor, es sei ein Albtraum. Aber es war kein Traum!"

Amy zitterte am ganzen Leib. „Maxim zwang mich, ihn anzusehen. Er hielt mir einen Spiegel vor das Gesicht. Meine Augen – sie waren rot, wie seine. Und meine Haut war fast weiß. Maxim zeigte auf den toten Mann. ‚Willkommen in deinem neuen Leben', sagte er."

Ihre Stimme brach ab. Auf einmal begann sie hemmungslos zu schluchzen. „Ich bin ein Monster! Ich habe einen Menschen getötet!"

Amys Augen huschten rastlos durch den Raum, als fürchte sie, jemand der Anwesenden würde sich gleich auf sie stürzen. Aber niemand, nicht einmal Noah, dachte daran, sie für ihre Taten zu bestrafen. Ihre Reue und ihr Selbsthass waren Strafe genug.

Miranda umfing Amys Gesicht mit ihren Händen. „Beruhige dich. Atme tief durch. Genauso."

„Das verstehe ich nicht", flüsterte sie, nachdem sie sich gefangen hatte. „Maxim hat uns gesagt, ihr Gestaltwandler seid die Beschützer der Menschen und ihr würdet jeden, ohne mit der Wimper zu zucken, töten, der einen Menschen umgebracht hat."

„Du wolltest diesen Mann nicht töten", bemerkte Miranda. „Du wusstest nicht einmal, was mit dir passiert war. Ganz klar trägt Maxim die Schuld daran." Sie fuhr sich mit der Hand durch ihr Haar und lehnte sich zurück. „Ich kann dir nicht einmal vorwerfen, dass du ihm vertraut hast. Ich hätte an deiner Stelle vermutlich ähnlich gehandelt."

„Ich glaube nicht", widersprach Amy mit einem leichten Lächeln auf den Lippen. „Du bist stark. Das war ich nie. Meine Mutter hatte immer dieselben Männer. Sie waren nie gut zu mir. Aber ich habe mich nicht gewehrt. Das wäre dir nie passiert."

„Danke", hauchte Miranda verlegen. Vermutlich hatte Amy recht, was aber eher ihrer Sturheit zu verdanken war, als ihrer Stärke. Sie ließ nicht gerne über sich bestimmen. „Es gibt also mehr von euch?", wechselte sie das Thema.

Amy nickte. „Meine Zelle war nicht die einzige. Da waren noch viele mehr. Wir waren nur die ersten Wochen dort eingesperrt, bis die Nächsten kamen. Danach kamen wir zusammen in eine große Zelle. Maxim sucht sich nur solche, die nicht vermisst werden. Drogenabhängige oder Ausreißer wie mich, deren Familien sich nicht darum scheren, ob sie zurückkehren. Es gibt genug, dass er eine Armee aufbauen könnte."

Die Eingangstür ging auf und Michael kam herein. Mirandas Blick wurde wie von selbst in seine Richtung gelenkt. Ihr Herz schwoll vor Glück an. „Ach, hier seid ihr", murmelte ihr Gefährte und setzte sich kommentarlos neben Noah auf das Sofa. Amy zuckte zusammen, als sie Michael sah. In ihren Augen war Furcht zu erkennen. Dann sprach sie aber weiter.

„Um uns gefügig zu machen, ließ Maxim uns hungern. Tagelang gab er uns kein Blut. Erst, wenn wir darum bettelten, bekamen wir welches. Aber nur so viel, dass wir nicht starben. Junge Vampire brauchen in den ersten Wochen mehr Blut als die Alten. Sonst sterben wir. Er gab uns immer Menschenblut, um uns davon abhängig zu machen. Es war so lecker. Manchmal... manchmal... da brachte er auch einen Menschen zu uns… zur Belohnung, wie er sagte. Weil wir so gut durchgehalten hatten."

Miranda musste nicht nachfragen, um zu wissen, was mit den Menschen geschehen war. Maxim hatte sie einer ausgedürsteten Horde Vampire zum Fraß vorgeworfen. Sie glaubte das Schlimmste bereits gehört zu haben, aber bei Amys nächsten Worten schauderte sie.

„Wenn wir nicht gehorchten, tat er uns weh. Er schlug uns solange, bis die Haut aufriss. Dann wartete er. Sobald sich die Wunden verschlossen hatten, begann er von vorne. Am schlimmsten war aber der Käfig. Er stand in der Sonne." Amys Atem ging wieder schneller. Ihre Stimme war abgehackt, als sie unter Tränen weitersprach. „Ich dachte, ich würde sterben. Meine Haut wurde heiß und rot, als ob sie gleich Feuer fangen würde. Sie… sie bekam überall Blasen und dann… dann schmolz sie weg und darunter kamen die Knochen zum Vorschein." Die Vampirin starrte auf ihren Arm. „Da… da waren überall Knochen und rotes Fleisch", stammelte sie.

Miranda schloss das Mädchen, das von heftigen Schluchzern gebeutelt wurde, in ihre Arme. „Dir geschieht nichts, Amy", flüsterte sie. „Du bist in Sicherheit." Sie hielt die Vampirin fest, bis die Krämpfe abgeklungen waren. Dann sah sie dem Mädchen in die Augen. „Du bist so mutig. Ich weiß nicht, ob ich es geschafft hätte, diese… Schrecken zu überleben."

Amy trocknete ihre Tränen, doch sie lächelte. „Ich habe einen Freund gefunden. Adam. Er ist einer der älteren Vampire. Maxim hat ihn kurz nach seiner Befreiung verwandelt. Adam half mir, meinen Durst zu kontrollieren und versorgte mich mit Konservenblut, damit ich nicht länger abhängig von Maxim bin. Es war Adams Idee, dass ich zu euch komme. Er hasst, was Maxim mit uns macht."

„Woher weißt du, dass die Luchse bei uns untergekommen sind?", fragte Buck nicht unfreundlich.

„Ich habe ein Gespräch belauscht – zwischen Maxim und Nathan", antwortete Amy dem Bären.

„Heißt das, mein Bruder lebt?", meldete sich erstmals Michael zu Wort. Furcht verdunkelte sein Gesicht. Trotz der schrecklichen Taten, die Nathan begangen hatte, war er immer noch Michaels jüngerer Bruder, den er liebte. Michael ging vor Amy in die Hocke und berührte sanft ihren Arm. „Geht es Nathan gut?"

„Nathan lebt, aber Maxim gibt ihm die Schuld daran, dass Miranda geflohen ist. Ich höre seine Schreie immer noch in meinem Kopf. Der Schmerz hat ihn verändert. Er kämpft gegen Maxims Einfluss an."

Erleichtert taumelte Michael zurück. Trotz der Abscheu, die Miranda für Nathan empfand, teilte sie Michaels Freude. Er war seine Familie. Miranda würde für ihre Schwester auch immer Liebe empfinden, egal, was passierte.

„Zurück zu meiner Frage: Woher wissen Nathan und Maxim, dass die Luchse bei uns sind?" Buck gab sie nicht mit einer Ahnung zufrieden, er brauchte immer eine Bestätigung.

„Jemand vom Dark Side-Rudel ist euch gefolgt."

„Wie ihr vermutet hattet", wandte sich Carlo an Buck. Damit meinte er den Eindringling an der Grenze, den sie nicht erwischt hatten. „Ich hatte gehofft, dass Maxim länger außer Gefecht ist."

„Nathan hat das befohlen. Maxim ist erst vor wenigen Stunden aus seiner Bewusstlosigkeit erwacht und er ist schwach." Amy fixierte Miranda. „Unter den Vampiren wird g-munkelt, dass Maxim fast gestorben wäre. Das Blut einer Wandlerin sei der Auslöser gewesen. Es war dein Blut, nicht wahr?"

„In der Tat", bestätigte Miranda. Welchen Sinn hätte es, zu lügen? Amy war klug. Eine Lüge hätte sie durchschaut.

„Dann gibt es also jemanden, der ihn aufhalten kann."

„Ich weiß nur nicht, wie. Er wird mein Blut kein zweites Mal anrühren."

„Maxim denkt nicht, dass dein Blut alleine der Schlüssel ist."

„Das hast du gehört?"

„Ja. Du selbst bist es. Deshalb wird er nicht aufhören, dich zu jagen. Er hat Angst vor dir und gleichzeitig ist er von dir fasziniert. Sobald es dunkel ist, macht er sich auf den Weg."

„Dann bleibt uns nur noch ein Tag", wisperte Miranda. Ein Tag war nicht genug, um noch das zu erleben, was sie sich ausgemalt hatte. Sie hatte gehofft, etwas mehr Zeit zu haben.

Buck trat an sie heran und klopfte ihr fest auf die Schulter. „Ein Tag reicht. Wir sind bereit, wenn er kommt."

Eine Bürde, so schwer wie ein riesiger Felsen lastete auf Mirandas Schultern. Sie war der Grund, wieso ihre Freunde in einen Kampf zogen, der nur der ihre war.

„Das könnt ihr nicht tun", erwiderte sie leise.

„Du magst zwar stark sein und schnell, aber welche Chance hättest du alleine gegen diese Meute?" Wieder einmal lachte der Bär laut. „Außerdem bin ich dir den ganzen Spaß nicht alleine vergönnt."

Der sture Bär würde sich nicht umstimmen lassen. Ein großer Teil in Miranda, der eigentlich nicht existieren sollte, war dankbar für seine Unterstützung.

„Eure Chancen sind besser als du denkst, Miranda", sagte die Vampirin. „Seine Manipulation ist in sich zusammengebrochen, wie ein Kartenhaus, auch bei Ivan. Maxim hat sie bei den Wandlern erneuert, nachdem er wieder stark genug war. Die Vampire haben sie, während seiner Bewusstlosigkeit, in Schach gehalten."

„Wie meinst du das?", hakte Carlo nach. Er kam einen Schritt näher, gierig auf jedes Wort, das aus Amys Mund kam. „Mit Ivan."

„Ivan ist euch gefolgt, weil er Maxim hasst. Er war nur noch bei ihm, weil Maxim ihn manipuliert hatte, zu bleiben. Wo ist er überhaupt?" Amy sah sich um, als erwarte sie, dass der Erstgeborene gleich durch eine der Türen kam. „Habt ihr ihn eingesperrt?"

„Es tut mir leid, dir das sagen zu müssen, aber Ivan ist tot. Ich habe ihn getötet, weil ich dachte, er würde uns angreifen."

„Schade", murmelte Amy betrübt. „Ich habe ihn gemocht. Er war immer gut zu uns."

Zuversichtlich blickte Michael in die Runde. „Unsere Chancen könnten sogar noch besser sein. Wenn Nathan gegen die Manipulation ankämpft, wird er sich uns anschließen."

Miranda wollte ihm seine Hoffnung nicht nehmen. Dennoch musste sie aussprechen, was sie alle dachten. „Glaubst du, dass in deinem Bruder noch Gutes steckt?"

„Er war immer der Bessere von uns beiden. Unsere Mutter starb nach seiner Geburt. Ich war damals gerade einmal vier Jahre alt und todunglücklich. Deshalb unternahm ich nichts dagegen, als unser Vater Nate die Schuld am Tod seiner Gefährtin gab. Mein Bruder war stets freundlich und zuvorkommend. Er buhlte um die Liebe unseres Vaters und auch um meine. Aber unser Vater brachte ihm nur Hass entgegen. Und doch behandelte er Vater immer mit Respekt und sagte nie auch nur ein böses Wort gegen ihn. Die Veränderungen kamen erst mit Maxim."

Wie Michael es erzählte, konnte Miranda nicht anders, als ihm zu glauben. Schließlich kannte Michael seinen Bruder sehr viel länger. Womöglich hatte Nathan nie seine eigenen Gedanken ausgesprochen, sondern immer nur Maxims. Und auch auf dessen Befehl hin gehandelt. Aber die anderen schienen nicht wirklich begeistert. Und als Buck sprach, begann auch Miranda wieder zu zweifeln.

„Du bist voreingenommen", brummte Buck. „Ich, zum Beispiel, kann mir beim besten Willen nicht vorstellen, dass alleine Maxims Einfluss deinen Bruder böse sein lässt. Ich habe gesehen, was Na-than angerichtet hat. Er hat ein ganzes Rudel abschlachten las-sen. Ich war dort. Es war kein schöner Anblick."

„Es war bestimmt nicht Nathans Entscheidung, Mirandas Rudel zu überfallen", weigerte sich Michael, Bucks Worten Glauben zu schenken.

„Das kannst du nicht wissen", entgegnete das Alphatier der Bären. Als Michael seinen Mund öffnete, um Buck seine Meinung zu sagen, kam dieser ihm zuvor. „Natürlich glaubst du an das Gute in deinem Bruder. Das muss auch so sein. Ihr seid eine Familie. Aber du musst auch mich verstehen. Ich trage die Verantwortung für mein Rudel. Ich kann dir nicht versprechen, ihn zu verschonen, sollte er sich gegen uns wenden. Doch ich gebe dir mein Wort, dass ich ihm eine Chance gebe."

„Danke." Michael hielt Buck seine Hand entgegen. „Mehr werde ich auch nicht von dir verlangen. Sollte sich herausstellen, dass mein Bruder selbst und nicht Maxim für seine Taten verantwortlich ist, werde ich mich selbst darum annehmen. Ich werde nicht zulassen, dass noch jemandem durch seine Hand Leid widerfährt."

Miranda bewunderte Michaels Mut und gab ihm einen Kuss, den er ohne jegliche Leidenschaft beantwortete. Er war mit seinen Gedanken nicht bei ihr.

„Ich werde mit Tamira Kontakt aufnehmen und mich anschließend mit meinen Hütern beraten", entschied Buck. „Was tun wir mit der Vampirin? Mir ist nicht wohl bei dem Gedanken, sie frei herumlaufen zu lassen."

„Wir könnten sie in eine der Arrestzellen sperren", schlug Noah vor.

„Das können wir ihr nicht antun", wehrte sich Miranda. Ihre Augen fixierten Buck. „Du hast ihre Geschichte gehört – wie sehr sie gelitten hat."

„Solange Maxim dort draußen ist, bleibt sie für mich der Feind", entgegnete Buck. „Kannst du garantieren, dass sie nicht unter seinem Einfluss steht und uns ausspioniert?"

„Nein", gestand Miranda. Dass sie Amy glaubte, reichte nicht aus. Sie hatte keinen Beweis, den sie vorbringen konnte, nur ihre Luchsin, die überzeugt von der Unschuld der Vampirin war.

„Ich verbürge mich dafür, dass ihr nichts geschieht. Niemand wird ihr wehtun, darauf hast du mein Wort. Aber die Zelle ist unumgänglich." Buck griff nach einer Kette und trat vor Amy. Unaufgefordert streckte die Vampirin ihm ihre Hände entgegen und ließ sie sich von ihm fesseln.

„Das ist doch nicht notwendig." Miranda versuchte, Buck davon abzuhalten.

„Es macht mir nichts aus", sagte Amy und unterbrach damit Miranda in ihrem Tun. „Ich will niemandem Angst machen. Es ist ein nur geringer Preis, um endlich von Maxim befreit zu sein."

„Das ist nicht richtig", flüsterte Miranda. Sie war den Tränen nahe.

„Noah und Carlo bringen dich in die Zelle. Und beeilt euch", wandte er sich an die beiden Wandler. „Ich brauche euch beide bei der Besprechung."

Sie sahen ihnen nach, wie sie mit Amy in ihrer Mitte durch die Tür verschwanden. „Du weißt, dass ich ihn töten werde, wenn er ihr auch nur ein Haar krümmt?", raunte Miranda in Bucks Richtung.

„Und du weißt, dass dich der Versuch deinen Kopf kosten könnte?", erwiderte das Alphatier ernst.

„Das Risiko ist es mir wert." Stolz reckte sie ihr Kinn nach vorne. Sie würde vor Buck nicht klein beigeben.

Auf einmal begann Buck herzhaft zu lachen. Kräftig klopfte er Miranda auf den Rücken, dass ihre Knie nachgaben und sie nach vorne kippte. Nur durch einen schnellen Ausfallschritt, den ihre Luchsin für sie machte, konnte sie sich fangen. „Du gefällst mir, Miranda. Ich mag deine Art. Du wirst ein gutes Alphatier für dein Rudel sein."

Es war ein wahnsinnig tolles Gefühl, diese Worte aus Bucks Mund zu hören. Noch mehr hätte sie sich aber gewünscht, dass ihr Vater sie einmal ausgesprochen hätte.

„Ich habe Carlo nicht ohne Grund mitgeschickt. Er wird auf Amy aufpassen."

„Du vertraust deinem Hüter nicht?", fragte Miranda verwundert.

„Doch. Hätte ich ihn sonst zum Hüter ernannt? Ich traue nur seinem Urteilsvermögen hinsichtlich der Vampire nicht."

„Wieso hasst er sie so sehr?"

„Seine Großeltern sind ihnen damals zum Opfer gefallen", erklärte Buck. „Seine Mutter war noch ein kleines Mädchen, vielleicht vier, fünf Jahre alt. Sie hat nur knapp überlebt und kämpft noch immer mit den Folgen. Posttraumatischen Stress nennen es die Ärzte. Oft wacht sie nachts schreiend auf. Noah hatte dadurch keine einfache Kindheit. Deshalb hasst er jeden Vampir. Er kann nicht unterscheiden. Für ihn sind sie alle gleich und somit schuld am Leid seiner Mutter."

„Ich habe fast meine gesamte Familie durch Maxim verloren und trotzdem denke ich nicht wie Noah. Es gibt auch gute Vampire, wie es auch schlechte Wandler gibt."

„Noahs Mutter ist ein Mensch. Sie musste mitansehen, wie ihre Eltern von blutrünstigen Vampiren grausam abgeschlachtet wurden. Noah kennt nichts anderes als Abscheu gegen die Vampire. Er wuchs damit auf."

Das änderte natürlich die Lage. Miranda konnte Noah sogar zu einem gewissen Grad verstehen. Aber seine Kindheit war lange her. Er hätte sich inzwischen ein eigenes Bild machen können.

Der Bär verabschiedete sich mit einem Winken. „Ich mache mich besser auf den Weg, bevor jemand auf die Idee kommt, die Besprechung ohne mich zu beginnen." An der Tür drehte er sich noch einmal zu Miranda und Michael um. „Tut, was immer euch beliebt", sagte er augenzwinkernd. „Wer weiß, wie lange wir noch leben."

Kapitel 17

Wer weiß, wie lange wir noch leben. Bucks Worte gingen Miranda immer wieder durch den Kopf. Sie sah Michael über die Schulter an. Er schien denselben Gedanken wie sie zu haben. Wenn sie in der nächsten Nacht womöglich ihr Ende fanden, sollten sie diesen Tag für all das nutzen, was ihnen am Herzen lag.

Auf einmal legten sich große, starke Hände von hinten auf ihren Bauch. An ihrem Ohr spürte sie Michaels Lippen. „Ich will dich, Miranda", wisperte er, „mehr als alles andere auf der Welt. Mein Herz gehört dir."

Miranda drehte sich zu ihm um. Sie kam nicht mehr dazu, irgendetwas zu sagen, denn Michael nahm ihr Gesicht in seine Hände und küsste sie leidenschaftlich. Er strich ihre Wirbelsäule hinab und hinterließ ein Prickeln auf ihrer Haut. Über ihrem Po verharrte er. Langsam löste Michael seine Lippen von ihren. Mit glühenden Augen sah er sie an und bat sie still um Erlaubnis, die sie ihm nicht verwehrte. Sie begehrte und liebte diesen Mann mit jeder Faser ihres Körpers.

Für eine Menschenfrau mochte es absurd klingen, dass sie sich, nach allem, was geschehen war, ihm hingab. Aber Miranda war kein Mensch. Sie war zur Hälfte ein Tier und es lag nicht in der Natur des Tieres, in der Vergangenheit zu bleiben.

Michael hob sie hoch. Seine Hände umfassten ihre Pobacken und ließen ihre Lust auflodern wie ein Feuer, das sich zwischen ihren Beinen konzentrierte. Feuchte Hitze breitete sich in ihrem Höschen aus. Genüsslich ließ sie ihre Hüften auf Michaels kreisen, um ihn anzustacheln. Was ihr auch gelang. Unter seiner Hose konnte sie eine deutliche Wölbung spüren.

Während er sie ins Schlafzimmer trug, küsste er sie. Nicht ein einziges Mal verließen seine Lippen die ihren. Am Bett setzte er sie ab. Gierig griff er nach Mirandas Pulli und schob ihn hoch. Seine Handflächen waren rau und kratzten auf ihrer Haut. Sie liebte das Gefühl. Es feuerte ihre Leidenschaft weiter an. Michael unterbrach den Kuss nur, um ihr den Pullover über den Kopf zu ziehen.

Miranda stand auf und stellte sich auf ihre Zehenspitzen, um ihn wieder zu küssen, aber Michael legte ihr seinen Zeigefinger auf die Lippen, um sie davon abzuhalten. Seine Augen wanderten sehnsüchtig über ihre vollen Brüste, die mit einem schlichten, schwarzen BH verhüllt waren.

Unterdessen suchten sich Mirandas Finger ihren Weg unter Michaels Shirt und tasteten sich über seine angespannten, harten Muskeln. Michael hob seine Arme hoch, damit sie ihm das Shirt ausziehen konnte. Sie strich über seine Brust und fuhr anschließend die Konturen seiner Bauchmuskeln mit ihren Fingern ab, von oben nach unten, bis sie an seinem Hosenbund anlangte. Ein leichtes Schaudern ging durch Michaels Körper. Er keuchte, als Miranda ihre Finger an der Seite ein Stück in seine Hose hineingleiten ließ.

„Zieh sie aus", forderte Miranda ihn heiser auf.

Sie hatte nicht erwartet, dass er gehorchen würde. Er knöpfte hastig seine Hose auf und zog sie mitsamt seinen Shorts nach unten. Dabei ließ er Miranda keine Sekunde aus den Augen.

Vor ihr stand der berauschendste Mann, dem sie je begegnet war. Ihre Luchsin kam hervor. Mit goldgelben Katzenaugen sah sie ihn an. Sie blieben an seiner Erregung hängen, was Michael sichtlich gefiel. Seine Augen wurden glühend weiß. „Jetzt bist du an der Reihe."

Miranda hielt ihre Kleider ohnehin nicht mehr auf ihrer Haut aus. Alleine ihr BH saß viel zu eng und scheuerte unangenehm auf ihren empfindlichen Brustwarzen. Unten herum war das Gefühl sogar noch stärker.

Ein verruchtes Lächeln umspielte ihre Lippen. Mit weichen, grazilen Bewegungen in ihrer Hüfte streifte sie ihre Hose hinunter. Ihr schwarzes Höschen behielt sie aber noch an. Miranda drehte Michael ihren Rücken zu. Sie griff nach dem Verschluss ihres Büstenhalters und öffnete ihn. Den ausgezogenen BH warf sie über ihre Schulter in Michaels Richtung. Gekonnt fing er ihn auf und führte ihn zu seiner Nase. Tief sog er Mirandas Duft ein.

Mit ihrem Höschen ließ sie sich mehr Zeit. Ganz langsam schob Miranda es über ihren Po und brachte Michael damit fast um den Verstand. Auf einmal stand er hinter ihr streifte ihr den schwarzen Stoff hinunter. Miranda wand sich in seinen Armen herum und wurde sofort mit einem leidenschaftlichen Kuss begrüßt. Michael drängte sie zum Bett. Er half ihr, sich hinzulegen und blieb noch lange genug über ihr, dass sie mit ihren Händen seinen Körper erkunden konnte.

Miranda hob ihm ihre Hüften entgegen und rieb ihre Mitte an seinem steifen Penis. Michael stöhnte. Miranda fing den Laut in ihrem Mund auf.

Dann ließ er von ihren Lippen ab und legte sich neben sie. Quälend langsam erkundete er mit seinen Händen ihren Körper. Die Stellen, über die er streichelte, prickelten genüsslich. Miranda wollte mehr. Als Michael ihre nackten Brüste berührte, hatte sie das Gefühl, ihr Inneres würde vor Wonne explodieren. Nacheinander ließ er ihre Brustwarzen zwischen seinen Fingern kreisen, bis sie zu dunklen Knospen wurden. Stöhnend schloss Miranda ihre Augen und grub ihre Hände in das Leintuch. Warme Feuchtigkeit berührte ihre rechte Brustwarze. Michael stupste sie mehrmals mit seiner Zunge an, ehe er sie in den Mund nahm und daran kräftig saugte. Ein lautes Keuchen entfuhr Mirandas Kehle. Ihr Atem wurde schwerer. Die Hitze zwischen ihren Beinen wuchs zu einem Inferno an.

„Ich will dich in mir spüren", flehte sie ihn an. „Bitte."

Aber Michael wollte noch weiter mit ihr spielen. Sanft streichelte er ihren Bauch. Immer tiefer glitten seine Hände. Miranda entfuhr ein erstickter Schrei, als er einen Finger zu ihrer heißen, feuchten Mitte schob. „Ich möchte aber noch wissen, wie du schmeckst", flüsterte er.

Mit diesen Worten kniete er sich vor sie, spreizte ihre Beine auseinander und küsste ihre Scham. Wie eine Katze leckte er an ihrer Klitoris und raubte ihr damit das letzte bisschen Selbstbeherrschung, das ihr noch geblieben war. Ihre Schreie dämpfte Miranda in einem Kissen. Ihr war heiß und kalt zugleich, was nicht möglich sein konnte. Ihr Körper bebte. Sie spürte den Höhepunkt herannahen und streckte Michael ihr Becken entgegen. Doch kurz vor der Explosion, die Erlösung von ihren süßen Qualen versprach, stoppte er.

„Nein", flehte sie leise. „Nicht aufhören."

Michael grinste nur. Vorsichtig legte er sich auf sie und ließ sie seine Männlichkeit spüren. Und dann küsste er sie, als sei dies seine letzte Chance dazu. Miranda spürte seine Liebe durch das Gefährtenband pulsieren. Es war einfach wundervoll. Sie genoss jede Sekunde davon und versuchte ihrerseits, Michael zu zeigen, wie viel er ihr bedeutete. Doch ihr Körper sehnte sich, ihn in sich zu spüren.

„Ich will dich", wisperte sie an seinen Lippen.

Obwohl sein Penis wie verrückt an ihrem Bauch pochte, drang er nicht in sie ein. Stattdessen fuhr er mit seiner Hand über ihren angespannten Bauch in Richtung ihrer Scheide. Bedächtig schob er einen Finger in ihre willige Mitte. Mirandas Krallen brachen hervor und bohrten sich in das Laken unter ihr. Mit kreisenden Bewegungen trieb Michael sie dem Orgasmus entgegen, der in tosenden Wellen über sie hereinbrach.

Völlig erschöpft und am ganzen Leib zitternd, blieb sie liegen und verwandelte sich zurück. Ihr Körper war mit einem dünnen Schweißfilm bedeckt. Nachdem ihr Orgasmus abgeebbt war, drang Michael langsam und vorsichtig mit seinem Penis in sie ein. Sachte bewegte er sich in ihr. Miranda stimmte in seinem Rhythmus ein und drängte sich ihm entgegen. Sie spürte, wie sehr er sich zusammennahm, um nicht gleich zu kommen. Er wartete darauf, bis sie bereit für einen weiteren Orgasmus war.

Seine Stöße wurden schneller und härter. Gemeinsam bewegten sie sich dem Höhepunkt entgegen, der viel intensiver war als der erste. Bebend brach Michael über ihr zusammen.

Miranda hielt ihre Augen geschlossen und genoss die letzten Wellen des Orgasmus, die durch ihren Körper schossen.

Michael nahm ihn heraus und legte sich neben sie. Er sah sie an, seine Miene war die des glücklichsten Mannes auf Erden, und berührte sanft die dicken Narben an ihrem Hals, dort, wo Maxim sie gebissen hatte. Miranda zuckte zusammen. Die Stellen waren überempfindlich. „Du kannst stolz auf dich sein", flüsterte er. „Ich bin es."

Danach vergrub er sein Gesicht in ihren Haaren und schloss sie in seine Arme. Miranda griff nach einer der Decken und zog sie über sie beide. So aneinander gekuschelt schliefen sie ein.

Kapitel 18

Wieso musste Gutes immer so schnell vorüber sein? Miranda hätte gerne noch mehr Zeit mit Michael gehabt. Aber, statt weiter an seiner Seite zu liegen, standen sie in der eiskalten Dämmerung auf der Lichtung, die sie für den Kampf gewählt hatten. Sie lag weit außerhalb von Bucks Gebiet. An der Grenze hatte Buck Wachposten Stellung beziehen lassen. Die Bären, die nicht kämpfen konnten, versteckten sich in den unterirdischen Tunneln, von denen Buck ihnen erzählt hatte. Er hatte sie den Katzen vor ihrem Aufbruch sogar gezeigt.

Miranda war absolut begeistert vom Tunnelsystem, das sich über das halbe Bärengebiet erstreckte, und noch stolzer, dass Buck ihnen so viel Vertrauen entgegenbrachte, dieses Geheimnis mit ihnen zu teilen. Die Tunnel waren, wie jede ihrer Höhlen, absolut autark. Es waren genügend haltbare Vorräte eingelagert, dass jene, die dort Schutz suchten, monatelang überleben konnten. Es gab fließendes Wasser und Strom und Wärme wurden von eigenen Generatoren erzeugt, die gut versteckt waren. Nur wenige im Rudel kannten deren genauen Standort. Damit sollte gewährleistet werden, dass sie nicht entdeckt wurden.

Die Tunnel waren geräumiger, als Miranda anfangs erwartet hatte, allerdings hatten sie Einschränkungen machen müssen, dass auch alle Rudelmitglieder Platz fanden. So waren die Schlafkojen jeweils nur zwei mal zwei Meter groß mit einem Hochbett für zwei Personen und einem kleinen Schrank.

Zum Tunnelsystem gab es wenigstens einen Zugang. Wo genau sich dieser befand, erfuhren die Katzen nicht. Soweit ging Bucks Vertrauen dann doch nicht. Mit verbundenen Augen wurden sie in die Tunnel gebracht und auf dieselbe Art wieder herausgelotst.

Nun standen sie auf der Lichtung und warteten in der sternenklaren Nacht. Der Schnee, der am Nachmittag in dicken Flocken vom Himmel gefallen war, war bereits zu einer festen Schicht gefroren und knirschte laut unter ihren Füßen.

Michael stand an Mirandas Seite. Er hielt ihre Hand fest in seiner. Gemeinsam mit den Soldaten der Bären warteten sie. Sie waren bis obenhin warm eingepackt. Einzig ihre Gesichter waren zu sehen. Nach Information von Tamira, die sich vor gut einer halben Stunde erneut bei Buck gemeldet hatte, waren ihre Feinde bereits auf dem Weg zu ihnen. Doch eilig hatten es Maxim und sein Gefolge, wie es schien, nicht.

Mirandas Gedanken waren bei Amy, die wohlbehalten in ihrer Zelle angekommen war. Natürlich hatte sie sich selbst davon überzeugt. Dabei hatte die Vampirin ihr bestätigt, wie Maxims Manipulation funktionierte. Sie hatte beobachtet, wie Michael vor Nathans Büro niedergeschlagen und ihm anschließend Vampirblut injiziert worden war.

„Danach war er ein Anderer und hat Maxims Befehle befolgt", hatte Amy ihr unter Tränen erzählt. „Er hat mir wehgetan, weil Maxim es wollte. Ich sollte bestraft werden, weil ich sie beobachtet hatte. Michael – er – hat mir die Kehle aufgeschlitzt. Ich dachte, er tötet mich. Aber dann – dann hat er aufgehört. Maxim hat es ihm befohlen. Ein zweites Mal würde er mich aber nicht verschonen."

Es hatte einen Tag gedauert, bis Amy sich erholt hatte. Ihr Freund hatte sich um sie gekümmert. Die Vampirin hatte nicht herkommen wollen, weil ihre Angst vor Maxim zu groß geworden war. Adam hatte sie schlussendlich dazu überreden können, sich Miranda anzuschließen.

Miranda entschied sich dagegen, ihren Gefährten davon zu berichten. Sie wollte ihn nicht damit belasten. Er hatte ohnehin genug Sorgen am Hals.

Bevor Miranda gegangen war, um sich ihren Freunden und den Bären anzuschließen, hatte sich Amy überschwänglich bei ihr bedankt. „Noch nie hat mich jemand so gut behandelt wie du, nicht einmal meine Mutter. Sie hat immer nur weggesehen, während ihre Männer mir wehgetan haben."

Miranda konnte nicht anders, als die Vampirin für ihren Mut zu bewundern. Sie hatte sich von Maxim, den sie mehr als jeden anderen fürchtete, weggeschlichen, weil sie nicht wollte, dass noch mehr Menschen dasselbe Schicksal wie sie erleiden mussten. Amy wünschte sich nichts sehnlicher, als endlich von Maxim befreit zu sein. Ein Leben frei von Unterdrückung und Schmerz.

Wenn Maxim sie in die Finger bekam, würde sich Amys Traum nie erfüllen. In dieser Zelle war sie, wie sich Miranda eingestehen musste, erst einmal vor dem Vampiranführer in Sicherheit. Verlören sie diesen Kampf, und daran mochte Miranda nicht einmal denken, bedeutete das nicht nur Amys Ende, sondern vermutlich das von ihnen allen. Jeder Sieg brachte Maxim seinem Ziel, die Herrschaft an sich zu reißen, ein Stück näher.

Michael drückte Mirandas Hand und holte sie ins Hier und Jetzt. „Sie kommen", flüsterte er.

Miranda ließ sich von ihrer Luchsin durchströmen und sog die Luft tief ein. Sie witterte den schwachen Hauch des süßlichen Geruchs, der allen Vampiren zu Eigen war.

Und plötzlich überkamen Miranda Schuldgefühle. Sie hatte sich nicht von ihrer Schwester verabschiedet. Andy war wieder in Annas Labor gewesen, um von der Ärztin zu lernen, als sie aufgebrochen waren. Miranda hatte sie nicht einmal angerufen. Sie hatte schlicht und einfach darauf vergessen. Ihre Schwester wusste nicht, dass sie fort waren und die Vampire bekämpften.

Einen Herzschlag später betrat Maxim die Lichtung, dicht gefolgt von seinen Anhängern. In seinen Reihen mischten sich Vampire und Gestaltwandler, die vermutlich alle zum Dark Side-Rudel gehörten. Auffallend war, dass die Augen der Wandler leer schienen, so, als sei das Leben in ihnen erloschen. Einige von ihnen zogen ihre tierische Gestalt vor. Die meisten jedoch wollten als Menschen kämpfen, wie auch ihr Alphatier Nathan.

Miranda hatte gedacht, es mache ihr nichts aus, Michaels Bruder wiederzusehen. Sie hatte das, was er ihr angetan hatte, hinter sich gelassen. Doch Übelkeit stieg in ihr auf. Sie ertrug seinen Anblick kaum, trotz des Kampfes, der in seinen Augen tobte. Es war ein Kampf zwischen der Manipulation und seinem eigenen Willen, der immer wieder durch Maxims Einfluss unterdrückt wurde. Nathan suchte den Blickkontakt zu seinem Bruder. Wortlos bat er ihn um Vergebung und um Hilfe. Alleine konnte er den Vampiranführer nicht bezwingen. Schließlich war Maxim zum Meister darin geworden, anderen seinen Willen und seine Gedanken aufzuzwingen.

Trotz der vielen roten Augen, die sie gierig belauerten, stach Maxim eindeutig hervor. Ihn umgab diese kalte, finstere Aura, die Miranda bereits bei ihm gespürt hatte. Selbst in seiner Bewusstlosigkeit war sie wahrnehmbar gewesen. Mirandas Haare standen plötzlich zu Berge. Am liebsten wäre sie umgedreht und weggelaufen. Wie hielten es seine Verbündeten bloß neben ihm aus?

Maxim grinste und entblößte dabei spitze, strahlend weiße Zähne. Sein Grinsen wurde noch viel breiter, als hinter ihm eine junge Frau mit hüftlangen, blonden Haaren hervortrat. Miranda erkannte sie sofort: Bucks Tochter Tamira. Sie starrte mit ausdrucksloser Miene geradeaus.

„Tamira, was soll das?", donnerte Buck und tat einen erbosten Schritt nach vorne. Miranda spürte, wie sehr es ihm verlangte, hinüber zu stampfen und seiner Tochter klarzumachen, zu wem sie eigentlich gehörte. „Warum stehst du auf der Seite der Vampire?"

Miranda bezweifelte, dass Tamira Bucks Worte tatsächlich gehört hatte. Ihr Gesichtsausdruck hatte sich nicht geändert. Nicht einmal ein Funke des Begreifens tauchte darin auf. Sie war zu tief in Maxims Manipulation gefangen, um auch nur einen eigenen Gedanken zustande zu bringen.

Maxim legte Tamira seine Hand auf die Schulter. „Das ist vermutlich dein Vater, nehme ich an", sagte er und ließ dabei Buck keinen Moment aus den Augen.

Tamira nickte steif. Sie tat, wozu Maxim sie zwang. Ihr Gesicht blieb dabei ausdruckslos.

„Nun, deine Tochter hat mir ausgesprochen gute Dienste geleistet." Fast schon liebevoll tätschelte er Tamiras Schulter, wie ein Vater es bei seinem Kind tun würde. Doch sein Gesicht blieb kalt, wie der Schnee um sie herum. „Ihr wart so nett, sie mit Informationen zu füttern." Er legte sich die Hand auf seine Wange und schüttelte leicht seinen Kopf. „Dass ich sie kontrolliere, ist natürlich keinem von euch aufgefallen."

Ein hinterhältiges Lächeln umspielte nun seine Lippen. Buck wiederum sah aus, als hätte man ihn geschlagen. Er machte sich Vorwürfe, nicht bemerkt zu haben, dass seine Tochter nicht sie selbst gewesen war. Miranda hingegen stellte sich die Frage, wie lange Tamira bereits unter Maxims Einfluss stand. Erst Stunden oder doch bereits Tage?

„Von ihr weiß ich, dass ihr hinter das Geheimnis meiner Manipulation gekommen seid. Sehr gut", lobte Maxim und klatschte anerkennend seine Hände. „Nur wird euch das leider nicht viel nützen. Denn, wie ich fürchte, wird keiner von euch diese Nacht überleben. Ihr könnt niemandem davon berichten."

„Du wagst es, meine Tochter zu beeinflussen?", knurrte Buck zwischen zusammengebissenen Zähnen. Sein Bär kratzte an der Oberfläche.

„Du bist selbst schuld, dass sie mir in die Hände gefallen ist", spottete der Vampir mit süßlicher Stimme. „Du setzt ein blutjunges Mädchen ohne jegliche Erfahrung, die eigene Tochter wohlbekannt, als Spionin auf mich an. Du hast sie mir ja praktisch auf dem Silbertablett serviert. Es war ein Leichtes, sie gefangen zu nehmen, obwohl deine Kleine Biss hat. Das muss man ihr lassen. Ich habe auf jeden Fall Verwendung für sie."

Genüsslich strich Maxim mit seinen langen, klauenartigen Fingern über Tamiras Hals. Tamira zuckte nicht einmal mit der Wimper. Miranda schauderte, plötzlich daran erinnert, wie Maxim sie berührt hatte.

Miranda ahnte, was der Vampir vorhatte, doch es zu sehen, war etwas völlig anderes. Es kam ihr vor, als versenkte Maxim seine Zähne in ihrem Hals und nicht in Tamiras.

Noah reagierte blitzschnell und stemmte sich mit aller Kraft gegen Buck, der sich auf den Vampir stürzen wollte. „Boss, du kannst nichts gegen ihn ausrichten", presste der Hüter hervor. „Er ist zu stark für dich."

Carlo kam ihm zur Hilfe, denn Noah hatte Mühe, das Alphatier zurückzuhalten. Er wurde von Buck langsam, aber sicher in Richtung ihrer Feinde gedrängt.

„Sie ist meine Tochter!", dröhnte Buck. „Lasst mich los oder ihr werdet es bitter bereuen!" Bucks Augen nahmen die Farbe von eisigem Blau an. Seine Hände verwandelten sich in riesige Pranken. Er brüllte so laut auf, dass der gesamte Wald ihn gehört haben musste.

Wenn er sich nicht beherrschte, würde die Situation aus dem Ruder laufen und sie riskierten ihre womöglich einzige Chance, Maxim auszuschalten.

Miranda trat nun vor den Bären und legte ihm eine Hand auf die Brust. „Reiß dich zusammen, Buck!", zischte sie.

„Sie ist meine Tochter!", wiederholte Buck knurrend.

Im Nachhinein betrachtet, dachte sich Miranda, war es ein Fehler gewesen, Tamira mit dieser Mission zu betrauen. Sie hatten sie Maxim direkt in die Hände gespielt. Besser wäre es gewesen, einen der erfahrenen Soldaten für diese Aufgabe auszuwählen.

„Ich weiß, dass sie das ist", flüsterte Miranda. Sie wollte nicht, dass die Vampire sie hören konnten. „Aber du bist hier nicht als Vater, sondern als Alphatier. Und du tust genau das, was Maxim sich von dir verspricht. Er wartet doch nur darauf, dass du dich auf ihn stürzt. Er will dich aus dem Weg haben. Ein Rudel ohne Alphatier ist verloren, das weißt du."

Ein Alphatier hielt sein Rudel zusammen. Man konnte es sich so vorstellen, dass es wie der Faden war, der die Einzelteile in einem

Kleidungsstück fest miteinander verband. Ohne Faden gab es nur lose Einzelteile, die nicht zu gebrauchen waren.

Miranda umfasste Bucks Kinn und zog sein Gesicht in ihre Richtung. „Du darfst nicht mit deinem Herzen denken, Buck. Du bist das Alphatier."

Endlich drang sie zu ihm durch. Der Bär gab seinen Widerstand auf. „Danke", murmelte er, nachdem er sich zurückverwandelt hatte. „Ich hatte mich völlig vergessen."

Maxim beobachtete sie aufmerksam. Er leckte sich mit seiner langen Zunge einen Tropfen Blut von den Lippen. „Deine Tochter schmeckt wahrlich vorzüglich", versuchte er Buck zu reizen, aber das Alphatier hatte sich nun im Griff. Seine Augen allerdings schworen Rache.

Der Blick des Vampiroberhaupts richtete sich indes auf Miranda. Sie fühlte sich unwohl, dennoch hielt sie ihm eisern stand. Ihre Luchsin fauchte in ihrem Geist.

„Miranda, meine Liebe, schön dich wiederzusehen", säuselte der Vampir und machte eine kleine Verbeugung. Dabei tat er, als würde er seinen Hut vor ihr ziehen. Bloß trug er keinen. „Ich war überaus bestürzt, als du uns so voreilig verlassen hast, nach diesem kleinen Zwischenfall, bei dem ich – nun ja, ich denke, darüber müssen wir nicht sprechen. Aber", betonte er und streckte wie ein Lehrer seinen Zeigefinger in die Höhe, „über etwas anderes sollten wir reden. Du kannst dir vermutlich schon denken, worauf ich hinauswill, nicht wahr? Deshalb habe ich auch den weiten Weg auf mich genommen."

Miranda beschloss, auf sein Spiel einzugehen. Sie brauchte Antworten, die ihr einzig dieser Vampir geben konnte. „Das ehrt mich aber." Sie machte einen kleinen Knicks, wie sie ihn von den Prinzessinnen aus dem Filmen ihrer Kindheit kannte.

„Seit wann sind denn eigentlich Raubkatzen mit Bären befreundet?", fragte er und musterte ihre Reihen. „Ich dachte, ihr seid lieber unter Euresgleichen. Zu meiner Zeit gab es das nicht."

„Was ein gemeinsamer Feind zu ändern vermag", erwiderte Miranda.

„Aber nicht doch", widersprach er übertrieben gekränkt. „Ich bin doch nicht euer Feind. Gib mir, was ich will, und unsere Wege trennen sich."

„Und was willst du?"

„Zuallererst?" Er lächelte. „Antworten, Miranda. Ich möchte Antworten. Was bist du? Was unterscheidet dich von deinen Artgenossen?"

„Nichts."

„Streng deinen hübschen Kopf ein bisschen an. Ich bin sicher, du kennst die Antwort, meine Liebe."

„Es tut mir leid, dich enttäuschen zu müssen, aber ich bin eine ganz normale Gestaltwandlerin", log sie. „Du verschwendest deine Zeit mit mir."

„Dann lässt du mir keine andere Wahl. Sehr bedauerlich. Ich werde dich mitnehmen und dich von meinen Wissenschaftlern untersuchen lassen. Brillante Männer und Frauen. Sie werden dein Geheimnis zu lüften wissen."

„Ich gehe nicht mit dir."

„Ich habe befürchtet, dass du das sagen würdest. Deshalb bin ich auch nicht alleine gekommen. Bedenke nur, dass deine Freunde darunter leiden werden. Meine Leute haben zwar die Order, dir kein Haar zu krümmen. Doch bei deinen Freunden kann ich leider nicht so gnädig sein."

„Du würdest sie auch töten, wenn ich mit dir gehe. Da bleibe ich lieber hier und sterbe im Kampf. Vielleicht nehme ich dich dann mit. Die Welt wäre eine bessere ohne dich."

Maxims Gesicht war nicht mehr die spiegelglatte Maske, die er ihnen glauben machen wollte. Zorn verzerrte seine Züge. Er trat hinter Tamira und legte seine Hand auf ihren Hals. Buck zuckte zusammen.

„Und wie lautet deine Antwort, wenn ihr Leben davon abhängt?" Er winkelte seine Finger an, sodass seine klauenartigen Fingernägel in Tamiras Haut drückten. Kleine Blutstropfen bildeten sich daran. Als sie zu schwer wurden, liefen sie in einem kleinen Rinnsal hinunter.

Alle Augen waren auf Miranda gerichtet. Tief in ihrem Inneren hasste sie sich dafür, aber nach außen hin war nichts davon zu sehen, als sie sagte: „Das ändert nichts an meiner Entscheidung."

Maxims Gesichtsausdruck veränderte sich schlagartig. Zum ersten Mal gewährte er ihnen einen Blick hinter die Maske des Schauspielers, den er ständig mimte. Er zeigte ihnen, wie es tatsächlich in ihm aussah. Er hatte panische Angst, die ihn lähmte.

Für einen winzigen Moment dachte Miranda, dass Tamira durch den Vampir keine Gefahr mehr drohte. Ein Moment, der viel zu schnell vorüber war. Denn Zorn mischte sich zu seiner Angst und aus seinem an sich attraktiven Gesicht wurde eine hässliche Grimasse.

Er holte mit seiner Hand aus und riss tiefe Furchen in den Hals der Bärin. Miranda zuckte zusammen, wendete ihren Blick aber nicht ab. Das Blut spritzte durch die Luft und besprenkelte den Schnee in der Nähe. Tamira schrie vor Schmerzen. Die Leere wich aus ihren Augen und wurde durch Furcht ersetzt.

„Nein!", brüllte Buck. Er wehrte sich mit aller Kraft gegen Noah und Carlo, die augenblicklich reagiert hatten und erneut gegen das Alphatier ankämpften.

„Daddy", stammelte Tamira. „Es tut mir so leid. Ich habe dich enttäuscht." Ihre Augen füllten sich mit Tränen.

Buck gab seinen Widerstand auf. „Nicht doch, Schätzchen", schniefte er. „Du hast dich toll geschlagen. Ich hätte es nicht besser machen können. Ich bin so stolz auf dich, kleiner Wirbelwind."

Tamira lächelte, ehe sie taumelnd zusammenbrach. Reglos blieb sie mit dem Gesicht im Schnee liegen, der langsam mit ihrem Blut getränkt wurde. Auf der Lichtung herrschte auf einmal absolute Stille, auf der Seite der Bären und Luchse hervorgerufen durch Betroffenheit und Anteilnahme an Bucks Verlust. Der Bär war auf seine Knie gesunken und weinte um seine geliebte Tochter. Seine Hüter hatten sich um ihn versammelt und standen ihm in seiner Trauer bei.

Keine einzige Träne verließ hingegen Mirandas Augen. Dennoch war sie traurig. Tamiras Verlust schmerzte sie.

Die Vampire hingegen lechzten schweigend nach dem Blut der Bärin, aber keiner von ihnen wagte es, sie anzurühren. Ihre gierigen Augen blickten ängstlich zu ihrem Anführer. Sie waren wie dressierte Hunde, die auf ein Zeichen ihres Herrn warteten, um sich endlich auf ihre Beute stürzen zu dürfen.

Der Vampiranführer durchbrach die Stille. „Was hast du mit mir gemacht?", kreischte er verzweifelt. Seine Augen quollen bei jedem Wort ein Stückchen weiter hervor. Sie gaben ihm das Aussehen eines Mannes, der drauf und dran war, den Verstand zu verlieren. „Rede endlich! Was hast du mir angetan?"

Die Ungewissheit, wieso Mirandas Blut diesen Anfall verursacht hatte, paralysierte Maxim. Er war völlig verzweifelt. Nie hatte er um sein Leben fürchten müssen. Viele hatten versucht, ihn umzubringen, aber niemand war dazu je in der Lage gewesen. Weder Feuer noch die Sonne hatten vermocht, den Vampir zu töten. Selbst jahrzehntelange Gefangenschaft ohne Nahrung hatte seinem Leben kein Ende bereiten können. Kein Wunder, dass er gedacht hatte, er wäre unsterblich.

Maxim schien auf einmal um Jahre gealtert, obwohl sich sein Aussehen seit Jahrhunderten nicht mehr verändert hatte. Seine Haut wirkte fahl und seine Wangen waren eingefallen. Er umschlang seinen Oberkörper mit seinen Armen, als hätte er Angst, auseinander zu brechen. Seine Bewegungen waren abgehakt und steif, als wäre seine Haut zu eng für diese Gefühle, die er nie hatte empfinden müssen.

Miranda konnte ihn verstehen. Die Vorstellung an ein Leben ohne ihre besonderen Selbstheilungskräfte und ohne die Nähe zu ihrer Luchsin beängstigte sie. Sie kannte es nicht anders, wie auch Maxim.

Maxims Blick huschte wild und ziellos umher, zuerst zu Tamira, dann zu Buck, der sich kraftlos mit seinen Händen abstützte. Seine heißen Tränen tropften unablässig auf den Schnee.

Schlussendlich blieben Maxims Augen an Miranda hängen.

Kapitel 19

Der Vampir richtete sich auf und straffte seine Schultern. Der Gefühlsausbruch war so schnell vorbei, wie er gekommen war. Zurück war der aalglatte Mann mit seiner übertriebenen Freundlichkeit und der Eiseskälte in den Augen. Er tat so, als hätte es diesen Gefühlsausbruch nie gegeben. Hungrig blitzten seine Augen auf.

„Weißt du eigentlich, wie schwer es für mich ist, dir zu widerstehen?", fragte er sie, während er einen Schritt näherkam und seine Nase witternd in die Luft reckte. „Man merkt es mir nicht an, aber ich kann mich kaum beherrschen. Am liebsten würde ich mich auf dich stürzen und mich satt trinken an deinem Blut." Maxim schloss seine Augen. Sein Gesicht nahm den Ausdruck an, als würde er sich genau das vorstellen.

„Es verspricht mir den edelsten, herrlichsten Wein, aber welch Ironie hält das Leben für mich bereit. Ich kann nicht einmal von dir kosten, ohne mein Leben zu riskieren. Wieso?"

Miranda zuckte mit den Schultern. „Darauf weiß ich leider keine Antwort. Vielleicht solltest du dir jemand anderes suchen, jemand, der dir freiwillig Blut gibt?", schlug sie vor.

„Ich will aber von niemand anderem trinken, Miranda. Es ist dein Blut, das ich begehre. Wieso, denkst du, habe ich sonst dein Rudel überfallen lassen?"

Miranda brauchte einen kurzen Moment, um seine Worte zu begreifen. „Wie meinst du das?", flüsterte sie.

„Seit ich dich vor einigen Monaten in diesem Wald gerochen habe, bin ich vernarrt in deinen Duft." Wieder trat dieser verträumte Ausdruck in Maxims Gesicht. „Du gingst mir einfach nicht mehr aus dem Kopf. Ich wollte dich. Ich brauchte dich unbedingt."

Miranda wusste genau, wovon der Vampir sprach. Es war ungefähr ein halbes Jahr her, doch sie erinnerte sich daran, als wäre es erst gestern gewesen:

Endlich hatte sie ihren Vater überreden können, die Gegend außerhalb des Rudelgebietes wieder alleine durchstreifen zu dürfen. Nachdem sie vor einigen Wochen auf ihren Streifzügen mit einer Gruppe Wolfwandler in Streit geraten und sie verletzt nach Hause gekommen war, hatte ihre Mutter ihr diese kleinen Abenteuer verboten. Sich wegzuschleichen hatte Miranda nicht gewagt, wie Christopher sich nicht getraut hatte, seiner Gefährtin hinsichtlich des Verbots zu widersprechen.

Es kam nur äußerst selten vor, dass Pamela in Rage geriet, doch, wenn es passierte, dann war ein wütender Bulle harmlos dagegen. Deshalb hatte ihr Vater Miranda das Versprechen abgenommen, ihrer Mutter nichts von ihrem kleinen Ausflug zu erzählen und rechtzeitig wieder zuhause zu sein.

Voller Freude machte sich Miranda auf den Weg, bevor ihr Vater seine Meinung ändern konnte. An der Rudelgrenze zog sie sich aus und versteckte ihre Kleider in einem morschen Baum. Miranda ließ sich mit der Verwandlung Zeit. Sie liebte den Zustand, bevor sich ihr Körper veränderte. Die Freude ihrer Luchsin prickelte auf ihrer Haut. Die tierische Kraft erfüllte ihren Körper und strömte durch ihre Venen, Nerven und Muskeln. Alles bereitete sich vor, in das andere Ich zu schlüpfen.

Der Moment der Verwandlung war noch schöner, ging aber leider viel zu schnell vorbei. Miranda nahm ihr menschliches Bewusstsein zurück und verließ sich ganz auf ihre tierischen Instinkte.

Als Luchsin mit rotbraunem Fell wanderte Miranda nun durch den Wald. Die schwarzen Ballen auf ihren großen Tatzen waren empfindsamer als ihre menschlichen Füße. Sie spürte die unterschiedlichen Materialien des weichen Waldbodens – das feuchte Moos, das zarte Gras und dazwischen die matschigen Reste der alten Blätter vom vorherigen Herbst, die die Kälte des Winters überdauert hatten. Die Katze nahm sogar die Bewegungen der Käfer wahr, die über den Boden krabbelten.

Sie trottete weiter, bis sie auf eine weite Ebene kam, die übersät war mit wunderschönen, in allen Farben blühenden Blumen, die ihre bunten Köpfe der Sonne entgegenstreckten. In der Ferne reckten sich dutzende Berge in die Höhe. Sie waren so hoch, dass es schien, als würden sie mit ihren Spitzen die vereinzelten Wolken am strahlend blauen Himmel berühren.

Mirandas Aufmerksamkeit galt dem Wald zu ihrer Rechten. Sie war bereits einmal dort gewesen. Er hatte etwas Mysteriöses an sich. Das Licht war in einem hellen Grün gefärbt. Den Boden bedeckten die großen, verschlungenen Wurzeln der Bäume, die hoch hinaufragten. Durch ihre Luchsaugen sah sie Vögel aus den Bäumen aufsteigen.

Mit einer unbändigen Freude im Herzen rannte sie los. Das lange Gras war feucht vom Morgentau und funkelte in der warmen Sonne. Der Duft der unzähligen Blumen stieg ihr in die Nase. Es waren zu viele, um sie unterscheiden zu können. Immer schneller rannte Miranda auf das dunkle Grün des Waldes zu. Der Wind peitschte ihr ins Gesicht.

An ihrer Linken nahm sie eine Herde Hirsche wahr, die friedlich im warmen Sonnenlicht graste. Als die Tiere den Luchs durch die Wiese tollen sahen, blickten sie erschrocken auf. Ihre Muskeln waren angespannt, bereit zur Flucht, sollte die Raubkatze sie als Beute auserkoren haben. Die Luchsin hegte aber kein Interesse an den Hirschen. Sie rannte in einem großen Bogen um die ängstlichen Tiere herum.

Geheimnisvolle Stille umfing Miranda, als sie den Wald betrat. Kein Anzeichen von Leben war zu spüren. Die Luchsin reckte ihre Nase in die Luft und schnüffelte. Sie konnte kein anderes Tier riechen. Schon seit Wochen war hier kein Tier mehr gewesen. Nicht einmal Insekten waren zu sehen.

Das war seltsam. Zwar mieden die meisten Wildtiere Gestaltwandler wegen ihrer menschlichen Seite, aber, dass ihre Anwesenheit jedes Tier in der Nähe in die Flucht geschlagen hätte, war Miranda noch nie passiert.

Aufmerksam lauschend spitzte sie ihre Ohren, aber, bis auf den leichten Wind, der die Blätter auf den Bäumen sanft rascheln ließ, konnte sie nichts Ungewöhnliches hören. Dennoch blieb bei Miranda das Gefühl, dass hier irgendetwas nicht stimmte. Fast war ihr, als würde sie jemand *beobachten und ihre Schritte belauern. Eine dunkle Präsenz erfüllte diesen Wald. Sie machte den Tieren Angst.*

Miranda mahnte ihre Luchsin, wachsam zu bleiben. Um sicherzugehen, dass sie tatsächlich alleine waren, drehte die Katze noch eine Runde durch den Wald.

Vor dem größten Baum im Umkreis – einer uralten Eiche – blieb die Katze stehen. Miranda spürte ihre aufkeimende Freude. Sie machte sich bereit zum Sprung, indem sie ihren Po nach hinten schob. Ihre Augen fixierten einen Punkt am Stamm der mächtigen Eiche. Er lag gut zwei Meter hoch. Einen Wimpernschlag später krallten sich riesige Pfoten in die Rinde des Baumes und zogen sich daran hoch. Immer höher kletterte die Luchsin hinauf. Geschickt sprang sie durch die Krone der Eiche. Bei jedem Sprung zuckte der Mensch vor Aufregung zusammen. Die Luchsin suchte sich den breitesten Ast aus, auf dem sie sich bedächtig niederließ. Durch ein Loch im Blätterdach fand die Sonne ihren Weg herunter und wärmte der Raubkatze ihren Rücken.

Für Miranda war es, als sehe sie sich einen Film an. Es waren nicht ihre menschlichen Augen, die diese detailreichen Bilder von den fernen Bergen und der unendlichen grünen Weite davor aufnahmen und an ihr Gehirn weiterleiteten. Diese Erinnerungen blieben für Miranda immer etwas Besonderes. Sie waren ein Geschenk.

Der sanfte Wind kräuselte das Fell der Katze und brachte ihr die herrlichen Gerüche des Waldes, die sie gierig einsog. Sie schloss ihre Augen und genoss die Wärme der Sonnenstrahlen.

Miranda jedoch beschlich einmal mehr das Gefühl, dass sie nicht alleine waren. Ihr Tier wollte nichts davon wissen. Es gab dem Menschen zu verstehen, dass seine Sorgen unbegründet waren.

Als die Sonne langsam hinter den Bergen verschwand, entschied Miranda, dass es Zeit war heimzukehren. In Gedanken gab sie ihrer Luchsin, die nicht daran dachte, schon heimzukehren, einen kleinen Schubser. Die Katze gähnte herzhaft und räkelte sich ein letztes Mal im scheidenden Sonnenschein, ehe sie sich auf den Weg nach unten machte.

Gemächlich schlenderte sie zurück zu dem Baum, in dem Miranda ihre Kleidung versteckt hatte. Miranda dankte ihrem Tier für die wunderschöne Zeit, bevor sie im Geiste ihre Plätze tauschten. Ein Blick auf ihre Armbanduhr sagte ihr, dass sie spät dran war. Sie musste sich beeilen, um pünktlich zum Abendessen zuhause zu sein. *Wenn sie zu spät war, müsste sie sich von ihrer Mutter eine Standpauke anhören.*

„Erinnerst du dich?", fragte Maxim und beobachtete sie aus unergründlichen Augen.

„Du warst dort und hast mich beobachtet, nicht wahr? Und ich dachte, ich hätte es mir nur eingebildet. Ich konnte deine Anwesenheit zwar nicht spüren, dennoch war da etwas… Unerklärliches." *Und das hat mir Gänsehaut verursacht,* dachte sie sich. Laut würde sie diese Worte nicht aussprechen.

„Ich bin ein Meister der Tarnung. Wenn ich nicht gefunden werden will, findet mich auch niemand." Maxim machte einen weiteren Schritt in Mirandas Richtung. Seine dunkle Aura wurde stärker und verursachte Gänsehaut bei Miranda. Plötzlich war das beängstigende Gefühl verschwunden, doch Maxim stand noch an genau derselben Stelle. Doch diese Ahnung, die sie vor diesen Monaten, die nun so weit entfernt schienen, im Wald gespürt hatte, blieb. Das Gefühl, dass da jemand war und sie belauerte. Im nächsten Augenblick jagten wieder Schauer über Mirandas Rücken.

„An jenem Tag habe ich entschieden, dich zu jagen, meine Liebe." Seine Worte waren sanft, beinahe liebevoll.

„Wieso?", flüsterte Miranda, aber sie wusste, dass ihr Gegenüber sie gehört hatte.

„Weil dein Duft mich verzaubert hat", erwiderte er mit einem Achselzucken. „Noch nie in meinem Leben, das nun wirklich schon sehr lange andauert, habe ich etwas Köstlicheres als dich gerochen. Ich musste von dir kosten. Ich musste wissen, ob du genauso gut schmeckst, wie du riechst. Weißt du, ich kann mich an den Geschmack allen Blutes erinnern, das ich je getrunken habe." Maxim deutete mit seinem Zeigefinger auf seine Schläfe. „Dein Blut sollte der Höhepunkt meiner Sammlung sein."

„Meine Familie musste sterben", presste Miranda hervor, „weil du scharf auf meinen Geruch bist?"

„Ganz so drastisch würde ich es nicht ausdrücken, aber im Grunde genommen, stimmt es natürlich. Deine Familie hätte dich mir nie freiwillig gegeben. Ich musste sie töten, um dich endlich zu haben."

Mit jedem Wort gewann der Vulkan, der in Miranda brodelte, an Kraft. Es fehlte nicht mehr viel und er würde explodieren.

„Man kann aber nicht sagen, dass dein Rudel umsonst gestorben ist. Sie haben alle meinen Vampiren, besonders den neugeborenen, als Nahrung gedient. Dafür bin ich sehr dankbar."

Das Fass war übergelaufen. Blinde Wut erfüllte Miranda. Sie spürte, wie sich ihr Körper veränderte, aber es fühlte sich anders an als die unzähligen Verwandlungen davor. Ihre Luchsin fühlte sich anders an. Es kam ihr fremd, aber gleichzeitig seltsam vertraut vor. Sie konnte es nicht erklären und es war auch nicht der richtige Moment, sich darüber Sorgen zu machen.

Der rote Schleier des Zorns vernebelte ihre Gedanken. Sie konnte an nichts anderes mehr denken, als dieses Monster, das ihr ihre Familie genommen hatte, zu töten. Hasserfüllt brüllte sie auf und stürzte auf ihren Feind zu.

Die Entfernung zu Maxim, der völlig erstarrt war, legte sie mit wenigen mächtigen Sätzen auf allen Vieren zurück. Sie bewegte sich viel schneller, als sie es von sich gewohnt war. Am Rande bemerkte sie, dass sich ihr Blickwinkel geändert hatte. Sie war viel weiter vom Boden entfernt als sonst. Das bedeutete, dass sie größer war, als normalerweise in verwandelter Form. Da erst wurde ihr bewusst, dass sie in Gedanken ein Mensch geblieben war. Ihre Luchsin hatte eine andere Art zu denken. Sie verließ sich ausschließlich auf ihre Gefühle.

Noch gut zwei Meter trennten Miranda von Maxim. Ihr blieb keine Zeit, über die Veränderungen bei ihrer Verwandlung nachzudenken. Es bereitete ihr unheimliche Freude, die Verzweiflung und Panik im Gesicht des Vampirs zu sehen. Wie gelähmt stand er dort und riss seine Augen ängstlich auf, als Miranda vor ihm stehen blieb. Sie richtete sich langsam auf, was sich völlig natürlich anfühlte, und holte mit ihrer Pranke aus. Ihre Klauen glitten durch Maxims Haut in seinen Brustkorb. Brustbein und Rippen brachen mit einer Leichtigkeit, als wären sie aus morschem Holz, und gaben Miranda den Weg zu dem leblosen Herz frei, das sie beschützen sollten. Miranda umschloss es mit ihrer Pranke.

„Was bist du?", flüsterte der älteste und mächtigste der Vampire.

„Dein Tod", knurrte Miranda.

Es schien, als wäre die Zeit angehalten worden. Todesstille herrschte auf der Lichtung. Niemand gab ein Geräusch von sich. Es schien, als wüsste selbst die Natur, dass etwas Unglaubliches passiert war, denn auch der Wind hatte aufgehört zu wehen, als hätte die Welt den Atem angehalten. Alle Augen waren auf Miranda und Maxim gerichtet.

Nach unendlichen Minuten der reglosen Stille begann die Zeit wieder zu laufen. Einer von Maxims Anhängern – ein Vampir mit weißblondem Haar – umschlang den Bauch seines Anführers und zerrte ihn von Miranda weg. Das ekelhaft schnalzende Geräusch sagte ihr, dass Blutgefäße rissen. Sie hielten dem eisernen Griff, mit dem sie immer noch Maxims Herz umfasste, nicht stand und gaben unter der großen Belastung auf.

Die Vampire suchten das Weite. Sie trugen ihren Anführer in ihrer Mitte. Niemand hielt sie auf. Auf der Seite ihrer Verbündeten herrschte weiterhin Fassungslosigkeit. Untätig standen sie herum und starrten ihren Feinden hinterher.

Die Wandler, die unter Maxims Einfluss gestanden waren, blieben auf der Lichtung stehen. Große Verwirrung spiegelte sich in ihren Gesichtern. Sie sahen aus, als wären sie aus einem Traum erwacht, was bedeuten musste, dass Maxims Manipulation gebrochen worden war.

Das kalte Fleisch in ihrer Pranke widerte sie auf einmal so sehr an, dass Miranda etwas tat, das sie besser gelassen hätte. Sie holte weit aus und ließ es los. Leider war sie im Werfen eine Niete. Anstatt in die Richtung zu fliegen, in die Maxim verschwunden war, rauschte das Herz nach links und traf einen Wandler des Dark Side-Rudels an der Schulter.

„Entschuldigung", schrie sie und drehte sich schnell von ihm weg. Sie musste sich ein Lachen verkneifen. Da fiel ihr erst auf, dass sie gesprochen hatte. Ihre Stimme war rau und klang mehr wie ein Fauchen. Wieso konnte sie überhaupt sprechen? Sie war verwandelt. Als Katze brachte sie sonst nur tierische Laute über ihre Lippen.

Alle Blicke richteten sich auf Miranda. Erstaunen, aber auch Angst lagen darin. Noch immer stand Miranda auf ihren Hinterbeinen, als wäre es das Normalste auf der Welt.

Mirandas Augen suchten ihren Gefährten. Er stand an Bucks Seite und rang offenbar mit seiner Fassung. Seine Miene war hin- und hergerissen zwischen Furcht und Bewunderung. Anstatt zu ihr zu kommen, hielt er Abstand zu ihr. Miranda verstand nicht, wieso. Warum hatten er und die anderen Angst vor ihr?

Sie blickte zu ihrer Pranke und erschrak angesichts dessen, was sie sah. Statt einer Katzenpfote hatte sich ihre Hand in eine riesige Klaue mit langen, spitzen Krallen verwandelt. Dickes Blut benetzte das dichte, rötliche Fell, dass ihren kompletten Arm bedeckte.

Mirandas Puls schoss plötzlich in die Höhe. In ihren Ohren rauschte es. Von panischer Angst ergriffen, betastete sie ihr Gesicht und ihren Kopf. Sie konnte nichts Menschliches spüren. Statt ihrer Nase fühlte sie die Schnauze der Luchsin. Lange Zähne im Oberkiefer standen weit über ihren Unterkiefer. Ihre Ohren hatten ihre Position verändert. Sie waren weiter oben am Kopf und liefen spitz zu. Und alles war mit Fell bedeckt!

„Nein, nein, nein!", wimmerte sie mit rauer Stimme.

Hysterisch fuhr sie mit ihren Pranken ihren Körper hinab – zuerst über ihre Schultern, die genauso breit waren wie Bucks. Einfach überall war Fell! Sie tastete sich weiter nach unten. Ein plötzlicher Schmerz ließ sie innehalten. Die scharfen Krallen hatten die Haut an ihrem Bauch aufgerissen und eine kleine, klaffende Wunde hinterlassen. Hellrotes Blut tropfte auf den Schnee. Miranda sah nach unten und entdeckte dabei ihre Füße. Aber sie sahen nicht mehr aus wie ihre Füße. Es waren Pfoten ähnliche Gebilde mit jeweils vier langen, scharfen Krallen darauf, die in die Höhe standen. Ihr Gewicht ruhte vorne auf den Ballen. Die Knie hielt sie im Stand leicht gebeugt.

Mirandas Verstand rebellierte. Dunkelheit trübte ihren Blick und ließ sie schwanken. Miranda konnte sich nicht länger auf den Beinen halten und fiel nach vorne in den gefrorenen Schnee. Völlig verzweifelt rollte sie sich zu einer Kugel zusammen. Das kalte Weiß spürte sie durch das dichte Fell hindurch nicht. Heiße Tränen kullerten über ihr Gesicht auf den eisigen Boden, wo sie sich in kleine Dampfwölkchen auflösten. Klagende Laute kamen aus ihrer Kehle.

Der Geist ihrer Luchsin legte sich über ihren und beruhigte sie.

Weißt du, was mit mir los ist?

Ihre Katze zeigte ihr Bilder von diesem zweiten tierischen Wesen, das der Schamane in ihr entdeckt hatte. Es war für ihre jetzige Gestalt verantwortlich. Dieses Geschöpf war absolut einzigartig und eine Mischung aus Mensch und Luchs.

Zum ersten Mal spürte sie dessen Anwesenheit in ihrem Geist. Wie ihre Luchsin, hatte es ein eigenes Bewusstsein. Aber es war noch jung, erst wenige Tage alt, und sein Verhalten glich mehr dem Kind Miranda als der Erwachsenen. Das Wesen war ganz und gar nicht böse, doch war Mirandas Wut über Maxims Worte der Auslöser für sein Erscheinen gewesen. Es hatte ihr helfen wollen.

Mirandas Angst fiel von ihr ab. Sie empfand Bewunderung für dieses Wesen, das sich in ihr versteckt gehalten hatte, und das versuchte sie, ihm auch zu zeigen. Aber es zog sich tief in ihren Verstand zurück, bevor sie die Chance dazu hatte.

Nein, geh nicht.

Aber das Wesen kam nicht zurück.

Eine tiefe Traurigkeit ergriff Miranda, als sie spürte, wie ihr Körper wieder der eines Menschen wurde. Sie wehrte sich mit aller Kraft dagegen, aber der Prozess war unumkehrbar, denn der Wandel war mit dem Geschöpf verknüpft gewesen.

Das Fell verschwand und ließ sie schutzlos auf dem eisigen Schnee zurück, der ihr tief in die Knochen kroch. Dennoch blieb sie mit geschlossenen Augen am Boden liegen und erforschte ihren Geist nach dem mysteriösen Wesen. Sie konnte seine Anwesenheit aber nicht mehr spüren, fast, als wäre es aus ihr verschwunden.

Aber das war nicht möglich. Es konnte ihren Körper nicht einfach verlassen haben. Wenn dieser Kampf vorbei war, musste sie sich unbedingt mit Kean, dem Schamanen der Bären, unterhalten. Er war der Einzige, der ihr Antworten auf die tausenden Fragen, die in ihrem Kopf herumspukten, geben konnte. Immerhin hatte er dieses Wesen in ihr entdeckt. Vielleicht konnte Kean ihr einen Weg zeigen, wie sie mit dem Wesen kommunizieren konnte.

Als Miranda ihre Augen öffnete, stand Michael vor ihr. Er zog sie auf die Beine und legte ihr seinen langen Parker um die Schultern und knöpfte ihn zu. Die Verwandlung hatte ihre Kleider zerrissen. Die Fetzen lagen entlang dem Weg, den sie genommen hatte, verstreut.

Miranda traute sich nicht, ihren Gefährten anzusehen. Sie fürchtete, Angst in dessen Miene zu sehen. „Wusstest du, dass du das kannst oder ist es dir auch neu?", fragte er sie. „So etwas erzählt man nämlich seinem Gefährten."

„Ich weiß nicht, was das war. Ich war so unglaublich wütend wegen Maxim, dass ich einfach auf ihn losgestürmt bin." Miranda zuckte mit den Schultern und wagte einen verstohlenen Blick in Michaels Richtung. Sie sah keine Angst in seinen Augen. „Alles Weitere kennst du ja."

Kapitel 20

Allmählich löste sich die Starre, die alle Anwesenden befallen hatte. Buck stürmte los und warf sich vor seiner Tochter auf den Boden. Er drehte ihren Körper auf den Rücken und strich ihr liebevoll das lange Haar, das sich mit ihren Blut vollgesogen hatte, aus dem Gesicht. „Oh mein Gott!", rief er aus. „Sie lebt! Meine Tochter lebt!"

Sofort waren Noah und Tyler an seiner Seite. „Sie ist stark unterkühlt und hat viel Blut verloren", murmelte Buck, während er seine Tochter hochhob, als wäre sie der kostbarste Schatz, den es auf der Welt gab. „Ich muss sie zu Anna bringen. Ihr beide kümmert euch um diese verräterischen Luchse." Das Alphatier funkelte böse in Nathans Richtung. „Sorgt dafür, dass keiner von ihnen abhaut und bringt sie in die Zellen. Dort sollen sie erst einmal über ihre Verbrechen nachdenken."

Michael trat an Buck heran. „Könntest du das vielleicht noch einmal überdenken?"

„Nicht im Augenblick. Wie du siehst, gibt es für mich im Moment Wichtigeres."

„Ja, nämlich Maxim!", mischte sich Miranda ein. „Wir müssen ihm folgen. Buck, er darf uns nicht entwischen! Noch ist er geschwächt."

„Wir werden ihm folgen, aber zuerst kümmere ich mich um meine Tochter."

„Du denkst wie ein Vater, Buck!"

„Ja, das tue ich!", polterte der Bär. „Denn das unterscheidet uns von Maxim! Wir beschützen unsere Familien! Wenn es sein muss, sterben wir für sie! Niemals geben wir einen der Unseren auf!"

Miranda wusste, worauf Bucks Worte abzielten. „Maxim hätte Tamira ohnehin wehgetan. Das weißt du."

Ohne ein weiteres Wort zu verlieren, drehte sich der Bär um und rannte los, als wäre der Teufel höchstpersönlich hinter ihm her.

„Was ist nun mit Maxim?", rief Miranda ihm hinterher, aber Buck war bereits zu weit entfernt, als dass er sie hätte hören können.

Michael stellte sich neben sie und legte ihr seinen Arm um die Taille. „Gib ihm Zeit, seine Tochter in Sicherheit zu bringen. Wir brauchen Buck und seine Leute. Ohne sie können wir die Vampire nicht besiegen." Womit ihr Gefährte recht hatte. Miranda zählte nur zwei, die sich ihr anschließen würden, nämlich Michael und Carlo. Keiner der Bären würde Bucks Befehle missachten und den Dark Side-Luchsen vertraute Miranda nicht.

„Außerdem", Michael kam so nahe, dass seine Lippen Mirandas Ohr berührten, „kannst du ihnen nicht nackt hinterherlaufen." Sie konnte sich zwar verwandeln und ihnen als Katze folgen, doch sie waren zu wenige für ein solches Unterfangen.

Michael schob seine Hand unter die Jacke und streichelte Mirandas Oberschenkel. „Obwohl mir die Vorstellung durchaus gefällt."

Unwillkürlich begann Mirandas Inneres zu brodeln. Hitze sammelte sich in ihren Wangen. „Wie kannst du nur jetzt daran denken?"

Michael strich ihre Haare zur Seite. In Erwartung eines Kusses schloss Miranda ihre Augen. Doch der ersehnte Kuss ließ auf sich warten. „Die Narben sind verschwunden", sagte Michael. „Wie ist das nur möglich?"

Aufgeregt betastete Miranda ihren Hals. Von den dicken Wulsten, die Maxims Biss auf ihrer Haut hinterlassen hatte, war nichts mehr zu spüren. Ihre Haut war wieder so glatt wie vor der Gefangennahme. Miranda blickte zu ihren Händen. Die weißen Linien um ihre Handgelenke, wo die Drahtfesseln in ihr Fleisch geschnitten hatten, waren auch nicht mehr zu sehen.

„Das war diese neue Verwandlung", murmelte sie gedankenverloren. Würde sie einen Preis dafür verlangen, dass sie ihr die Male der Gefangenschaft genommen hatte? Wenn ja, wie mochte dieser wohl aussehen?

Michael drückte ihr einen Kuss auf die Wange. Dann beaufsichtigte er die Bären, die seinen ehemaligen Rudelkameraden Handschellen anlegten, die speziell für Gestaltwandler gefertigt worden waren. Sie bestanden aus einer besonderen Metalllegierung, die stärker war als alle gängigen Metalle und den Kräften der Wandler standhielten.

Die Luchse bekamen zusätzlich die Augen verbunden. Nathan warf Miranda einen entschuldigenden Blick zu, den sie aber nicht erwiderte, bevor sich die Binde über seine Augen legte.

Umringt von den Soldaten der Bären als Lotsen machten sie sich auf den Weg durch den Dschungel aus Fallen. Miranda war überrascht, dass keine davon durch die vielen blinden Füße ausgelöst wurde. Sie begleitete die Gruppe zu den Verliesen. Nur etwa eine Handvoll der Soldaten ging nach unten, wie auch Miranda und ihre Freunde. Der Rest wartete draußen. Amy erwartete sie. „Ist er tot?", wollte die Vampirin wissen.

Miranda berichtete ihr in kurzen Worten, was auf der Lichtung geschehen war. Amy versuchte ihre Enttäuschung zu verbergen, doch es gelang ihr nicht so richtig. Miranda machte sich selbst die größten Vorwürfe. Sie hatte nun schon zum zweiten Mal denselben Fehler begangen und nach dem Herz eines Vampirs gegriffen, anstatt ihm den Kopf abzutrennen. Aber sie war so wütend gewesen, dass sie nicht nachgedacht hatte.

Nachdem die Dark Side-Luchse sicher in ihren Zellen saßen, kamen Buck und Anna in Begleitung von Mirandas Schwester in die Verliese. Andy fiel Miranda sofort um den Hals. „Lass mich nie wieder alleine zurück", flehte Andy. „Ich habe mir solche Sorgen gemacht."

„Tamira geht es den Umständen entsprechend gut", verkündete das Alphatier gut gelaunt. „Sie wird sich wieder erholen und übernimmt während meiner Abwesenheit meine Angelegenheiten." Er wandte sich Miranda zu. Verlegen fuhr er sich mit der Hand durch sein Haar. „Entschuldige wegen vorhin. Ich war wohl mit den Nerven am Ende. Wenn es nach mir ginge, würde ich meine Mädchen hier unten einsperren, damit ihnen kein Leid geschieht."

„Was wir aber nicht mit uns machen lassen würden", entgegnete Anna sanft.

„Da siehst du es: Sie machen es mir nicht leicht. Jedenfalls… ich hätte dich nicht so anschnauzen sollen. Dafür entschuldige ich mich. Aber nicht für meine Entscheidung."

„Lass gut sein, Buck. Die Situation war für mich auch nicht einfach."

„Diese Verwandlung", der Bär schnalzte anerkennend mit der Zunge, „war nicht von schlechten Eltern. Du hättest Maxims Gesicht sehen müssen, als du dich gewandelt hast. Hätte sich beinahe in die Hose gemacht. Den Gesichtsausdruck werde ich nie vergessen." Sein Grinsen reichte von einem Ohr bis zum anderen.

„Ich habe es vermasselt", gestand Miranda.

„So schlecht stehen unsere Chancen nicht. Dieser Wald reicht viele Kilometer weit. Der Großteil steht in unserem Besitz. Meine Leute kennen ihn wie ihre Westentaschen. Die Vampire sind noch nicht sehr weit gekommen. Wir können sie einholen, wenn wir uns sofort auf den Weg machen." Er warf Miranda die Tasche zu, die er dabeihatte. „Ich dachte, du brauchst vielleicht was zum Anziehen."

„Danke." Miranda zog sich in einen gesonderten Raum zurück und kleidete sich an. Als sie zurückkam, war eine Diskussion zwischen Andy und Carlo entbrannt. „Ich bleibe nicht noch einmal zurück", bestand Andy. „Du hast keine Ahnung, welche Ängste ich ausgestanden habe. Ihr wart einfach fort, ohne ein Wort zu sagen."

„Du kannst nicht mitkommen", widersprach Carlo. „Es ist zu gefährlich."

Andys Augen richteten sich hilfesuchend an Miranda. In ihren Augen glitzerten Tränen. „Das kannst du nicht zulassen. Ich ertrage das nicht noch einmal. Die Ungewissheit."

„Süße, ich könnte es nicht ertragen, wenn dir etwas geschieht", entschied Miranda. Es wäre ihre Schuld, die sie nicht tragen wollte.

„Aber –", setzte Andy an, doch Anna unterbrach sie. „Dürfte ich einen Vorschlag machen? Ich und Kean sind die medizinische Unterstützung und folgen euch als Nachhut. Andy kann uns begleiten. Sie hat sich sehr gut gemacht. Ich könnte ihre Hilfe brauchen."

Annas Idee klang nicht schlecht. Andy schien es sehr wichtig zu sein. Sie war hellauf begeistert. Wortlos flehte sie ihre Schwester an, ihr Einverständnis zu geben. Bloß hatte Miranda Bedenken, was die Sicherheit betraf. Weder Anna, noch der Schamane waren Kämpfer. Sie konnten Andy im Ernstfall nicht beschützen. Allerdings… Dann konnte die Vampirin sich beweisen.

„Ich stimme zu, wenn Amy als eure Unterstützung dabei sein darf." Miranda vertraute der Vampirin. Sie würde ihr nie in den Rücken fallen. „Buck, was sagst du?"

Überraschenderweise stimmte der Bär zu, doch er bestand darauf, dass sie nicht die Nachhut bildeten, sondern sich mit den Soldaten auf den Weg machten, damit er ein Auge auf die Vampirin werfen konnte. Sein Vertrauen in Amy reichte nicht so weit wie Mirandas. Er nahm Amy auch noch zur Seite. „Sollte meiner Tochter oder dem Schamanen etwas passieren, egal, ob durch deine Hand oder die eines anderen", zischte er der Vampirin zu, „wirst du dafür bezahlen. Das schwöre ich beim Leben meiner Töchter."

„Ihnen wird nichts geschehen", schwor Amy. „Ich werde gut auf sie Acht geben."

Michaels Ersuchen, dass das Dark Side-Rudel sich ihnen anschließen durfte, hieß Buck nicht gut. Zu groß war die Gefahr, dass sie erneut Opfer von Maxims Manipulation wurden und sich gegen sie wendeten. Sie wussten nicht, ob Maxims Anwesenheit ausreiche, um ihnen wieder seine Gedanken aufzuzwingen. Das sah schlussendlich auch Michael ein. Er bat lediglich um einen Moment alleine mit seinen Rudelkameraden, um sich von ihnen zu verabschieden.

Auf einmal gab Bucks Handy in seiner Brusttasche die Musik von *Spiel mir das Lied vom Tod* wider. Er kniff die Augen ein Stück zusammen, als er auf das Display starrte. „Rudolph. Er ist für die Wache eingeteilt. Ich hoffe, es gibt keine Probleme. Rudolph, was gibt es?", raunte er in sein Telefon. „Miranda, kennst du eine Marie MacAllister?"

„Sie ist meine Tante", antwortete Miranda. „Woher...? Ist sie hier?"

„Sie ist an der Grenze", sagte Buck zu ihr und zu seinem Gegenüber am Telefon meinte er: „Bring sie zu uns. Wir treffen uns an der nördlichen Grenze, um die Blutsauger zu verfolgen."

Keine fünf Minuten später machte sie sich auf den Weg. Vor den Verliesen gesellten sich die anderen Soldaten wieder zu ihnen. Unter ihnen war Mirandas Onkel Ryan, der hocherfreut war, dass er seine jüngere Schwester gleich wiedersehen würde, sowie die Löwen Maja und Thomas.

Marie wurde von einem von Bucks Leuten bewacht. Sie war eine wunderschöne Frau, die mit ihren beiden Brüdern einzig die Haarfarbe gemein hatte. Sie hatte sehr helle Haut und ihr Gesicht glich dem ihrer Mutter, während ihre Brüder die Züge ihres Vaters geerbt hatten. Marie war die Kleinste der Geschwister und gertenschlank. Heute trug sie bequeme, braune Hosen, darüber einen dicken Parka und flache Stiefel dazu. Eine Mütze würde Marie nie aufsetzen, egal wie kalt es sein mochte. Sie war sehr eitel und hatte sonst auch nur Kleider und feine Sachen an. Dieser Aufzug war mehr als ungewohnt.

Marie ließ sich von dem riesigen Bärensoldaten, der sich ihr in den Weg zu stellen versuchte, nicht abhalten, zu ihren Leuten zu gehen. Sie stieß ihn einfach aus dem Weg. Deshalb war Miranda froh, ihre Tante bei sich zu haben.

Maries haselnussbraunen Augen leuchteten, als sie ihre Familie und Freunde in ihre Arme schloss. Eng umschlungen und vor

Freude weinend standen sie da und genossen die Wiedervereinigung. Kein Augenpaar blieb trocken.

Am meisten freute sich aber Ryan, seine kleine Schwester, um die er sich immer gesorgt hatte, wohlbehütet vor sich zu haben. Er konnte gar nicht aufhören, sie zu umarmen. Immer wieder drückte er sie an sich, als könne er gar nicht glauben, dass sie real war. „Ich bin so froh, dass es dir gutgeht, Marie. Ich hätte es nicht ertragen, dich auch noch zu verlieren", flennte er an der Schulter seiner Schwester.

„Hector und die Kinder sind in Paris geblieben", schluchzte Marie. „Dort kann ihnen erstmal nichts geschehen. Sara ist übrigens eine Wandlerin", lächelte sie. „Sie hat sich gestern zum ersten Mal verwandelt. Ich war schon zur Tür hinaus, habe aber etwas vergessen und musste noch einmal zurück. Da ist es passiert."

Bei den Kindern von Gestaltwandlern, deren anderes Elternteil ein Mensch war, standen die Chancen, dass sie tatsächlich ein Wandler waren, bei fünfzig Prozent. Herausstellen tat es sich erst, wenn sie ungefähr ein halbes Jahr alt waren. Das war nämlich die Zeit, in der Wandler zum ersten Mal ihre Gestalt änderten. Maries erstes Kind, der dreijährige Calvin, war wie sein Vater ein Mensch.

„Hector hat mir erzählt, dass sie sich gestern noch einmal beim Baden verwandelt hat. Ihr wisst ja, wie sehr sie Wasser hasst. Alles ist nur so herumgespritzt. Auf einmal ist ein kleiner, klatschnasser Luchs in der Badewanne gesessen und hat laut herumgejault." Sie lachte, dennoch flossen Tränen über ihre Wangen. „Hector tut mir jetzt schon leid."

„Wie geht es ihm damit?", fragte Ryan.

„Er findet es genauso spannend wie Sara. Er ist unfassbar stolz auf sie. Erzählt jedem davon." Plötzlich wurde ihre Stimme leise und traurig. „Meine Familie zurückzulassen… Vielleicht sehe ich sie nie mehr… Es war so schwer. Am Flughafen hätte ich fast wieder umgedreht, auch, weil ich das Fliegen hasse. Ich habe es nur für meine Familie getan. Katzen gehören einfach nicht in die Luft." Wieder wurde sie von einem heftigen Schluchzen gebeutelt. Ryan tröstete sie.

Dann fiel Maries Blick auf Amy. Augenblicklich versiegten ihre Tränen und die Katze kam zum Vorschein. Doch nur für einen kurzen Moment. Sie machte einen Schritt auf Amy zu. Unauffällig schob sich Miranda dazwischen. „Das ist also ein Vampir", wisperte Marie neugierig.

„Das ist Amy. Sie hat Maxim den Rücken zugekehrt und sich uns angeschlossen." Warnend fügte Miranda hinzu: „Sie steht unter meinem Schutz."

Marie kam noch näher. Ihre Tante würde einen direkten Befehl von ihrem Alphatier nicht missachten, dennoch war Miranda mulmig zumute. Maries Temperament war ihrem nicht unähnlich. Sie ließ sich häufig mehr von Gefühlen leiten, als sie nachdachte.

Als Bucks Stimme durch den Wald dröhnte mit: „Wir müssen los!", war Miranda erleichtert. Marie entfernte sich von Amy, nicht jedoch, ohne der Vampirin noch einen intensiven Blick zugeworfen zu haben. Es mochte bloß Interesse an dieser Rasse sein, die sie nicht kannte. Miranda war aber lieber vorsichtig und behielt ein wachsames Auge auf ihrer Tante.

Kapitel 21

Der Weg durch den hohen, an der Oberfläche gefrorenen Schnee war mehr als beschwerlich, selbst für die Wandler. Am schwersten war es aber für die Menschen aus Bucks Rudel, die mit ihnen in den Kampf zogen. Eingepackt in dick gepolsterte Jacken stampften sie entschlossen weiter, wofür Miranda sie bewunderte. Doch ihr entging nicht, dass der Fußmarsch an ihren Kräften zehrte. Eher früher als später würde der Zeitpunkt kommen, an dem sie nicht mehr mit den Wandlern mithalten konnten.

Andrea hielt sich erstaunlich gut, trotz des schweren Rucksackes auf ihrem Rücken, der gefüllt war mit Verbandsmaterial und Medizin. Andy hatte sich bereit erklärt, ihn das erste Stück des Weges zu tragen und sich geweigert, ihn an ihre Schwester abzugeben. In ihrem Gesicht sah sie dieselbe Entschlossenheit wie in den Mienen der Menschen. Ihre Schwester war in den vergangenen Tagen stärker geworden. Miranda erkannte sie kaum wieder. Die Veränderungen an Andy führte sie darauf zurück, dass ihre Schwester ihre Aufgabe im Leben gefunden zu haben schien.

Neben ihr ging Amy her und saugte die letzten Reste des Blutbeutels, den Anna ihr gegeben hatte. Sie hatte ihn in eine spezielle Folie gewickelt, die verhinderte, dass das Blut gefror. Die Folie diente aber auch dazu, zu verbergen, woran Amy so genüsslich nuckelte. Die Vorstellung, Blut zu trinken, behagte den Wandlern nicht. Rohes Fleisch hingegen machte ihnen nichts aus.

Wenn Amy Blut roch, wurden ihre Zähne länger und ihre Fingernägel wandelten sich zu jenen klauenartigen Gebilden, die Maxim hatte. Sie hatte noch keine Kontrolle über die Veränderungen, die erst durch viel Training erreicht werden konnte. Beim Genuss von Blut ließen sich die Veränderungen nicht kontrollieren. Sie traten unweigerlich bei jedem Vampir auf.

Junge Vampire brauchten in den ersten Monaten nach ihrer Verwandlung mehr Blut als gewöhnlich. Bekamen sie es nicht regelmäßig, konnte das ihren Tod bedeuten. Je älter sie wurden, desto geringer wurde ihr Bedarf an Blut. Die Alten kamen meist mehrere Monate ohne Blut aus. Bei den jungen Vampiren war der Blutentzug, neben der Aussetzung im Sonnenlicht, Maxims beliebtestes Mittel zur Bestrafung.

Viel schlimmer war aber die Strafe, die sich der Vampiranführer für die älteren Vampire, bei denen Blutentzug nicht ausreichte, ausgedacht hatte. Amys Freund Adam hatte sie am eigenen Leib zu spüren bekommen. Maxim hatte ihm das Genick gebrochen und das Gewebe, bis auf einige wenige Nervenstränge, zerstört, sodass der Vampir noch heilen konnte. Die Schmerzen hatten Adam das Bewusstsein verlieren lassen. Es hatte knapp eine Woche gedauert, bis die Wunden verheilt gewesen waren.

Buck, der Amy ständig aufmerksame Blicke zuwarf, war nicht der Einzige, der die Vampirin beobachtete, während sie sich mit Andy unterhielt. Oder galten Carlos Blicke ausschließlich der blonden Luchswandlerin, die sich ausgezeichnet mit der Vampirin verstand? Vermutlich beiden.

„Sie wird ihr nicht wehtun", murmelte Miranda, als sie an ihn herantrat.

„Man kann nie vorsichtig genug sein", widersprach der stille Wandler. Michael hatte ihr verraten, dass in Carlo ein Jaguar steckte, wie sie vermutet hatte „Ich halte es für keine gute Idee, dass du ihr erlaubt hast, mit uns zu kommen", sagte er besorgt. Einmal mehr hatte Miranda das Gefühl, dass den Jaguar mehr mit ihrer

Schwester verband als bloße Freundschaft. „Wenn nun ihre Luchsin wieder hervorbricht?"

„Das glaube ich nicht", erwiderte Miranda kühl. Das letzte Mal war es passiert, als Nathan Andy bedrängt hatte und einmal davor, als die Vampire sie in ihrem Versteck zuhause gefunden hatten. Nur mit größter Mühe war es ihrer Schwester gelungen, ihre Luchsin zurückzudrängen. Aber seit sie geflohen waren, war sie ein anderer Mensch. „Sieh sie dir nur an: Sie ist stark und tapfer. Das habe ich viele Jahre nicht bei ihr erlebt. Es tut ihr gut, eine Aufgabe zu haben."

Carlo sagte nichts. Deshalb sprach Miranda weiter. „Unsere Eltern haben versucht, alles von ihr fernzuhalten. Jede Art von Stress und Aufregung. Gebracht hat es nichts. Es gab Zeiten, da geschah es mindestens einmal am Tag, dass ihre Luchsin hervorbrechen wollte."

„Habt ihr denn nie einen Schamanen um Rat gebeten?", wollte Carlo wissen.

„Mehrmals sogar, doch er konnte uns nicht helfen, weil Andy es nicht gewollt hatte. Sie hält noch immer am Hass auf ihr Tier fest, weil sie nie akzeptiert hat, was damals geschehen ist. Aber ich glaube, Amy kann ihr helfen."

„Die Vampirin? Wieso?"

„Amy hat gelernt, mit ihrem neuen Leben zurechtzukommen und sie hatte es wahrlich nicht leicht. Von allen Seiten wurde ihr eingeredet, sie sei ein Monster."

Die Vampirin hatte sich auf Anhieb mit Mirandas Schwester verstanden. Die junge Frau hatte gelernt, mit den Veränderungen, die das Vampirdasein mit sich brachte, umzugehen.

Am meisten hatte sie die Änderung ihrer Augenfarbe an ihrem Wandel getroffen, die die erste Mahlzeit mit sich brachte. Die ursprüngliche Augenfarbe vermischte sich mit dem Scharlachrot des Vampirismus, was ungewöhnliche Kombinationen hervorbrachte. Wie schnell die Veränderung von sich ging, hing von der Blutmenge ab. Sobald die Augen vollständig ihre alte Farbe abgelegt hatten, war die Verwandlung zum Vampir vollendet und sie verfügten über alle Fähigkeiten, die Vampire üblicherweise hatten, wie Schnelligkeit, Stärke oder außergewöhnlich gutes Gehör.

Amy vermisste das Grün, das einst ihre Augen gehabt hatten, aber mehr noch sehnte sie sich danach, ihre Mutter wiederzusehen. Trotz der Differenzen liebte Amy ihre Mutter. Doch sie hatte Angst davor, sie oder auch ihren verhassten Stiefvater zu verletzen, wenn sie sich nicht unter Kontrolle hatte. Die Erinnerungen an die Menschen, die ihrem Durst zum Opfer gefallen waren, steckten tief in ihr und würden sie vermutlich nie loslassen. Dennoch blickte sie nach vorne und versuchte das Beste aus ihrem Leben zu machen.

Miranda konnte nicht anders, als die junge Frau für ihre positive Art zu bewundern. Maxim hatte nicht geschafft, sie zu brechen und ihr die Hoffnung zu nehmen.

„Du könntest recht haben", murmelte Carlo. Er schien nachdenklich zu sein. „Ich habe so viel Schreckliches über die Vampire erfahren. Ich hätte nie gedacht, dass wir einmal auf die Hilfe einer Vampirin vertrauen."

„Es war schon einmal so, wieso sollte es nicht wieder so werden? Nicht alle Vampire sind böse. Sie haben Angst vor Maxim und tun deshalb, was er von ihnen verlangt. Wir würden vermutlich dasselbe tun, wären wir in ihrer Lage."

„Die Situation mit dem Dark Side-Rudel ist keine andere. Doch vergibst du Nathan nicht." Miranda funkelte den dunkelhäutigen Wandler böse an. „Ich will dir ja keine Vorwürfe machen. Ich kann dich durchaus verstehen. Aber so anders ist die Lage nicht. Sie taten das, wozu Maxim sie gezwungen hatte. Sie waren seine Spielfiguren, die er beliebig am Feld herumgeschoben hatte."

Vielleicht sollte sie tatsächlich gnädiger mit Nathan sein. Er war, seit die Manipulation gebrochen worden war, nicht mehr jener Mann, der Miranda gefangen gehalten hatte. In seinen Augen stand Reue. Bloß wusste sie nicht, ob sie ihm glauben konnte. Vielleicht war es nur Teil eines Spiels.

Die Späher, die Buck vorausgeschickt hatte, um die Lage zu erkunden, kamen zurück und reihten sich wieder zwischen den Soldaten ein. „Ihre Spur wird intensiver", berichtete der Anführer seinem Alphatier. „Entweder sie kommen langsamer voran oder sie haben angehalten. Gesehen haben wir allerdings niemanden."

Buck runzelte seine Stirn. „Da ist doch irgendetwas faul, wenn ihr mich fragt. Wo sind sie, wenn sie langsamer werden? Verstecken sie sich in den Bäumen? Soweit ich weiß, kann sich Maxim noch nicht in Luft auflösen."

Noah zeigte in die Richtung, in die sie liefen. „Boss, dort liegt das Epona Lugh Gebiet."

„Denkst du etwa? Nein", schüttelte Buck seinen Kopf. „Das würde Maxim nicht einmal wagen. Sie sind friedfertig und würden nie jemandem Leid zufügen."

„Wer oder was ist Epona Lugh?", fragte Miranda.

Aber bevor Noah es ihr erklären konnte, rief Carlo: „Halt!" Abrupt stoppten die Soldaten um sie herum. „Hört ihr das?"

Miranda spitzte ihre Ohren und lauschte. Sofort vernahm sie es. Es klang wie ein fernes Gewitter, das rasend schnell und unaufhaltsam näherkam und zu einem tosenden Donnergrollen anschwoll. Die Erde unter ihnen erzitterte. Eiszapfen brachen von den Ästen und fielen klirrend zu Boden, wo sie in tausende Stücke zerbarsten. Kleine Eisbröckchen rieselten auf die Köpfe der Wandler hinab. „In Deckung!", brüllte der Jaguar.

Als hätten sie nur auf das Kommando gewartet, stoben die Soldaten auseinander und kletterten, so schnell wie möglich, in die Baumkronen. Die Leute vom Black Sky-Rudel waren ein sehr gut eingespieltes Team. Die Bären brachten ihre menschlichen Rudelkollegen in Sicherheit und halfen ihnen nach oben. Alleine hätten sie das nie so schnell geschafft.

Ihre menschlichen Begleiter holten hastig ihre Nachtsichtgeräte aus ihren Taschen. Die Bäume zitterten indes so stark, dass sie die Männer Schwierigkeiten hatten, die Geräte in den Händen zu halten. So manchem fiel seines sogar aus den Händen. Überall leuchteten Tieraugen im hellen Mondschein auf. „Da vorne kommt etwas!", rief einer der Menschen in die Nacht hinaus. „Es sieht aus wie eine riesige Wolke, die sich aber verdammt schnell bewegt. Sie kommt direkt auf uns zu!"

Eine Wolke, die donnernd näherkam? Der wollte Miranda nicht am Boden begegnen. Sie beeilte sich, auf den nächstbesten Baum zu klettern und rief dort nach ihrer Luchsin. Angestrengt starrte sie in die Richtung, aus der das Getöse kam. Aber trotz ihrer Katzenaugen konnte sie, bis auf die Wolke, nichts erkennen.

Sekunden später galoppierte eine Herde von ungefähr fünfzehn bis zwanzig Pferden in den unterschiedlichsten Farben vorbei. Auf ihren Rücken trugen manche Kinder, von ganz klein bis ungefähr zum Teenageralter, die sich fest an die Hälse der Pferde klammerten.

Das riesige Pferd an der Spitze hielt abrupt an. Es war ein hellbraunes Pferd, dessen feuchtes Fell im Mondlicht golden schimmerte. Kleine, weiße Dampfwölkchen stiegen von seinem Rücken auf und erfüllten die kalte Nachtluft. Seine Mähne war weiß und so kurz, dass sie in die Höhe stand. Am Bauch war das Fell mit Blut verkrustet, das in der Dunkelheit fast schwarz wirkte. Mit geblähten Nüstern stand das Pferd da und sog die Luft ein. Vermutlich war es der Anführer der Herde. Seine Artgenossen bildeten einen engen Kreis um das Pferd und richteten ihre Ohren aufmerksam in alle Richtungen.

Einen Wimpernschlag später stand an der Stelle des Pferdes eine stattliche, muskulöse Frau mit honigfarbener Haut und kurzen, weißblonden Haaren. Sie war nackt, wie Gott sie geschaffen hatte. Ihr Brustkorb hob und senkte sich rasend schnell. Ihre vollen Brüste bebten jedes Mal, wenn sei einatmete. Ein feiner Schweißfilm bedeckte ihren Körper und vermischte sich an ihrem Bauch mit dem Blut, das aus einer breiten Fleischwunde sickerte. An ihren Schläfen hatten sich kleine Tröpfchen gebildet. In den dunkelbraunen Augen war keine Scham zu sehen, sondern Angst.

Die Pferdefrau trat aus dem Kreis ihrer Herde. Die Kinder streckten ihre Hände nach ihr aus, um sie davon abzuhalten. In ihren Gesichtern stand Furcht. Die Anführerin blickte in die Baumkronen hinauf.

„Kommt von den Bäumen herunter. Von uns habt ihr keine Gefahr zu erwarten", sprach sie mit rauer Stimme. Die Wandlerin ballte ihre Hände zu Fäusten. Schmerz verzerrte ihre Miene, doch er war nicht nur körperlicher Natur. Sie litt auch enorme seelische Qualen. „Mein Name ist Sasari Lugh. Ich bin die Anführerin der Epona Lugh Herde. Ich bitte um eure Hilfe. Wir sind überfallen worden."

Miranda kletterte als Erste von ihrem Baum. Pferde waren friedfertige Wesen, die von sich aus nie jemanden angreifen würden. Aber wenn sie Angst hatten, konnten sie unberechenbar sein. Ihre größte Furcht galt Raubtieren, wie Miranda bei einem Schulausflug auf eine Ranch hatte erfahren müssen. Kaum war sie der Pferdekoppel zu nahe gekommen, waren die Tiere von ihr geflohen. Eines war dabei sogar über den Zaun gesprungen und hatte sich verletzt. Ihre Lehrerin hatte Miranda schließlich gebeten, der Koppel fernzubleiben, um sie nicht weiter zu verschrecken.

Deshalb war Miranda froh, dass der Großteil ihrer Kameraden noch unschlüssig war und sich nicht von den Bäumen herunterwagte. Einzig Buck und seine beiden Hüter, Carlo sowie Michael stellten sich mit Miranda der Pferdefrau gegenüber. „Wer hat euch überfallen?", fragte Miranda.

Die intelligenten Augen der blonden Wandlerin weiteten sich vor Entsetzen. „Sag mir, wer euch überfallen hat", beharrte Miranda. „Waren es Vampire?"

Die Pferdefrau starrte Miranda an. „Vampire", flüsterte sie mehr zu sich selbst als zu ihrem Gegenüber. „Er kam unbemerkt auf mein Gebiet. Niemand hat etwas bemerkt. Amalia, eines der Kinder, war draußen. Ich glaube, sie hatte die Sterne betrachtet. Sie hatte sich deshalb schon öfter hinausgeschlichen. Der Himmel mit all seinen Bewohnern hatte Amalia, seit sie ein kleines Mädchen gewesen war, fasziniert."

Die anderen Pferde blickten in den dunkelblauen Nachthimmel, der mit tausenden, glitzernden Sternen bedeckt war, und stimmten ein trauriges Wiehern an, das fast wie eine Melodie klang. Die Kinder auf ihren Rücken weinten stumme Tränen. Miranda ahnte, was kommen würde, und betete dafür, dass sich ihre Befürchtung nicht bewahrheitete.

„Ich kam zu spät", stammelte Sasari unter Tränen. „Ihre Schreie haben mich geweckt. Als ich nach draußen gelaufen bin, war sie bereits tot. Er saugte noch die letzten Reste ihres Blutes aus ihr heraus, bis sie so bleich war wie er selbst. Wie eine Puppe lag sie in seinen Armen. Ihre Augen standen offen und starrten in den Himmel hinauf." Ein lautes Schluchzen kam über ihre Lippen." Er stieß sie einfach von sich herunter, als wäre sie wertlos. Und dann sah er uns mit seinen gierigen, leuchtend roten Augen an. Ein Wesen wie ihn habe ich noch nie gesehen."

Die Anführerin stockte. Als sie weitersprach, war ihre Stimme kaum mehr als ein Flüstern. „Dann kam er auf uns zu. Er war so schnell. Mein bester Soldat fiel ihm zum Opfer, wie auch drei wietere Soldaten. Amalias Blut war ihm nicht genug gewesen. Mir blieb nichts anderes übrig, als zu fliehen. Sonst hätte er noch mehr von uns getötet."

Ihre Beine zitterten. Sie hatte Mühe, aufrecht zu stehen. Die Schuld, die sie empfand, drückte sie förmlich nach unten. Eines der Pferde trat an die Frau heran und bot ihr still an, sich bei ihm abzustützen. Der Junge, der auf dem Rücken des Pferdes saß, legte der Anführerin seine Kuscheldecke, die er an seine Brust gedrückt hatte, um die Schultern. „Aber ich tat es auch, weil ich Angst hatte", gestand sie. „Ich habe mich noch nie in meinem Leben so sehr gefürchtet."

„Du hast richtig entschieden", bekräftigte Miranda das, was ihr ihre Kameraden still zu sagen versuchten. „Maxim hätte beinahe mein gesamtes Rudel ausgelöscht."

Ihre Schwester Andrea kam zwischen den Bäumen hervor. Sie ging langsam auf die Anführerin der Pferde zu, um ihr keine Angst zu machen, und schlang ihre Arme um sie. Die Pferdefrau wusste nicht, was sie davon halten sollte. Sie war erschrocken, dass ihr eine Raubkatze so nahegekommen war. Stocksteif stand sie da und starrte auf die blonde Luchsin hinab, die ihr sanft den Rücken streichelte. Jäh löste sich ihre Anspannung und sie erwiderte Andys Umarmung. Minutenlang umschlang sie die Katze und mit jedem Moment schien ihre Last geringer zu werden.

„Vielen Dank, kleine Luchsin", wisperte sie Mirandas Schwester ins Ohr. Klein war Andy, im Vergleich zu der Pferdefrau, tatsächlich. Sie reichte ihr kaum bis zum Brustkorb. Für den Kuss, den sie Andrea auf ihr Haar gab, musste sich die riesige Wandlerin weit hinabbeugen.

Sasari richtete sich auf und ließ ihren Blick durch die Reihen von Mirandas Gefolgsleuten gleiten, die sich alle aus ihren Verstecken getraut hatten. Entsetzt wich sie zurück. Sie stolperte über ihre eigenen Füße und stürzte auf den eisigen Schnee. „Ihr steckt mit ihnen unter einer Decke!", kreischte sie. „Ihr habt euch mit den Vampiren verbündet!"

Alle Augen waren plötzlich auf Amy gerichtet, die ihre Arme um ihren Körper schlang. Sie hatte fast noch mehr Angst als die Anführerin der Pferde – Angst davor, dass Miranda möglicherweise ihre Entscheidung änderte und sie der Gewalt ihrer Artgenossen auslieferte. Was sie nie tun würde. Ein Versprechen bedeutete für Miranda, dass sie es auch hielt.

„Nein, das haben wir nicht", entgegnete Miranda freundlich, aber bestimmt. „Ich kann verstehen, dass dir die Vorstellung missfällt, sie unter uns zu sehen."

Andy ging zu ihrer neuen Freundin und legte ihr tröstend den Arm um die Schultern. Miranda hatte gehofft, dass ihre Schwester noch ein wenig warten würde. Die Pferdeanführerin sah darin ein mehr als deutliches Zeichen, dass sie sich mit dem Feind verbrüdert hätten.

Miranda hielt ihr dennoch die Hand entgegen, um ihr aufzuhelfen, aber die Pferdefrau schlug sie aus. Sie rappelte sich selbstständig auf und verschränkte ihre Arme wie einen Schutzschild vor ihrer Brust. „Wieso habt ihr diese Bestie dann bei euch? Ungefesselt? Wie einen Kameraden?"

„Auch ich habe lernen müssen, dass nicht alle Vampire böse sind. Amy ist eine von ihnen. Sie ist vor Maxim geflohen, um sich uns anzuschließen", erwiderte Miranda mit harter Stimme. „Maxim ist übrigens der Vampir, der eure Amalia getötet hat", fügte sie hinzu. „Du hast gesehen, dass er nicht einmal vor einem Kind Halt macht. Du hast keine Ahnung, wie er mit den Seinen umgeht, um sie gefügig zu machen. Amy hat unter Maxim viel erleiden müssen. Er hat sie gequält und verletzt. Deshalb ist sie ihm abtrünnig geworden und hat uns mit wichtigen Informationen versorgt. So wissen wir jetzt, wie Maxims Gedankenkontrolle funktioniert."

„Gedankenkontrolle?", forschte Sasari nach.

„Maxim ist der Erste der Vampire und als solcher sehr viel mächtiger als seine Streitkräfte. Er kann uns unter seinen Einfluss ziehen, uns seine Gedanken und Befehle aufzwingen. Amy hat gesehen, wie er es anstellt und uns davon berichtet." Miranda sah ihrem Gegenüber fest in die Augen und ließ der Pferdefrau ihre Dominanz spüren. Ihr Vater wäre stolz auf sie gewesen. „Sie steht unter meinem Schutz."

„Solange sie meine Leute in Ruhe lässt, werde ich sie nicht anrühren", willigte die Anführerin ein. „Sollte sie aber jemandem aus meiner Herde auch nur ein winziges Haar krümmen, vernichte ich sie, egal, unter wessen Schutz sie steht."

„In Ordnung." Klare Worte. „Erzähl mir von Maxim. Wie sah er aus, als er in dein Gebiet eindrang? Geschwächt? Wie lange ist der Überfall her?"

„Wie ich schon gesagt hatte, ich kam erst hinzu, als für Amalia jede Hilfe zu spät kam", sagte sie traurig. „Auf mich wirkte er stark. Wieso sollte er geschwächt gewesen sein?"

Miranda erzählte ihr in kurzen Sätzen von ihrem zweiten Treffen mit dem Vampiroberhaupt.

Sasari schien sich an etwas zu erinnern. „Nun, da du es erwähnst. Da waren Blutspuren auf seiner Kleidung. Im Eifer des Gefechts ist es mir nicht aufgefallen. Seine Verletzung dürfte aber verheilt sein. Das war Amalias Blut, nicht wahr? Deshalb hat er uns angegriffen."

Miranda nickte. Sie fand es eigenartig, dass Buck sich noch nicht zu Wort gemeldet hatte. So still hatte sie den Bären noch nicht erlebt. Ein Seitenblick verriet ihr, dass seine Aufmerksamkeit einzig Sasari galt, deren Wangen übrigens einen Hauch rosa angenommen hatten. Sie zog sich die Decke enger um ihren Oberkörper und versuchte auch ihre Scham unauffällig zu bedecken. Die Wandlerin vermied es strikt, den Bären anzusehen, doch ganz verhindern konnte sie es nicht. Aber, wenn es passierte, sah sie sofort in eine andere Richtung.

Miranda sah Sasari eindringlich an. „Wie lange ist es her?"

Betrübt blickte die Wandlerin zu Miranda. Sie zuckte ihre Schultern. „Ich weiß es nicht. Minuten vielleicht. Es könnten aber auch Stunden gewesen sein. Ich habe jegliches Zeitgefühl verloren. Es tut mir so leid." Dicke Tränen kullerten über ihre Wangen.

Miranda sah sich nach ihren Freunden um. „Sehr lange kann es noch nicht her sein. Wenn wir uns beeilen, können wir sie einholen."

Carlo schüttelte seinen Kopf. „Du hast vergessen, dass wir Menschen unter uns haben. Ein schnelleres Tempo schaffen sie nicht."

Miranda sah sich um. Die Menschen unter ihnen waren zwar noch nicht am Ende ihrer Kräfte, aber schon sehr nahe dran. „Dann lassen wir sie eben zurück! Ich weiß, es klingt hart, aber es ist unsere einzige Chance, Maxim zu vernichten! Wie ihr gehört habt, hat er seine Stärke zurück. Sie kommen nun schneller voran. Nur wir Wandler können sie einholen."

Das Alphatier der Bären starrte weiterhin Sasari an und ließ Mirandas Vorschlag unbeantwortet. „Buck, du könntest auch einmal etwas zu sagen", ermahnte Noah ihn.

„Geht in Ordnung", murmelte Buck, ohne jedoch seinen Blick von der Pferdefrau abzuwenden, die geduldig wartete, bis die Raubtiere mit der Beratung fertig waren. Sie sah entschlossen nie zu ihnen herüber. Doch ihre Wangen hatten einen dunklen Hauch angenommen.

Tyler schlug ihm mit der Faust hart auf die Schulter. „Du lüsterner Bär", beschwerte er sich. „Konzentriere dich endlich!"

„Aua! Du hättest ruhig etwas sanfter sein können." Buck rieb sich die Schulter. Er bemühte sich um eine ernste Miene, die er aber nicht hinbekam. Anna hinter ihm kicherte. „Wir tun, was Miranda sagt."

Das reichte Miranda. Sie wandte sich an ihre Pferdeanführerin. „Wir brauchen auf jeden Fall deine Pferde. Seid ihr bereit, euch für den Überfall auf eure Herde an den Vampiren zu rächen?"

Ein feuriges Funkeln trat in Sasaris Augen. „Ihr könnt euch auf uns verlassen. Die Vampire werden bereuen, meinem Volk Leid zugefügt zu haben. Meine Krieger und ich stehen euch zur Seite." Dann deutete sie auf ihre Artgenossen. „Doch wir brauchen für unsere Mütter und Kinder einen sicheren Unterschlupf. Könnt ihr uns etwas zur Verfügung stellen?"

Buck meldete sich sofort zu Wort. Etwas anderes hatte Miranda auch nicht erwartet. Er wollte der Pferdewandlerin offenbar gefallen. „Sie können bei meinem Rudel unterkommen. Meine Tochter Tamira kümmert sich während meiner Abwesenheit um meine Angelegenheiten. Ich werde sie anrufen und darüber informieren, dass deine Leute in Kürze eintreffen. Ich stelle ihnen einen meiner Soldaten zur Seite. Er wird sie durch unser Gebiet geleiten."

Er winkte einen großen Mann zu sich heran. Er war ein Mensch. Es war eine kluge Entscheidung von Buck. Vor ihm würden die verschreckten Pferde weniger Angst haben, als vor einem Bären. „Der Rest folgt uns in eurem eigenen Tempo", fügte er, an seine Menschenkrieger gewandt, hinzu.

„Ihr habt ihn gehört, Leute. Macht euch bereit, Vampire zu vernichten. Wir werden die Opfer unserer Herde rächen. Zeigt keine Furcht und kein Erbarmen. Sie werden euch auch keines entgegenbringen. Nie wieder werden sie sich mit uns Pferden anlegen." Einen Augenblick später hatte sich die Pferdefrau wieder in das hellbraune Pferd mit der blonden Stehmähne verwandelt, das auffordernd seinen Artgenossen zuwieherte.

Kapitel 21

So schnell ihre Beine – ob auf zwei oder auf vier – sie trugen, rannten die Wandler durch den Wald. Die Pferdeherde unter der Leitung von Sasari eilten alle in ihrer tierischen Gestalt voraus und gab den Katzen und Bären die Richtung vor. Sie hatten sich darauf geeinigt, zuerst die Heimat der Pferde, die von steilen, unwegsamen Hügeln umschlossen war, aufzusuchen. Dort war der Geruch der Vampire am stärksten, was es ihnen einfacher machte zu eruieren, welche Richtung sie eingeschlagen hatten.

Die Zeit arbeitete gegen sie. Die Vampire waren nun viel schneller unterwegs, da ihr Anführer genesen war. Buck allerdings war die Ruhe selbst, während Miranda innerlich sehr aufgewühlt war. Sie glaubte dem Bären nicht, dass die Vampire kein geeignetes Versteck finden würden, bevor der Tag anbrach. Die Nacht war noch jung und der Wald einfach riesig.

Die Süße der Vampire sowie der metallische Geruch von Blut stiegen ihnen in die Nasen, sobald sie sich Sasaris Gebiet näherten. Er wurde stetig intensiver. Miranda fürchtete sich davor, was sie zu sehen bekommen würde. Sie durchbrach die letzte Baumreihe und fand sich auf einer großen, idyllischen Lichtung wieder, die übersät war mit kleinen, schneebedeckten Holzhäusern, aus deren Schornsteinen noch Rauch kam. Hinter den Fenstern brannte noch

Licht. Die Pferde waren überstürzt aufgebrochen. Niemand hatte mehr Zeit gehabt, sich um seine Habseligkeiten zu kümmern. Wenigstens hatte Maxim nicht auch noch ihre Heimat zerstört.

Auf einer Art Dorfplatz, der erhellt war vom silbrigen Mondlicht, fand Miranda Sasari in ihrer Menschengestalt. Sie kniete am Boden und hielt ein kleines Mädchen in ihren Armen. Es war klein und zart, höchstens vier Jahre alt. Amalia. Den Namen des Kindes zu kennen, machte es viel schwieriger, seinen Tod zu sehen. Amalia trug einen wollenen, rosa Pyjama. Ihre kleinen Füße waren nackt. Sasari streckte ihre zitternden Finger nach dem kleinen Gesicht des Mädchens aus und schloss seine Lider. Dadurch sah Amalia fast so aus, als würde sie bloß schlafen, wären nicht die Blutspuren an ihrem Hals und die blonden Locken, die ihren Glanz verloren hatten. Das Mädchen erinnerte Miranda an ihre Zwillingscousinen.

Miranda hörte hinter sich ihren Onkel Ryan nach Luft schnappen. Die Ähnlichkeit war auch ihm aufgefallen.

In einigem Abstand zu Amalia lag ein toter, schwarzhaariger nackter Mann. Er sah noch sehr jung aus. Miranda schätzte ihn auf höchstens dreißig Jahre. Sein Hals war völlig zerfetzt. Gleich dahinter lagen noch drei Leichen – die einer nackten Frau, die eines gescheckten Pferdes und die eines dunkelhäutigen Mannes mit welligen, schwarzen Haaren. Als er gestorben war, dürfte er sich zurück zu verwandeln versucht haben. Sein Oberkörper war der eines Mannes, während seine Beine im schwarzen Körper eines Pferdes steckten. Er sah aus wie diese Zentauren, die man aus Filmen kannte.

Der Anblick des halbverwandelten Mannes war für Miranda noch verstörender als der des toten Mädchens. Sie konnte ihre Augen kaum von ihm lösen.

Ein knirschendes Geräusch hinter sich riss Miranda aus ihren Gedanken. Ihre Schwester drängte sich an ihr vorbei. „Andy, verschwinde! Ich will nicht, dass du das siehst." Doch ihre Schwester gehorchte ihr nicht. Sie kniete sich vor die Pferdefrau auf den Boden. „Gib sie mir, Sasari. Ich werde mich gemeinsam mit Amy und

Anna um sie kümmern, auch um die anderen Toten. Sie sind bei uns in guten Händen. Das verspreche ich dir."

Die beiden besagten Frauen drängten sich aus der Menge der Soldaten heraus und leisteten Sasari stille Anteilnahme an ihrem Verlust.

Ungehemmt flossen die Tränen über Sasaris Wangen, die als kleine Eiskügelchen zu Boden fielen „Pass gut auf sie auf. Das erste Haus ist ihres. Dort auf der Terrasse ist sie immer gesessen und hat die Sterne beobachtet. Auf dem Stuhl liegt auch noch ihre Decke."

Miranda konnte sich nicht mehr gegen ihre Tränen wehren. Sie sah die kleine Amalia vor sich, wie sie dort gesessen und die Sterne beobachtet hatte, während ein blutrünstiger Vampir in ihr Zuhause eingedrungen war, um sich das Wertvollste von diesem Ort zu nehmen: Das Leben seiner Bewohner. Amalia war auf ihn zugegangen, wie die kleinen Fußabdrücke im Schnee verrieten. Vermutlich war sie neugierig gewesen, wer der Mann gewesen war, der des Nachts auf ihr Gebiet geschlichen war. Hatte sie sich gefürchtet, als sie seine roten Augen entdeckt hatte? Oder hatte ihre kindliche Neugier weiter überwogen?

„Sie hat am liebsten ein blaues Kleid getragen, das mit kleinen, bunten Blumen bestickt war", erzählte Sasari. „Es wäre schön, wenn sie es auf ihrer letzten Reise tragen könnte."

„In Ordnung." Sachte nahm Andrea den zarten Körper des kleinen Mädchens, das die Welt viel zu früh verlassen hatte, in ihre Arme und ging mit ihr zu dem Häuschen, auf das die Pferdewandlerin gezeigt hatte. Am Fuß der Tür blieb Andy stehen und drehte sich zu ihrer Schwester um. Ihre Miene war unerbittlich. „Miranda, sieh zu, dass du diese Bestie erwischt. Töte ihn! Er hat schon zu viele Leben genommen."

Die Vampirin hielt Andrea, Anna und Kean, der ihnen stumm gefolgt war, die Tür auf und folgte ihnen in das Haus. In ihren Augen stand das Versprechen, auf die Drei Acht zu geben.

Mirandas Herz platzte fast vor Stolz auf ihre Schwester. Die junge Frau, die sie nun war, erinnerte sie an das Mädchen, das Andy vor dem Unfall mit ihrer Freundin gewesen war.

Miranda würde diesen Tag nie vergessen. Er hatte sich in ihre Erinnerung eingebrannt. Andy hatte mit ihren Freunden ein Wettrennen durch den Wald machen wollen, als Luchse natürlich. Sie hatte gerne ihre Gestalt gewechselt und am liebsten war sie mit ihrer großen Schwester herumgetollt.

Bei der Verwandlung war Andrea zu übereifrig gewesen. Sie hatte ihren Freunden zeigen wollen, wie gut sie bereits darin war, sich bewusst zu verwandeln. In den ersten Lebensjahren waren die Verwandlungen noch instinktiv. Ab ungefähr drei, vier Jahren lernten sie, sich bewusst dafür zu entscheiden, dennoch spielten Gefühle weiterhin eine große Rolle. Wie auch an diesem Tag bei Andy.

Sie hatte in ihrer Freude nicht mitbekommen, dass ihre Freundin neben ihr gestanden hatte, als sie sich verwandelt hatte. Das Mädchen hatte tiefe Kratzwunden davongetragen. Die Narben waren ihr geblieben. Nicht einmal die Selbstheilungskräfte von Gestaltwandlern waren fähig, solche bleibenden Zeichen verschwinden zu lassen.

Die nächsten Jahre waren für ihre Schwester die reinste Qual gewesen. Angestachelt von ihrer Freundin, die nichts mehr mit Andrea zu tun hatte haben wollen, wurde sie auch von den anderen Kindern im Rudel und später in der Schule gemieden. Besonders die Schulzeit war schlimm gewesen. Die Menschenkinder hatten sie als Monster beschimpft, weil sie das Wesen der Wandler nicht verstanden hatten. Ihre Schwester hatte sich oft unter Tränen geweigert, hinzugehen. Die Schulpsychologin war hinzugezogen worden, um das Mobbing durch die Schüler zu unterbinden, was auch funktioniert hatte.

Mit der Zeit waren die Geschehnisse mehr und mehr in Vergessenheit geraten, aber nicht bei Andy. Der Hass auf ihr Tier, dem sie die Schuld am Unfall gab, bestand bis heute. Dennoch, oder vielleicht deshalb, entwickelte sie eine sehr einfühlsame Art, die be-sonders von den Kindern in ihrem Rudel sehr geschätzt worden war. Wenn ihnen etwas am Herzen gelegen war, hatten sie es ausschließlich Andrea anvertraut.

Mit jedem Tag war Andy im Rudel wichtiger geworden. Sie verfügte über die Gabe, anderen ihren Schmerz und Kummer zu nehmen und ihnen etwas von ihrer eigenen Kraft zu geben, so auch ihrer früheren Freundin. Andy hatte ihr geholfen, mit den Narben umzugehen, obwohl alleine der Anblick die Erinnerungen an damals unbarmherzig wieder hervorgebracht hatte. Aber Mirandas Schwester half jedem, der in Not steckte. Ihre eigenen Bedürfnisse rückten dafür in den Hintergrund.

So war es auch nicht verwunderlich, dass Andy in dieser schweren Zeit, während derer sie mit ihrer eigenen Trauer zu kämpfen hatte, ihre Hilfe anbot. Andererseits lenkte es sie vielleicht von ihrem eigenen Verlust ab.

Buck trat unruhig von einem Fuß auf den anderen. Sasaris Schmerz löste das bei ihm aus. Miranda ahnte, was in dem Bären vorging. Ein Band, wie das zwischen ihr und Michael, war dabei, zu entstehen.

Sasaris Wangen waren tränennass, doch in ihren Augen stand der eiserne Wille, ihre Kameraden zu rächen, als sie sich in das hellbraune Pferd zurückverwandelte.

Es fühlte sich eigenartig für Miranda an, ihre Schwester nur zusammen mit Amy, Anna und Kean zurückzulassen. Sie war beunruhigt, nicht, weil sie Amy nicht vertraute. Plötzlich hatte sie Bedenken, dass die Vampirin nicht für deren Sicherheit sorgen konnte. Fast schon wollte Miranda umkehren. Sie entschied sich dann aber dagegen. Hier wären sie zumindest nicht in Maxims direkter Reichweite.

Sie kamen sehr schnell voran. Die Leichen der toten Pferdewandler hatten ihnen vor Augen geführt, wie wichtig ihr Unterfangen war. Sie durften nicht riskieren, dass sich Maxim irgendwo verschanzte und seine Armee weiter ausbaute.

Die Spur wurde intensiver. Der süßliche Geruch der Vampire wurde stärker. Miranda legte noch einmal an Tempo zu. Es war ihr egal, ob ihr die Soldaten folgen konnten. Sie wollte Maxim dafür büßen lassen, was er ihr, ihrer Familie und so vielen anderen angetan hatte. Dieses Mal würde sie es richtig machen und den Vampir seines Kopfes entledigen. Er saß bereits viel zu lange auf seinem Hals.

Alle verließen sich darauf, dass sie den Vampiranführer tötete. Und wenn sie es nun nicht schaffte? Wenn es in ihrer menschlicher oder ihrer normalen tierischen Gestalt nicht möglich war, ihn zu vernichten, sondern nur als dieses neuartige Wesen, in das sie sich vor ein paar Stunden zum ersten Mal verwandelt hatte?

Sie wusste nicht sehr viel über diese Art der Verwandlung, nur dass Wut der Auslöser gewesen war und sie war nicht sicher, ob sie es rechtzeitig schaffen würde, noch einmal zu diesem Wesen zu werden, um ihre Aufgabe zu erfüllen.

Miranda merkte, dass sie langsamer wurde. Die Bürde, die auf ihren Schultern lastete, war enorm. Die Wandler um sie herum zählten auf ihre Fähigkeiten. Sie wollte keinen von ihnen enttäuschen, am wenigsten jenen, der im Vorbeilaufen ihre Wange berührte. Ein prickelndes Gefühl breitete sich in ihrem Bauch aus. In ihrem Inneren wurde es warm. Miranda spürte Michaels Liebe ganz deutlich durch das Gefährtenband. Er lächelte ihr zu, bevor er an ihr vorbeieilte.

Wieder einmal hatte das Band, das sie beide vereinigte, Miranda geholfen nach vorne zu schauen. Sie legte einen Zahn zu, um ihren Seelenverwandten einzuholen.

Intensiver, süßer Geruch stieg Miranda in die Nase. Die Vampire waren dicht vor ihnen. Noch einmal beschleunigte sie ihren Lauf, um nur wenige Minuten später auf ihre kampfbereiten Feinde zu treffen. Sie hatten eine Linie gebildet, in deren Mitte ihr Anführer stand. In ihren bleichen Gesichtern war kein Anzeichen von Anstrengung zu sehen. Die Flucht hatte ihnen weniger zugesetzt als Mirandas Kameraden, die schwer vom schnellen Lauf atmeten. Von den Pferderücken stieg weißer Dampf auf. Sie waren zwar noch lange nicht am Ende ihrer Kräfte, doch lange würde es nicht mehr dauern, bis die Ersten eine Pause brauchten.

Wieso hatte sich Maxim also entschieden, zu kämpfen? Er hätte noch stundenlang so weitermachen können. Kümmerte er sich etwa um seine Anhänger? Seine Sorge galt wohl eher seinem eigenen Wohl. Einzig der Schatten des Waldes bot ausreichend Schutz vor den Sonnenstrahlen. Weiter zu fliehen bedeutete, dass sie ihn früher oder später würden verlassen müssen. Ihnen fehlte die Zeit, ein geeignetes Versteck zu finden.

„Miranda", säuselte Maxim, während er aus der Mitte seiner Vampire trat, „anfangs habe ich dich wirklich gern gehabt, aber ich muss zugeben, langsam nervst du mich." Seine Stimme war so übertrieben freundlich, wie Miranda es von ihm kannte, doch seine missmutige Miene verriet, wie wenig ihm die Situation gefiel. Keines seiner Vorhaben hatte so geklappt, wie er es sich vorgestellt hatte.

„Immerzu durchkreuzt du meine Pläne. Zuerst kann ich nicht von dir trinken. Dann läufst du von mir weg und zu guter Letzt nimmst du mir auch noch mein Herz. Das hat mich wirklich getroffen." Er fasste sich theatralisch an die Brust.

„Ich habe nun entschieden, und vielleicht stimmst du mir ja zu, dass wir die Sache nun beenden. Natürlich wird dein Tod nicht umsonst gewesen sein. Dein Leichnam wird mir für Untersuchungen dienen. Ich hoffe, sie können mir sagen, was dich von deinen Artgenossen unterscheidet." Er starrte Miranda mit seinen rot glühenden Augen an. „Was hältst du von meinem Vorschlag?"

Geringschätzig verzog Miranda ihren Mund. „Du kannst ja gerne versuchen, mich zu töten. Pass nur auf, dass du dabei nicht deinen Kopf verlierst. Nicht einmal du, als ältester Vampir, würdest das überleben."

„Wer weiß, meine Liebe. Noch hat es niemand geschafft, mich zu enthaupten, versucht haben es aber schon viele, das letzte Mal vor rund fünfzig Jahren." Maxim lachte schrill. Sämtliche Haare auf Mirandas Körper standen auf einmal zu Berge.

„Bestimmt haben sie dir meine Geschichte erzählt. Ihr Wandler seid nicht weniger grausam als ich oder meine Anhänger. Eure Vorfahren haben mich damals, gefesselt, in einem Sarg tief unter der Erde verscharrt, in einem alten Bergwerk, um genau zu sein. Sie haben mich in dessen Tiefen hinuntergebracht und es anschließend gesprengt. Tonnen an Felsen haben mich gefangen gehalten und meine Schreie verstummen lassen. Die gerechte Strafe für meine Verbrechen." Seine Stimme wurde zu einem Flüstern. Seine Gedanken schienen weit entfernt in einer früheren Zeit, an einem anderen Ort. „Wieso ich sie begangen habe, hat niemanden interessiert."

Unwillkürlich, musste Miranda feststellen, hielt sie die Luft an, um dem Vampiroberhaupt zu lauschen. Sie wollte wissen, was geschehen war, um den einst guten Vampir, der er anscheinend gewesen war, in dieses unbarmherzige Monster zu verwandeln. Doch sie wurde enttäuscht, denn Maxim sprach nicht weiter darüber.

„Es war grässlich dort unten, so ganz ohne Gesellschaft und ohne Nahrung", erzählte er stattdessen über seine Gefangenschaft. „Ich hatte nur mich und meine Gedanken. Sie sagten mir ständig, ich solle mich rächen. Stimmen sprachen mit mir. Manchmal glaubte ich sogar, verrückt zu werden, so sehr quälten sie mich." Seine Augen traten hervor. Der Wahnsinn, den ihm die Gefangenschaft gebracht hatte, blitzte kurz in seinem Gesicht auf.

„Es gab eine Zeit, da dachte ich sogar, ich würde sterben. Ich war ausgehungert und halluzinierte. Ich sah sie vor mir. Sie war so real, als wäre sie tatsächlich mit mir unter den Tonnen Felsen begraben." Maxim war in seiner Vergangenheit gefangen. Er streckte seine Hände vor sein Gesicht und berührte jemanden, der einzig in seinen Gedanken existierte.

„Aber ich lebte weiter, obwohl ich sterben wollte. Ich wollte, dass diese Qualen ein Ende hatten. Mein Wunsch wurde mir nicht gewährt. Ich wusste nicht, wie viel Zeit vergangen war, als mich meine treuen Anhänger endlich aus meinem Gefängnis befreiten. Ich war am Ende meiner Kräfte, doch ich war nicht tot. Nichts vermag mich zu töten." Maxim kam zurück in die Gegenwart. Er lachte ein schadenfrohes Lachen. „Ich war ich so durstig, dass ich ein ganzes Dorf leer getrunken habe. Danach war ich so voll, dass ich mich nicht mehr rühren konnte."

Miranda stieg die Galle auf. Sie hatte zwar von Maxims Grausamkeit gewusst, hatte aber keine Ahnung von deren Ausmaß gehabt. Erst jetzt wurde ihr bewusst, dass der Überfall auf ihre Familie nur die Spitze eines sehr hohen Eisbergs gewesen war. Unzählige Opfer säumten den Weg hinauf.

Zorn stieg in ihr auf, aber er war nicht so stark, dass er sie beherrschte und sie wieder zu dem Mensch-Tier-Wesen machte. Sie konnte sich nicht entscheiden, ob sie diese Tatsache gut oder schlecht fand.

„Das Ende ist nah", flüsterte Maxim lächelnd. „Akiko, du bist dran." Seine Stimme war zärtlich und sanft, wie die eines Vaters, wenn er von seiner geliebten Tochter sprach. Oder die eines Liebhabers, der seiner Geliebten gefühlvolle Worte ins Ohr raunte.

Hinter Maxim trat eine kleine, zierliche Asiatin hervor, deren rote Mandelaugen frech aufblitzten. Das Lächeln in ihrem schmalen Gesicht war wiederum zuckersüß. Die kurzen schwarzen Haare standen wild von ihrem Kopf ab.

„Oh nein, nicht sie!", stammelte Carlo. Er stolperte einen Schritt zurück. „Nein, das darf nicht wahr sein. Ich dachte... ich hatte gehofft, sie wäre tot. Seit damals war sie nicht mehr gesehen worden."

„Was ist los, Carlo?", wisperte Miranda. Sie drehte sich zu ihm um. Carlos Augen waren vor Furcht geweitet. „Wer ist sie? Was kann sie?" Ihr schwante, dass ihnen etwas noch Schlimmeres bevorstand, als sie vermutet hatte.

„Wie ich sehe, hat dein Freund nicht damit gerechnet, meiner bezaubernden Akiko gegenüberzutreten", lächelte Maxim. Er genoss Carlos Entsetzen. Seine Lippen verzogen sich zu einem süffisanten Grinsen.

Das Lächeln der Asiatin wurde hinterhältig. Ihre Augen stierten gierig durch die Reihen der Gestaltwandler. Sie musterte jeden Einzelnen, als würde sie auswählen.

„Lauft!", schrie Carlo. „Lauft so schnell ihr könnt! Rennt um euer Leben! LOS!" Das Chaos brach aus. Die Soldaten stoben in alle Richtungen auseinander.

Im nächsten Moment spürte Miranda einen kräftigen Windstoß neben sich. Sie blieb stehen und blickte sich erschrocken um. Akiko war verschwunden. „Wo ist sie hin? Carlo, wo ist sie nur?" Einen

Augenblick zuvor hatte die Asiatin sie noch angegrinst. Nun fehlte von ihre jede Spur. Miranda blickte sich panisch um, aber konnte die Vampirin nirgends entdecken.

„Was geht hier vor, Carlo?", kreischte sie. Sie packte den Jaguar am Arm und zog ihn in ihre Richtung. „Sag schon! Was ist sie?"

„Sie ist eine der Erstgeborenen, die Gefährlichste von allen."

„Eine Erstgeborene? Welche Fähigkeiten hat sie?" Aber Mirandas Frage hatte sich erübrigt. „Oh Gott, wir können sie nicht besiegen!" Die Worte blieben ihr fast im Halse stecken. Ihr Herz hämmerte wild in ihrer Brust. „Gegen sie haben wir nicht die geringste Chance!"

Akiko bedeutete ihrer aller Tod.

Kapitel 22

Carlo erinnerte sich zurück an die Zeit, als er die Tagebücher seines Großvaters zum ersten Mal gelesen hatte. Es war an seinem zwanzigsten Geburtstag gewesen.

Sein Vater hatte ihn zu sich eingeladen. Per Brief, wohlbemerkt. Er wolle ihm etwas Wichtiges erzählen, hatte er geschrieben. Carlo fand es merkwürdig und wollte der Einladung nicht folgen. Er und sein Vater hatten nicht das beste Verhältnis zueinander. Seit dem Tod seines Groß-vaters bestand kein Kontakt mehr. Und davor hatten sie einander nur alle paar Jahre getroffen. Carlo hatte ihm nie verziehen, dass er seine Mutter im Stich gelassen hatte und zu der Frau gezogen war, mit der er sich ver-bunden hatte. Sie seien Gefährten und er könne nichts dagegen tun.

Jetzt lag seine Mutter im Sterben und dieser Mistkerl, der sich sein Vater schimpfte, hatte sich nicht ein einziges Mal bei ihr sehen lassen. Ihr Herz war so schwach, dass es sie nur noch Tage am Leben erhalten konn-te. Aber seine Mutter weigerte sich, in ein Krankenhaus zu gehen. Es sei an der Zeit, zu gehen, behauptete sie.

Bevor der Tod sie zu sich holte, nahm sie ihrem Sohn das Versprechen ab, sich mit seinem Vater zu versöhnen. „Ihr seid eine Familie, Carlo. Dein Vater und ich waren nie dazu bestimmt, Gefährten zu werden. Sei ihm deshalb nicht böse. Er hat sein Glück ebenso verdient, wie jeder an-dere auch."

Seine Mutter war die gütigste Frau der Welt gewesen. Er konnte ihr ihren letzten Wunsch nicht verwehren. Deshalb machte er sich gleich nach dem Begräbnis auf den Weg zu seinem Vater. Er wollte es so schnell wie möglich hinter sich bringen.

Sein Vater empfing ihn in seinem neuen Zuhause und stellte ihm seine kleine Tochter vor. Nicht ein einziges Mal fragte er nach der Frau, die er zusammen mit seinem Sohn zurückgelassen hatte. Er bot ihm Whiskey an. Er wusste nicht einmal, dass Carlo dieses Getränk hasste, wie fast alles, das er mit seinem Vater in Verbindung brachte. Es kostete Carlo große Überwindung, zu bleiben. Er tat es nur, weil er es seiner Mutter versprochen hatte.

„Mein Sohn", sagte sein Vater, nachdem er sich ihm gegenübergesetzt hatte, ein Glas Whiskey in der Hand „was ich dir jetzt erzähle, ist das größte Geheimnis der Gestaltwandler. Nur noch wenige wissen davon."

Widerwillig lauschte Carlo den Worten seines Vaters. Es musste wichtig sein, sonst hätte er ihn nicht zu sich kommen lassen.

„Es gibt noch andere Geschöpfe auf dieser Welt, die über enorme Kräfte und besondere Fähigkeiten verfügen. Diese Wesen sind vor Jahrzehnten zu den Feinden der Wandler geworden."

Carlo lachte. „Ach, und wer sollte das sein?" Sollte es noch andere übernatürliche Wesen geben, hätte er längst davon erfahren.

„Vampire", flüsterte sein Vater.

Sein Vater war verrückt geworden. Es gab keine Vampire. Diese Geschichte war von vorne bis hinten erfunden. Carlo stand auf und wollte gehen. Er würde sich die Spinnereien seines Vaters nicht länger anhören.

Sein Vater packte ihn am Arm und hielt ihn auf. „Carlo, sie existieren wirklich. Ich konnte", er schüttelte seinen Kopf, „nein, ich wollte es nicht glauben, als dein Großvater mir davon erzählte. Ich habe zwar selbst noch keinen Vampir gesehen, aber es gibt sie."

„Wie kannst du dann so sicher sein, dass es sie gibt?", hakte Carlo nach. „Großvater hatte Probleme. Sein Geist war verwirrt. Bestimmt hat er diese Vampire bloß erfunden."

Carlo hatte seinen Großvater geliebt. Er war ihm mehr ein Vater gewesen, als sein eigener es je gekonnt hatte. Aber in seinen letzten Jahren hatte er nur noch Wirres von sich gegeben. Er hatte davon gesprochen, dass man ihn jagen würde. Man würde sich an ihm rächen.

„Das dachte ich auch, bis ich seine Bücher gelesen habe. Darin hat er alles aufgeschrieben, was er über die Vampire wusste. Du musst wissen, dass er sie bekämpft hat. Er hat sich mit anderen Rudeln zusammengeschlossen, um sie zu vernichten. Es ist an der Zeit, mein Sohn, dass du sie liest."

Carlo wusste nicht, was er davon halten sollte. Diese Geschichte klang zu unglaublich, um wahr sein zu können.

Sein Vater brachte ihm eine Holzkiste, die voll war mit staubigen Büchern. Auf dem Umschlag des ersten Buches stand der Titel Vampire in der geschwungenen Schrift seines Großvaters. „Sie gehören nun dir."

Carlo nahm es heraus und blätterte darin. Die Seiten waren mit winziger Schrift beschrieben. Carlo musste sie näher zu seinem Gesicht führen, um sie lesen zu können. Dazwischen waren Seiten mit Bildern. Sie zeigten bleiche Gesichter mit roten Augen, deren Anblick ihn gefangen nahm. Er schlug den Anfang auf und begann zu lesen. Bereits nach den ersten Seiten musste er sich eingestehen, dass sein Vater möglicherweise die Wahrheit gesagt hatte.

Viele Tage verbrachte Carlo bei seinem Vater und arbeitete sich durch die Chroniken seines Großvaters. Nun konnte er verstehen, wieso er sich vor seinem Tod bedroht gefühlt hatte. Die Geschehnisse von damals hatten ihn bis zu seinem Ende verfolgt. Er hatte Angst vor Maxim, dem Anführer der Vampire, gehabt – einem grausamen Mann, der nicht getötet werden konnte. Sein Großvater hatte dem Vampiroberhaupt ein ganzes Buch gewidmet. Er hatte versucht, alles über ihn herauszufinden, doch das Geheimnis um die Manipulation hatte er nicht lösen können.

Seither befasste sich Carlo mit der Geschichte der Vampire. Mehr als einmal hatte er die Aufzeichnungen studiert, die sein Großvater ihnen hinterlassen hatte. Er besuchte auch jenen Ort, an dem Maxim als letzten Ausweg begraben worden war.

Rund um sein Grab war es kahl – keine Sträucher, kein Gras und keine Blumen wuchsen dort. Es gab nur trockene, rissige Erde. Auf Carlo wirkte es, als hindere die dunkle Aura des Vampirs, die auch er auf seiner Haut spüren konnte, die Pflanzen am Wachsen. Alles in ihm verlangte danach, dass er umkehrte und nie wieder zurückkam. Nicht einmal Insekten, geschweige denn andere Tiere, näherten sich diesem unheimlichen Ort.

Sie halten sich versteckt und warten auf den richtigen Moment, in dem wir unachtsam sind. Sie bringen uns dazu, ihre Existenz zu leugnen und dann, wenn wir es am wenigsten erwarten, schlagen sie unerbittlich zu. Sie werden Maxim befreien. Er wird sich an uns dafür rächen, dass wir ihn gefangen gehalten haben. *Das hatte sein Großvater geschrieben. Man hatte ihn als Alphatier abgesetzt, weil er für verrückt und paranoid gehalten worden war.*

Aus den Aufzeichnungen wusste Carlo von den Wächtern, deren Aufgabe es war, das Grab zu beschützen. Das war die einzige Vorsichtsmaßnahme, die seine Vorfahren ergriffen hatten, um sicherzustellen, dass Maxim nicht befreit wurde.

Die Gruppe der Wächter vereinte die fähigsten Gestaltwandler aus Südamerika. Ein paar wenige kamen aus anderen Nationen. Der Anführer wählte die Mitglieder nur anhand ihrer Fähigkeiten aus, ganz gleich, von welcher Art sie waren. Raubkatzen, Wölfe, Bären – sie alle waren schon Teil dieser Gruppe gewesen. Weder ihre Rudelkollegen, noch ihre Alphatiere wussten von ihrer Mission. Auch nachdem sie ihren Dienst beendet hatten, durften sie kein Wort darüber verlieren. Es diente dem Schutz der Wächter, von deren Angehörigen und Freunde.

Carlo hatte eine Zeit lang überlegt, sich den Wächtern anzuschließen, hatte sich dann aber dagegen entschieden. Die Wächter waren lange nicht mehr das, was sie früher verkörpert hatten. Ihre Zahl war gesunken. Übrig geblieben waren alte Männer, die nicht mehr an ihre Aufgabe glaubten. Wer sollte Maxim befreien? Seit den Kämpfen war kein Vampir mehr gesehen worden. Sie leugneten die Existenz derer, die damals entkommen waren.

Carlo reiste umher. Er wollte alles über die Vampire herausfinden, über ihre Fähigkeiten und Schwächen. Auf seinen Reisen lernte er Noah, einen Bärenwandler, kennen, der nach anfänglichen Schwierigkeiten einer seiner besten Freunde wurde. Auch Noah wusste von den Vampiren. Sein Alphatier hatte ihm aufgetragen, möglichst viele Informationen in Erfahrung zu bringen. Carlo machte sich mit seinem Freund auf den Weg, diesen unheimlichen Ort noch einmal zu besuchen.

Die Männer machten einen Abstecher zum verlassenen Gebiet des Rudels seines Großvaters. Carlos Vater hatte dagegen entschieden, zum Alphatier zu werden. Im baufälligen Haus seines Großvaters fanden sie eines der wichtigsten Bücher über die Geschichte der Vampire. Es war sehr gut versteckt und nur deshalb zu finden gewesen, weil die zerbröckelnden Wände es freigegeben hatten.

Das dünne Buch enthielt erschreckende Informationen, die ihr bisheriges Wissen über Vampire bei Weitem in den Schatten stellten. Darin war die Rede von den sogenannten Erstgeborenen.

Es gab insgesamt fünf Erstgeborene. Wie der Name besagte, waren diese fünf Vampire jene, die als erste von Maxim verwandelt worden waren. Jeder von ihnen verfügte über eine spezielle Fähigkeit. All diese Stärken, in abgewandelter oder abgeschwächter Form, vereinte Maxim, als ihr Erschaffer, in sich.

Nach der Verwandlung seiner Erstgeborenen gelang es Maxim nie wieder, Vampire mit besonderen Gaben zu erschaffen. Alle, die nach ihnen verwandelt wurden, verfügten nur über die gewöhnlichen, vampirischen Kräfte wie Schnelligkeit und Stärke.

Warum gerade die Erstgeborenen diese speziellen Gaben besaßen, wusste nicht einmal Maxim. Selbst nach vielen Tests und Forschungen gelang es ihm nicht, die Ursache herauszufinden. Es schien, als wären sie, wie er selbst, eine Laune der Natur gewesen.

Carlos Großvater hatte sich intensiv mit den Erstgeborenen beschäftigt. In seinem Buch waren ihre Fähigkeiten, wie auch ihre Schwächen ganz genau beschrieben. Die Erstgeborene Jekaterina hatte ihm, vor ihrem Tod, bei seinen Aufzeichnungen geholfen.

Auf der ersten Seite hatte er über ihren Mut geschrieben, sich ihrem Erschaffer entgegenzustellen. Tränen hatten die Tinte an vielen Stellen verlaufen lassen. In seinen Zeilen erzählte er von der ungewöhnlichen Freundschaft, die ihn mit der Erstgeborenen verbunden hatte, und von dem Opfer, das sie erbracht hatte. Sie hatte ihr Leben gegeben, um der Welt Frieden zu bringen.

Der erste Erstgeborene war Ivan. Seine Gabe war die abgewandelte Form von der dunklen Aura, die Maxim umgab und sämtliche Lebewesen instinktiv von ihm fernhielt.

Ivan wiederum hatte ein unglaubliches Gespür für andere. Er konnte sie aus großer Entfernung wahrnehmen und bis auf wenige Meter genau orten. Während Maxim mit seiner Aura Lebewesen aus seiner Nähe vertrieb, zog Ivan sie mit seiner Gabe an.

Maxim vertraute stets auf Ivans Meinung, welche Menschen in Vampire verwandelt werden sollten. Der Erstgeborene konnte ihre Stärken und Schwächen wahrnehmen, wenn er ihnen nahe genug war. Er fühlte, was tief in ihnen verborgen war, gutes wie schlechtes. Ivan war jahrhundertelang Maxims Berater und sein engster Vertrauter gewesen.

Große Ansammlungen waren für Ivan nicht zu ertragen. Denn er konnte ihre Gefühle nicht mehr auseinanderhalten und identifizierte sich selbst damit. Deshalb bevorzugte er ein einsames Leben.

Caven war der zweite Erstgeborene und der erste Vampir, den Maxim bewusst verwandelt hatte. Sein Aussehen war mit das Ungewöhnlichste an ihm. Er galt als der Geist der Erstgeborenen mit einer Haut, die beinahe weiß war und im Mondlicht schimmerte, als wäre sie von winzigen, nicht sichtbaren Kristallen überzogen. Cavens Haare, wie auch seine Augenbrauen und Wimpern, waren von hellem Blond.

Cavens Fähigkeit bestand darin, dass seine Haut wahrlich undurchdringlich war. Verursachten die schärfsten Schneiden auf Maxims Haut nur oberflächliche Kratzer, blitzten die Klingen an Cavens Haut ab, ohne auch nur den geringsten Schaden zu hinterlassen. Caven verließ sich sehr auf seine Gabe und dass niemand von seiner einzigen Schwäche wusste, die ihm das Leben kosten konnte.

In seinem Leben als Vampir hatte er nur ein einziges Mal Blut vergossen, nämlich, als er sich das Bein gebrochen und der Knochen seine Haut durchbohrt hatte. Und genau darin lag Cavens Schwäche. Von außen konnte kein Material der Welt seine Haut durchdringen. Seine zerbrechlichen Knochen, die durchscheinend wie Glas waren, vermochten es aber von innen heraus.

Die einzige Möglichkeit, den Erstgeborenen zu töten, war, dessen Knochen zu brechen. Aber, um überhaupt in seine Reichweite zu kommen, musste man an einem anderen Erstgeborenen vorbei: Ragnar, Cavens besten Freund.

Der strohblonde Vampir mit der Figur eines muskulösen Bullen war das stärkste Geschöpf weltweit. Nie wurde er in Disziplinen, die auf Kraft bauten, geschlagen. Sein Manko war allerdings, dass er nicht unbedingt der hellste Kopf auf Erden war. Was er an Stärke zu viel hatte, fehlte ihm eindeutig an Grips. Er schlug sich durch seine Feinde, ohne nachzudenken.

Sein Freund Caven war strategisch eher bewandert. Deshalb kämpften die beiden Erstgeborenen stets Seite an Seite und das sehr erfolgreich.

Die verheerendste, wenn auch unscheinbarste Gabe von allen, besaß Akiko. Als das schnellste Wesen auf Erden, sah niemand sie kommen. Sie war als der unsichtbare Tod bekannt. Ihre Opfer wussten erst, womit sie es zu tun hatten, wenn es zu spät war.

Das süße Aussehen der zierlichen Asiatin täuschte über ihre Blutrünstigkeit und Grausamkeit hinweg, die sie mit Maxim teilte. Ob ihr diese Eigenschaften ihr Erschaffer vererbt hatte oder ob sie bereits vorher Teil ihrer Persönlichkeit gewesen waren, konnte nur Akiko selbst beantworten.

Ihre größte Schwäche war, dass sie ihre extreme Geschwindigkeit nicht sehr lange durchhielt. Nach wenigen Minuten war sie so erschöpft, dass sogar Menschen schneller als sie waren. Dies war der einzige Weg, sie zu besiegen. Bislang hatte aber niemand mit ihrem Tempo mithalten können, um sie zu schwächen.

Akiko war sehr wichtig für Maxim. Sie war eine der Wenigen, die ihm tatsächlich etwas bedeuteten. Wie weit diese Gefühle gingen, wusste niemand. Bekannt war, dass Akiko Maxim vergötterte und absolut alles für ihn getan hätte. Sie hatte seinen Wandel in das Ungeheuer begrüßt.

Ihre Rolle in Kämpfen bestand darin, ihren Gegner ihrer Hoffnung zu berauben. Sie raste durch sie hindurch und einer nach dem anderen fiel innerhalb von wenigen Sekunden tot um. Carlos Großvater hatte sie, zurecht, als noch gefährlicher, als ihren Erschaffer Maxim bezeichnet.

Carlos Großvater hatte seiner Freundin Jekaterina die letzten Seiten des Buches gewidmet. Diese letzten Seiten waren mit so vielen Tränen bedeckt, dass Carlo Mühe hatte, die Worte zu entziffern.

Jekaterina besaß die Fähigkeit, eine Tagwandlerin zu sein, was ihr unendlich viel bedeutet hatte. Jekaterina war kein Freund der Dunkelheit gewesen. Die Sonnenstrahlen hatten auf ihrer Haut keinerlei Verletzungen verursacht, anders als bei Maxim. Sie hatte mehrere Tage in der Sonne verbringen können.

Ihre Haut war aber immer bleich geblieben. Ihr Leben lang war sie in Menschenansammlungen aufgefallen. Obwohl sie die menschliche Gesellschaft sehr genossen hatte, hatte sie im Laufe der Jahre den Kontakt gemieden, weil sie sich nicht zugehörig gefühlt hatte.

Die Kälte war Jekaterinas größter Feind gewesen. Sie hatte ihr zuge-
setzt wie keinem anderen Vampir. Einmal hatte sie dadurch beinahe ihr
Leben verloren. Sie war von einem Schneesturm überrascht worden. Ma-
xim hatte seine Festung ihretwegen, statt im bevorzugten Norden, in
wärmeren Gefilden erbauen lassen.

Jekaterina war von allen Erstgeborenen die gutmütigste und warmher-
zigste gewesen. Sie hatte das Vertrauen der Menschen genossen. Gewalt
war nie ein Teil ihres Lebens gewesen. Sie hatte sich stets geweigert, zu
töten. Die Aufgabe, Vampire, die dem Blutrausch verfallen waren, aus-
zuschalten, hatte sie Maxim und den anderen Erstgeborenen überlassen.

Maxims Wandel hatte ihr das Herz gebrochen. Sie war fortgegangen,
weil sie nicht hatte ertragen können, ihren Freund als dieses Monster zu
erleben. Die Gründe für diese Veränderung hatte sie niemandem anver-
traut. Den Gestaltwandlern hatte sie sich erst angeschlossen, als ihre
Hoffnung, Maxim könne zu seinem alten Ich zurückfinden, verloren
schien.

Ihr sanftmütiges Wesen hatte ihr schlussendlich den Tod gebracht. Sie
hatte einen Moment gezögert, den Maxim für sich genutzt hatte. Ihr
Opfer für diese Welt würde unvergessen bleiben.

Trotz der unglaublichen Fähigkeiten der anderen vier Erstgeborenen
war Akiko die Gefährlichste von ihnen. Niemand, der es bisher mit ihr
aufgenommen hatte, hatte den Kampf überlebt. Sie bedeutete den sicheren
Tod.

Kapitel 23

„Akiko, dieses Mal hast du dich selbst übertroffen", sagte Maxim mit einem anerkennenden Nicken. „Du hast ausgezeichnet gewählt."

Gewählt? Was meinte er damit?

Die Asiatin stand mit leicht zerzaustem Haar wieder an der Seite ihres Erschaffers. Grinsend präsentierte sie ihre Beute. In ihren Händen hielt sie je ein bluttriefendes, in der kalten Winterluft dampfendes Herz. Sie ließ beide zu Boden fallen. Eines war bereits tot, das andere tat seinen letzten Schlag, ehe es den Schnee berührte. Genüsslich leckte sich Akiko das Blut von den Fingern.

Die Wandler blickten sich panisch um. Wessen Herzen hatte sie gestohlen? Miranda riss ihren Kopf zu Michael herum. Als sich ihre Blicke trafen, fiel ihr ein Stein von der Größe eines Felsens vom Herzen. Ihm war nichts passiert. Akiko hatte nicht sein Herz genommen. Carlo und dem Rest ihrer Familie ging es ebenfalls gut. Miranda wusste, dass es egoistisch war, doch dies war das Einzige, das für sie im Moment zählte.

Im Augenwinkel nahm Miranda wahr. Noah presste seine Hände auf seine Brust. Rubinrotes Blut tropfte unaufhörlich und in rasendem Tempo zu Boden. Carlo eilte zu seinem Freund. Einen Wimpernschlag später löste sich Bucks Erstarrung und das Alphatier stürzte auf seinen Hüter zu. Noah konnte sich kaum auf den Beinen halten. Er schwankte. Buck und Carlo mussten ihn stützen, damit er nicht umkippte. Sie halfen ihm, sich zu setzen. Tyler, der zweite Hüter, hielt den Kopf seines Kameraden. Seine Tränen tropften auf Noahs Gesicht und vermischten sich mit dessen.

Der verwundete Bär versuchte zu sprechen. Dickes Blut drang seitlich an seinen Lippen aus seinem Mund. Seine Stimme war nur ein Krächzen. Dennoch verstanden alle im Umkreis, was er gesagt hatte. *Sag ihnen, dass ich sie liebe.* Bestimmt meinte er damit seine Familie.

Miranda realisierte in diesem Augenblick, dass sie fast nichts über den Bärenwandler wusste. Hatte er eine Gefährtin und Kinder? Miranda kannte nur die Geschichte von seiner Mutter. Der Tod ihres Sohnes würde sie in den Abgrund stürzen. Es war schon tragisch genug, das eigene Kind zu Grabe tragen zu müssen. Wenn es einem auf diese grausame Weise genommen wurde, war der Schmerz noch viel größer.

Miranda hatte zwar noch keine Kinder, doch sie erinnerte sich an den Kummer in den Augen ihrer Großmutter, wenn sie von ihrer jüngsten Tochter Andrea gesprochen hatte, die im Alter von nur zwölf Jahren verstorben war.

Langsam schlossen sich Noahs Lider über seinen Augen, ehe er seinen letzten, gequälten Atemzug tat. Seine Hände rutschten von seiner Brust und zeigten das klaffende Loch, das Akiko ihm in die Brust gerissen hatte. Obwohl sie alle gewusst hatten, was die Asiatin ihm angetan hatte, war niemand auf den Anblick vorbereitet gewesen. Miranda spürte die Übelkeit in sich aufsteigen. Sie konnte nicht länger hinsehen.

Trauer umfasste sie, nicht so sehr um den Bären selbst, sondern vielmehr um seinen langjährigen Freund Carlo, der seine Trauer mit einem schmerzvollen Brüllen kundtat.

Nur wenige bemerkten, wie eines der Pferde krampfend zusammenbrach. Eine dampfende Blutlache sammelte sich unter der Brust des schwarzen Tieres. Sekunden später erstarben seine Bewegungen. Sasari und ihre Herde stimmten mit einem herzzerreißenden Wiehern in das schmerzhafte Klagen der Bären um ihren gefallenen Kameraden ein.

Stumme Tränen rollten über Mirandas Wangen. Kummer machte ihr das Herz schwer. So viele waren in den vergangenen Tagen gestorben. Unschuldige hatten ihr Leben gelassen. Wofür? Weil dieser verdammte Maxim dachte, er könne sich alles nehmen, was er haben wollte. Mirandas tränenverschleierter Blick traf Maxim. Er ergötzte sich am Leid, das die Asiatin über die Wandler gebracht hatte. Akiko reckte ihr Kinn stolz nach vorne. Maxim zu gefallen, schien ihr das Wichtigste zu sein.

Miranda ließ sich von ihrer Wut durchströmen und rief sich die Gesichter all jener in Erinnerung, die sie durch diese Bestie verloren hatte – ihre Familie und ihre Freunde. Mit aller Kraft versuchte sie, dieses neue Wesen in ihr damit zu wecken. Aber es versteckte sich tief in ihrem Verstand und weigerte sich, ihr zu helfen. Frustriert gab sie ihre Bemühungen auf und bat ihre Luchsin um Hilfe, die ihr nicht verwehrt wurde.

Ihr Tier lechzte nach Vergeltung. Mirandas Blick wurde schärfer. Sie sah die Welt nun durch die Augen der Raubkatze, die in ihr lebte. Vollständig wollte sie sich noch nicht verwandeln. Sie wollte ihre Kräfte schonen. Außerdem war es bitterkalt und sie benötigte ihre Kleider noch länger. Miranda ließ die Vampire nicht mehr aus den Augen und stürmte los.

Der Tumult brach los. Aus Schmerz und Trauer wurde unbändiger Zorn über die sinnlosen Tode ihrer Kameraden. Sie griffen nach der Kraft ihrer Tiere und folgten Miranda in den Kampf, der über ihr Schicksal entscheiden sollte.

Seit dem Mord an Noah und dem Pferdewandler war noch keine Minute vergangen. Dennoch hatte sich die Lichtung bereits zum Schlachtfeld entwickelt. Die Gestaltwandler gingen in ihrer animalischen Wildheit, zum Teil als Tiere, aber meist in halbverwandelter auf ihre Gegner los und griffen mit voller Kraft an. Mit ausgefahrenen Krallen durchtrennten sie Vampirkehlen. Blut spritzte in alle Richtungen. Das leise Röcheln ihrer Besitzer ging im Kampflärm völlig unter.

Miranda bemerkte, dass keiner der Vampire sie beachtete. Sie mieden ihre Nähe, ob nun aus Angst oder, weil Maxim es ihnen befohlen hatte, war ihr egal. So konnte sie sich wenigstens auf das Vampiroberhaupt und den wichtigsten Kampf in ihrem Leben konzentrieren.

Miranda schritt auf den Vampiranführer zu. Er hatte sich nicht von der Stelle gerührt. Das Kampfgetümmel, das um ihn herum ausgebrochen war, interessierte ihn in keinster Weise. Er war voll und ganz auf Miranda fixiert. Seine Gesichtszüge blieben gleichgültig, als Vampire, wie auch Gestaltwandler starben. Er bedauerte keinen der Toten. Sie bedeuteten ihm nichts. Diese Vampire waren für ihn bloß Marionetten in seinem Spiel. Spielfiguren, die er am Feld herumschubsen konnte.

„Glaubst du wirklich, dass du mich ohne deine spezielle Verwandlung besiegen kannst? Ich muss zugeben, ich war überrascht. In all den Jahren, die ich nun schon auf dieser Welt wandle, ist mir noch kein Geschöpf, wie du es bist, untergekommen. Ich würde es fast als Schicksal bezeichnen, dass dein Geruch mich auf deine Spur gebracht hat." Maxim streckte seine Arme zu Seite aus. „Sei klug und erspare deinen Freunden den Tod. Gib auf und begleite mich."

„Hör auf zu reden!", fauchte Miranda. „Bringen wir es endlich zu Ende." Mit gebleckten Zähnen setzte ihr Tier zum Sprung an. Es war kurz davor, die Führung zu übernehmen. Miranda hielt es zurück, befahl ihm, noch zu warten, denn sie hoffte auf einen Moment der Unachtsamkeit bei ihrem Gegner. Maxim öffnete seinen Mund, um weiterzureden. Miranda hatte keine Lust mehr auf sein lästiges und vor allem unsinniges Geschwafel. Sie ließ die geistige Leine los.

Die wilde, unbezähmbare Kraft ihrer Luchsin erfüllte Miranda explosionsartig, als wäre ein überlastetes Gefäß geplatzt. Es war wie ein Rausch, der sie aber nicht überwältigte, sie nicht kontrollierte. Ihre menschliche Seite beobachtete die Geschehnisse aus der Ferne, völlig unberührt von der tierischen Macht, die in ihr wütete.

Was sich vorerst nur in ihrem Geist abgespielt hatte, zeigte sich nun auch an ihrem Körper. Der Schub an reiner, roher Kraft schleuderte Miranda beinahe ihrem Feind entgegen. Maxim war zu erstaunt, um zu reagieren. Mirandas Krallen schnitten durch die Haut an seinem Hals. Bevor sie aber tiefer eindringen konnten, packte sie der Vampir am Handgelenk. Mit einem kräftigen Ruck drehte er es herum. Knochen brachen mit einem hörbaren Kanncken. Ihre Finger, die nach wie vor Maxims Hals umschlossen, wurden plötzlich taub und verloren ihre Kraft. Tränen füllten Mirandas Augen. Am liebsten hätte sie laut geschrien, doch kein Laut verließ ihre Lippen. Diesen Triumph war sie Maxim nicht vergönnt.

„Sieh es ein", zischte der Vampir hinterhältig, „du kannst mich nicht besiegen, Miranda. Gib endlich auf."

„Niemals!"

Blitzschnell versuchte Miranda mit ihrer anderen Hand an Maxims Hals zu gelangen, doch der Vampir war, gestärkt durch das Blut der Pferdewandler, schneller. Er bekam ihr zweites Handgelenk zu fassen. Seine bleichen Finger fühlten sich eiskalt auf ihrer Haut an. Er zog sie ganz nah zu sich heran. Miranda wehrte sich vehement gegen Maxims Griff, hatte aber nicht die geringste Chance. Die Aura, die ihn umgab, bohrte sich wie Nadelstiche, die erfüllt waren von Dunkelheit, in ihr Fleisch.

„Wenn ich mit dir fertig bin, wirst du um deinen Tod betteln", flüsterte ihr der Vampir ins Ohr. Er hob sie ein Stück hoch, als wäre sie so leicht wie eine Feder. Miranda spannte sämtliche Muskeln in ihren Armen an, um den Druck von ihrem gebrochenen Handgelenk zu nehmen. Ihr Schrei zerfetzte die Luft. In ihrem Geiste hörte sie das grauenvolle Wimmern ihrer Katze. Mit schier unmenschlicher Kraft schleuderte Maxim sie von sich weg.

Einen Moment lang stand die Zeit für Miranda still, während dem sie regungslos in der Luft hing. Der Aufprall kam unerwartet und presste alle Luft aus ihren Lungen. Sie windete sich im eisigen Schnee und bog ihren Rücken durch, doch sie bekam keine Luft. Verzweifelt, wie ein Fisch an Land, schnappte sie nach Luft, doch nichts davon erreichte ihre Lungen. Panik ergriff Besitz von ihrem Verstand. Sie wollte noch nicht sterben.

Ihr Blick verdunkelte sich. Sie spürte, wie die Finsternis gierig nach ihr griff und sie in ihre Tiefen ziehen wollte. Im letzten Moment wälzte sie sich auf den Bauch und endlich füllten sich ihre Lungen.

Erschöpft legte Miranda ihre Wange auf den eisigen Schnee und sog die kalte Nachtluft ein. Ihr Brustkorb brannte bei jedem Atemzug, als wäre er mit glühenden Kohlen gefüllt. Aber sie hörte nicht damit auf, bis das Brennen erlosch.

Ängstlich ließ Miranda ihren Blick über die Toten schweifen. Die Leichen von Vampiren und Gestaltwandlern bedeckten Seite an Seite den kalten Boden. So nahe, wie sie einander im Tode gekommen waren, waren sie sich im Leben nie gewesen. Schade darum. Möglicherweise wären einige von ihnen Freunde geworden.

Mirandas Herz machte vor Erleichterung einen Hüpfer, als sie ihren Gefährten erblickte. Er kämpfte an der Seite seines Freundes Carlo und von Mirandas Tante Marie. Bis auf eine klaffende Wunde an der Schulter schien ihm nichts zu fehlen.

Ihr gebrochenes Handgelenk schmerzte. Es war stark geschwollen und mit blauen Flecken übersät. Selbst mit ihren außergewöhnlichen Selbstheilungskräften würde es gut eine halbe Stunde dauern, bis ihre Knochen vollständig geheilt waren. Diese Zeit hatte sie nicht, denn Maxim schritt zügig auf sie zu.

Schnell rappelte sich Miranda auf. Ein stechender Schmerz durchzuckte ihr Handgelenk und zog sich bis zu ihrer Schulter hoch. Bittere Galle stieg in ihr auf. Sie hatte nicht nachgedacht und sich mit ihrer verletzten Hand abgestützt.

Maxim kam mit großen Schritten auf sie zu. An seiner Miene konnte sie erkennen, dass ihm der Verlauf dieses Kampfes deutlich besser gefiel, als der ihrer letzten Auseinandersetzung.

Miranda stand einfach nur da, ihre verletzte Hand auf ihre Brust gepresst, und wartete. Alle Knochen in ihrem Körper schmerzten. Ihre Beine zitterten vor Anstrengung. Sie konnte keinen einzigen Schritt gehen, ohne befürchten zu müssen, umzukippen. Aber ihr

Wille war ungebrochen. *Wir schaffen das*, flüsterte sie ihrer Luchsin zu.

Maxims Augen waren auf Miranda gerichtet. Gut zwei Meter trennten sie voneinander. Plötzlich flog der Kopf eines schwarzhaarigen Vampirs, dessen Augen vor Schreck weit aufgerissen waren, zwischen ihnen vorbei. Für einen kurzen Moment kam Miranda der Gedanke, dass es sich um Maxims Kopf handelte. Vielleicht fesselte aus diesem Grund der Anblick sowohl sie, als auch den Vampiranführer. Beide sahen sie dem Kopf wie gebannt hinterher und wurden Zeugen von etwas, das sie nicht für möglich gehalten hatten.

Panisch schlug Sasari mit ihren Hinterbeinen nach etwas aus, das sie nicht sehen konnten. Auf einmal war ein dumpfes Geräusch zu hören und, wie aus dem Nichts, tauchte Akiko in der Luft auf. In hohem Bogen flog sie durch die Luft und prallte rücklings gegen einen alten Baum, wo sie reglos liegen blieb. Gefrorener Schnee rieselte auf sie hinab.

An ihrer Schläfe lief ein dünnes Rinnsal Blut hinab. Auf ihrem schwarzen Shirt klebten kleine Eiskügelchen, die sich aus den Hufen der Pferdefrau gelöst hatten. Sie hatten sie mitten auf die Brust getroffen.

Da hätte sich die Asiatin doch besser über das Wesen der Pferde informieren sollen, die sich gerne einmal vor dem eigenen Schatten erschreckten.

Im Wald kehrte Stille ein. Niemand kämpfte mehr. Alle Augen waren auf die Pferdewandlerin gerichtet, deren Fell vor Schweiß triefte. Ihre Augen blickten weit aufgerissen in Maxims Richtung, der sie hasserfüllt fixierte. Die Erstgeborene hatte dem Anführer offenbar viel mehr bedeutet, als Miranda erwartet hatte.

Sasaris rasender Herzschlag war über die gesamte Lichtung zu hören. Ihre Nüstern blähten sich panisch, als Maxim einen Schritt auf sie zumachte.

In Mirandas Kopf überschlugen sich die Gedanken. Dies war ihre Gelegenheit, einen der gefährlichsten Vampire der Welt auszuschalten. Bloß war sie zu weit von der Erstgeborenen entfernt, um es zu Ende bringen zu können. Maxim würde sie daran hindern, in ihre Nähe zu gelangen.

Plötzlich flüsterte eine Stimme in ihrem Kopf, die Miranda sofort als Michaels erkannte und die in ihr ein Gefühl der Wärme auslöste. *Lenke Maxim ab. Carlo erledigt den Rest.*

Wie war das nur möglich? Aber Miranda kannte die Antwort bereits. Das Gefährtenband. Ihre Mutter hatte immer behauptet, es gäbe keine Verbindung, die mächtiger war als jene, zwischen zwei Seelenverwandten. Deshalb war sie auch bloß einmal im Leben eines Wandlers möglich.

Miranda lächelte. Sie hatte immer das Gefühl gehabt, dass ihre Eltern einander ohne Worte verstanden hatten. Dabei hatte sie nur die Worte nicht hören können, die sie im Geiste ausgetauscht hatten. Diese wundervolle Art der Kommunikation stand nun auch ihr offen.

Macht euch bereit, ließ Miranda ihren Gefährten über den telepathischen Weg wissen. Es war so einfach wie sprechen. Sie musste bloß an die Worte und an ihren Gefährten denken.

Die Führung überließ sie wieder ihrer Luchsin. Miranda spürte ihre Kraft. Ihre Muskeln spannten sich an, bereit zum Sprung. Alles um Miranda herum verschwamm zu einem Streifen aus Farben. Einzig Maxim sah sie mit klaren Umrissen vor sich und ihm alleine galt ihre Aufmerksamkeit. Mit einem mächtigen Satz war sie bei Maxim und attackierte ihn mit ihren Krallen. Die Schmerzen in ihrem Handgelenk ignorierte sie, denn sie waren ein geringer Preis dafür, einen der Erstgeborenen zu vernichten.

Maxim war unglaublich schnell, aber er war abgelenkt. Seine Schläge waren wild und ungestüm, aber deshalb nicht weniger kraftvoll. Er traf Miranda hart im Gesicht. Sterne blitzten vor ihren Augen auf und nahmen ihr die Sicht. Sie schwankte, konnte sich aber im nächsten Moment wieder fangen und schlug sofort wieder auf den Vampiranführer ein. Doch Miranda fiel es schwer, ihn zu treffen. Ihr Kopf hatte sich von dem Schlag noch nicht erholt. Sie sah seine Bewegungen verzögert und abgehakt. Viele ihrer Schläge gingen deshalb ins Leere.

Ihren nächsten Schlag fing er mit seiner Hand ab, gerade, als ein grässliches, reißendes Geräusch die Stille durchbrach. Sie wusste, was geschehen, ohne es gesehen zu haben, wie es auch Maxim wusste. Akiko war tot, von Carlo mit einem triumphierenden Gebrüll enthauptet. Er hatte seinen Freund gerächt.

„Für Noah!", schrie Buck. Seine Bären stimmten laut in diesen kleinen Sieg ein.

Doch für Miranda war es kein Grund zur Freude. Sie wagte nicht, den Blick von Maxim abzuwenden. Der irre Ausdruck in seinen Augen machte ihre eine Heidenangst.

„Dafür werdet ihr büßen", spie er hervor. In seiner Miene war nichts als Wahnsinn zu sehen. Der Tod der Asiatin, die ihm so ähnlich gewesen war, brachte diese noch gefährlichere, völlig unberechenbare Seite von ihm zum Vorschein.

Er zog sein Bein an und trat Miranda fest in den Bauch. Mit voller Wucht krachte sie gegen einen Baum. Sie fiel in den Schnee, wo sie am Rücken liegen blieb. Sie konnte spüren, wie mehrere Wirbel in kleine Teile zerbrachen. Der Schmerz war unbeschreiblich. Es war, als hätte ihr jemand tausende, glühende Messer in den Rücken gerammt. Ihr Mund schrie, aber Miranda hörte es nicht. In ihren Ohren stürzte das Meer in tosenden Wellen herein. Ihre Luchsin wand sich vor Schmerzen und stieß schrille, klagende Laute aus. Miranda bettelte in Gedanken nach dem Tod, flehte ihn an, er möge sie zu sich holen und sie aus diesem Albtraum befreien.

Ihr Kopf drohte zu bersten. Sie kniff die Augen zusammen und presste ihre Handballen an ihre Schläfen, um das Hämmern zu vertreiben. Ihre Finger wurden feucht vom Blut, das aus einer klaffenden Wunde an ihrem Hinterkopf quoll.

Miranda. Die verwaschene Stimme, die sie in ihrem Kopf hörte, war zu weit entfernt. Miranda wusste nicht, wem sie gehörte. Sie konnte sich nicht darauf konzentrieren.

Miranda! Die Stimme wurde klarer und viel lauter, aber immer noch konnte Miranda sie nicht erkennen. Ihr Kopf schmerzte so stark, dass sie nicht klar denken konnte.

Auf einmal sah sie Bilder vor ihrem geistigen Auge. Es waren nur Bruchstücke – Vampire mit rotglühenden Augen, die näherkamen. In einem Paar loderte unbändiger Zorn und ein Hass, der alles zu verschlingen drohte.

Es dauerte einige Momente, bis Mirandas Gehirn die Informationen verarbeitet hatte. Ihre Luchsin wusste sofort, wer ihnen die Bilder geschickt hatte. Es kam sowieso nur dieser Eine in Frage, der ihr Herz erobert und sich mit ihr verbunden hatte. Michael war in Gefahr!

Miranda zwang sich ihre Augen zu öffnen, aber sie brachte sie nur einen winzigen Spalt weit auf. Die Tränen, die sich hinter ihren Lidern gesammelt hatten, bahnten sich nun ihren Weg über Mirandas Wangen. Augenblicklich wurde das Hämmern in ihrem Kopf stärker, dass sie unwillkürlich ihre Augen wieder zupresste, um die Qualen zu lindern. Miranda wäre nicht MIranda, würde sie nach diesem Fehlschlag aufgeben. Nach mehreren Anläufen schaffte sie es endlich, ihre Augen offen zu halten. Ihr Blick war verschwommen, aber sie sah genug, um ihr den Mut und ihre Hoffnung zu nehmen.

Die wenigen verbliebenen Gestaltwandler waren eingekreist von Vampiren, deren Zahl sich ebenso deutlich verringert hatte. Sie waren ihnen aber zahlenmäßig überlegen. Buck warf sich vor Sasari, damit Maxims Klauen sie nicht erwischten. Stattdessen rissen sie dem Bären tiefe Furchen in die Brust. Er brüllte laut auf und stieß den Vampir von sich weg. Buck schirmte die Pferdewandlerin vor allen Vampiren ab, die ihr Schaden zufügen wollten. Seine Gefühle für sie konnte er nicht leugnen.

Sasari selbst trat mit ihren Hinterbeinen nach allen Schatten aus, die sich ihr näherten. Aber sie war müde und ihre Tritte weniger kraftvoll geworden. Der Schweiß spritzte in kleinen Tropfen durch die Luft, wenn sie sich bewegte. Ihre Mähne klebte feucht an ihrer Stirn.

Michael und Carlo kämpften Rücken an Rücken und beschützten Mirandas Tante Marie, die schlimm am Kopf verletzt worden war und sich kaum noch auf den Beinen halten konnte.

Sie alle kämpften noch für das Überleben ihrer Rasse, obwohl sie keine Chance auf einen Sieg hatten. Die Vampire waren zu stark für sie. Die Wandler wurden immer weiter zurückgedrängt und ihre Feinde zogen den Kreis um sie enger. Alles, was sie noch tun konnten, war, sie auf Abstand zu halten.

Sie brauchten dringend Hilfe. Miranda biss die Zähne zusammen und richtete sich auf. Sie ignorierte die Schmerzen, die ihre Wirbelsäule hinaufschossen, und versuchte, aufzustehen. Doch ihre Beine gehorchten ihr nicht. Miranda befahl ihnen, sich zu bewegen, aber sie rührten sich nicht von der Stelle und blieben regungslos liegen.

Die Gefühle übermannten sie. Schluchzend schlug sie auf ihre Oberschenkel ein, bis sie bemerkte, dass sie es nicht spüren konnte. Sie waren unempfindlich gegenüber Schmerzen und Kälte. Es war, als hätte Mirandas Körper ab ihrem Bauchnabel aufgehört zu existieren.

Mutlos schleppte sie sich ein Stück zurück zu dem Baum, gegen den sie geprallt war, und ließ sich gegen den Stamm fallen. Hoffnungslosigkeit dehnte sich in ihrer Brust aus wie ein Ballon. Er nahm ihr die Luft zum Atmen.

Ihr Blick glitt über das Schlachtfeld. So viele waren gestorben, so viele Familien waren auseinandergerissen worden. Kinder mussten ohne ihre Väter aufwachsen, Frauen ohne ihre Gefährten leben.

Sie alle waren ihr gefolgt, weil sie geglaubt hatten, sie sei etwas Besonders. Sie hatten Vertrauen in ihre Fähigkeiten gehabt. Jeden von ihnen hatte sie bitter enttäuscht. Wieso hatte sie nicht aufgegeben, als Maxim ihr die Möglichkeit dazu geboten hatte? Diese tapferen Soldaten könnten noch leben, wäre sie mit dem Vampir gegangen. Sie hatte sie in den Tod geführt. Es war allein ihre Schuld.

Auch das Blut ihrer Freunde, von denen sie jeden einzelnen liebgewonnen hatte, würde bald den Schnee bedecken. Ihr Leben war vorbei, auch wenn sie noch tapfer darum kämpften. Aber sie konnten es nicht schaffen. Die Übermacht durch die Vampire war einfach zu groß.

Mirandas Blick wurde allmählich klarer und das Hämmern in ihrem Kopf ließ nach. Sie konnte spüren, dass sich die Knochen in ihrem Schädel wieder miteinander verbanden. Die Haut darüber spannte und fühlte sich heiß an. Auch an ihrer Wirbelsäule hatte die Heilung eingesetzt. Die Schmerzen schwanden. Aber ihre Beine blieben taub und reglos. Sie konnte nicht weglaufen und wollte es auch nicht.

Wenige Meter vor ihr sah Miranda weißen Dunst in die Nacht aufsteigen. Sie konnte das Gesicht aber nicht erkennen, von dem er zu kommen schien.

Sicher war sich Miranda nicht wegen dem, was sie zu sehen geglaubt hatte. Vielleicht hatte ihr Gehirn ihr einen Streich gespielt und sie etwas sehen lassen, das gar nicht da war. Aber es ließ ihr keine Ruhe.

Um sich zu vergewissern, dass sie sich nicht getäuscht hatte, ließ sich Miranda auf die Seite fallen und drehte sich umständlich auf den Bauch. Ihre unbrauchbaren Beine waren ihr dabei andauernd im Weg. Alleine mit der Kraft ihrer Arme zog sie sich auf den Gestaltwandler zu. Je näher sie kam, desto besser konnte sie ihn sehen. Sie erkannte das braune Haar, das er mit seinen Geschwistern teilte.

Unwillkürlich wurde Miranda schneller. Ihre Finger waren so bitterkalt, dass sie das Gefühl hatte, sie würden abfrieren. Der eisige Schnee hatte seine Spuren auf ihrer Haut hinterlassen. Sie war aufgerissen. Hellrote Blutschlieren bedeckten den Schnee. Dennoch kämpfte sie sich weiter vor, bis sie in das Gesicht ihres Onkels sah.

„Ryan?", flüsterte sie. „Ryan, hörst du mich?" Miranda rüttelte an seinen Schultern, bekam aber keine Reaktion. Sie riss seine dicke Daunenjacke auf und legte ihr Ohr auf seine Brust. Leise, aber kräftig hörte sie sein Herz schlagen. Er lebte!

Sie schob Ryans Pullover hoch und tastete mit ihren Händen seinen Körper ab. Immer wieder kippte sie zur Seite, weil sie sich nur schwer aufrecht halten konnte.

Ryans Oberkörper war mit blauen Flecken übersät. Einige davon waren von so dunkler Farbe, dass sie schwarz wirkten. Aber es schien keine Rippen gebrochen zu sein. Am schlimmsten war sein Bein verletzt. Sein Oberschenkelknochen stand mehrere Zentimeter heraus. Die Blutgefäße schienen aber unverletzt zu sein. Es kam kaum Blut aus der Wunde und auch am Boden hatte sich nur wenig gesammelt. Die Haut rund um den hervorstehenden Knochen begann bereits, sich zu verschließen.

Miranda erinnerte sich an ihre Schulzeit. Sie hatten die Unterschiede zwischen Menschen und Gestaltwandlern durchgenommen. Da Wandler weitaus schneller heilten als Menschen, war es sehr wichtig, Knochenbrüche sofort zu behandeln. Die Knochen mussten in ihre ursprüngliche Position gebracht werden, bevor die Heilung einsetzte, weil sie ansonsten möglicherweise falsch zusammenwuchsen. Wenn das passierte, mussten die Knochen noch einmal gebrochen werden. Das wollte Miranda ihrem Onkel ersparen.

Sie umfasste seinen Oberschenkel an beiden Seiten der Bruchstelle und ließ sich mit ihrem gesamten Gewicht darauf nieder. Der Knochen rutschte mit einem lauten Knacken dorthin, wo er hingehörte. Heftig keuchend fuhr Ryan hoch.

„Es tut mir so leid, Ryan, aber ich musste das richten."

Das Gesicht ihres Onkels nahm plötzlich grünliche Farbe an. Er schwankte. Miranda half ihm, sich wieder hinzulegen. Sie hatte damit zu kämpfen, das Gleichgewicht zu halten. Benommen fasste sich Ryan an den Kopf und betastete die Wunde. Nachdenklich rieb er die blutigen Finger vor seinen Augen aneinander. Dann erst sah er Miranda an. „Was ist los?"

Miranda schüttelte ihren Kopf und begann zu weinen. Ihre Kehle war wie zugeschnürt. Sie konnte ihm keine Antwort auf seine Fragen geben.

„Miranda", forderte ihr Onkel, „sag mir, was passiert ist."

„Es ist vorbei", schluchzte sie. Ihr Blick wanderte zu ihren Kameraden, die von ihren Feinden weiter zusammengedrängt wurden. „Die letzten von uns kämpfen zwar noch, aber sie können die Vampire nicht besiegen."

Ryan drehte seinen Kopf zur Seite, um in Mirandas Richtung zu schauen. Verwirrung stand in seine Miene geschrieben. Sie wusste, was er fragen wollte. „Ryan, ich kann ihnen nicht helfen", weinte Miranda. „Maxim hat mich gegen einen Baum geschleudert, nachdem Carlo Akiko getötet hat. Meine Wirbelsäule ist dabei verletzt worden. Seither spüre ich meine Beine nicht mehr. Ich kann nicht mehr laufen! Ich bin nutzlos! Ich muss ihnen beim Sterben zusehen, wie auch meinen Eltern!"

Ihre Gefühle überwältigten sie. Sie fühlte sich so hilflos und alleine wie noch nie in ihrem Leben.

Kapitel 24

MIRANDA! Der verzweifelte telepathische Schrei ging ihr durch Mark und Bein. Sie riss ihren Kopf herum.

Ihr Gefährte lag blutüberströmt am Boden und war am Ende seiner Kräfte. Über ihm thronte Maxim. Sein Fuß stand auf Michaels Brust und drückte ihn zu Boden. Michael versuchte vehement, sich zu befreien, aber es gelang ihm nicht. Maxim hielt ihn mühelos fest. Ein höhnisches Grinsen umspielte seine Lippen, als er sich zu Michael hinabbeugte und seine bleichen Finger um dessen Hals legte.

„NEIN!", schrie Miranda. Der Anblick zerriss ihr schier das Herz. Eine Welt ohne Michael war für sie nicht mehr vorstellbar. Er durfte nicht sterben.

Der Vampir sah auf und ließ seinen Blick zwischen Miranda und Michael hin- und herwandern. „Du hast dich mit ihr verbunden, nicht wahr?", fragte er leise. Seine Gedanken schienen in die Vergangenheit zu schweifen und erhellten seine Miene. „Auch ich hatte einmal eine Gefährtin", fuhr Maxim fort. Im nächsten Moment nahm sein Gesicht grausame Züge an. „Ich musste mitansehen, wie ein besessener Gestaltwandler sie in Fetzen riss."

Das also war der Grund für seinen Wandel gewesen. Davon musste auch sein, nicht zu übersehener Hass auf die Gestaltwandler herrühren, der damals zu seinem Streben nach Macht und Herrschaft geführt hatte.

Er wandte sich an einen schmächtigen Vampir mit beinahe weißer Haut, die sich kaum von seiner weißen Kleidung abhob und ihn, zusammen mit den kurzen, weißblonden Haaren, wie einen Geist aussehen ließ. Seine roten Augen waren heller als die seiner Artgenossen. „Caven, bring mir die Luchsin. Sie soll zusehen, was ich mit ihrem Gefährten mache. Sie soll sehen, wie sein Leben erlischt, und fühlen, was ich damals gefühlt habe."

Miranda versuchte nicht, wegzukriechen. Es hatte ohnehin keinen Sinn, zu fliehen. Durch ihre Behinderung konnte sie nicht schnell genug vorankommen, um auch nur den Hauch einer Chance zu haben.

Miranda beugte sich zu ihrem Onkel hinab. „Tu so, als wärst du tot", wisperte sie Ryan zu. Sie achtete darauf, ihre Lippen so wenig wie möglich zu bewegen, damit die Vampire keinen Verdacht schöpften. „Egal, was passiert, bleib ruhig. Die Mädchen brauchen dich. Andy braucht dich. Du musst überleben."

Ryan nickte kaum merklich, ehe er seine Augen schloss und den Kummer darin vor ihr versteckte. Ihr Onkel hielt den Atem an, als der Vampir Miranda mit einer Leichtigkeit hochhob und sie über seine Schulter legte, als wäre sie ein Kind. Ihre Beine hingen schlaff hinab. Miranda spürte nicht, wo Caven sie festhielt, wie der Vampir nicht zu fühlen schien, dass sie sich mit aller Kraft an seinen Seiten festklammerte, weil sie fürchtete, hinunter zu rutschen.

Vor Michael ließ Caven sie auf den Boden fallen. Miranda schlug mit dem Rücken hart am eisigen Schnee auf. Durch ihre Wirbelsäule schoss ein intensiver, bis in den Kopf hinaufziehender Schmerz, der aber schnell abflaute und nur ein dumpfes Echo hinterließ. Ihre Beine blieben davon unberührt. Miranda ertappte sich bei dem Gedanken, dass sie sich wünschte, sie würde Schmerzen spüren. Alles war besser als diese Gefühllosigkeit.

Miranda konnte Michaels Sorge deutlich spüren. Er hatte bemerkt, dass sie ihre Beine nicht mehr bewegen konnte. Sein Tier schmiegte sich durch das Band tröstlich an ihres und zeigte ihm, dass es nicht alleine war. Diesen Weg würden sie gemeinsam gehen. Es war ein tröstlicher Gedanke. Dennoch trauerte sie um die gemeinsame Zukunft, die ihnen bald genommen werden würde.

Ein bulliger Vampir mit strohblondem Schopf und dümmlich wirkender Miene hielt Sasari, Carlo und Buck in Schach. Er war kein normaler Vampir, sonst hätte er es nicht mit diesen drei Gestaltwandlern, die allesamt geborene Alphatiere waren, gleichzeitig aufnehmen können.

Trotz der unausweichlichen Niederlage, oder vielleicht gerade deshalb, bäumte sich Sasari auf und stellte sich auf ihre Hinterbeine. Sie versuchte, den Vampir mit ihren Hufen niederzuschlagen, aber dieser fing sie mit seinen bloßen Händen ab und stieß sie von sich weg. Das Pferd flog mehrere Meter durch die Luft, bevor es aufschlug und sich überschlug. Eine Sekunde später lag an der Stelle des Pferdes die blonde Frau, die vor Schmerzen laut aufschrie. Sie hielt sich den Brustkorb. Augenblicklich verfärbte sich die Haut in ein dunkles Rot.

Buck drängte sich an Carlo vorbei zu seiner Angebeteten. Er schlüpfte aus seiner Jacke und hüllte sie fürsorglich darin ein. Sein wütender Blick galt dem bulligen Vampir. Er schwor Rache.

Die anderen Gestaltwandler, die den Kampf überlebt hatten, wurden von den übrigen Vampiren gefangen gehalten, die gierig nach ihren Kehlen lechzten. Unter ihnen war Mirandas Tante Marie. Sie hing bewusstlos in den Armen eines rothaarigen Vampirs, dessen Augen Mirandas Blick suchten. Sie glaubte, eine Entschuldigung darin zu sehen.

Maxim ließ von Michael ab und hockte sich vor Miranda. Die langen, klauenartigen Finger des Vampiroberhaupts strichen beinahe zärtlich über ihre Wange. Die Stellen, die er berührt hatte, fühlten sich an, als wären sie zu Eis gefroren. Der Vampir beugte sich weit nach vorn, sodass seine Lippen Mirandas Ohr berührten. Sie spürte seinen kalten Atem an ihrem Hals, der sie schaudern ließ.

„Du sollst wissen, was es heißt, seinen Seelenverwandten zu verlieren", flüsterte er. „Du wirst zusehen, wenn ich ihm das Leben aussauge, bis nichts weiter übrig ist als eine leere Hülle. Jeden Tag, jede Stunde, ja, jede Minute deines Lebens wirst du dich an diesen Moment erinnern. Du wirst daran verzweifeln. Der Schmerz wird dich zerfressen und in deinem Herzen nur noch Dunkelheit zurücklassen."

Er sah sie erneut an. „Aus diesem Grund lasse ich dich am Leben. Büße dafür, dass ihr mir meine treuesten Gefährten genommen habt."

Miranda konnte die Tränen nicht zurückhalten. Sie wollte den Mund aufmachen, um Maxim anzuflehen, er möge Michael verschonen, als sie die Stimme ihres Gefährten in ihrem Kopf vernahm. *Nicht. Es hat keinen Sinn. Er wird keinen von uns gehen lassen. Und du weißt, ich würde dich nicht verlassen, nie, nicht einmal, um mein Leben zu retten. Lass Maxim nicht gewinnen und kämpfe weiter. Gib dich nicht auf.* Nach einer kurzen Pause fuhr er fort. *Ich liebe dich, Miranda. Die Zeit mit dir war die schönste meines Lebens. Eines Tages werden wir uns wiedersehen. Solange warte ich auf dich.*

Michaels Worte zu akzeptieren, fiel ihr äußerst schwer. Dennoch widersetzte sie sich ihnen nicht. Tief in ihrem Herzen wusste sie, dass er recht hatte. Diesen Ort würde keiner ihrer Freunde lebend verlassen. Nur sie würde noch atmen und den Schmerz des Verlustes spüren.

Miranda nickte als Zeichen des Versprechens. Sie würde stark für ihn sein. Bis zum Schluss. Miranda streckte ihre Hand nach ihrem Gefährten aus. Sie wollte ihn noch ein letztes Mal berühren und seine Wärme spüren. Doch sie war zu weit entfernt und konnte ihn nicht erreichen.

Maxim wandte sich wieder ihrem Gefährten zu. Caven zog Michael hoch und hielt seine Arme hinter seinem Rücken fest. Der Vampiranführer warf noch einen letzten Blick auf Miranda, ehe er sich hinabbeugte und seine langen Zähne die Haut an Michaels Hals durchbohrten.

Der Schrei, der Michaels Lippen verließ, war so furchtbar, dass die Vögel erschrocken ihre Plätze auf den Bäumen verließen und in den Himmel hinauf flatterten. Michael wehrte sich gegen den Vampir, aber seine Versuche, ihn von sich wegzuschieben, blieben erfolglos. Er war viel zu schwach. Sein Schrei wurde leiser und erstarb wenig später.

In wilden Bächen schossen die Tränen Mirandas Wangen hinunter. Trotzdem hielt sie Michaels schwächer werdendem Blick stand. Das Leben schwand langsam aus seinen Augen. *Ich liebe dich*, schrie sie ihm telepathisch entgegen. *Ich liebe dich so sehr*. Aber sie bekam keine Antwort.

Maxims Arme hielten ihren Gefährten fest umschlungen, während er ihm das Blut aus den Adern saugte und seiner Haut ihre Farbe nahm. Michaels Hand, die sich an Maxims Schulter festhielt, verlor ihre Kraft und sank auf den Schnee. Ein heftiges Zittern ging durch seine Muskeln, das aber nur Sekunden andauerte. Danach war sein Körper schlaff und weich. Aber der Vampir ließ nicht von ihm ab. Er wollte Michaels Blut, bis auf den letzten Tropfen.

Als sich Michaels Lider über seine Augen senkten, hatte Miranda das Gefühl, die Welt ginge unter. Alles Glück war von einer Sekunde auf die andere fort. Es wurde verschluckt von einer tiefen, schmerzhaften Traurigkeit, die, wie Maxim prophezeit hatte, nur Dunkelheit in ihr zurückließ.

Miranda hämmerte auf den Schnee und schrie hemmungslos, bis ihr Hals brannte und ihre Kräfte sie verließen. Erschöpft und zitternd blieb sie liegen. Ihr Gesicht lag am eisigen Boden. Unzählige heiße Tränen ließen die eisige Schicht am Schnee schmelzen. Ihr Inneres war leer. Man hatte ihr einfach alles genommen.

Ihre Luchsin streifte unruhig in ihrem Kopf herum und stieß ununterbrochen klagende Laute aus. Sie konnte nicht verstehen, wieso Michaels Luchs sich von ihr entfernte. Sie versuchte, ihn festzuhalten, aber er entwischte ihr immerzu.

Ihr einziger Wunsch war es, hier zu sterben, neben ihrem Gefährten. Sie würde liegen bleiben und auf den Tod warten.

In ihrem Inneren spürte Miranda etwas, das sie nicht erwartet hatte. Das neue Wesen in ihr wagte sich aus seinem Versteck. Miranda spürte seine Trauer und seine Gedanken. Sie waren anders als die ihrer Luchsin, weil das Geschöpf zur Hälfte menschlich war.

Wörter und Bilder brachen über sie herein. Das Wesen wollte ihr helfen, wusste aber nicht, wie.

Schenke mir die Kraft, diesen Kampf zu beenden, bat Miranda. *Ich schaffe es nicht ohne deine Hilfe. Lass diese Leute nicht umsonst gestorben sein. Lass Michaels Tod nicht ungerächt.*

Du hast aber Angst vor mir, flüsterte das Wesen mit seiner kindlichen Stimme.

Plötzlich verstand Miranda, wieso es ihr vorhin seine Hilfe versagt hatte. *Anfangs schon*, gab sie zu. *Ich wusste nicht, dass du in mir lebst. Ein Wesen, wie dich, hat es noch nie gegeben. Du bist einzigartig und genau das hat mir solche Angst gemacht. Ich wusste nicht, was du bist.*

Ich dachte, du möchtest mich nicht haben.

Du gehörst zu mir, erwiderte Miranda schlicht.

Das Geschöpf war überglücklich, diese Worte von Miranda zu hören. Es sehnte sich nach ihrer Liebe und Anerkennung und fürchtete nichts mehr, als ihre Ablehnung. Sie konnte nicht sagen, seit wann dieses Wesen in ihr existierte. Es war ihr auch egal. Sie wollte es nicht mehr missen. Und das versuchte sie ihm auch zu zeigen.

Einen Augenblick später spürte Miranda die Veränderungen an ihrem Körper. Unbeschreibliche Kraft durchströmte sie, mächtiger als je zuvor. Ihr Körper heilte. Jede noch so kleine Narbe, die sie sich seit ihrer ersten Verwandlung in das dieses Geschöpf zugezogen hatte, verblasste, als hätte es sie nie gegeben. Die Taubheit verschwand aus ihren Beinen und wurde von einem heftigen Kribbeln ersetzt.

Langsam tastete sich Miranda zu ihrem Oberschenkel vor. Sie kniff ihn fest zusammen. Der kurze, plötzliche Schmerz schenkte ihr Hoffnung. Das Wesen in ihr war so mächtig, dass es sogar die verletzten Nerven an ihrer Wirbelsäule zu heilen vermochte.

Miranda konzentrierte sich und befahl ihren Zehen, sich zu bewegen. Es dauerte einen Moment, der ihr wie die Ewigkeit vorkam, ehe sie ihr gehorchten. Sie wusste, was dies bedeutete. Sie konnte wieder laufen!

Dennoch blieb Miranda reglos liegen und sammelte ihre Kraft. Zu kämpfen würde ihr mehr Kraft abverlangen, als ihre Zehen zu bewegen.

Dann schlug sie ihre Lider auf und enthüllte die hell glühenden, goldenen Luchsaugen. Ein hastiger Blick auf ihren Körper genügte ihr, um zu wissen, dass die Verwandlung gelungen war. Golden schimmerndes Fell bedeckte ihren Körper, der halb menschlich, halb Raubkatze war. Ihre zerrissenen Kleider schlagen sich stellenweise noch um ihren Körper. Aber niemand hatte etwas bemerkt, denn die Verwandlung hatte nur wenige Sekunden gedauert.

Bevor die Vampire realisierten, was geschehen war, sprang Miranda auf und riss Maxim vom leblosen Körper ihres Gefährten fort. Sie schleuderte ihn mit aller Kraft in die Luft. Das laute Krachen zersplitternden Holzes zerriss die Winternacht, als der Vampir wie eine Marionette am Stamm einer großen Eiche aufschlug. Breite Risse bildeten sich in der Rinde, die sich innerhalb von Sekunden bis in die Mitte des Stammes durchfraßen. Die blattlosen Äste zitterten wie Espenlaub. Wie in Zeitlupe kippte die Krone des Baumes auf die Seite.

Noch ehe sie am Boden aufschlug, stürzte Miranda auf den Vampiranführer zu und rammte ihn erneut gegen den Baum. Seine Augen flehten um Gnade, die sie im nicht gewährte. Ihr mächtiges Kiefer schloss sich um seine Kehle. Sie drückte es fest zu. Rasiermesserscharfe Zähne durchbohrten die Haut des Vampirs und drangen zu tiefer gelegenem Gewebe vor.

Maxims Finger krallten sich in Mirandas Schultern. Er versuchte, sie wegzustoßen. Aber seine Bemühungen waren vergebens. Er hatte nicht die geringste Chance gegen ihren Schmerz, der ihr Stärke verlieh. Die Ironie war, dass er selbst ihr Kraft gegeben hatte, ihn zu töten.

Grausame Genugtuung erfüllte Miranda, als ihre Zähne Luft- und Speiseröhre des Vampirs mit einem hässlichen, reißenden Geräusch, gefolgt von einem unappetitlichen Gurgeln, durchtrennten.

Ihre klauenartigen Hände hielten Maxims Kopf mit eisernem Griff umfangen. Sie ließ von ihm ab, weil sie sehen wollte, wie das Leben aus ihm herausfloss. Bei ihm würde sie den Anblick genießen.

Maxims Miene änderte schneller von erschrocken zu triumphierend als eine Ampel ihre Farbe. Miranda wusste eine Sekunde später, wieso. Die Verletzungen an seinem Hals heilten. Sie konnte zusehen, wie sich die Wunden verschlossen. Noch gab es Nervenstränge, die das System am Laufen hielten, die verhinderten, dass Maxim starb. Ehe der Heilungsprozess weiter voranschreiten konnte, riss Miranda den Kopf des Vampirs mit einem kräftigen Ruck in die Höhe.

Mit lauten lauten Schnalzen rissen die dürftigen Verbindungen zwischen Kopf und dem restlichen Körper, der in sich zusammensackte. Ein letztes Zucken ging durch die Muskeln des Vampirs.

Plötzlich war es mucksmäuschenstill. Selbst die Bäume schienen den Atem angehalten zu haben. Kein Ästchen bewegte sich mehr.

Ganz langsam drehte sich Miranda um, sowohl zu ihren Feinden, als auch zu ihren Verbündeten. In ihren Klauen hielt sie den Kopf des einst mächtigsten Vampirs. Der Tod hatte das Lächeln nicht von seinen Lippen löschen können. Miranda warf ihn den Vampiren vor die Füße. Er rollte ein Stück und blieb vor dem geisterhaften Caven liegen. Miranda fixierte den bleichen Vampir, von dem sie glaubte, dass er einer der Erstgeborenen war, wie auch der bullige, strohblonde Vampir neben ihm.

„Rennt oder sterbt!", brüllte Miranda. „Wenn ihr jemandes Blut stehlt, werde ich euch jagen und vernichten!"

Der rothaarige Vampir, der ihre bewusstlose Tante hielt, legte sie sanft am Boden ab und hob seine Arme in die Höhe. Zwei weitere taten es ihm gleich. Alle anderen machten auf der Stelle kehrt und suchten das Weite. Miranda ließ sie laufen. Grundsätzlich hegte sie keinen Groll gegen sie. Natürlich hatten sie furchtbare Verbrechen gegen ihre Rasse begangen. Aber auch sie waren bloß Opfer von Maxim gewesen und sie wollte ihnen die Chance geben, ihr Leben zu ändern.

Blieben nur noch die beiden Erstgeborenen, die freiwillig über Jahrhunderte an Maxims Seite gestanden hatten. Sie zu vernichten wäre nur gerecht. Aber sie gaben ihr keine Gelegenheit dazu. Caven war schlau genug, aufzugeben. Er wendete sich wortlos ab und rannte, so schnell wie möglich, davon.

Sein bulliger Freund war tatsächlich von langsamer Natur. Er starrte Miranda weiterhin mit dümmlicher Miene an, während Caven längst fort war. „Warte!", rief er seinem Kameraden hinterher, als er endlich realisierte, dass er alleine war. Hastig folgte er seinem Kameraden. Dabei ruderte er seltsam mit seinen Armen, was den Eindruck von einem Gorilla erweckte. Der Anblick entlockte Buck ein lautes Lachen.

Der Kampf war zu Ende und sie hatten gewonnen. Maxim war tot. Er konnte niemandem mehr Leid zufügen. Aber es war kein Grund zum Feiern. Der Vampir hatte ein Bild von Tod und Zerstörung hinterlassen und diesem Wald seinen Frieden genommen. Die Erinnerungen an die Schlacht, die den Boden mit Blut getränkt hatte, würden nie verblassen.

Kapitel 25

Mirandas Blick richtete sich einzig und allein auf ihren Gefährten, der leblos am Boden lag. Um ihn herum versammelten sich die übrigen Wandler. Sein Freund Carlo kämpfte zitternd mit den Tränen. Der Jaguar beugte sich hinab und legte Michael seine Hand auf die Brust, um sich von ihm zu verabschieden. Selbst Buck, der die erschöpfte Sasari im Arm hielt, weinte um Mirandas Gefährten.

Die Starre fiel von Miranda ab. Sie stürmte auf Michael zu und wechselte im Laufen wieder in ihre menschliche Gestalt. Das Wesen nahm sich zurück, versteckte sich aber nicht mehr vor ihr. Miranda konnte es nach wie vor spüren.

Neben Michael fiel sie auf die Knie. Seine Augen waren geschlossen. Er sah friedlich aus und nicht, als wäre er mit Schmerzen in den Tod gegangen. Miranda streckte ihre Finger nach ihm aus und berührte seine Wange. Seine Haut war blass und fühlte sich kalt an. In dem Moment zerbrach etwas in ihr.

Das Schicksal hatte sie mit Füßen getreten, ihr ihre Familie genommen und ihr nach einer lächerlich kurzen Zeit des Glücks auch noch ihren Seelenverwandten entrissen. Plötzlich war sie unendlich wütend. „Wieso hast du mich verlassen?", schrie sie an Michaels Brust, die stumm blieb. „Das ist nicht fair!"

„Miranda, lass ihn los", flüsterte Carlo mit tränenerstickter Stimme. „Du kannst nichts mehr für ihn tun."

Aber Miranda wollte nicht. Michael loszulassen bedeutete, seinen Tod zu akzeptieren. Dazu war sie nicht bereit. Es gab sowieso nur diese eine Möglichkeit für sie. Sie hatte nie vorgehabt, das Versprechen, das sie Michael gegeben hatte, zu erfüllen. Miranda hatte nicht die Kraft, weiterzukämpfen. Sie wollte neben ihm liegen bleiben und ihm in die Ewigkeit folgen.

Carlo versuchte, sie von ihrem Vorhaben abzuhalten. Er umfasste Mirandas Schultern und zog sie sanft von Michael weg. Miranda fuhr zu ihm herum. „Nein!", fauchte sie, woraufhin Carlo sie sofort losließ. Dann legte sie ihren Kopf wieder auf Michaels Brust.

Dann hörte sie es – klar und deutlich und so stark, dass er unmöglich tot sein konnte. Miranda hob ihren Kopf und betrachtete ihren Gefährten. Er sah genauso aus wie vorher. Ihr Blick fiel auf die Wunde an seinem Hals. Sie konnte zusehen, wie das von Maxim zerfetzte Gewebe heilte. Wie war das nur möglich? Hatte sie sich geirrt? Nein. Sie hatte definitiv keinen Herzschlag gehört.

Miranda drehte sich zu Carlo um. „Er lebt," hauchte sie glücklich. „Sieh nur. Seine Wunden heilen."

Carlo machte ein mitleidiges Gesicht. Er glaubte ihr nicht und dachte vermutlich, sie hatte Wahnvorstellungen, weil sie seinen Tod nicht akzeptieren konnte. Schließlich hatte er selbst Michaels Puls gefühlt und festgestellt, dass das Leben aus seinem Freund gewichen war.

Dennoch kniete sich Carlo neben Miranda und legte seinen Finger auf Michaels Hals, um erneut nach einem Puls zu tasten. Vor Erstaunen weiteten sich seine Augen. „Aber… er war tot!", stammelte er ungläubig. „Das kann nicht sein. Wie ist das möglich?"

Darauf wusste Miranda keine Antwort und im Moment brauchte sie auch keine. Für sie zählte einzig, dass der Mann, dem sie ihr Herz geschenkt hatte, weiterhin an ihrer Seite war. Sie konnte ihr Glück kaum fassen. Schluchzend brach sie über Michael zusammen, aber dieses Mal waren es Tränen der Freude, die über ihre Wangen liefen.

Carlo fischte sein Telefon aus seiner Jacke. Schnell tippte er eine Nummer hinein und wartete ungeduldig mit seinem Fuß wippend auf die Stimme am anderen Ende. „Anna, macht euch sofort auf den Weg. Wir brauchen eure Hilfe." Er erzählte ihr in kurzen Sätzen, was geschehen war. „Dein Vater meinte eben, dass die Pferde Schneemobile hätten. Sie stehen in einem Schuppen. Dort findet ihr auch Decken und andere medizinische Versorgung. Nehmt alles mit, das ihr tragen könnt."

Nachdem er aufgelegt hatte, wandte er sich lächelnd an Miranda. „Sie werden bald hier sein. Ich sehe mal, ob ich etwas zum Anziehen für dich finde. Michael wird nicht begeistert sein, wenn ich seine Gefährtin erfrieren lasse."

Miranda wollte nicht wissen, wem die Sachen gehört hatten, die Carlo ihr wenige Minuten später reichte. Schnell schlüpfte sie hinein, um nicht zu lange von Michael getrennt zu sein. Auch für ihren Gefährten hatte Carlo zusätzliche Sachen gefunden. Vorsichtig hüllten sie ihn darin ein. Seine Haut war klamm und er zitterte am ganzen Leib. Noch hatte er das Bewusstsein nicht wiedererlangt, weshalb sich Miranda Sorgen machte.

Sie legte sich neben ihn, um ihn zusätzlich zu wärmen. Er war von Maxims Grausamkeit gerettet, da würde sie ihn sich nicht von der Kälte nehmen lassen.

„Miranda", flüsterte Michael. Seine Stimme war so leise, dass Miranda dachte, sie hätte es sich eingebildet. Sie sah ihn an. Seine Augen blieben geschlossen. Als er wieder sprach, bebten seine Lippen. „Bin ich im Himmel?"

Miranda war so glücklich, seine Stimme zu hören, dass ihre eigene kurz versagte. „Nein, das bist du nicht", schniefte sie, als sie sie wiedergefunden hatte. „Du bist zurück."

„Zurück?", fragte Michael. Seine Lider flatterten. „War ich... Ja, ich glaube, ich war es." Er hielt einen Moment inne. Das Sprechen fiel ihm schwer.

„Nicht", murmelte Miranda. „Spare deine Kräfte."

Aber Michael schüttelte seinen Kopf. Es schien ihm wichtig zu sein, seine Gedanken mit ihr zu teilen. „Ich war... woanders... im

Licht, glaube ich. Dann hat es sich von mir entfernt und ich war zurück. Wieso?"

„Ich weiß es nicht. Ich kann es mir auch nicht erklären. Jetzt ruh dich aus. Wir haben später noch genug Zeit zum Reden."

„Bleibst du bei mir?", flüsterte Michael. Er öffnete seine Augen einen Spalt breit.

Miranda küsste ihn auf die Wange. „Immer."

Bis sie das ferne Brummen der Schneemobile hören konnte, blieb Miranda neben ihrem Gefährten liegen. Er war wieder eingeschlafen. Ihr Ohr lag auf Michaels Brust, um seinen Herzschlag zu hören. Nie wieder wollte sie auch nur einen davon verpassen. Es schlug zwar kräftig, aber unregelmäßig. Dazu ging immer wieder ein krampfhaftes Zucken durch Michaels Körper. Er war unruhig und bewegte seinen Kopf ständig hin und her, fast, als wäre er in einem Albtraum gefangen. Miranda war erleichtert, als endlich Hilfe für ihn eintraf.

Andy fuhr, gemeinsam mit Anna, auf einem Schneemobil. Auf dem anderen fuhren Kean und die Vampirin Amy. Mirandas Schwester hielt den Bauch der Ärztin vor ihr fest umschlungen, um nicht vom Schneemobil zu fallen, denn Anna fuhr ziemlich rasant zwischen den Bäumen hindurch. Leichtfüßig, trotz des schweren Rucksackes, sprang Andy vom Schneemobil herunter und rannte auf ihre Schwester zu. Ihre Tränen flogen in alle Richtungen davon. Überglücklich lagen sich die Schwestern in den Armen. „Du musst Michael helfen", bat Miranda leise. „Maxim hat versucht, ihn zu töten."

Andy trocknete ihre Wangen. „Wo ist er?", fragte sie mit professioneller Miene, die nichts mehr von ihren Gefühlen verriet.

Miranda führte sie zu ihrem Gefährten. Andy warf Carlo, der neben Michael wachte, einen flüchtigen Blick zu. Ihre Mundwinkel hoben sich zu einem bezaubernden Lächeln, das zeigte, wie sehr sie sich freute, den dunkelhäutigen Wandler wohlbehalten wiederzusehen. Danach galt Andys volle Aufmerksamkeit Michael. Sie nahm ihren Rucksack ab und kniete sich neben ihn. Vorsichtig umfing sie Michaels Gesicht mit ihren Händen und drehte seinen Kopf ein Stück zur Seite, um die Verletzung an seinem Hals zu begutachten. „Die Heilung hat eingesetzt", murmelte Andy mehr zu sich, als zu den umstehenden Anwesenden. Dann tastete sie Michaels Puls. Viel zu lange sagte sie nichts. „Anna!", rief sie, ohne den Blick von ihrem Patienten abzuwenden.

Die Ärztin eilte herbei, nachdem sie sich aus der Umarmung ihres Vaters gelöst hatte. Mit einem hastigen „Entschuldige" drängte sie Miranda zur Seite. Aus der Tasche ihrer Jacke fischte sie eine kleine Taschenlampe, mit der sie in Michaels Augen und anschließend auf seine Wunde leuchtete. „Leg einen Zugang am Unterarm und hänge ihm einen Beutel Blut an", wies sie Andy bestimmend an. „Von der Wunde möchte ich eine Probe haben. Sie wird mir bei meinen Forschungen helfen."

Dann sprang sie auf und lief zum nächsten Verletzten, der auf ihre Hilfe angewiesen waren. Im Laufen gab sie Amy und Kean die Anweisung, Decken auszuteilen.

Miranda beobachtete ihre Schwester, wie sie den Ärmel von Michaels Jacke aufschnitt und seine Ellenbeuge freilegte. Ihre Finger blieben absolut ruhig, als sie ihm die Nadel in die Vene stach. Dann kramte sie in ihrem Rucksack nach einem Beutel Blut. In schwarzen Großbuchstaben stand Katzen darauf. „Bei den Wandlern gibt es keine unterschiedlichen Blutgruppen wie bei den Menschen", erklärte Andy stolz, während sie einen durchsichtigen Schlauch am Beutel anmachte und das andere Ende mit der Nadel in Michaels Arm verband. „Es muss nur Blut von deinen Artgenossen sein. Ich kann Michael, zum Beispiel, nicht Bärenblut verabreichen. Das würde schwere Abwehrreaktionen hervorrufen."

„Das machst du wirklich toll", lobte Miranda sie.

Andys Wangen nahmen einen dunkeln Hauch an. „So kann auch ich mich im Rudel nützlich machen."

„Du bist bereits ein äußerst wichtiges Mitglied", widersprach Miranda. „Das sage ich nicht bloß, weil ich deine Schwester bin, falls du das denkst. Du wirst nur noch wichtiger für uns."

Dankbarkeit lag in Andys Blick. Sie nahm eine dieser dünnen Metalldecken aus ihrem Rucksack und breitete sie über Michael aus. Darunter schob sie den Blutbeutel und diese Wärmepäckchen, die durch Drücken eines Plättchens aktiviert wurden. Anschließend kümmerte sich Andy um die Probe von Michaels Wunde, um die Anna sie gebeten hatte. Mit einem kleinen Plastikspatel kratzte sie etwas von dem Blut ab und verstaute ihn in einer durchsichtigen Tüte. „Ich muss Anna noch mit den anderen Verletzten helfen. Gib uns Bescheid, wenn sich sein Zustand ändert." Mit diesen Worten ließ Andy sie zurück.

Miranda hielt unter der Metalldecke Michaels Hand. Die Wärmepäckchen leisteten volle Arbeit. Michaels Haut war wieder warm und bekam allmählich ihre Farbe zurück. Er hatte zu zittern aufgehört und lag nun völlig reglos neben ihr. Immer wieder warf Miranda einen ängstlichen Blick auf seine Brust, die sich aber rhythmisch hob und wieder senkte.

Miranda beobachtete Buck, wie er ein Feuer machte. Die Bären hatten kleine Feuerschalen aus Holz entwickelt, die so präpariert waren, dass das Holz weniger schnell verbrannte und das Feuer dadurch länger anhielt.

Sowohl Gestaltwandler als auch die drei Vampire, die sich ergeben hatten, saßen im Kreis um das kleine Lagerfeuer und warteten auf die Wagen, die Buck angefordert hatte. Niemand hatte mehr die Kraft, den Weg zurückzulaufen.

Wie sie mit den drei Vampirgefangenen verfuhren, hatten sie noch nicht beschlossen. Aber Miranda fand es sinnvoll, sie erst einmal wegzusperren, bis sicher war, dass sie keine Gefahr für die Wandler darstellten.

Der rothaarige Vampir, der Marie gefangen gehalten hatte, war Amys Freund Adam. Die Freude über das Wiedersehen war so groß gewesen, dass er sie auf den Mund geküsst hatte. Glücklicherweise konnten Vampire nicht rot wären. Ansonsten hätte Amy vermutlich ausgesehen wie eine Tomate.

Es dauerte keine Stunde, bis die ersten Wagen die Baumreihen durchbrachen. Die am schwersten Verletzten, darunter Michael, Marie und Ryan, wurden als erste zurück ins Bärengebiet gebracht.

Ohne ihren Gefährten an ihrer Seite fühlte sich Miranda rastlos und seltsam verloren. Wenn sich sein Zustand nun verschlechterte und sie war nicht bei ihm?

Es geht ihm gut, flüsterte das Wesen in ihr. Die Luchsin stimmte freudig schnurrend zu. Sie versprach, über das Gefährtenband auf Michael Acht zu geben.

Das brachte Miranda auf eine Idee. Wenn ihre Luchsin das tun konnte, wieso nicht auch sie? Sie schloss ihre Augen und konzentrierte sich auf die Verbindung zu Michael. Aus einem Seidenfaden war eine massive Brücke zwischen ihren Seelen geworden, die in einem regelmäßigen Rhythmus pulsierte, als wäre sie Leben. Wenn einer von ihnen beiden litt, konnte der Andere es über diese Brücke spüren. Momentan deutete nichts darauf hin, dass sich Michaels Zustand verschlechtert hätte.

Die Nacht wechselte allmählich in den Tag. Die Dunkelheit um sie wurde heller. Buck winkte Miranda zu sich. „Könntest du uns vielleicht helfen? Wir müssen die Toten zu diesem Wagen tragen, damit wir sie nach Hause bringen können." Auf der Ladefläche des Geländewagens lag bereits eine Leiche. Sie war fein säuberlich mit einem weißen Tuch zugedeckt worden. Miranda ahnte, um wessen toten Körper es sich auf dem Wagen handelte. Noah. Der tapfere Hüter hatte sein Leben für sein Rudel gegeben.

Sie halfen zusammen, den toten Körper eines der Pferde auf das Auto zu laden. Selbst zu viert hatten sie Mühe, das schwere Tier zu tragen. Miranda wischte sich den Schweiß von der Stirn. „Was geschieht mit den toten Vampiren?", fragte sie.

„Wir werden sie verbrennen. Das lässt mich ruhiger schlafen, besonders bei Maxim. Ein Häufchen Asche kann keinen Schaden mehr anrichten." Der Bär zeigte auf einen Haufen aus toten Vampirkörpern.

„Ich kümmere mich darum." Auch Miranda war bei dem Gedanken wohler, wenn nur noch Asche von Maxim übrig war. Ihr Blick richtete sich auf den Baum, gegen den sie den Vampiranführer geschleudert hatte. Der zerbrochene Stamm sah im Schatten seiner gesunden Nachbarn traurig aus.

Rasch ging Miranda auf den Baum zu. Als sie näherkam, wurden ihre Schritte unwillkürlich langsamer. Das Bild stimmte nicht mit dem überein, das sie in Erinnerung hatte. Furcht ergriff ihr Herz. „Buck!", schrie sie.

Schnell hetzte der Bärenwandler auf sie zu. „Was ist los?"

„Maxims Körper ist verschwunden!", kreischte sie. „Wenn er nun überlebt hat?" War der Vampiranführer tatsächlich unsterblich, wie er behauptet hatte, und ein abgetrennter Kopf bedeutete für ihn nicht den Tod? Die Stimme der Vernunft meldete sich zu Wort. *Das ist nicht möglich*, raunte sie. Andererseits waren Dinge passiert, die eigentlich nicht hätten geschehen dürfen. Ihr Gefährte selbst war von den Toten zurückgekehrt.

Bucks Gesicht verlor seine Farbe, bevor es leicht grün wurde. Er beugte sich hinab und betrachtete die Stelle, an der Maxims Körper gelegen hatte, genauer. „Da sind Schleifspuren, sieh nur. Sie führen in den Wald hinein. Und Fußabdrücke." Er stand auf und ging auf der Lichtung herum, die Augen konzentriert auf den Boden gerichtet.

„Was denkst du?", wisperte Miranda. Ängstlich sah sie sich um, als befürchte sie, dass Maxim jeden Moment hinter einem der Bäume hervorsprang.

„Jemand hat ihn fortgebracht. Ich tippe auf die Vampire. Was sie mit dem schrulligen alten Körper vorhaben, erschließt sich mir aber nicht. Und den hier haben sie vergessen." Er hob den Kopf des Vampiroberhaupts an seinen langen schwarzen Haaren hoch und betrachtete ihn angewidert. Die roten Augen hatten mittlerweile ihren Glanz verloren. In ihnen war kein Leben mehr. Buck konnte es nicht lassen und schnippte gegen die Wange des Vampirs, woraufhin der Kopf hin und her baumelte. „Definitiv tot, würde ich sagen. Glückwunsch, Miranda", murmelte er. In seiner Stimme hörte sie ein Lächeln. „Du hast den alten Herrn vom Mühsal seines viel zu langen Lebens befreit."

Dann holte er aus und warf den Kopf auf den Haufen mit den Vampirleichen. Miranda fühlte sich an den Vampir erinnert, dessen Kopf ihre und Maxims Aufmerksamkeit auf sich gelenkt hatte.

„Den hättet ihr auch mitnehmen sollen!", rief Buck in den Wald hinein. „Dann wäre mir der Anblick dieser grässlichen Scheißvisage erspart geblieben." Der Bär legte seinen Arm um Miranda und drückte sie an sich. „Ohne dich hätten wir das nicht geschafft."

Miranda nickte, zu überwältigt von ihren Gefühlen, um etwas zu sagen. Stundenlang half sie noch bei den Aufräumarbeiten. Bevor sie in ihre Höhle zurückkehrte und sich schlafen legte, besuchte sie Michael auf der Krankenstation. Er schlief friedlich. Da sie ihn nicht wecken wollte, zog sie sich nach einem flüchtigen Kuss zurück.

Sie war so erschöpft, dass sie augenblicklich einschlief, kaum lag sie in ihrem Bett.

Epilog

Miranda saß an Michael gekuschelt auf dem großen Sofa in der Bärenhöhle. Es waren mittlerweile zwei Tage seit dem Kampf vergangen. Ihr Gefährte hatte sich rasch von seinen Verletzungen erholt. Er war gestern Abend von der Krankenstation entlassen worden. Seither hatte Miranda ihn nicht mehr aus den Augen gelassen.

Ihrem Onkel ging es wieder gut. Anna hatte Miranda dafür gelobt, dass sie sich um seinen Oberschenkel gekümmert hatte. Er war gerade zusammengewachsen. Dadurch war Ryan erspart geblieben, sich den Knochen noch einmal brechen zu lassen. Er war wieder mit seinen süßen Mädchen vereint, die ihren Daddy fürchterlich vermisst hatten.

Sasari hatte sich völlig erholt. Ein Grund war bestimmt Bucks Fürsorge. Der Bär war jeweils nur für kurze Zeit von ihrer Seite verschwunden, um sich um seine Rudelangelegenheiten zu kümmern.

Auch der Rest der Kämpfer hatte sich wieder gefangen. Ihre Trauer war aber allgegenwärtig. Die Toten waren heimgekehrt. Jeder von ihnen hatte nun seinen Platz, an dem er in Frieden ruhen konnte. Gestern Abend hatten sich ihre Liebsten in einer wunderschön gestalteten Trauerfeier von ihnen verabschieden können. Noahs Gefährtin, die gerade mit ihrem ersten Kind schwanger war, hatte sich während der Feier in eine Bärin verwandelt, weil ihr der Schmerz zu viel geworden war. Ihr Klagen hört Miranda immer noch in ihren Ohren.

Die Trauerfeier galt auch Mirandas toter Familie. Gestern hatten sie die Toten zu den Bären gebracht. Bis zum Frühling würden sie hier ruhen. Miranda hatte sich schon einen Ort überlegt, wo sie ihr Rudel begraben würde. Buck hatte ihr seine Unterstützung zugesichert.

Miranda fühlte sich gut. Aber sie war müde, was vor allem an der letzten Nacht lag. Ihr Gefährte hatte ihr gezeigt, dass er vollkommen genesen war. Ihre Mitte war noch ganz empfindlich von der Leidenschaft, mit der er sie geliebt hatte.

Die Gedanken an den Liebesakt zauberten ihr ein Lächeln auf die Lippen, das nicht unbemerkt blieb. Michael erwiderte es schelmisch. Die eine Hand legte er besitzergreifend auf ihren Po, mit der anderen hielt er ihren Nacken fest. Der Kuss setzte dort an, wo sie vor einer knappen halben Stunde aufgehört hatten.

Mirandas Verlangen wuchs. Sie spürte, wie die Hitze in ihr aufstieg und ihren Puls flattern ließ. Ihr Kuss wurde wilder und gieriger. Nie würde sie dieses Spiels müde werden, nie würde sie genug von diesem Mann bekommen. Sie musste ihn berühren, weil sie sich danach sehnte, seine warme Haut unter ihren Fingern zu spüren. Hastig schob sie ihre Hände unter seinen Pullover. Sie spürte seine angespannten Muskeln. Miranda fuhr weiter nach oben und zwirbelte Michaels Brustwarzen, wofür er sie mit einem Biss in die Unterlippe rügte. Es gefiel ihr, sehr sogar. Michael streichelte verführerisch über ihren Oberschenkel in Richtung des Zentrums ihrer Lust, was ihr ein leises Stöhnen entlockte.

„Könnt ihr Beide denn nicht einmal die Finger voneinander lassen?"

Sichtlich verlegen barg Miranda ihr hochrotes Gesicht an Michaels Hals. Sie hatte gar nicht bemerkt, dass Carlo Hand in Hand mit Andy hereingekommen war, dicht gefolgt von Buck, der den Arm um Sasaris Taille gelegt hatte. Ihre Freunde setzten sich ihnen gegenüber.

„Wegen uns braucht ihr nicht aufzuhören", stichelte Buck. „Wir setzen uns hierher und tun so, als wären wir nicht hier." Sein Grinsen reichte von einem Ohr zum anderen. Die Pferdefrau kniff ihn in die Seite. Buck hauchte ihr einen Kuss auf die Wange, der ihr verlegene Röte ins Gesicht hauchte.

Verbindungen zwischen unterschiedlichen Gestaltwandlergattungen waren überaus selten. Natürlich lag es hauptsächlich am ungleichen Charakter und daran, dass manche Gattungen nicht so gut miteinander auskamen. Aber einer der Gründe war auch, dass meist keine Kinder aus diesen Beziehungen hervorgingen und wenn doch, dann waren sie menschlich. Kinder waren ein Segen für ihr Volk, denn es war ohnehin schwieriger für sie, welche zu bekommen. Der zeitliche Rahmen, in dem eine Empfängnis möglich war, beschränkte sich auf wenige Stunden. Außerdem mussten beide Seiten bereit sein, ein Kind zu bekommen.

Michael tat so, als hätte er Bucks Kommentar nicht gehört. „Was gibt es?", fragte er. „Habt ihr schon Neuigkeiten von den Vampiren?"

Miranda traute sich nicht, aufzusehen. Ihre Wangen glühten noch immer vor Scham. Jeder im Raum konnte ihre Erregung riechen, das wusste sie. Am liebsten wäre sie im Erdboden versunken.

„Nein", antwortete Buck. „Sie halten sich gut versteckt. Uns ist nicht zu Ohren gekommen, dass sie gewildert hätten. Deine Warnung dürfte Wirkung gezeigt haben." Der Bär grinste, ehe seine Miene ernste Züge annahm. „Aber wir, besser gesagt Anna, hat etwas sehr Interessantes herausgefunden, das nicht unbedingt an die Öffentlichkeit dringen sollte."

Aufmerksam geworden blickte Miranda auf. Sie war sich bewusst, dass jeder ihr rotes Gesicht anstarrte, doch es war ihr egal. „Wovon redest du? Was hat sie herausgefunden?"

Buck beugte sich zu ihr vor. „Anna hat die Gewebeprobe von Michaels Wunde gestern analysiert. Wie vermutet, konnte sie vampirische Spuren darin finden. Aber dass dein Blut in der Probe war, war ziemlich unerwartet."

„Warum?", fragte Miranda. „Ich war auch verletzt. Mein Blut kann auf Michaels Wunde getropft sein. Was ist daran so ungewöhnlich?"

„Die Tatsache, dass Michael vermutlich nur deswegen überlebt hat."

Miranda war wie vom Donner gerührt. Ihr Kopf war leergefegt, um nur Sekunden später von einstürzenden Fragen fast erschlagen zu werden. Michael sah aus, als hätte ihm gerade jemand gesagt, der Weihnachtsmann existiere tatsächlich. Buck ließ ihnen einen Moment, um die Nachricht zu verdauen. „Michael war tot. Wie es aussieht, hat dein Blut deine enormen Selbstheilungskräfte auf Michael übertragen."

„Ich kann meine Selbstheilungskräfte übertragen?", wollte Miranda erstaunt wissen. Davon hatte sie noch nie gehört.

„Zumindest dieses eine Mal. Anna weiß nichts darüber. Sie kann nicht sagen, ob es allgemein eine deiner Fähigkeiten ist oder ob es mit der Situation zusammenhing und es nur eine Ausnahme war. Sie vermutet aber einen Zusammenhang mit deiner Genmutation."

„Meiner was?", entfuhr es ihr.

„Ich kenne mich da nicht aus", sagte Buck. „Anna hat es mir nur kurz erklärt. Wenn du mehr wissen willst, musst du dich mit ihr in Verbindung setzen. Jedenfalls, deine Gene, deine tierischen Gene, um genau zu sein, unterscheiden sich von unseren, die menschlichen allerdings nicht. Das ist vermutlich der Grund für deine beträchtliche Stärke und Schnelligkeit. Die Mutation ist wahrscheinlich auch dafür verantwortlich, dass das Implantat bei dir nicht sehr lange angehalten hat. Dein Körper hat Antikörper dagegen entwickelt."

Miranda fühlte sich erschlagen von den Informationen, die sie bekommen hatte. Aber das war noch nicht alles gewesen. Buck fuhr fort. Jedes weitere Wort klang noch unglaublicher, als die vorherigen.

„Anna denkt auch, dass die Mutation der Grund für die Werkatzenverwandlung ist." Dann hatten sie also schon einen Namen für dieses neuartige Wesen gefunden. „Was sie allerdings hervorbrechen ließ, kann sie nicht genau sagen. Am ehesten ist aber Maxims Biss dafür verantwortlich. Dadurch wurde seine DNA auf dich übertragen."

Miranda wusste nicht mehr, was sie denken sollte. Die Informationen waren zu viel für sie. Sie musste hinaus, um einen klaren Kopf zu bekommen. Sie schüttelte Michaels Arm ab und stürmte in den Flur, der ins Freie führte. Im Gehen steifte sie ihre Weste ab und ließ sie auf den Boden fallen. Hastig schlüpfte sie aus Schuhen und Socken und trat barfuß hinaus in den Schnee.

„Miranda, warte!" Flink wie ein kleines Kätzchen lief ihre Schwester den steinernen Flur entlang und glitt geschmeidig durch den eisigen Vorhang aus Gestrüpp nach draußen. „Ich kann mir vorstellen, wie du dich fühlst. Deshalb", fuhr sie fort, ehe Miranda sie unterbrechen konnten, „werde ich dich damit in Ruhe lassen. Wenn du soweit bist und darüber reden möchtest, kannst du zu mir kommen."

„Danke. Geh wieder rein. Sonst erkältest du dich. Ich möchte ein paar Runden drehen."

Andrea zog sich den Pullover über den Kopf. Darunter trug sie nur ein dünnes Trägertop.

„Was tust du?"

„Na, wonach sieht es aus? Ich möchte mit meiner Schwester durch den Wald laufen, wie früher, als Kinder."

„Aber deine Luchsin –"

„– und ich sind am Weg der Besserung. Es dauert zwar noch, bis das Vertrauen auf beiden Seiten wieder da ist, aber mit jedem Tag wird unsere Beziehung stärker. Ich habe mich gestern zum ersten Mal wieder verwandelt, und das aus eigenem Entschluss", erzählte sie stolz. „Bist du bereit, große Schwester?"

Miranda nickte ihr zu.

Einen Wimpernschlag später standen, anstelle der Schwestern, zwei Luchsinnen im Regen, von durch die Luft fliegender Kleiderfetzen. Die Größere der Beiden hatte rot schimmerndes Fell und goldgelbe Augen. Das Fell der Anderen glänzte golden in der Mittagssonne. Die goldene Katze drehte den Kopf zu ihrer Schwester herum. In den grünen Augen war das Mädchen zu erkennen, das sich früher so gerne verwandelt und mit ihr im Wald gespielt hatte.

Zwei Sekunden später raste die zierliche, goldene Luchsin los und versuchte, die andere Katze, die ihr glücklich folgte, abzuhängen. Ein Wettkampf, der über zehn Jahre nicht stattgefunden hatte und der nicht schöner sein konnte.

Danksagung

Allen voran danke ich meinem Mann Hannes. Nur durch seine Unterstützung konnte dieses Buch entstehen. Viele sehr gute Ideen stammen von ihm. Nach Jahren der Leseabstinenz war Luchstränen das erste Buch, das er gelesen hat, und das mehrmals und dabei war er mehr als kritisch.

Danke auch an Sabine Kosmin, von der das wunderschöne Cover stammt. Sie stand mir mit ihrem Rat zur Seite, was die Veröffentlichung von Büchern betraf.

Last but not least, einen herzlichen Dank an meine Testleser. Euer Feedback hat Luchstränen geprägt und mir geholfen, es zu verbessern. Eure Kritik hat mich beflügelt und angespornt. Ich danke euch dafür.

Ein Buch, in dem Tiere vorkommen, in meinem Fall eher „Halbtiere", kann nicht entstehen, wenn der Kontakt zu Tieren fehlt. Meine Tiere haben mir geholfen, die Charaktere zu beschreiben und ihnen tierisches Leben einzuhauchen.

Vielen Dank euch allen!

Stefanie Friedl wurde 1990 in Linz geboren. Nach der Matura an der Handelsakademie begann sie ein Studium der Rechtswissenschaften, das sie zugunsten des Schreibens aufgegeben hat. Hauptberuflich arbeitet sie als Angestellte in der österreichischen Sozialversicherung.

Gemeinsam mit ihrem Mann, zwei Katzen, einem Hund und zwei Pferden lebt sie im schönen Oberösterreich, wo sie seit 2014 ihrer Leidenschaft, dem Schreiben, nachkommt.

© www.birgitstummer.at

So geht es bald weiter

Matthis' Leben ändert sich in eine Richtung, die er nie für möglich gehalten hätte. Er ist nun ein Anderer, mit außergewöhnlichen Stärken, und einem Durst, der einzig mit Blut zu stillen war. Der Preis für dieses Leben ist zu hoch gewesen. Lieber wäre er noch der Alte, als dieses Wesen, das es bloß einmal auf der Welt gibt.

Im Laufe der Zeit lernt Matthis, sein neues Ich zu akzeptieren. Er verwandelt andere Menschen in dieselben Wesen, deren Namen er nun kennt: Sie sind Vampire.

Über Jahrhunderte führt Matthis ein glückliches Leben. Als es von den Gestaltwandlern – Menschen, die sich in Tiere verwandeln können – zerstört wird, zerbricht Matthis daran. Er streicht alles Gute aus seinem Leben und wendet sich seiner dunklen Seite zu.

Viele stellen sich ihm, auf seinem Pfad der Grausamkeit, in den Weg. Doch niemand schafft es, ihn aufzuhalten. Bis auf Eine.

Vampirerwachen erscheint demnächst als Trilogie über den Traumschwingen-Verlag.

Besuchen Sie mich auch auf **www.facebook.com/friedlstefanie** oder auf meiner Homepage **www.stefaniefriedl.at**